Chocola

Joanne Harris

# Chocola

DE KERN BAARN

Oorspronkelijke titel: *Chocolat*
Uitgegeven door: Transworld Publishers Ltd
Copyright © by Joanne Harris 1999
Copyright © 1999 voor deze uitgave: Uitgeverij De Kern, Baarn
Omslagontwerp: Wim van de Hulst en Marion Rosendahl
Foto auteur: Miriam Berkley
Vertaling: Monique de Vré
Zetwerk: Scriptura Westbroek
Drukwerk: Drukkerij Haasbeek, Alphen aan den Rijn

CIP-GEGEVENS KONINKLIJKE BIBLIOTHEEK, DEN HAAG

ISBN 90 325 0645 5
NUGI 301

Niets uit deze uitgave mag worden verveelvoudigd en/of openbaar gemaakt door middel van druk, fotokopie, microfilm, elektronisch, door geluidsopname- of weergaveapparatuur, of op enige andere wijze, zonder voorafgaande schriftelijke toestemming van de uitgever.

*Ter nagedachtenis aan mijn overgrootmoeder,
Marie André Sorin (1892-1968)*

# Dankwoord

Mijn welgemeende dank gaat uit naar iedereen die me geholpen heeft dit boek mogelijk te maken: naar mijn familieleden voor hun steun en hun enigszins onthutste bemoediging, naar Kevin voor het afhandelen van al het vervelende papierwerk, naar Anouchka voor het uitlenen van Pantoufle. Ik bedank ook mijn onvermoeibare agent Serafina Clarke, mijn redacteur Francesca Liversidge, dank aan Jennifer Luithlen en Monique de Vré, alsmede aan al die mensen bij Doubleday die me zo vriendelijk hebben onthaald. Ten slotte wil ik in het bijzonder mijn collega-auteur Christopher Fowler bedanken voor het feit dat hij licht in de duisternis bracht.

# 1

## *Vastenavond, 11 februari*

We kwamen op de carnavalswind, voor februari een warme wind. Hij bracht veel geuren met zich mee: de warme, vettige geur van crêpes en worstjes en met poedersuiker bestoven wafels die ter plaatse langs de weg op een bakplaat gebakken werden. Kragen en mouwen werden bestrooid met confetti, die als een zot tegengif voor de winter de goot in dwarrelde. Er heerst een koortsachtige opwinding onder de toeschouwers die in de smalle hoofdstraat langs de kant staan; ze rekken zich om een glimp op te vangen van de met crêpepapier overdekte praalwagen met zijn afhangende linten en papieren rozetten. Ingeklemd tussen een boodschappenmand en een droevige bruine hond kijkt Anouk met wijdopen ogen toe, een gele ballon in de ene hand en een speelgoedtrompetje in de andere. Zij en ik hebben al heel wat carnavalsoptochten gezien – vorig jaar in Parijs op Mardi Gras nog een stoet van tweehonderdvijftig versierde praalwagens en in New York een van honderdtachtig, in Wenen meer dan twintig drumbands, clowns op stelten, grosses têtes met wiebelige papier-maché koppen, majorettes die hun stokjes laten ronddraaien zodat het zonlicht eraf spat. Maar wanneer je zes bent heeft alles nog een speciale glans. Een houten kar, haastig versierd met verguldsel en crêpepapier en sprookjesscènes. Een schild met een drakenkop, Rapunzel met een pruik van wol, een zeemeermin met een staart van cellofaan, een koekhuisje van verguld karton overdekt met glazuur, met een heks in de deuropening die een waarschuwende vinger met groene nagel tegen een groep zwijgende kinderen heft... Wanneer je zes bent zie je subtiliteiten die een jaar later al buiten je bereik liggen. Achter het papier-maché, het glazuur en het plastic ziet ze nog de echte heks, de echte magie. Ze kijkt naar me op. Haar ogen – blauwgroen als de aarde van grote hoogte waargenomen – glanzen.

'Blijven we? Blijven we hier?' Ik wijs haar erop dat ze Frans moet spreken. 'Maar blijven we? Blijven we?' Ze hangt aan mijn mouw. Haar warrige haardos wappert in de wind.

Ik denk na. Het is een dorpje als ieder ander. Lansquenet-sous-Tannes telt hooguit tweehonderd zielen; op de snelweg tussen Toulouse en Bordeaux zoef je er zó voorbij. Even met je ogen knipperen en je hebt het gehad. Eén hoofdstraat met aan weerszijden een rij grauwe vakwerkhuizen die geheimzinnig tegen elkaar aan leunen, uitlopend in een paar wegen die parallel aan elkaar lopen als de tanden van een kromme vork. Een agressief witgepleisterde kerk aan een pleintje met kleine winkels. Boerderijen verspreid over het waakzame land. Boomgaarden, wijngaarden, stroken omheinde grond die volgens de strenge apartheidswetten van het boerenbedrijf zijn ingedeeld: hier appels, daar kiwi's, elders meloenen en andijvie onder een zwarte plastic overkapping en wijnstokken die er in de schrale februarizon ziekelijk en dood uitzien, maar wanneer het maart wordt triomfantelijk zullen herrijzen. Daarachter zoekt de smalle Tannes, een zijriviertje van de Garonne, zich een weg door de drassige weilanden. En de inwoners? Die zijn net als alle andere die we gezien hebben, misschien een beetje bleek in het eerste zonlicht, een beetje saai. De sjaaltjes en baretten hebben de kleur van het haar eronder – bruin, zwart of grijs. De gezichten zijn zo rimpelig als appels van het vorige jaar, de ogen lijken knikkers die in oud deeg gedrukt zijn. Een paar kinderen die met hun opvallende kleuren rood en felgroen en geel afkomstig lijken van een andere planeet. Terwijl de praalwagen achter de oude tractor die hem trekt, langzaam nadert, trekt een grote vrouw met een hoekig, ongelukkig gezicht haar geruite jas steviger om haar schouders en roept iets in het half-verstaanbare plaatselijke dialect; vanaf de wagen gooit een plompe kerstman, die tussen de elfjes en sirenen en kabouters nogal uit de toon valt, met nauw verholen agressie snoepjes naar de menigte. Een oudere man met fijne gelaatstrekken die in plaats van de in deze streek gebruikelijke ronde baret een vilten hoed op heeft, pakt met een beleefd verontschuldigende blik de droevige bruine hond op die tussen mijn benen staat. Ik zie hem met zijn smalle, gracieuze vingers door de vacht woelen; de hond jankt en op het gezicht van de baas verschijnt een mengeling van liefde, bezorgdheid en schuldbesef. Niemand kijkt naar ons. We zouden net zo goed onzichtbaar kunnen zijn. Onze kleding bestempelt ons tot vreemdelingen, passanten. Ze zijn beleefd, o zo beleefd. Niemand staart ons aan, noch de vrouw die haar lange haar in de kraag van haar oranje jas heeft gestopt en om haar hals een wapperende zijden sjaal heeft, noch het kind met de gele rubberlaarzen en de hemelsblauwe regenjas. Door deze kleuren vallen ze op. Hun kleding is exotisch; door hun gezicht – is het te bleek of te donker? – en hun haar lijken ze anders, buitenstaanders, ondefinieerbaar vreemd. De bevolking van Lansquenet heeft geleerd te observeren zonder oogcontact te maken. Ik voel hun blikken als een adem in mijn nek, vreemd genoeg niet vijandig, maar niettemin koud. We zijn voor hen een curiositeit, een onderdeel van het carnaval, een zweem buitenwereld. Ik voel hun ogen prikken wanneer ik me omdraai om een *galette* te gaan kopen. Het papier is warm en vettig, de donkere koek is knapperig aan de rand, maar dik en vol in het midden. Ik breek er een stuk af en geef het aan Anouk. De gesmolten boter loopt over haar kin en ik veeg hem weg. De verkoper is een plompe, kalende man met een dikke bril; zijn gezicht glimt van de damp die van de hete plaat afslaat. Hij geeft haar een knipoog. Met het andere oog neemt hij alle details in zich op – de vragen komen later.

'Op vakantie, *madame*?' De dorpsetiquette staat zo'n vraag wel toe; achter zijn onverschillige handelsmasker schuilt een ware honger. Kennis is hier harde valuta; met steden als Agen en Montauban in de buurt zijn toeristen een zeldzaamheid.

'Een korte vakantie.'

'Zeker uit Parijs?' Het zal wel door onze kleren komen. In dit land waar de zon vrij spel heeft, gaan de mensen onopvallend gekleed. Kleur is een luxe, het past niet bij hen. De kleurige bloesems langs de kant van de weg zijn onkruid, indringers, nutteloos.

'Nee, nee, niet uit Parijs.'

De praalwagen is bijna aan het eind van de straat. Hij wordt gevolgd door een kleine band – twee fluiten, twee trompetten, een trombone en een kleine trom – die een iele, onherkenbare mars speelt. Daarachter draven een stuk of tien kinderen die de achtergebleven snoepjes oprapen. Sommigen zijn verkleed; ik zie Roodkapje en een harige figuur die waarschijnlijk de wolf voorstelt en die gemoedelijk met haar om het bezit van een handjevol serpentines kibbelt.

Een zwarte gedaante sluit de stoet af. Eerst denk ik dat hij bij de optocht hoort – iemand die als pest-arts verkleed is – maar wanneer hij dichterbij komt, herken ik de ouderwetse soutane van de dorpspastoor. Hij is in de dertig, hoewel zijn starre houding hem vanuit de verte ouder doet lijken. Hij keert zich naar me toe en ik zie dat ook hij niet van hier is; hij heeft de hoge jukbeenderen en fletse ogen van de noorderling en op het zilveren kruis dat om zijn nek hangt, rusten lange pianistenvingers. Misschien geeft het feit dat hij ook van buiten komt, hem het recht me openlijk aan te kijken. In zijn koude, lichte ogen zie ik echter geen welkom – hooguit een taxerende, katachtige blik van iemand die zich niet zeker waant van zijn territorium. Ik glimlach naar hem; verschrikt wendt hij zijn blik af en wenkt de twee kinderen. Hij gebaart naar het afval dat langs de weg ligt; met tegenzin beginnen ze het op te ruimen en de gebruikte serpentines en snoeppapiertjes op te rapen en in hun armen naar een prullenbak in de buurt te dragen. Wanneer ik me afwend, betrap ik de priester erop dat hij me weer aankijkt – een blik die je bij een andere man waarderend zou kunnen noemen.

Er is in Lansquenet-sous-Tannes geen politiebureau en dus ook geen misdaad. Ik probeer net als Anouk te zijn, achter de façades te kijken, maar op dit moment is alles wazig.

'Blijven we? Ja, *maman*?' Vasthoudend trekt ze aan mijn arm. 'Ik vind het hier leuk. Blijven we?' Ik sla mijn armen om haar heen en kus haar boven op het hoofd. Ze ruikt naar rook en het bakken van pannenkoeken en warm beddengoed op een winterochtend.

Waarom niet? We kunnen net zo goed hier blijven als ergens anders.

'Ja, hoor,' zeg ik tegen haar, met mijn mond in haar haar. 'Ja hoor, we blijven.' Dat is niet helemaal gelogen. Ditmaal is het misschien zelfs waar.

★ ★ ★

Het carnaval is voorbij. Eenmaal per jaar komt het dorp korte tijd tot leven, maar de warmte is nu alweer weggeëbd en de menigte heeft zich verspreid. De kraamhouders pakken hun bakplaten en luifels in; de kinderen trekken hun kostuum uit en doen de feestartikelen weg. Er heerst enigszins een stemming van verlegenheid, van schaamte om deze uitbarsting van geluid en kleur. Ze verdampt als regen in de zomer die vrijwel zonder een spoor na te laten de gebarsten aarde inloopt en tussen de geblakerde stenen verdwijnt. Twee uur later is Lansquenet-sous-Tannes weer onzichtbaar, als een toverdorp dat slechts eenmaal per jaar te voorschijn komt. Als er geen carnaval was geweest, was het ons niet eens opgevallen.

We hebben gas, maar nog geen elektriciteit. Op onze eerste avond heb ik bij kaarslicht voor Anouk pannenkoeken gebakken. We hebben ze bij de haard gegeten van tijdschriften die als borden dienden, daar al onze spullen pas morgen bezorgd kunnen worden. De winkel was oorspronkelijk een bakkerij en boven de smalle ingang bevindt zich nog steeds een reliëf van een korenschoof; de vloer ligt dik onder het meelachtige stof en toen we binnenkwamen moesten we ons een weg banen door de verspreid liggende post. De huur lijkt belachelijk laag, gewend als we zijn aan stadsprijzen. Toch ving ik toen ik de bankbriefjes neertelde de scherpe, achterdochtige blik op waarmee de vrouw van het verhuurbedrijf ons bekeek. Op het huurcontract sta ik vermeld als Vianne Rocher; de handtekening is een onduidelijke hiëroglief. Bij kaarslicht verkenen we ons nieuwe territorium: de oude ovens die ondanks het vet en het roet nog in verbazingwekkend goede staat zijn, de met grenenhout beklede wanden, de zwartgeblakerde aardewerken tegels. Anouk vond de oude luifel ingeklapt in een achterkamer, waar we hem vandaan sleepten; aan alle kanten kropen de spinnen onder het verbleekte canvas vandaan. Het woongedeelte ligt boven de winkel; een zit-slaapkamer en een badkamer, een belachelijk klein balkonnetje, een terracotta bloembak met dode geraniums... Anouk trok een gezicht toen ze het zag.

'Wat is het hier dónker, *maman*.' Ze klonk overweldigd, onzeker bij de aanblik van zoveel verwaarlozing. 'En het ruikt zo droevig.'

Ze heeft gelijk. De geur doet denken aan daglicht dat jaren gevangen is geweest tot het zuur en ranzig is geworden, aan muizenkeutels en de geest van dingen die niemand meer weet en waar niemand om heeft gerouwd. Het klinkt er als in een grot; onze geringe lichaamswarmte benadrukt de schaduwen alleen maar meer. Verf en zonlicht en zeepsop zullen ons van het vuil bevrijden, maar de droevigheid, de verloren resonantie van een huis waar jarenlang niet is gelachen, dat is een andere zaak... Anouk leek bij het kaarslicht bleek en haar ogen waren groot, terwijl haar hand zich steviger om de mijne klemde.

'Moeten we hier slapen?' vroeg ze. 'Pantoufle vindt het niet leuk. Hij is bang.'

Ik glimlachte en kuste haar ernstige, goudverlichte wang.

'Pantoufle zal ons helpen.'

We staken in iedere kamer een kaars aan, een goudkleurige, een rode, een witte en een oranje. Ik maak het liefst mijn eigen wierook, maar in tijden van nood zijn de stokjes uit de winkel goed genoeg – lavendel, cederhout en citroengras. We hielden ieder een kaars vast, Anouk blies op haar speelgoedtrompetje en ik ratelde met een metalen lepel in een oude steelpan en tien minuten lang stampten we in alle kamers rond, waarbij we keihard schreeuwden en zongen – *Weg! Weg! Weg!* – totdat de muren trilden en de verontwaardigde geesten wegvluchtten, een vage schroeilucht en heel veel gevallen stukken pleisterwerk achter zich latend. Kijk achter het gebarsten en zwartgeblakerde schilderwerk, achter het droeve voorkomen van een verlaten omgeving en begin de vage contouren te ontwaren, als het nabeeld van een sterretje dat je in je handen hebt gehouden – hier een oogverblindend goudgeverfde muur, daar een leunstoel, wel wat sjofel, maar toch triomfantelijk oranje, de oude luifel die plotseling onder de lagen vuil hier en daar halfverborgen kleuren laat zien. *Weg! Weg! Weg!* Anouk en Pantoufle stampten en zongen en de vage beelden leken duidelijker te worden – een rode kruk naast de vinyl toonbank, een koord met bellen bij de voordeur. Natuurlijk weet ik dat het maar een spelletje is. Vertoon om een bang kind te troosten. Er zal werk verzet moeten worden, veel werk, voordat dit ergens op gaat lijken. En toch is het voorlopig voldoende om te weten dat het huis ons verwelkomt, zoals wij het huis verwelkomen. Grof zout en brood bij de drempel om eventuele huisgoden gunstig te stemmen. Sandelhout op ons kussen om onze dromen te veraangenamen.

Later meldde Anouk dat Pantoufle niet bang meer was, dus dat was in orde. We sliepen samen met onze kleren aan op de stoffige matras in de slaapkamer met alle kaarsen aan en toen we wakker werden, was het ochtend.

# 2

## *Aswoensdag, 12 februari*

In feite werden we gewekt door de klokken. Ik had me niet gerealiseerd hoe dicht we bij de kerk zaten, totdat ik ze hoorde – één lage dreunende grondtoon die op de eerste tel in een helder carillon viel: *dómmm flá-di-dadi dómmmm*. Ik keek op mijn horloge. Het was zes uur. Grijsgoudachtig licht filterde door de kapotte luiken op het bed. Ik stond op en keek uit over het plein. De natte keitjes glommen. De vierkante witte kerktoren stond scherp afgetekend tegen het ochtendlicht, zoals hij daar oprees uit de duisternis van de donkere winkelpuien – een bakkerij, een bloemenwinkel en een winkel die grafbenodigdheden als plaquettes, stenen engelen en geëmailleerde, nooit-verwelkende rozen verkoopt... Boven de voorgevels met de discreet gesloten luiken lijkt de witte toren een baken; de Romeinse cijfers geven rood-glanzend zes uur twintig aan om de duivel te misleiden, de Maagd Maria overziet met een enigszins angstige uitdrukking vanuit haar hoge uitkijkpost het plein. Boven op de korte spits geeft een windwijzer west-tot-noordwest aan. Het is een man met een lang gewaad aan en een zeis in de hand. Vanaf het balkon met de dode geraniums zag ik de eerste mensen naar de mis komen. Ik herkende de vrouw met de geruite jas die bij het carnaval was; ik zwaaide naar haar, maar ze haastte zich voort zonder een gebaar terug te maken en trok haar jas beschermend om zich heen. De man met de vilten hoed en de droevige bruine hond die hem volgde, schonk me een aarzelende glimlach. Ik riep vrolijk naar hem, maar de dorpsetiquette stond dit soort informeel gedrag blijkbaar niet toe, want hij reageerde niet en haastte zich samen met zijn hond eveneens naar de kerk.

Daarna keek niemand ook maar eventjes omhoog, hoewel ik meer dan zestig hoofden telde, goed ingepakt in hoofddoeken, baretten en hoeden tegen een onzichtbare wind, maar ik voelde hun bestudeerde, nieuwsgierige onverschilligheid. Ze hadden belangrijke zaken aan hun hoofd, zeiden hun gekromde schouders en ingetrokken nekken. Hun voeten sleepten zich stuurs over de keitjes, als de voeten van kinderen die naar school gaan. Ik wist wie die dag was gestopt met roken, wie zijn wekelijkse bezoek aan het café had opgegeven, wie zich had voorgenomen haar favoriete gerechten te laten staan. Het gaat me natuurlijk niets aan. Ik voelde op dat moment alleen dat áls er een plek was die behoefte had aan wat magie... Gewoonten leer je niet zomaar af en als je er eenmaal een gewoonte van hebt gemaakt wensen in vervulling te laten gaan, kun je die impuls nooit meer helemaal kwijtraken. Bovendien waaide nog steeds diezelfde wind, de carnavalswind, met zijn vage geur van vet en suikerspin en kruit, de warme, doordringende geuren van de seizoensovergang, die de handen doen jeuken en het hart sneller doen slaan... Goed, voorlopig blijven we. Voorlopig. Tot er een andere wind opsteekt.

★ ★ ★

We kochten de verf in de dorpsbazaar, evenals kwasten, rollers, zeep en emmers. We begonnen boven en werkten naar beneden. We gooiden gordijnen en kapotte bevestigingen op een allengs groter wordende hoop in de kleine achtertuin, boenden de vloeren en veroorzaakten vloedgolven op de smalle, beroete trap, zodat we allebei diverse malen doorweekt raakten. Anouks boender werd een onderzeeër en de mijne een tanker die met veel lawaai zeeptorpedo's via de trap de hal in schoten. Midden in dit alles hoorde ik de deurbel klingelen; met zeep in de ene hand en een borstel in de andere keek ik op en ik zag de lange gestalte van de priester.

Ik had me al afgevraagd hoe lang het zou duren voordat hij kwam.

Glimlachend stond hij ons een poosje op te nemen. Een behoedzame glimlach, bezitterig, welwillend; de heer des huizes verwelkomt de ongelegen gast. Ik voelde dat hij zich scherp bewust was van mijn natte en vuile overall, van mijn haar met het rode sjaaltje eromheen en mijn blote voeten in de druipnatte sandalen.

'Goedemorgen.' Er kwam een stroompje schuimend water op zijn glimmende zwarte schoen af. Ik zag zijn ogen er even heen schieten en zich toen weer op mij vestigen.

'Francis Reynaud,' zei hij, terwijl hij discreet een stap opzij deed. '*Curé* van de parochie.' Ik moest erom lachen, ik kon het niet helpen.

'Aha!' zei ik boosaardig. 'Ik dacht dat u bij het carnaval hoorde.'

Beleefd gelach: *hu, hu, hu.*

Ik stak een gele plastic handschoen uit.

'Vianne Rocher. En de kanonnier daar is mijn dochter Anouk.'

Er waren geluiden van zeepexplosies te horen en van een gevecht tussen Anouk en Pantoufle op de trap. Ik kon de priester horen wachten op details over meneer Rocher. Wat was het toch handig als je een document had en alles officieel was, en je deze ongemakkelijke, vervelende *conversation* kon mijden...

'Ik neem aan dat u het vanmorgen erg druk hebt gehad.' Ik had plotseling met hem te doen; hij deed zo zijn best, hij spande zich zo in om contact te leggen. Weer die geforceerde glimlach.

'Ja, we moeten het hier zo snel mogelijk op orde hebben. Dat zal wel even duren! Maar we zouden vanmorgen toch niet in de kerk geweest zijn, *monsieur le curé*. We zijn namelijk niet kerks.' Het was vriendelijk bedoeld, om hem te laten weten waar hij met ons aan toe was, om hem gerust te stellen, maar hij zag er geschrokken, bijna beledigd uit.

'O.'

Het was te direct. Hij had liever gewild dat we een beetje gedanst hadden, als waakzame katten om elkaar heen gedraaid hadden.

'Maar het is erg aardig van u dat u ons welkom heet,' ging ik opgewekt verder. 'U kunt ons misschien zelfs helpen hier nieuwe vrienden te vinden.'

Hij heeft zelf iets van een kat, merk ik; koude, lichte ogen die je niet lang aankijken, een rusteloze waakzaamheid, bestudeerd, afstandelijk.

'Ik zal doen wat ik kan.' Hij is onverschillig nu hij weet dat we niet bij zijn kudde zullen horen. En toch dwingt zijn geweten hem meer aan te bieden dan hij bereid is te geven. 'Had u iets in gedachten?'

'Nou, we zouden wel wat hulp kunnen gebruiken,' opperde ik. 'Niet van u, natuurlijk,' – snel, omdat hij al begon te antwoorden. 'Maar misschien kent u iemand die wat extra geld kan gebruiken? Een stukadoor, iemand die met opknappen zou kunnen helpen?' Dat was toch veilig terrein.

'Ik zou zo gauw niemand weten.' Hij is op zijn hoede, zo'n waakzaam iemand heb ik nog nooit ontmoet. 'Maar ik zal eens informeren.' Misschien doet hij dat ook wel. Hij kent zijn plicht jegens nieuwkomers. Maar ik weet dat hij niemand zal vinden. Hij is niet het type dat gul met zijn gunsten is. Zijn blik ging opmerkzaam naar de stapel brood en het zout bij de deur.

'Om voorspoed af te smeken.' Ik glimlachte, maar zijn uitdrukking was ijzig. Hij liep voorzichtig langs de offerande heen alsof die hem persoonlijk beledigd had.

'*Maman?*' Anouks hoofd verscheen om de hoek van de deur; haar haar stond in rare pieken overeind. 'Pantoufle wil buiten spelen. Mag dat?'

Ik knikte.

'Blijf in de tuin.' Ik haalde een vieze veeg van de brug van haar neus. 'Je ziet eruit als een duveltje.' Ik zag haar even naar de priester kijken en ving nog net op tijd haar grappige blik op. 'Dat is meneer Reynaud, Anouk. Zeg eens gedag.'

'Dag!' riep Anouk terwijl ze al op de deur afliep. '*Au revoir!*'

Een wazige vlek gele trui en rode overall en weg was ze – vliegensvlug gleden haar voeten over de vettige plavuizen. Ik was er, beslist niet voor het eerst, bijna zeker van dat ik Pantoufle achter haar aan zag rennen, een donkere vlek die afstak tegen de donkere drempel.

'Ze is pas zes,' zei ik bij wijze van uitleg.

Op Reynauds gezicht verscheen een strakke, zure glimlach, alsof zijn eerste indruk van mijn dochter al zijn vermoedens rond mij bevestigde.

# 3

## Donderdag, 13 februari

Goddank, dat is voorbij. Bezoeken maken me doodmoe. Ik heb het natuurlijk niet over u, *mon père*; mijn wekelijkse bezoek aan u is een luxe, je zou kunnen zeggen mijn enige luxe. Ik hoop dat u de bloemen mooi vindt. Ze zien er niet zo mooi uit, maar ze geuren heerlijk. Ik zal ze hier neerzetten, naast uw stoel, waar u ze kunt zien. Je hebt van hieruit een mooi uitzicht over de velden, met daar de Tannes en in de verte de glinsterende Garonne. Je zou je haast inbeelden dat we alleen waren. O, ik klaag niet. Niet echt. Maar weet u, het is zo'n zware last voor één man. Hun kleine zorgen, hun ongenoegen, hun domheid, hun duizenden onbeduidende problemen... Dinsdag was het carnaval. Het leken wel wilden, zo dansten en schreeuwden ze. Louis Perrins jongste, Claude, schoot op me met een waterpistool en zijn vader zei natuurlijk dat hij jong was en een beetje moest kunnen spelen. Ik wil hun alleen maar de weg wijzen, *mon père*, hen van hun zonden bevrijden. Maar waar ze maar kunnen komen ze tegen me in opstand, als kinderen die heilzaam voedsel weigeren om te kunnen blijven eten waar ze ziek van worden. Ik weet dat u het begrijpt. Vijftig jaar lang heeft u al die dingen geduldig en sterk gedragen. U verdiende hun liefde. Zijn de tijden zozeer veranderd? Ik word gevreesd, gerespecteerd, maar bemind... nee. Hun gezichten staan nors, wrevelig. Gisteren verlieten ze de kerk met as op hun voorhoofd en een blik van schuldbewuste opluchting op hun gezicht. Terug naar hun heimelijke geneugten, hun eenzame ondeugden. Begrijpen ze het dan niet? De Heer ziet alles. *Ik* zie alles. Paul-Marie Muscat slaat zijn vrouw. Hij bidt na de biecht wekelijks tien weesgegroetjes en zodra hij weg is, gaat hij op precies dezelfde voet verder. Zijn vrouw steelt. Vorige week ging ze naar de markt en stal ze prullerige sieraden bij een kraampje. Guillaume Duplessis wil weten of dieren een ziel hebben en huilt wanneer ik hem vertel dat dat niet zo is. Charlotte Edouard denkt dat haar man een maîtresse heeft – ik weet dat hij er drie heeft, maar het biechtgeheim legt mij het zwijgen op. Kinderen zijn het! Hun eisen verwonden me, verzwakken me. Maar ik kan me niet veroorloven zwakte te tonen. Schapen zijn niet de makke, vriendelijke dieren uit de herdersidylle. Iedere plattelandsbewoner kan je dat vertellen. Ze zijn sluw, soms kwaadaardig en pathologisch dom. Een zachtmoedige herder vindt zijn kudde misschien weerspannig en opstandig. Ik kan me niet veroorloven zachtmoedig te zijn. Daarom gun ik mezelf eens per week dit kleine genoegen. Uw mond, *mon père*, is zo verzegeld als die van een biechtvader. Uw oren zijn altijd geopend, uw hart is altijd vriendelijk. Een uur kan ik mijn last vergeten. Kan ik feilbaar zijn.

We hebben een nieuwe parochiaan. Een zekere Vianne Rocher, een weduwe denk ik, met een jong kind. Herinnert u zich de bakkerij van de oude Blaireau nog? Hij is al vier jaar dood en er is sindsdien niets meer aan het pand gedaan. Nou, zij heeft het gehuurd, en ze hoopt aan het eind van de week haar winkel te kunnen openen. Ik denk dat ze het niet lang volhoudt. We hebben al de bakkerij van Poitou aan de andere kant van het plein en ze past trouwens niet in ons dorp. Het is wel een aardige vrouw, maar ze heeft niets met ons gemeen. Twee maanden, en dan is ze weer terug in de stad waar ze vandaan komt. Gek, ik heb helemaal niet gevraagd waar ze vandaan komt. Parijs, denk ik, of misschien zelfs uit het buitenland. Ze heeft geen accent, ze praat bijna te mooi voor een Française, met de korte klinkers van het noorden, maar haar ogen lijken een beetje Italiaans of Portugees, en haar huid... Maar ik heb haar niet zo goed bekeken. Ze heeft gisteren en vandaag de hele dag in de bakkerij gewerkt. Er zit oranje plastic voor het raam en af en toe verschijnt zij of haar wilde dochtertje om een emmer vuil sop in de goot te legen of om geanimeerd met de een of andere werkman te praten. Ze heeft een vreemd talent voor het vinden van helpers. Hoewel ik aanbood haar te helpen, betwijfelde ik of ze veel dorpelingen bereid zou vinden. En toch zag ik vanmorgen vroeg Clairmont met een lading hout, daarna Pourceau met zijn ladders. Poitou stuurde wat meubels; ik zag hem met een leunstoel het plein oversteken met de steelse blik van een man die niet gezien wil worden. Zelfs die humeurige roddelaar Narcisse, die vorig jaar november ronduit weigerde het kerkhof om te spitten, ging er met zijn gereedschap heen om haar tuin op te knappen. Vanmorgen om ongeveer tien over half negen stopte er een bestelbus voor de winkel. Duplessis, die op zijn vaste tijd zijn hond uitliet, kwam op dat moment net voorbij en ze riep hem om hem te vragen of hij haar wilde helpen met uitladen. Ik zag dat het verzoek hem aan het schrikken maakte en even dacht ik dat hij zou weigeren, want zijn hand ging al naar zijn hoed. Toen zei ze iets – ik kon niet horen wat – en toen hoorde ik haar gelach over het pleintje weerklinken. Ze lacht heel veel en maakt veel drukke, grappige gebaren met haar armen. Ook zo'n stadstrekje, neem ik aan. We zijn in de mensen om ons heen meer reserve gewend, maar ze zal het wel goed bedoelen. Ze had als een zigeunerin een paarse sjaal om haar hoofd geknoopt, maar het meeste haar kwam eronderuit en er zaten strepen witte verf op. Het leek haar niet te kunnen schelen. Duplessis kon zich later niet meer herinneren wat ze tegen hem gezegd had, maar hij zei op de hem kenmerkende onzekere wijze dat de zending niet veel had voorgesteld, slechts een paar dozen, klein maar tamelijk zwaar, en een paar open kratten met keukengerei erin. Hij had niet gevraagd wat er in de dozen zat, maar hij kon zich niet indenken dat je met zulke kleine hoeveelheden in een bakkerij ver kwam.

Denk niet, *mon père*, dat ik de hele dag de bakkerij in de gaten heb zitten houden. Die is gewoon recht tegenover mijn huis, ooit úw huis, *mon père*, voordat dit allemaal gebeurde. Er wordt nu al anderhalve dag lang alleen maar getimmerd en geschilderd en gewit en geschrobd en ik kan het niet helpen, maar ik ben nieuwsgierig naar het resultaat. Ik ben niet de enige; ik hoorde madame Clairmont bij Poitou voor de deur gewichtig tegen een stel vriendinnen vertellen over het werk dat haar man had gedaan; er werd iets gezegd over *rode luiken* en *een geschilderd uithangbord*, maar toen zagen ze mij en werd er alleen nog maar slinks gefluisterd. Alsof het mij wat kan schelen. Toen ik wegliep, begon hun geklets opnieuw, net zo doordringend als het geluid van ganzen. De nieuweling zorgt in ieder geval voor gespreksstof. Mijn blik wordt op de vreemdste momenten naar het oranje plastic getrokken. Het ziet eruit als de verpakking van iets lekkers, als een restje carnaval. Die felle kleur en de manier waarop de plooien van het plastic het zonlicht vangen, maken me op de een of andere manier onrustig; ik zal blij zijn wanneer het werk af is en het gewoon weer een bakkerij is.

De verpleegster probeert mijn aandacht te vangen. Ze denkt dat ik u vermoei. Hoe kunt u die vrouwen met hun luide stemmen en verpleegstersmaniertjes verdragen? *We moeten nu even rusten, denk ik.* Haar schalksheid is ergerlijk, ondraaglijk. En toch bedoelt ze het goed, zeggen uw ogen. *Vergeef het hun, want ze weten niet wat ze doen.* Ik ben niet vriendelijk. Ik kom hier voor mijn eigen heil, niet voor het uwe. En toch geloof ik altijd graag dat mijn bezoekjes u plezier doen, u op de hoogte houden van de harde realiteit van een wereld die voor u wazig en monotoon is geworden. Eén uur per avond televisie, vijf maal per dag keren, eten via een slang. Er wordt over u gepraat alsof u een ding bent – *Kan hij ons horen? Denk je dat hij het begrijpt?* – en uw mening wordt niet gevraagd, wordt niet belangrijk geacht... Zo afgesloten van alles te zijn en toch te voelen, te denken... Dat is de ware hel, ontdaan van alle middeleeuwse opsmuk. Dit gebrek aan contact. En toch wend ik me tot u om te leren communiceren. Om te leren hoop te hebben.

# 4

*Valentijnsdag*
*Vrijdag, 14 februari*

De naam van de man met de hond is Guillaume. Hij heeft me gisteren met de bestelling geholpen en hij was vanmorgen mijn eerste klant. Hij had zijn hond Charly bij zich en hij begroette me met een verlegen beleefdheid die aan hoffelijkheid grensde.

'Het ziet er prachtig uit,' zei hij rondkijkend. 'U moet de hele nacht hebben doorgewerkt.'

Ik lachte.

'Niet de hele nacht,' zei ik. 'Ik geloof dat ik uiteindelijk om vier uur naar bed ging.'

'Het is een hele verandering,' zei Guillaume. 'Weet u, ik weet niet waarom, maar ik was er gewoon van uitgegaan dat het weer een bakkerij zou worden.'

'En de handel van die arme meneer Poitou bederven? Hij zou het me niet in dank afnemen. Hij heeft toch al zo'n last van zijn spit, en dan nog een vrouw die invalide is en slecht slaapt.'

Guillaume boog zich voorover om iets met Charly's halsband te doen, maar ik zag zijn ogen twinkelen.

'Jullie hebben blijkbaar al kennisgemaakt,' zei hij.

'Ja. Ik heb hem mijn recept voor een avondthee gegeven.'

'Als het helpt, is hij een vriend voor het leven.'

'Het werkt,' verzekerde ik hem. Ik reikte onder de toonbank en haalde een kleine roze doos met een zilveren valentijnsstrik erop te voorschijn. 'Hier, voor u. Mijn eerste klant.' Guillaume keek een beetje verschrikt.

'Maar, *madame*, ik...'

'Noem me maar Vianne. En ik sta erop dat je het aanneemt.' Ik duwde de doos in zijn handen. 'Je zult ze lekker vinden. Het is je lievelingschocola.'

Daar moest hij om glimlachen.

'Hoe weet je dat?' informeerde hij, terwijl hij de doos zorgvuldig wegstopte in de zak van zijn jas.

'O, dat zie ik gewoon,' zei ik ondeugend. 'Ik weet altijd wat iemand graag lust. Geloof me maar, dit lust jij graag.'

Het reclamebord was pas rond het middaguur klaar. Georges Clairmont kwam het zelf ophangen en verontschuldigde zich uitgebreid voor het feit dat hij te laat was. De vuurrode luiken staken prachtig af tegen de pasgewitte muren en Narcisse kwam, vaag mopperend over de late vorst, een paar nieuwe geraniums uit zijn kwekerij brengen om in mijn plantenbakken te zetten. Ik gaf hun bij het weggaan allebei een valentijnsdoos mee en ze keken allebei aangenaam verrast. Op een paar schoolkinderen na was er verder weinig aanloop. Zo gaat het altijd wanneer er in zo'n klein dorpje een nieuwe winkel opengaat; er is een strikte gedragscode voor zulke situaties en de mensen zijn gereserveerd en wenden onverschilligheid voor, hoewel ze vanbinnen branden van nieuwsgierigheid. Er waagde zich een oude dame naar binnen die gekleed was in de traditionele zwarte japon van de plattelandsweduwe. Een man met een donker, blozend gelaat kocht drie dezelfde dozen zonder te vragen wat erin zat. Toen kwam er uren niemand. Dat had ik wel verwacht; de mensen hebben tijd nodig om aan veranderingen te wennen en hoewel ik diverse scherpe blikken op mijn etalage zag werpen, leek niemand geneigd naar binnen te gaan. Achter de bestudeerde nonchalance voelde ik echter de opwinding, het speculatieve gefluister, de lichte beroering van gordijnen en het bijeenrapen van moed. Toen ze dan eindelijk kwamen, kwamen ze samen; zeven of acht vrouwen, onder wie Caroline Clairmont, de vrouw van de maker van het bord. Een negende, die een beetje later dan de groep arriveerde, bleef buiten staan met haar gezicht bijna tegen de etalageruit en ik herkende de vrouw met de geruite jas.

De dames bekeken alles, giechelden als schoolmeisjes, aarzelend, verrukt over hun gezamenlijke stoutmoedigheid.

'En maakt u die allemaal zelf?' merkte Cécile op, die eigenares is van de apotheek in de hoofdstraat.

'Ik zou het eigenlijk moeten laten in de vastentijd,' merkte Caroline, een mollige blondine met een bontkraag, op.

'Ik zal het tegen niemand vertellen,' beloofde ik. Toen ik de vrouw met de geruite jas nog steeds de etalage in zag turen, zei ik: 'Wil jullie vriendin niet binnenkomen?'

'O, die hoort niet bij ons,' antwoordde Joline Drou, een vrouw met scherpe gelaatstrekken die op de plaatselijke school werkt. Ze wierp een korte blik op de vrouw met het hoekige gezicht voor het raam. 'Dat is Joséphine Muscat.' Er klonk een soort medelijdende minachting in haar stem door toen ze die naam uitsprak. 'Ik denk dat ze niet binnen zal komen.'

Alsof ze het gehoord had, zag ik Joséphine plotseling licht blozen en haar hoofd naar haar borst brengen. Ze hield één hand met een vreemd, beschermend gebaar tegen haar maag gedrukt. Ik zag haar – voortdurend neergetrokken – mond enigszins ritmisch bewegen, zoals bij bidden of vloeken.

Ik hielp de dames – een witte doos, goudkleurig lint, twee papieren cornets, een roos, een roze valentijnsstrik – onder veel geroep en gelach. Buiten stond Joséphine Muscat wiegend te mompelen en haar grote, lelijke vuisten in haar middel te persen. Toen ik de laatste klant hielp, hief ze ineens met een soort uitdagend gebaar haar hoofd op en liep naar binnen. De laatste bestelling was groot en nogal ingewikkeld. Madame wilde precies die en die bonbons, in een ronde doos, met linten en bloemen en gouden harten en een onbeschreven kaartje; hierop rolden de dames in ondeugende extase met hun ogen: *hihihihi!*, zodat ik het bijna niet opmerkte. De grote handen gaan verrassend snel te werk – ruwe, vlugge handen die rood zijn geworden door het huishoudelijke werk. De ene blijft tegen haar middel gedrukt, de andere fladdert even langs haar zij als van iemand die snel een revolver trekt en het zilveren pakje met de roos waarop 'tien frank' staat is van de plank in haar jaszak verdwenen.

Een knap stukje werk.

Ik deed alsof ik het niet zag, totdat de dames met hun pakjes de winkel uit waren. Joséphine, nu alleen voor de toonbank, deed alsof ze de uitgestalde waar bekeek en liet een aantal dozen door haar nerveuze, voorzichtige vingers gaan. Ik sloot mijn ogen.

De gedachten die ze me zond, waren complex, kwellend. Een snelle reeks beelden flitste door mijn hoofd: rook, een handvol glinsterende snuisterijen, een bebloede knokkel. Een zenuwachtige onderstroom van tobberigheid.

'Madame Muscat, kan ik u helpen?' Mijn stem was zacht en aangenaam. 'Of wilt u alleen maar even rondkijken?'

Ze mompelde iets onverstaanbaars en keerde zich om alsof ze weg wilde gaan.

'Ik denk dat ik hier iets voor u heb dat u lekker vindt.' Ik reikte onder de toonbank en haalde een zilveren pakje te voorschijn dat precies leek op datgene dat ik haar had zien wegnemen, maar dan groter. Er zat een wit lint omheen, dat bestikt was met gele bloemetjes. Ze keek me aan, de hoeken van haar brede ongelukkige mond naar beneden trekkend in een soort paniek. Ik schoof het pakje over de toonbank naar haar toe.

'Van de zaak, Joséphine,' zei ik zachtjes tegen haar. 'Neem ze maar. Je zult ze heel lekker vinden.'

Joséphine Muscat keerde zich om en vluchtte weg.

# 5

## Zaterdag, 15 februari

Ik weet dat dit niet mijn vaste dag is, *mon père*. Maar ik moest met iemand praten. De bakkerij is gisteren opengegaan. Maar het is geen bakkerij. Toen ik gisterenochtend om zes uur wakker werd, was het plastic weg, waren de luifel en de luiken aangebracht en zat er beschermend doek voor de etalage. Wat een gewoon, nogal saai oud huis was zoals alle andere eromheen, is veranderd in rood-met-gouden suikerwerk tegen een verblindend witte achtergrond. Rode geraniums in de plantenbakken aan de gevel. Crêpepapieren slingers om het traliewerk. En boven de deur een met de hand beschreven eikenhouten bord waarop met zwarte letters staat:

*La Céleste Praline*
*Chocolaterie Artisanale*

Het is natuurlijk belachelijk. Zo'n winkel doet het misschien goed in Marseille of Bordeaux – misschien zelfs in Agen, waar elk jaar meer toeristen komen. Maar in Lansquenet-sous-Tannes? En aan het begin van de vasten, van oudsher het seizoen van de onthouding? Het lijkt pervers, maar misschien is dat wel expres. Ik heb vanmorgen in de etalage gekeken. Op een witmarmeren ondergrond zijn talloze dozen, pakjes, cornets van zilver- en goudpapier, rozetten, klokjes, bloemen, harten en lange krullen van veelkleurig lint uitgestald. Onder glazen stolpen en op schalen liggen chocolaatjes, bonbons, venustepels, truffels, *mendiants*, geconfijte vruchten, hazelnootrotsjes, chocolade schelpdieren, geglaceerde rozenblaadjes en geconfijte viooltjes... Beschermd tegen de zon door het halfhoge doek voor het raam. Ze glanzen donker, als verzonken schatten, Aladdins grot vol zoete clichés. En in het midden heeft ze een schitterend bouwwerk neergezet: een huisje van snoepgoed; de muren zijn gemaakt van met chocola bedekte *pain d'épices*, waarop met zilver- en goudglazuur de details zijn gespoten, de dakpannen van florentines met gesuikerd fruit erop, vreemde klimplanten van glazuur en chocola begroeien de muren, marsepeinen vogels zingen in de chocoladebomen... En de heks zelf, van de punt van haar hoed tot de zoom van haar lange mantel van pure chocola gemaakt, zit op haar bezemsteel die in werkelijkheid een reusachtige *guimauve* is – van die lange gedraaide spekstaven die tijdens het carnaval in de snoepstalletjes hangen... Door mijn eigen raam kan ik het hare zien, als een oog dat een steelse, samenzweerderige knipoog geeft. Door die winkel en zijn koopwaar heeft Caroline Clairmont haar vastengelofte verbroken. Ze heeft het gisteren aan me gebiecht, op die ademloze, meisjesachtige toon die zo slecht bij haar belofte berouw te tonen, past.

'O, *mon père*, ik vind het zo afschuwelijk! Maar wat kon ik doen? Die charmante vrouw was zo schattig! Ik dacht er niet eens over na tot het te laat was, nou en als er íemand is die geen chocola zou moeten eten... Mijn heupen zijn de afgelopen twee jaar enórm uitgedijd! O, ik zou wel door de grond kunnen zakken...'

'Twee weesgegroetjes.' Mijn God, wat een vrouw. Ik kan door het traliewerk heen haar hongerige, bewonderende blik voelen. Omdat ik abrupt doe, wendt ze voor verdrietig te zijn.

'Jazeker, *mon père*.'

'En vergeet niet waarom we vasten. Niet voor de ijdelheid. Niet om indruk te maken op onze vriendinnen. Niet om in de dure mode van de volgende zomer te passen.' Ik ben opzettelijk wreed. Ze wil het.

'Ja, ik ben wel ijdel, hè?' Een snikje, een traan, die voorzichtig met de punt van een batisten zakdoekje wordt weggewist. 'Ik ben gewoon een ijdele, domme vrouw.'

'Denk aan Onze Heer. Aan Zijn offer. Aan Zijn nederigheid.' Ik ruik haar parfum, een bloemengeur, te sterk voor deze benauwde duisternis. Ik vraag me af of dit nu verleiding is. Als dat zo is, ben ik van steen.

'Vier weesgegroetjes.'

Het is een soort wanhoop. Het vreet aan de ziel, knabbelt er steeds een stukje af, zoals een kathedraal door de jaren heen afslijt door de erosie van rondvliegend stof en korrels zand. Ik voel hem aan mijn standvastigheid knagen, aan mijn vreugde, mijn geloof. Ik zou hen door beproevingen willen leiden, door de wildernis... Maar in plaats daarvan krijg ik dit. Deze trieste stoet leugenaars, bedriegers en vreetzakken, dit zielige zelfbedrog... De strijd tussen goed en kwaad teruggebracht tot een dikke vrouw voor een chocoladewinkel die met droevige besluiteloosheid staat te twijfelen of ze wel of niet naar binnen zal gaan. De duivel is een lafaard; hij laat nooit zijn gezicht zien. Hij heeft geen substantie, hij valt uiteen in miljoenen stukjes die boosaardig het bloed, de ziel binnendringen. U en ik zijn te laat geboren, *mon père*. Ik voel me aangetrokken tot de strenge, zuivere wereld van het Oude Testament. Toen wisten we waar we aan toe waren. Satan was in den vleze onder ons. We namen moeilijke beslissingen; we offerden onze kinderen in naam van de Heer. We konden het kaf van het koren scheiden en het dorsen was hard werken. Maar we wisten tenminste hoe we het moesten doen. We hielden van God, maar vreesden Hem meer.

Denk niet dat ik Vianne Rocher de schuld geef. Ik denk eigenlijk nauwelijks aan haar. Ze is slechts één van de invloeden waartegen ik me dagelijks moet verzetten. Maar de gedachte aan die winkel met zijn carnavalsluifel, die de spot drijft met iedere vorm van onthouding, met het geloof! Op de meest onverwachte momenten trekt hij de aandacht. Wanneer ik me van de deuropening afwend om de parochianen welkom te heten, vang ik binnen een beweging op. *Probeer me uit. Beproef me. Proef me.* Tussen twee gezangen in hoor ik de toeter van de bestelbus die voor de winkel stopt. Tijdens de preek – de préék, *mon père!* – blijf ik midden in een zin steken, omdat ik meen geritsel van snoeppapiertjes te horen...

*Probeer me uit. Beproef me. Proef me.*

Ik preekte vanmorgen met grotere strengheid dan gewoonlijk, hoewel er maar weinig mensen in de kerk waren. Morgen zullen ze ervan lusten. Morgen, zondag, wanneer de winkels dicht zijn.

# 6

## Zaterdag, 15 februari

De school was vandaag vroeg uit. Tegen twaalven wemelde het op straat van de cowboys en indianen met kleurige jacks en spijkerbroeken aan, de schooltas nonchalant over de schouder. De oudere kinderen, de kraag van hun jas opgeslagen, trekken aan een stiekeme sigaret; in het voorbijgaan werpen ze even een nonchalante blik op de etalage. Ik zag één jongen alleen lopen, heel correct gekleed in grijze overjas en baret, zijn schooltas keurig recht op zijn smalle schouders. Hij wierp een lange blik op de etalage van La Céleste Praline, maar het licht viel zo op het glas dat ik zijn uitdrukking niet kon zien. Toen bleef er een groep van vier kinderen van Anouks leeftijd staan en liep hij door. Twee neuzen werden kort tegen de etalageruit gedrukt, daarna trokken de kinderen zich in een kluitje terug, waarna de vier hun zakken leegden en hun centjes bij elkaar legden. Even werd er geaarzeld: wie moest er naar binnen? Ik deed alsof ik achter de toonbank met iets bezig was.

'Madame?' Een klein besmeurd gezichtje keek achterdochtig naar me op. Ik herkende de wolf uit de carnavalsoptocht.

'Eens even kijken... Ik denk dat jij iemand voor pindabrokken bent.' Ik bleef in de plooi, want het kopen van snoep is een ernstige aangelegenheid. 'Het is niet duur, je kunt het uitdelen, het smelt niet in je zak en je kunt' – ik hield mijn handen een eindje uit elkaar – 'wel zoveel krijgen voor vijf frank. Zit ik goed?'

Er verscheen geen lach op zijn gezicht, maar hij knikte, als de ene zakenman tegen de andere. De munt was warm en een beetje kleverig. Hij nam het zakje voorzichtig in ontvangst.

'Ik vind het koekhuisje mooi,' zei hij ernstig. 'Dat in de etalage staat.' De drie anderen in de deuropening knikten verlegen, tegen elkaar aan gedrukt alsof ze zichzelf moed in wilden spreken. 'Het is *cool*.' Het Amerikaanse woord kwam er enigszins uitdagend uit, als de rook van een stiekeme sigaret. Ik glimlachte.

'Heel *cool*,' zei ik instemmend. 'Als je wilt, kunnen jij en je vrienden een keer komen helpen met het opeten wanneer ik het weghaal.'

Hun ogen werden groot.

'*Cool!*'

'*Supercool!*'

'Wanneer?'

Ik haalde mijn schouders op.

'Ik zal tegen Anouk zeggen dat ze jullie moet waarschuwen,' zei ik tegen hen. 'Dat is mijn dochtertje.'

'Dat weten we. We hebben haar gezien. Ze gaat niet naar school.' Het laatste klonk een beetje jaloers.

'Maandag begint ze. Het is jammer dat ze nog geen vrienden heeft, want ik heb gezegd dat ze ze mee mocht nemen. Om te helpen met de etalage en zo.'

Voeten schuifelden, er werden kleverige handen uitgestoken, er werd geduwd en getrokken om vooraan te kunnen staan.

'Wij kunnen...'

'*Ik* kan...'

'Ik ben Jeannot.'

'Claudine...'

'Lucie...'

Ik gaf hun voor ze weggingen allemaal een suikermuis en zag hoe ze als paardebloempluisjes uitwaaierden over het plein. Terwijl ze voortrenden beroerde een baan zonlicht telkens een rug — rood-oranjegroen-blauw — en even later waren ze weg. In de schaduw van het voorportaal van de Saint Jérôme zag ik de priester, Francis Reynaud, met een nieuwsgierige en, naar ik meende, afkeurende blik naar hen kijken. Ik was even verbaasd. Vanwaar die afkeuring? Na zijn verplichte bezoekje op die eerste dag is hij niet meer langs geweest, hoewel ik van andere mensen wel het een en ander over hem heb gehoord. Guillaume spreekt respectvol over hem, Narcisse boos, Caroline schalks, zoals ze, naar ik voel, over iedere man onder de vijftig doet. Ze praten met weinig warmte over hem. Hij is niet van hier, heb ik begrepen. Een seminarium in Parijs, al zijn kennis uit boeken opgedaan – hij kent het land, de behoeften, de eisen niet. Dat zegt Narcisse, die sinds de keer waarop hij tijdens het oogstseizoen de mis weigerde bij te wonen, een smeulend conflict met hem heeft. Een man die niet tegen dwazen kan, zegt Guillaume met die glimp humor achter zijn ronde bril, dat wil zeggen tegen de meesten van ons, met onze dwaze kleine gewoonten en onze vaste routines. Hij klopt Charly liefkozend op de kop terwijl hij dat zegt en de hond laat een enkele, plechtige blaf horen.

'Hij vindt het belachelijk om zo gehecht te zijn aan een hond,' zei Guillaume berouwvol. 'Hij is veel te beleefd om het te zeggen, maar hij vindt het – ongepást. Een man van mijn leeftijd...' Voor zijn pensionering was Guillaume onderwijzer op de plaatselijke school. Er zijn daar nu nog maar twee onderwijzers voor het dalend aantal leerlingen, maar veel ouderen noemen Guillaume nog steeds *le maître d'école*. Ik zie hem Charly zachtjes achter de oren krabben en ik weet dat ik weer die triestheid voel die ik tijdens het carnaval ook bij hem opmerkte, een steelse blik die bijna schuldbewust is.

'Een man kan op iedere leeftijd de vrienden kiezen die hem bevallen,' onderbrak ik hem enigszins gepassioneerd. 'Misschien zou *monsieur le cur*é nog wel het een en ander van Charly kunnen leren.' Weer die lieve, trieste bijna-glimlach.

'*Monsieur le cur*é doet zijn best,' was het zachtmoedige antwoord. 'Meer mogen we niet verwachten.'

Ik gaf geen antwoord. In mijn vak kom je er algauw achter dat het proces van geven geen grenzen kent. Guillaume verliet *La Praline* met een zakje florentines in zijn zak; voordat hij de hoek van de *Avenue des Francs Bourgeois* was omgeslagen, zag ik hem bukken om er een aan zijn hond te geven. Een klopje, een blaf, gekwispel met de stompe staart. Zoals ik al zei: sommige mensen hoeven nooit na te denken voordat ze geven.

★ ★ ★

Het dorp is inmiddels al minder vreemd voor me. De inwoners ook. Ik begin de gezichten, de namen te kennen; de eerste verborgen strengen van geschiedenissen beginnen zich te vervlechten tot een navelstreng waarmee wij uiteindelijk met elkaar verbonden zullen worden. Het is een complexer plaatsje dan de ligging aanvankelijk doet vermoeden, de *Rue Principale* eindigt in een handvormige vertakking van zijwegen: *Avenue des Poètes, Rue des Francs Bourgeois, Ruelle des Frères de la Révolution.* Een van de planologen moet een grote republikeinse voorliefde hebben gehad. Mijn eigen plein, de *Place Saint-Jérôme,* vormt het punt waar al deze wijzende vingers samenkomen. De kerk staat wit en trots in een rechthoek van lindebomen en er is een vierkant van rood gravel waar de oude mannen op mooie avonden *pétanque* spelen. Daarachter daalt de helling van de heuvel scherp naar het gebied met smalle straatjes dat in zijn geheel wordt aangeduid met *Les Marauds.* Dat is de kleine achterbuurt van Lansquenet: dicht opeenstaande vakwerkhuizen langs hobbelige keitjes die naar de Tannes overhellen. Ook dan duurt het nog even voordat de huizen wijken voor het drassige land; sommige staan boven de rivier op platforms van rottend hout en er zijn er enige tientallen langs de stenen beschoeiing. Vanuit het stilstaande water kruipen lange slierten damp op naar de smalle hoge ramen. In een stad als Agen zou *Les Marauds* toeristen trekken door de sfeer van curiositeit en rustiek verval. Maar hier zijn geen toeristen. De bewoners van *Les Marauds* zijn scharrelaars en leven van wat de rivier hun biedt. Een groot aantal van hun huizen is verlaten; uit de verzakte muren groeien vlierstruiken. Na de lunch sloot ik *La Praline* een paar uur en wandelde ik met Anouk naar de rivier. Een paar magere kinderen waren aan de waterkant in de groene modder aan het spelen. Hoewel het februari was, hing er een lichte stank van rioolwater en verrotting. Het was koud maar zonnig en Anouk droeg haar rode wollen jas en muts en holde langs de stenen, tegen Pantoufle schreeuwend die achter haar aan hobbelde. Ik ben al zo gewend geraakt aan Pantoufle dat ik hem op zulke momenten bijna voor me zie met zijn grijze kop, zijn snorharen en zijn verstandige ogen; dan klaart alles plotseling op, alsof ik door een vreemde vorm van overdracht ineens Anouk ben geworden en met haar ogen zie en ga waar zij gaat. Op die momenten voel ik dat ik uit liefde voor haar zou kunnen sterven, voor mijn kleine vreemdeling. Dan zwelt mijn hart vervaarlijk, zodat ook ik wel moet rennen, met mijn rode jas als vleugels wapperend om mijn schouders en mijn haar als de staart van een komeet in de blauwe lucht.

Een zwarte kat kruiste mijn pad en ik stopte om er tegen de klok in omheen te dansen en het volgende rijmpje te zingen:

*Où va-t-i, mistigri?*
*Passe sans faire de mal ici*

Anouk deed mee en de kat spinde en rolde zich om in het stof om zich te laten aaien. Ik boog me voorover en zag een kleine oude vrouw nieuwsgierig naar me kijken vanuit de hoek van een huis. Zwart schort, zwarte jas, grijs haar dat gevlochten en opgerold was tot een keurige, ingewikkelde knot. Haar ogen waren schrander en zwart als die van een vogel. Ik knikte naar haar.

'Jij bent van de *chocolaterie*,' zei ze. Ondanks haar leeftijd – ik schatte haar tachtig, misschien ouder – was haar stem energiek en hoorde ik er het ruwe zangerige van het zuiden van Frankrijk in.

'Ja, dat is zo.' Ik zei hoe ik heette.

'Armande Voizin,' zei ze. 'Dat daar is mijn huis.' Ze knikte naar een van de rivierhuizen, dat in betere staat verkeerde dan de rest – pas gewit en met vuurrode geraniums in de plantenbakken. Toen, met een glimlach die duizenden rimpeltjes op haar appelrode poppengezicht toverde, zei ze: 'Ik heb je winkel gezien. Best aardig, dat moet ik toegeven, maar niks voor mensen zoals wij. Veel te chic.' Er klonk geen afkeuring door in haar stem, eerder een halflacherig fatalisme. 'Ik heb gehoord dat *m'sieur le cur*é het niet erg op je begrepen heeft,' voegde ze er boosaardig aan toe. 'Ik neem aan dat hij een chocolaterie op zijn plein ongepast vindt.' Ze wierp me weer zo'n grappige, spottende blik toe. 'Weet hij dat je een heks bent?' vroeg ze.

Heks, heks. Het was het verkeerde woord, maar ik wist wat ze bedoelde.

'Waarom denkt u dat?'

'Dat zie je zo. Je moet er zelf een zijn om er een te herkennen, denk ik.' Ze lachte met de klank van wilde violen. '*M'sieur le cur*é gelooft niet in magie,' zei ze. 'Om je de waarheid te zeggen weet ik niet eens zeker of hij wel in God gelooft.' Er lag toegeeflijke minachting in haar stem. 'Die man moet nog veel leren, al heeft hij dan een theologiestudie achter de rug. En die domme dochter van mij ook. Je kunt helaas geen levenswetenschap studeren.'

Ik stemde met haar in en informeerde of ik haar dochter al had ontmoet.

'Ik denk het wel. Caro Clairmont. Het domste leeghoofd in heel Lansquenet. Het enige wat ze doet is praten – geen greintje verstand.' Ze zag mijn glimlach en knikte opgewekt. 'Maak je geen zorgen, liefje, op mijn leeftijd is er niet veel meer dat me nog kan deren. En ze lijkt op haar vader. Dat is een hele troost.' Ze wierp me een komische blik toe. 'Er is hier niet zo veel amusement,' merkte ze op. 'Vooral niet voor mensen die oud zijn.' Ze zweeg even en gluurde me weer aan. 'Maar ik geloof dat ons met jou wel wat amusement te wachten staat.' Haar hand beroerde de mijne als een koele ademtocht. Ik probeerde haar gedachten op te vangen, te zien of ze me in de maling nam, maar ik voelde alleen maar humor en vriendelijkheid.

'Het is maar een chocolaterie,' zei ik glimlachend.

Armande Voizin grinnikte.

'Je dacht zeker dat je mij voor de gek kon houden,' zei ze.

'Maar madame Voizin...'

'Noem me maar Armande.' De zwarte ogen glommen van plezier. 'Dan voel ik me weer jong.'

'Goed. Maar ik zie niet in waarom...'

'Ik weet welke wind jou hierheen gevoerd heeft,' zei Armande scherp. 'Dat kan ik voelen. *Mardi Gras*, carnaval. In *Les Marauds* zijn altijd veel carnavalsmensen: zigeuners, Spanjaarden, ketellappers, *pieds-noirs* en randfiguren. Ik herkende je meteen, jou en je kleine meid – hoe noem je jezelf ditmaal?'

'Vianne Rocher,' zei ik glimlachend. 'En dit is Anouk.'

'Anouk,' herhaalde Armande zachtjes. 'En de kleine grijze vriend – mijn ogen zijn niet meer zo best – wat is dat? Een kat? Een eekhoorn?'

Anouk schudde haar krullenbol. 'Dat is een konijn,' zei ze met vrolijke minachting. 'En hij heet Pantoufle.'

'O, een konijn. Ja, ja.' Armande gaf me een knipoog van verstandhouding. 'Weet je, ik weet met welke wind je bent gekomen. Ik heb hem zelf ook een- of tweemaal gevoeld. Ik mag dan oud zijn, maar niemand kan mij bedotten. Echt niemand.'

Ik knikte.

'Misschien is dat wel zo,' zei ik. 'Kom maar een keer naar *La Praline*; ik weet van alle mensen wat ze het lekkerst vinden. Ik zal u op een grote doos van uw lievelingschocola trakteren.'

Armande lachte.

'O, ik mag geen chocola. Caro en die idiote dokter verbieden het me. Net als alle andere dingen waar ik van zou kunnen genieten,' voegde ze er zuur aan toe. 'Eerst de sigaretten, daarna de drank en nu dit... Misschien leef ik wel eeuwig als ik ook stop met ademhalen.' Ze lachte minachtend, maar het klonk vermoeid en ik zag haar hand naar haar borst gaan alsof ze die vast wilde klemmen, een gebaar dat griezelig veel leek op dat van Joséphine Muscat. 'Ik verwijt het hun niet echt,' zei ze. 'Zo zijn ze nu eenmaal. Je moet je beschermen – tegen alles. Tegen het leven, tegen de dood.' Ze grijnsde en ondanks de rimpels zag ze er ineens heel kwajongensachtig uit.

'Maar misschien kom ik toch wel even langs,' zei ze. 'Al is het maar om de pastoor te ergeren.'

Nadat ze om de hoek van haar witte huis verdwenen was, dacht ik nog een poos over haar laatste opmerking na. Een eindje verderop was Anouk stenen aan het gooien op de moddervlakte langs de oever.

De pastoor. Het leek wel of zijn naam op ieders lippen lag. Ik liet even mijn gedachten over Francis Reynaud gaan.

In een plaatsje als Lansquenet gebeurt het soms dat één persoon – de onderwijzer, de caféhouder of de priester – de sleutelfiguur van de dorpsgemeenschap is, dat dit ene individu het hart van de machinerie vormt die levens aanstuurt, zoals de middenpin van een uurwerk raderen om andere raderen doet draaien, hamertjes doet slaan en wijzers de tijd doet aangeven. Als de pin van zijn plaats schiet of beschadigd raakt, staat het uurwerk stil. Lansquenet is als die klok – de wijzers staan al tijdenlang op één minuut voor middernacht, de wieltjes en radertjes draaien doelloos rond achter de nietszeggende wijzerplaat. Je moet de kerkklok de verkeerde tijd laten aanwijzen om de duivel te misleiden, zei mijn moeder altijd. Maar ik denk dat de duivel zich in dit geval niet laat misleiden. Nog geen minuut.

# 7

## *Zondag, 16 februari*

Mijn moeder was een heks. Althans, zo noemde ze zichzelf; ze geloofde zo vaak in haar eigen verzinsels dat je op het laatst niet meer wist wat waar en wat niet waar was. Armande Voizin doet me in bepaalde opzichten aan haar denken: de heldere, ondeugende ogen, het lange haar dat in haar jeugd glanzend zwart moet zijn geweest, de mengeling van weemoed en cynisme. Van haar heb ik geleerd wat mij gevormd heeft. De kunst van het veranderen van pech in geluk. Het afwenden van het ongeluk door een teken met je vingers te maken. Het maken van kruidenzakjes, het brouwen van drankjes, de vaste overtuiging dat een spin voor middernacht geluk brengt en na middernacht ongeluk... Maar ze gaf me vooral de voorliefde voor nieuwe plaatsen, de zigeunerachtige zwerflust die ons overal in Europa en daarbuiten bracht; een jaar in Boedapest, een jaar in Praag, een halfjaar in Rome, vier maanden in Athene, dan over de Alpen naar Monaco, langs de kust; Cannes, Marseilles, Barcelona... Op mijn achttiende was ik de tel kwijt van de steden waarin we gewoond hadden, de talen die we gesproken hadden. De baantjes waren al even gevarieerd: bedienen, tolken, auto's repareren. Soms vertrokken we uit goedkope hotels via het raam, zonder de rekening te betalen. We reden zonder kaartjes in treinen, maakten werkvergunningen na, staken illegaal grenzen over. We werden talloze malen de grens overgezet. Tweemaal werd mijn moeder gearresteerd, maar zonder aanklacht vrijgelaten. Onze namen veranderden voortdurend van de ene regionale variant in de andere: Yanne, Jeanne, Johanne, Giovanna, Anne, Anouchka... Als dieven waren we voortdurend op de vlucht, de onhandige ballast van het leven omzettend in franken, ponden, kronen, dollars, vluchtend waarheen de wind ons voerde. Denk niet dat ik hieronder leed; het leven was in die jaren een prachtig avontuur. We hadden elkaar, mijn moeder en ik. Ik had nooit behoefte aan een vader. Ik had geen gebrek aan vrienden. En toch moet het soms aan haar geknaagd hebben, dat gebrek aan bestendigheid, die noodzaak altijd te improviseren. Niettemin reisden we sneller naarmate de jaren verstreken, bleven we een maand, hooguit twee maanden, om vervolgens als vluchtelingen die tegen de klok vechten, verder te trekken. Pas na jaren kwam ik erachter dat we voor de dood vluchtten.

Ze was veertig. Het was kanker. Ze wist het al een tijd, zei ze tegen me, maar de laatste tijd... Nee, er mocht geen ziekenhuis aan te pas komen. Géén ziekenhuis. Had ik dat goed begrepen? Ze had nog maanden, jaren te gaan en ze wilde Amerika zien: New York, de Everglades in Florida... Tegen die tijd trokken we bijna dagelijks verder; moeder legde 's avonds de kaarten wanneer ze dacht dat ik sliep. We gingen in Lissabon aan boord van een cruiseschip; we werkten er allebei in de keuken. 's Morgens om twee of drie uur waren we klaar en we stonden bij het ochtendgloren weer op. Iedere avond werden de kaarten, glad van de ouderdom en de zorgvuldige behandeling, op het bed naast haar uitgelegd. Ze fluisterde zachtjes de namen, iedere dag dieper wegzakkend in de doolhof van verwarring waar ze op een dag niet meer uit zou komen. *De Tien van Zwaarden* – de dood. *De Drie van Zwaarden* – de dood. *De Twee van Zwaarden* – de dood. *De Zegewagen* – de dood.

De zegewagen bleek een taxi te zijn op een zomeravond in New York toen we boodschappen aan het doen waren. Het was in ieder geval beter dan kanker.

Toen mijn dochter negen maanden later geboren werd, vernoemde ik haar naar ons beiden. Het leek gepast. Haar vader heeft haar nooit gekend en ik weet ook niet precies welke van de korte ontmoetingen in de verwelkende madeliefjeskrans het was. Het maakt ook niet uit. Ik had om middernacht een appel kunnen schillen en de schil over mijn schouder kunnen gooien om zijn initiaal te weten te komen, maar het kon me niet genoeg schelen om dat te doen. Te veel ballast is alleen maar hinderlijk.

En toch... Sinds ik uit New York weg ben, lijkt het of de winden in kracht zijn afgenomen, minder vaak waaien. Lijkt het of het een beetje wringt telkens wanneer we ergens weggaan, alsof het ons een beetje spijt? Na vijfentwintig jaar is de lente eindelijk moe aan het worden, net als mijn moeder tijdens haar laatste levensjaren moe werd. Ik betrap me er wel eens op dat ik naar de zon sta te kijken en me afvraag hoe het zou zijn om hem vijf of misschien wel tien of twintig jaar boven dezelfde horizon uit te zien komen. De gedachte vervult me met een vreemde duizeligheid, een gevoel van angst en verlangen. En Anouk, mijn kleine vreemdeling? Ik zie het dappere avontuur dat we zo lang beleefden in een ander licht nu ik de moeder ben. Ik zie mezelf zoals ik was, het bruine meisje met het lange ongekamde haar en de tweedehands kleding uit de liefdadigheidswinkel, die door de harde werkelijkheid leert rekenen, aardrijkskunde leert – *Hoeveel brood krijg je voor twee frank? Hoe ver kom je met een treinkaartje van vijftig mark?* – en zo wil ik het voor haar niet. Misschien zijn we daarom nu al vijf jaar in Frankrijk. Voor het eerst van mijn leven heb ik een bankrekening, een beroep.

Mijn moeder zou hierop neergekeken hebben. En me misschien toch ook benijd hebben. *Vergeet jezelf als je dat kunt,* zou ze tegen me gezegd hebben. *Vergeet wie je bent. Zolang je het kunt verdragen. Maar op een dag, meisje, op een dag zul je er last van krijgen. Dat weet ik.*

Ik ging vandaag op de gebruikelijke tijd open. Alleen de ochtend – ik neem vanmiddag vrij om iets met Anouk te kunnen doen – maar vanmorgen is de zondagsmis en dan zullen er mensen op het plein zijn. Februari is weer zijn grauwe zelf en het regent nu, een ijskoude, korrelige regen die het plaveisel glad maakt en de lucht de kleur van oud tin geeft. Anouk leest achter de toonbank een boek met kinderversjes en houdt de deur in de gaten, terwijl ik een nieuwe voorraad *mendiants* maak in de keuken. Het is mijn lievelingschocola, zo geheten omdat ze jaren geleden door bedelaars en zigeuners werden verkocht – grote flikken van witte, pure of melkchocola waarop citroenschil, amandelen en volle Malaga-rozijnen zijn gestrooid. Anouk houdt van de witte, maar ik verkies de pure, gemaakt van de fijnste couverture met een cacaogehalte van zeventig procent. Bitterfluwelig op de tong, met een geheimzinnige, tropische smaak. Mijn moeder zou ook hier-

op neergekeken hebben. En toch is dit ook een soort magie.
Sinds vrijdag heb ik een stel barkrukken bij de toonbank van *La Praline* staan. Nu ziet het er een beetje uit als in de eetbars in New York, met roodleren zittingen en verchroomde onderstellen – vrolijke kitsch. De muren hebben een vrolijke narcisgele kleur. Poitou's oude oranje leunstoel staat gezapig in een hoek. Links staat een menu; de letters zijn met de hand geschreven en oranje en rood gekleurd door Anouk:

*Chocolat chaud 10F*
*Chocolat espresso 15F*
*Chococcina 12F*
*Mocha 12F*

Ik heb de cake gisterenavond gebakken en de hete chocola staat in een pot op de warmhoudplaat op mijn eerste klant te wachten. Ik zorg dat er eenzelfde menu zichtbaar is in de etalage en wacht af.
De mis begint en eindigt. Ik sla de voorbijgangers gade die stuurs door de ijskoude motregen lopen. Mijn deur staat op een kier en er komt door de opening een warme, zoete bakgeur naar buiten. Ik zie hoe een aantal verlangende blikken op de bron hiervan geworpen worden, maar hoe daarna gauw de ogen weer worden afgewend, de schouders worden opgehaald en de mond even trekt, misschien uit vastberadenheid of gewoon uit drift. Dan zijn ze voorbij, tegen de wind in hangend, met ronde, ongelukkige schouders, alsof er een engel met een vlammend zwaard bij de deur staat die hun de toegang ontzegt.
Tijd, houd ik me voor. Dit soort dingen kost tijd.
Desondanks gaat er een soort ongeduld, bijna een gevoel van woede door me heen. Wat mankeert die mensen? Waarom komen ze niet? De klok slaat tien uur, elf uur. Ik zie mensen de bakkerij tegenover me binnengaan en er weer uitkomen met broden onder hun arm. Het houdt op met regenen, maar de lucht blijft grimmig. Half twaalf. De weinige mensen die nog op het plein rondhangen, gaan huiswaarts om het zondagsmaal te bereiden. Een jongen met een hond slaat de hoek van het kerkgebouw om, waarbij hij zorgvuldig de druipende goot mijdt. Hij werpt in het voorbijgaan een vluchtige blik op de winkel.
Wat hebben ze toch? Net nu ik dacht dat het me ging lukken.

Waarom komen ze niet? Zien ze dan niks, rúíken ze dan niks? Wat moet ik dan doen?
Anouk, die altijd gevoelig voor mijn stemmingen is, komt me knuffelen.
'*Maman*, niet huilen.'
Ik huil niet. Ik huil nooit. Haar haar kriebelt in mijn gezicht en ik word ineens duizelig van angst dat ik haar op een dag kwijt zal raken.
'Het is niet jouw schuld. We hebben ons best gedaan. We hebben alles goed gedaan.'
Dat is maar al te waar. Tot de rode linten rond de deur en de zakjes met cederhout en lavendel om slechte invloeden te weren aan toe. Ik geef haar een kus op haar bol. Mijn gezicht is vochtig. Er prikt iets in mijn ogen – misschien het bitterzoete aroma van de chocoladedamp.
'Het is al goed, *chérie*. Wat zij doen zou ons niet moeten deren. Laten we zelf maar iets drinken, daar vrolijken we van op.'
We zitten op onze krukken als doorgewinterde New Yorkse barhangers, elk met een kop chocola. Anouk drinkt de hare met *crème chantilly* en chocoladekrullen; ik drink de mijne heet en ongezoet, sterker dan espresso. We sluiten onze ogen tegen de geurige damp en zíén hen komen: twee, drie, een dozijn tegelijk; hun gezichten klaren op, ze gaan naast ons zitten, hun harde, onverschillige gezichten versmelten tot uitdrukkingen van verwelkoming en verrukking. Ik doe snel mijn ogen open en zie Anouk bij de deur staan. Even zie ik Pantoufle op haar schouder zitten – zijn snorharen trillen. Het licht achter haar lijkt op de een of andere manier warmer, veranderd, lokkend.
Ik spring overeind.
'Anouk, niet doen.'
Ze werpt me een van haar duistere blikken toe.
'Ik probeerde alleen maar te hélpen...'
'Toe nou.' Even probeert ze het van me te winnen, haar gezicht staat koppig. Schitteringen dansen als gouden rook tussen ons in. Het zou zo gemakkelijk zijn, zeggen haar ogen, zo gemakkelijk, als onzichtbare vingers die strelen, onhoorbare stemmen die de mensen binnenlokken...
'Dat kunnen we niet doen. Dat mogen we niet doen.' Ik probeer het haar uit te leggen. 'Het brengt ons in een isolement. Het maakt ons

anders. Als we willen blijven, moeten we zo veel mogelijk op hen lijken.' Pantoufle kijkt smekend naar me op, een vage vlek met snorharen tegen de achtergrond van gouden schaduwen. Opzettelijk sluit ik mijn ogen voor hem en wanneer ik ze weer opendoe, is hij verdwenen.
'Het komt goed,' zeg ik beslist tegen Anouk. 'Het komt heus goed. We kunnen wachten.'
En eindelijk, om half een, komt er iemand.

Anouk zag hem het eerst – *'Maman!'* – maar ik kwam onmiddellijk overeind. Het was Reynaud. Met zijn ene hand beschermde hij zijn gezicht tegen het druipende canvas van de luifel; de andere aarzelde bij de deurknop. Zijn bleke gezicht stond sereen, maar in zijn ogen las ik iets van... een heimelijke voldoening. Ik begreep op de een of andere manier dat hij geen klant was. De deurbel klingelde toen hij binnenkwam, maar hij liep niet naar de toonbank. Hij bleef in de deuropening staan. De wind blies de plooien van zijn soutane de winkel in als de vleugels van een zwarte vogel.
*'Monsieur.'* Ik zag hem de rode linten wantrouwig bekijken. 'Kan ik u van dienst zijn? Ik weet zeker dat ik uw voorkeur kan raden.' Ik verval automatisch in mijn verkooppraat, maar wat ik zeg is niet waar. Waar deze man van houdt is mij een raadsel. Hij is volledig blanco voor me, een donkere gedaante die afsteekt tegen de lucht. Ik kan geen vat op hem krijgen en mijn glimlach sloeg dan ook stuk op hem als een golf op een rots. Reynaud keek me met toegeknepen, minachtende ogen aan.
'Dat betwijfel ik.' Zijn stem klonk zacht en aangenaam, maar achter de beroepstoon voelde ik antipathie. Ik moest weer denken aan wat Armande Voizin gezegd had – *ik heb gehoord dat m'sieur le curé het niet erg op je begrepen heeft.* Waarom? Een instinctieve argwaan jegens niet-gelovigen? Of steekt er meer achter? Onder de toonbank maakte ik met mijn vingers heimelijk een afwerend teken.
'Ik verwachtte niet dat u vandaag open zou zijn.'
Hij is zekerder van zichzelf nu hij denkt dat hij ons kent. Zijn kleine, strakke glimlach lijkt op een oester, melkwit aan de randen en zo scherp als een scheermes.
'Op zondag bedoelt u?' Ik klonk heel onschuldig. 'Ik dacht dat ik

misschien zou kunnen profiteren van de drukte na de mis.'
De kleine schimpscheut raakte hem niet.

'Op de eerste zondag van de vastentijd?' Hij klonk geamuseerd, maar achter die geamuseerdheid lag minachting. 'Dat lijkt me niet waarschijnlijk. De mensen uit Lansquenet zijn eenvoudige lieden, madame Rocher, vróme lieden.' Hij benadrukte het woord zachtjes, beleefd.

'Het is *mademoiselle* Rocher,' corrigeerde ik hem. Een kleine overwinning, maar voldoende om hem te ontregelen. 'Ik ben niet getrouwd.' Zijn ogen gleden naar Anouk die rustig bij de toonbank zat met het hoge chocoladeglas in haar hand. Om haar mond zat chocoladeschuim en ik voelde weer zo'n plotselinge steek van verborgen onrust – de paniek, de irrationele angst haar kwijt te raken. Maar aan wie? Ik schudde de gedachte met toenemende woede door elkaar. Aan hém? Hij moest het eens wagen.

'O, juist ja,' antwoordde hij gladjes. 'Mademoiselle Rocher. Neemt u mij niet kwalijk.' Ik glimlachte liefjes onder zijn afkeuring. Ik voelde de perverse neiging die te blijven voeden; mijn stem, een tikje te luid, kreeg een vulgaire, zelfverzekerde klank om mijn angst te verbergen.

'Het is heel prettig iemand in dit boerenland te ontmoeten die daar begrip voor heeft.' Ik liet mijn hardste, vrolijkste glimlach op hem los. 'Weet u, in de stad, waar wij gewoond hebben, lette niemand op ons. Maar hier...' Het lukte me er tegelijkertijd berouwvol en onbekommerd uit te zien. 'Weet u, het is hier zo heerlijk en de mensen zijn zo behulpzaam... zo apart... maar ja, het is nu eenmaal niet Parijs.'

Reynaud bevestigde, zij het enigszins spottend, dat dat zo was.

'Het is écht waar wat ze over dorpsgemeenschappen zeggen,' vervolgde ik. 'Iedereen wil weten waar je je mee bezighoudt! Dat zal wel komen doordat er zo weinig afleiding is,' verklaarde ik vriendelijk. 'Drie winkels en een kerk. Wat...' Ik hield op en giechelde. 'Maar dat weet u natuurlijk allemaal al.'

Reynaud knikte ernstig.

'Misschien kunt me uitleggen, *mademoiselle...*'

'Noemt u me toch Vianne.'

'...waarom u hebt besloten naar Lansquenet te komen?' Zijn toon was poeslief, zijn smalle mond leek nog meer op een gesloten oester. 'Zoals u al zei is het wel een beetje anders dan Parijs.' Zijn ogen maakten duidelijk dat het verschil geheel in het voordeel van Lansquenet uitviel. 'Een *boutique* als deze,' – een elegante hand duidde met lusteloze onverschilligheid de winkel met inhoud aan – 'zo'n gespecialiseerde winkel zou toch veel beter lopen, veel gepáster zijn in een stad? Ik weet zeker dat in Toulouse of zelfs in Agen...' Ik wist nu waarom de klanten die ochtend niet hadden durven komen. Dat woord – *gepast* – droeg alle ijskoude veroordeling van de vloek van de profeet in zich.

Ik maakte razendsnel weer een afwerend teken onder de toonbank. Reynaud sloeg zich op de achterkant van zijn nek, alsof hij door een insect gestoken werd.

'Ik denk dat de steden niet het alleenrecht op de genietingen des levens hebben,' antwoordde ik kortaf. 'Iedereen heeft af en toe behoefte aan een beetje luxe, een beetje genot.'

Reynaud antwoordde niet. Hij was het er waarschijnlijk niet mee eens. Ik zei iets van die strekking.

'Ik neem aan dat u vanmorgen in uw preek het tegenovergestelde hebt gepreekt?' waagde ik. Toen, omdat hij nog steeds niet antwoordde: 'Toch weet ik zeker dat er in dit stadje ruimte is voor ons allebei. Vrijheid van onderneming, toch?'

Toen ik naar zijn gezicht keek, zag ik dat hij de uitdaging begreep. Even hield ik zijn blik vast, waardoor ik mezelf onbeschaamd, gehaat maakte. Reynaud deinsde voor mijn glimlach terug alsof ik in zijn gezicht had gespuugd.

Op zachte toon: 'Zeker.'

O, ik ken dit type. We hebben ze vaak genoeg gezien, moeder en ik, op onze tocht door Europa. Dezelfde beleefde glimlach, laatdunkendheid en onverschilligheid. Een muntje dat uit de plompe hand van een vrouw voor de drukbevolkte kathedraal van Reims valt, vermanende blikken van een groep nonnen wanneer een jonge Vianne toeschiet om het op te rapen, met de blote knieën over de stoffige grond schrapend. Een man in zwart habijt die boos, ernstig met mijn moeder praat; ze rent met een wit gezicht de schaduw van de kerk uit en knijpt in mijn hand tot het pijn doet... Later hoorde ik dat ze bij hem had willen biechten. Wat had haar daartoe aangezet? Eenzaamheid misschien, de behoefte aan een gesprek, aan het toevertrouwen van geheimen aan iemand die geen geliefde was. Iemand met een begripvol gezicht. Maar zág ze het dan niet? Zijn gezicht, nu niet zo begripvol meer, was vertrokken van boze frustratie. Het ging om een zonde, een dóódzonde. Ze moest het kind in de handen van goede mensen achterlaten. Als ze van de kleine – hoe heette ze? Anne? – hield, moest ze, móést ze dat offer brengen. Hij kende een klooster waar men voor haar zou zorgen. Hij kende – hij pakte haar hand, haar vingers samenknijpend. Hield ze niet van haar kind? Wilde ze niet gered worden? Nou? Nou?

Die avond huilde mijn moeder, me wiegend in haar armen. De volgende ochtend verlieten we Reims, meer dan ooit als dieven. Ze hield me dicht tegen zich aan als een gestolen schat, met een jachtige, steelse blik in haar ogen.

Ik begreep dat hij haar er bijna van overtuigd had dat ze me achter moest laten. Sindsdien vroeg ze me vaak of ik gelukkig was bij haar, of ik vrienden miste, een eigen thuis... Maar hoe vaak ik ook tegen haar zei: ja, nee, nee, hoe vaak ik haar ook kuste en zei dat ik niets, maar dan ook niets betreurde, bleef er een beetje gif achter. Jarenlang bleven we voor de priester op de vlucht, voor de Zwarte Man; telkens wanneer zijn gezicht in de kaarten opdook, moesten we weer weg, ons weer verstoppen voor de duisternis die hij in haar hart had gebracht.

En hier is hij weer, net nu ik dacht dat we eindelijk een plekje gevonden hadden, Anouk en ik. Daar bij de deur, als een engel aan de poort. De Zwarte Man.

Ik zweer dat ik deze keer niet zal vluchten. Wát hij ook doet. Hóé hij de mensen van dit dorp ook tegen me opzet. Zijn gezicht is zo glad en zeker als een kwade kaart. En hij heeft zichzelf zo duidelijk, alsof we het hardop gezegd hebben, tot mijn vijand verklaard – en ik mezelf tot de zijne.

'Ik ben zo blij dat we elkaar begrijpen.' Mijn stem is helder en koud.
'Ik ook.'

Iets in zijn ogen, een licht waar eerst niets was, alarmeert me. Tot mijn verbazing geníét hij hiervan, van dit naderende gevecht; in zijn pantser van zekerheid laat hij geen enkele ruimte voor de gedachte dat hij wel eens niet zou kunnen winnen.

Hij keert zich om om weg te gaan, heel correct, met de juiste neiging van het hoofd. Niets anders dan beleefde minachting. Het s tekelige en giftige wapen van de zelfgenoegzame.

'M'sieur le curé!' Even draait hij zich weer om en ik druk een klein

pakje met een lint eromheen in zijn handen. 'Voor u. Van de zaak.' Mijn glimlach zegt dat hij niet kan weigeren en hij neemt het pakje verward en verbaasd aan. 'Neem het aan om mij een plezier te doen.' Hij fronst even zijn wenkbrauwen, alsof de gedachte aan mijn plezier hem pijn doet.
'Maar ik houd niet zo van...'
'Onzin.' De toon is kordaat, laat geen ruimte voor protest. 'Ik weet zeker dat u ze lekker zult vinden. Ze doen me sterk aan u denken.'
Achter zijn kalme uiterlijk meen ik schrik waar te nemen. Dan verdwijnt hij met een beleefd knikje de regen in — het kleine pakje wit in zijn hand. Ik merk dat hij geen moeite doet om te schuilen, maar met dezelfde afgemeten tred blijft lopen, niet onverschillig, maar met het voorkomen van iemand die zelfs van het kleinste ongemak nog geniet.
Ik wil mezelf graag wijsmaken dat hij de chocolaatjes zal opeten, maar het is waarschijnlijker dat hij ze weggeeft; toch hoop ik dat hij in ieder geval het pakje openmaakt en erin kijkt... Hij kan toch wel even kijken, gewoon uit louter nieuwsgierigheid?
— *Ze doen me sterk aan u denken.*
Een dozijn van mijn beste *huîtres de Saint-Malo*, de kleine platte bonbons die eruitzien als dichtgeklapte oesters.

# 8

*Dinsdag, 18 februari*

Gisteren vijftien klanten, vandaag vierendertig. Guillaume was daar ook bij; hij kocht een cornet florentines en een kop chocola. Hij had Charly bij zich. De hond rolde zich gehoorzaam onder de kruk op en keek met droevige ogen omhoog. Guillaume liet van tijd tot tijd een stukje bruine suiker in zijn verwachtingsvolle, onverzadigbare bek vallen.

Het duurt wel even, zo vertelt Guillaume me, voordat een nieuwkomer in Lansquenet geaccepteerd is. Afgelopen zondag, zegt hij, heeft pastoor Reynaud zo'n donderpreek afgestoken over het onderwerp onthouding dat de openstelling van *La Céleste Praline* die ochtend haast een belediging van de kerk had geleken. Vooral Caroline Clairmont – die weer eens aan een nieuw dieet was begonnen – was heel scherp; ze zei luid tegen haar kerkvriendinnen dat het *heel shockerend was, dat het leek op die verhalen over Romeinse decadentie, mijn beste dames, en als die vrouw denkt dat ze hier als de koningin van Sheba kan komen binnenvallen... Het is gewoon walgelijk zoals ze met dat illegale kind van d'r paradeert, alsof... Haar chocola? O, niets bijzonders, mijn beste dames, en véél te duur...* De eensgezinde conclusie van de dames was dat 'het', wat dat dan ook mocht wezen, niet lang stand zou houden. Ik zou binnen veertien dagen verdwenen zijn. En toch heeft het aantal klanten zich sinds gisteren verdubbeld; er is zelfs een aantal van madame Clairmonts getrouwen bij, gretig maar een beetje beschaamd; ze vertellen elkaar dat het pure nieuwsgierigheid was, niks anders, en dat ze alleen maar even een kijkje wilden nemen.

Ik weet van hen allemaal wat ze het lekkerst vinden. Het is een foefje, een beroepsgeheim, zoals een waarzegger handen leest. Mijn moeder zou hebben gelachen om deze verspilling van talent, maar ik voel me niet geroepen hun leven verder te verkennen. Hun ogen, hun monden laten zich zo gemakkelijk lezen – deze mond, met zijn zweem van bitterheid, zal mijn pittige sinaasappelschilletjes waarderen; die, met de lieve glimlach, de abrikozenharten die van binnen zacht zijn; dat meisje met het verwaaide haar zal de *mendiants* heerlijk vinden; die levendige, montere vrouw de chocola met paranoten. Voor Guillaume zijn het de florentines, keurig opgegeten boven een schoteltje in zijn nette vrijgezellenhuis. Narcisses voorkeur voor duotruffels wijst op het zachtmoedige hart onder het norse uiterlijk. Caroline Clairmont zal vannacht van krokante carameltoffees dromen en hongerig en prikkelbaar wakker worden. En de kinderen... Chocoladekrullen, witte flikjes met gekleurde vermicelli, *pain d'épices* met vergulde randjes, marsepeinen vruchten in nestjes van geribbeld papier, pindabrokken, rotsjes, krakelingen, gemengde mislukkingen in pondsdozen... Ik verkoop dromen, kleine luxe zaken, zoete onschuldige verlokkingen die een grote menigte heiligen met een smak op aarde doen neerkomen tussen de hazelnoten en de nogatines...

Is dat nou zo erg?

Pastoor Reynaud vindt blijkbaar van wel.

'Hier, Charly. Hier, jongen.' Guillaumes stem klinkt warm wanneer hij zijn hond toespreekt, maar ook altijd een beetje triest. Hij heeft het dier gekocht toen zijn vader stierf, vertelt hij me. Dat was achttien jaar geleden. Een hondenleven is echter korter dan dat van een mens, zo zegt hij, en ze zijn samen oud geworden.

'Kijk maar.' Hij vestigt mijn aandacht op een gezwel onder Charly's kin. Het heeft ongeveer de omvang van een kippenei en is zo onregelmatig als de knoest van een olm. 'Hij wordt steeds groter.' Een korte stilte, waarin de hond zich lekker uitrekt en één poot loom naar voren slaat terwijl zijn baas zijn buik krauwt. 'De dierenarts zegt dat er niets meer aan te doen is.'

Ik begin de schuldbewuste en liefdevolle blik die ik in Guillaumes ogen zie, te begrijpen.

'Je zou een oude man niet laten inslapen,' zegt hij ernstig. 'Niet als hij nog' – hij zoekt naar woorden – 'een beetje levenskwaliteit had. Charly lijdt niet. Niet echt.' Ik knik, me ervan bewust dat hij zichzelf

probeert te overtuigen. 'De medicijnen onderdrukken het.'
*Tijdelijk.* Het woord hangt in de lucht.
'Wanneer het zover is, weet ik dat.' Zijn ogen hebben een zachte en ontzette uitdrukking. 'Ik zal weten wat ik moet doen. Ik zal niet bang zijn.' Zonder een woord te zeggen schenk ik zijn chocoladeglas vol en strooi op het schuim cacao, maar Guillaume heeft het te druk met zijn hond om het te zien. Charly rolt op zijn rug, terwijl zijn hoofd heen en weer gaat.

'*M'sieur le curé* zegt dat dieren geen ziel hebben,' zegt Guillaume zachtjes. 'Hij zegt dat ik Charly uit zijn lijden moet verlossen.'

'Alles heeft een ziel,' antwoord ik. 'Tenminste, dat zei mijn moeder altijd. Alles.'

Hij knikt, eenzaam in zijn kringetje van angst en schuldgevoel.

'Wat moet ik zonder hem?' vraagt hij, zijn gezicht nog naar de hond gekeerd, en ik begrijp dat hij mijn aanwezigheid vergeten is. 'Wat moet ik zonder jou?' Achter de toonbank bal ik in stille woede mijn vuist. Ik ken die blik – angst, schuldgevoel, begerigheid – ik ken hem goed. Het is de uitdrukking die op de avond van de Zwarte Man op het gezicht van mijn moeder lag. Zijn woorden – *wat moet ik zonder jou?* – zijn precies die woorden die ze die hele ellendige nacht tegen mij fluisterde. Wanneer ik 's avonds voor het slapengaan in de spiegel kijk, wanneer ik ontwaak met de groeiende angst, wetenschap, zekerheid, dat mijn eigen dochter me ontglipt, dat ik haar aan het verliezen ben, dat ik haar zál verliezen als ik niet De Juiste Plek vind... zie ik diezelfde uitdrukking op mijn eigen gezicht.

Ik sla mijn armen om Guillaume heen. Even verstart hij, niet gewend als hij is aan contact met vrouwen. Dan ontspant hij zich. Ik voel zijn verdriet met krachtige golven van hem afslaan.

'Vianne,' zegt hij zacht. 'Vianne.'

'Het is niet verkeerd om dit te voelen,' zeg ik beslist. 'Het mag.'

Ergens bij onze voeten blaft Charly verontwaardigd.

★ ★ ★

We hebben vandaag bijna driehonderd frank verdiend. Voor het eerst genoeg om quitte te spelen. Ik vertelde het aan Anouk toen ze uit school kwam, maar ze leek afwezig, haar vrolijke gezichtje was ongewoon stil. Haar ogen stonden somber, donker als het wolkendek van een naderend onweer.

Ik vroeg haar wat er aan de hand was.

'Het gaat om Jeannot.' Haar stem was vlak. 'Zijn moeder zegt dat hij niet meer met me mag spelen.'

Ik herinnerde me Jeannot als de wolf uit de carnavalsoptocht, een slungelachtige zevenjarige met ruig haar en een achterdochtige blik. Hij en Anouk hadden gisterenavond samen op het plein gespeeld; ze hadden rondgerend onder het uitstoten van geheimzinnige oorlogskreten totdat het donker werd. Zijn moeder is Joline Drou, een van de twee onderwijzeressen en bevriend met Caroline Clairmont.

'O?' Neutraal. 'Wat zegt ze?'

'Ze zegt dat ik een slechte invloed heb.' Ze wierp me een duistere blik toe. 'Omdat we niet naar de kerk gaan. Omdat jij op zondag open was.'

Omdat *jij* op zondag open was.

Ik keek haar aan. Ik wilde haar in mijn armen nemen, maar haar onbuigzame, vijandige houding verontrustte me. Ik maakte mijn stem heel kalm.

'En wat vindt Jeannot?' vroeg ik vriendelijk.

'Hij kan niets doen. Ze is er steeds. Ze houdt hem steeds in de gaten.' Anouks stem ging omhoog en kreeg een schrille klank; ik vermoedde dat de tranen haar in de keel staken. 'Waarom gebeurt dat nou altijd?' vroeg ze. 'Waarom kan ik nou nooit eens...' Moeizaam hield ze zich in, haar kleine borstkas schokte.

'Je hebt nog andere vrienden.' Dat was waar; er waren er gisterenavond vier of vijf geweest – het plein had weerklonken van hun gefluit en gelach.

'Dat zijn Jeannots vrienden.' Ik zag wat ze bedoelde. Louis Clairmont. Lise Poitou. Zíjn vrienden. Zonder Jeannot zou de groep gauw uiteenvallen. Ik voelde een plotselinge pijn voor mijn dochter, die zich omringde met onzichtbare vrienden om de ruimte om haar heen op te vullen. Zelfzuchtig om te denken dat een moeder die ruimte geheel kon opvullen. Zelfzuchtig en blind.

'We zouden naar de kerk kunnen gaan, als je dat wilt.' Mijn stem klonk zachtmoedig. 'Maar je weet dat dat niets zou veranderen.'

Beschuldigend: 'Waarom niet? Zíj geloven ook niet. God kan hun niks schelen. Ze gaan gewoon.' Ik glimlachte, niet zonder enige bitterheid. Zes jaar oud en ze blijft me verbazen met de diepte van haar toevallige waarneming.

'Dat is misschien wel waar,' zei ik. 'Maar wil jíj zo zijn?'

Een ophalen van de schouders, cynisch en onverschillig. Ze wiebelde van de ene voet op de andere, alsof ze bang was voor een preek. Ik zocht naar woorden om het uit te leggen. Maar het enige waaraan ik kon denken was het beeld van mijn moeders pijnlijk getroffen gezicht terwijl ze me heen en weer wiegde en bijna fel mompelde: 'Wat moet ik zonder jou, wat moet ik zonder jou?'

O, ik heb haar dit alles al lang geleden bijgebracht: de hypocrisie van de kerk, de heksenjachten, de vervolging van rondtrekkende mensen en van mensen met een ander geloof. Ze begrijpt dat. Maar die kennis laat zich niet zo gemakkelijk naar het dagelijks leven vertalen, naar de werkelijkheid van de eenzaamheid, naar het verlies van een vriend.

'Het is niet eerlijk.' Haar stem was nog opstandig, de vijandigheid was wel wat afgenomen, maar nog niet verdwenen.

Maar dat was het plunderen van het Heilige Land of het verbranden van Jeanne d'Arc of de Spaanse inquisitie ook niet. Alleen zei ik dat niet. Haar gezichtje zag er betrokken uit, gespannen; bij het geringste teken van zwakte zou ze zich tegen me keren.

'Je vindt wel andere vrienden.' Een zwak en niet troostgevend antwoord. Anouk keek me minachtend aan.

'Maar ik wilde deze.' Haar toon was wonderlijk volwassen, wonderlijk vermoeid terwijl ze zich afwendde. De tranen prikten achter haar oogleden, maar ze maakte geen aanstalten om troost bij me te zoeken. Met een plotselinge, overweldigende duidelijkheid zag ik haar toen voor me, het kind, de adolescent, de volwassene, de vreemdeling die ze op een dag zou worden, en het gevoel van gemis en de angst deden me bijna in huilen uitbarsten, alsof onze posities op de een of andere manier verwisseld waren en zij de volwassene was en ik het kind.

— *Alsjeblieft! Wat moet ik zonder jou?* —

Maar ik liet haar zonder een woord te zeggen gaan; ik verlangde er hevig naar haar vast te houden, maar was me te zeer bewust van de muur van privacy die tussen ons oprees. Kinderen worden wild geboren, weet ik. Ik mag hooguit hopen op een beetje tederheid, een schijnbare volgzaamheid. Onder het oppervlak blijft de wildheid bestaan, grimmig, woest en ondoorgrondelijk.

Ze bleef bijna de hele avond zwijgen. Toen ik haar naar bed bracht, weigerde ze haar verhaaltje, maar bleef ze uren wakker liggen nadat ik mijn eigen licht had uitgedaan. Vanuit de duisternis van mijn kamer hoorde ik haar heen en weer lopen, waarbij ze af en toe in zichzelf of met Pantoufle praatte in felle, hakkelende uitbarstingen die te zacht waren om te verstaan. Veel later, toen ik zeker wist dat ze sliep, sloop ik haar kamer binnen om het licht uit te doen en vond ik haar opgerold aan het voeteneind. Eén arm lag wijduit, haar hoofd was afgewend en lag in een onhandige, maar absurd aandoenlijke hoek die mijn hart verscheurde. In één hand hield ze een klein figuurtje van plasticine geklemd. Ik haalde het weg toen ik het beddengoed gladstreek, met de bedoeling het in haar speelgoedkist terug te leggen. Het was nog warm van haar hand en er hing een onmiskenbare geur van basisscholen, gefluisterde geheimen, plakkaatverf, krantenpapier en halfvergeten vrienden omheen.

Het vijftien centimeter hoge figuurtje was nauwgezet weergegeven; de ogen en mond waren met een speld ingekrast, er was rood draad om het middel gewikkeld en er was iets – takjes of gedroogd gras – in de schedel gedrukt om ruig, bruin haar voor te stellen... Er was een letter in het jongenslijfje gedrukt, vlak boven het hart, een keurige hoofdletter J. Daaronder, net dichtbij genoeg om hem te overlappen, een A.

Ik zette het figuurtje zachtjes naast haar hoofd op het kussen, deed het licht uit en verliet de kamer. Een poosje voor zonsopgang kroop ze bij me in bed, zoals ze vroeger vaak gedaan had en ik hoorde haar door zachte lagen slaap heen fluisteren: 'Wees maar niet bang, *maman*, ik blijf altijd bij je.'

Ze rook naar zout en babyzeep en ze omhelsde me fel en warm in de duisternis die ons omhulde. Ik wiegde haar, wiegde mezelf vol genegenheid, omhelsde ons beiden met een opluchting die zo intens was dat hij bijna pijn deed.

'Ik hou van je, *maman*, ik zal altijd van je houden. Niet huilen.'
Ik huilde niet. Ik huil nooit.
Ik sliep slecht in een caleidoscoop van dromen en werd vroeg in de

ochtend wakker met Anouks arm over mijn gezicht en een vreselijke, paniekachtige drang in me om weg te rennen, Anouk op te pakken en te blijven rennen. Hoe kunnen we hier leven, hoe kunnen we zo dom geweest zijn te denken dat hij ons hier niet zou vinden? De Zwarte Man heeft vele gezichten, allemaal even ombarmhartig, hard en eigenaardig afgunstig. *Maak dat je wegkomt, Vianne. Maak dat je wegkomt, Anouk. Vergeet je kleine schattige droom en maak dat je wegkomt.*

Maar deze keer doen we dat niet. We zijn al te lang op de vlucht geweest, Anouk en ik, moeder en ik, we zijn al te ver van onszelf geraakt.

Ditmaal heb ik een droom die ik niet los wil laten.

# 9

## Woensdag, 19 februari

Dit is onze rustdag. De school is dicht en terwijl Anouk bij *Les Marauds* speelt, wacht ik op een bestelling en werk ik aan de voorraad van deze week. Dit is een kunst die ik ten volle waarderen kan. Alle koken heeft iets van toverkunst: het kiezen van ingrediënten, het proces van mengen, raspen, smelten, laten trekken en smaak geven, recepten uit oude boeken, traditioneel keukengerei – de vijzel met stamper waarmee mijn moeder haar wierook maakte wordt nu voor een huiselijker doel gebruikt, de subtiliteit van haar kruiden en aroma's moet nu wijken voor een lagere, sensuelere magie. En het is deels juist de vluchtigheid die me zoveel vreugde schenkt: zoveel liefdevolle voorbereiding, zoveel kunst en ervaring voor een genoegen dat slechts een moment kan duren en dat door slechts weinigen op de juiste waarde wordt geschat. Mijn moeder heeft mijn interesse altijd met toegeeflijke minachting bekeken. Voor haar was voedsel geen genoegen, maar een vermoeiende noodzaak die je alleen maar zorgen gaf, een last die op de prijs van onze vrijheid drukte. Ik stal menu's uit restaurants en keek verlangend naar de waren in de etalages van *pâtisseries*. Ik zal een jaar of tien geweest zijn, misschien ouder, toen ik voor het eerst echte chocola proefde. Maar de fascinatie bleef. Ik had recepten in mijn hoofd zoals een ander wegenkaarten. Allerlei recepten; ik scheurde ze uit achtergelaten tijdschriften op drukke spoorwegstations, ik troggelde ze af van mensen die we onderweg ontmoetten, vreemde mengelingen van eigen makelij. Moeder met haar kaarten, haar waarzeggerij, gaf onze dwaze tocht door Europa richting. Kaarten met recepten erop verankerden ons, zetten herkenningspunten bij de vale grenzen. Parijs ruikt naar het bakken van brood en croissants; Marseille naar bouillabaisse en gegrilde knoflook, Rome was het ijs dat ik zonder te betalen at in een klein restaurant aan de rivier. Moeder had geen tijd voor herkenningspunten. Haar wegenkaarten zaten in haar, alle plaatsen waren hetzelfde. Ook daarin verschilden we. O, ze leerde me wat ze kon. Hoe je de kern kunt zien van dingen, van mensen; hoe je hun gedachten kunt zien, hun verlangens. De chauffeur die stopte om ons een lift te geven, die tien kilometer omreed om ons naar Lyon te brengen, de kruideniers die geen geld hoefden, de politieagent die deed alsof hij niks zag. Niet altijd, natuurlijk. Soms lukte het niet om redenen die we niet konden begrijpen. Sommige mensen zijn ondoorgrondelijk, onbereikbaar. Francis Reynaud is een van hen. En zelfs als het lukte, dan stoorde ik me aan het vluchtige ervan. Chocola maken is een heel andere zaak. Er komt wel een zekere vaardigheid bij kijken, een bepaalde lichte *touch*, snelheid en een geduld dat mijn moeder nooit had kunnen opbrengen, maar de formule blijft telkens dezelfde. Het is veilig, onschuldig. En ik hoef niet in hun hart te kijken en te nemen wat ik nodig heb; dit zijn wensen die simpel te vervullen zijn, die zo voor het grijpen liggen.

Guy, mijn *confiseur*, kent me al lang. We werkten samen toen Anouk geboren werd en hij hielp me bij het opzetten van mijn eerste zaak, een kleine *pâtisserie-chocolaterie* in de buitenwijken van Nice. Hij heeft nu een bedrijf in Marseille; hij importeert de ruwe chocoladestroop rechtstreeks uit Zuid-Amerika en zet die in zijn fabriek in verschillende kwaliteiten om.

Ik gebruik alleen de beste ingrediënten. De blokken couverture zijn iets groter dan een baksteen, bij iedere bestelling zit één doos van elke soort, en ik gebruik ze alle drie – puur, melk en wit. Het moet getempereerd worden om het in kristallijne staat te brengen, zodat er een hard, bros oppervlak en een goede glans ontstaan. Sommige *confiseurs* kopen hun voorraden al getempereerd, maar ik doe het liever zelf. Ik vind het heel fascinerend om met die ruwe, doffe blokken couverture om te gaan, ze met de hand boven grote aardewerken pannen te raspen – ik gebruik nooit elektrische mixers –, ze dan te smelten, te roeren, iedere stap nauwgezet te testen met de suikerthermometer tot de juiste temperatuur is bereikt om de verandering teweeg te brengen. De omzetting van die basischocola in dit 'goud der wijze dwazen' heeft iets van alchemie, van een lekenmagie die zelfs mijn moeder had kunnen aanspreken. Terwijl ik werk, maak ik mijn geest vrij en adem diep. De ramen staan open en de lucht die door het huis trekt zou zonder de warmte van het fornuis, de koperen pannen en de opstijgende damp van de smeltende couverture koud zijn. De gecombineerde geuren van chocola, vanille, verhit koper en kaneel zijn bedwelmend, er gaat een krachtige suggestie vanuit: de rauwe, aardse, indringende geur van Mexico en Zuid-Amerika, het hete, harsachtige parfum van het regenwoud. Zo reis ik nu, zoals de Azteken deden tijdens hun geheime rituelen; Mexico, Venezuela, Colombia. Het hof van Montezuma. Cortez en Columbus. Het voedsel der goden, borrelend en schuimend in ceremoniële bekers. Het bittere levenselixer.

Misschien is dat wat Reynaud in mijn winkeltje voelt hangen: een terugkeer naar tijden waarin de wereld groter, wilder was. Vóór Christus – voordat Adonis werd geboren in Bethlehem of Osiris werd geofferd met Pasen – aanbad men de cacaoboon. Er werden magische eigenschappen aan toegekend. Er werd van de cacaodrank gedronken op de trappen van offertempels; de extase die dit teweegbracht was hevig en verschrikkelijk. Is hij daar bang voor? Aantasting door genot, de subtiele verandering van het vlees in een voertuig voor losbandigheid? De orgieën van de Aztekenpriesters zijn niets voor hem. En toch beginnen er in de dampen van de smeltende chocola beelden samen te komen – een visioen zou mijn moeder gezegd hebben –, een rokerige vinger van waarneming die wijst naar..., wijst naar...

Hè, bijna had ik het te pakken. Er trekt een rimpel over het glanzende oppervlak. Dan nog een, flinterdun en schimmig, half-verbergend, half-onthullend... Even heb ik bijna het antwoord gezien, het geheim dat hij met zo'n angstwekkende berekening – ook voor zichzelf – verbergt, de sleutel die ons allemaal in beweging zal zetten.

In chocola zien is heel moeilijk. De visioenen zijn onduidelijk, worden vertroebeld door de opstijgende geuren die de geest benevelen. Bovendien ben ik niet zoals mijn moeder, die tot op de dag waarop ze stierf een zienerskracht behield die zo groot was dat wij er in wilde en toenemende ontreddering voor bleven vluchten. Maar voordat het visioen oplost weet ik zeker dat ik iets zie: een kamer, een bed, een

oude man die op bed ligt, zijn ogen ruwe gaten in zijn witte gezicht...
En vuur, vuur.
   Is dat wat ik moet zien?
   Is dat het geheim van de Zwarte Man?
   Als we hier willen blijven, moet ik zijn geheim achterhalen. En ik moet hier blijven. Tegen iedere prijs.

# 10

## Woensdag, 19 februari

Een week, *mon père*. Meer is het niet. Een week. Maar het lijkt langer. Waarom ze mijn rust zo verstoort is me een raadsel; het is duidelijk wat ze is. Ik ben haar onlangs gaan opzoeken, om met haar te spreken over het feit dat ze op zondagochtend open was. Het is er helemaal veranderd, de lucht is er beladen met de verwarrende geuren van gember en specerijen. Ik probeerde niet naar de planken met zoetigheid te kijken, naar al die dozen, linten, pastelkleurige strikken, goud-zilveren bergen gesuikerde amandelen, geconfijte viooltjes en chocoladerozenbladeren. De winkel heeft verdacht veel weg van een boudoir, hij heeft iets intiems, met zijn rozen- en vanillegeur. Mijn moeders kamer had net zoiets; allemaal krip en gaas en kristalflonkeringen in het gedempte licht, rijen flessen en potten op haar kaptafel als een leger geesten dat op ontsnapping wachtte. Zo'n concentratie zoetigheid heeft iets ongezonds. Een halfvervulde belofte van het verbodene. Ik probeer niet te kijken, niet te ruiken.

O, ze begroette me heus wel beleefd. Ik zag haar nu duidelijker; lang zwart haar dat van achteren in een wrong was gedraaid, ogen zo donker dat ze geen pupillen leken te hebben. Haar wenkbrauwen zijn een volmaakte rechte lijn en geven haar uiterlijk iets strengs dat in tegenspraak is met de humoristische trek om haar mond. Haar handen zijn hoekig en praktisch; de nagels zijn kortgeknipt. Haar gezicht is niet opgemaakt en toch heeft het iets onfatsoenlijks. Misschien is het haar directe blik, de manier waarop haar ogen je taxerend opnemen, die constante ironische trek om haar mond. En ze is lang, te lang voor een vrouw, mijn eigen lengte. Ze kijkt me recht in de ogen, met rechte schouders en een uitdagende kin. Ze heeft een lange, wijde rok aan met de kleur van vuur en een strakke zwarte trui. Die kleurschakering heeft iets gevaarlijks, als van een slang of een insect dat steekt, een waarschuwing voor vijanden.

En dat ze mijn vijand is, voel ik onmiddellijk. Ik voel haar vijandigheid en achterdocht, hoewel haar stem de hele tijd laag en aangenaam blijft. Ik voel dat ze me hierheen gelokt heeft om me te honen, dat ze een geheim weet dat zelfs ik – maar dat is onzin. Wat kan ze weten? Wat kan ze dóén? Het is louter mijn gevoel voor orde dat een knauw heeft gekregen, zoals een gewetensvolle tuinier aanstoot zou kunnen nemen aan een stukje grond met opschietende paardenbloemen. Het zaad van de tweedracht is overal, *mon père*. En het verspreidt zich, het verspreidt zich.

Ik weet het, ik ben het juiste perspectief aan het kwijtraken. Maar we moeten toch waakzaam blijven, u en ik. Denk maar aan *Les Marauds* en de zigeuners die we van de oevers van de Tannes hebben verdreven. Weet u nog hoe lang dat duurde, hoeveel vruchteloze maanden van klagen en brieven schrijven voordat we de zaak in eigen hand namen? Herinnert u zich nog de preken die ik preekte? De ene na de andere deur werd voor hen gesloten. Sommige winkeliers deden meteen mee. Ik weet nog dat we druk op Narcisse moesten uitoefenen, die hun zoals altijd zomerwerk op zijn velden zou hebben aangeboden. Maar ten slotte hebben we ze allemaal weggekregen – de norse mannen en hun sletten met de brutale ogen, hun kinderen met de blote voeten en de vieze monden en hun scharminkelige honden. Ze vertrokken en vrijwilligers ruimden het vuil op dat ze achterlieten. Eén enkel paardenbloemzaadje, *mon père*, zou al genoeg zijn om hen weer hier te brengen. U weet dat net zo goed als ik. En als zij dat zaadje is...

Ik heb gisteren met Joline Drou gesproken. Anouk Rocher is op de basisschool gekomen. Een vrijpostig kind, zwart haar net als haar moeder en een vrolijke, brutale glimlach. Joline trof haar zoon Jean kennelijk op het schoolplein aan terwijl hij met het kind een bepaald spelletje speelde. Een verderfelijke invloed, dunkt me, waarzeggerij of zoiets onzinnigs, botjes en kralen uit een zakje die verspreid lagen in het vuil. Ik heb u al verteld dat ik hun soort ken. Joline heeft Jean verboden nog met haar te spelen, maar dat joch heeft iets koppigs en is stuurs geworden. Op die leeftijd bereik je alleen iets met de strengste discipline. Ik heb aangeboden zelf met de jongen te gaan praten, maar de moeder wil dat niet. Zo zijn ze nou, *mon père*. Zwak, zwak. Ik vraag me af hoevelen van hen al hun vastengelofte hebben verbroken. Ik vraag me af hoevelen van hen ooit van plan waren om zich eraan te houden. Ik voel dat het vasten op mij een reinigende werking heeft. De aanblik van de etalage van de slager wekt ontzetting bij me op; geuren worden zó intens dat ik er licht in het hoofd van word. De ochtendgeuren van het bakken bij Poitou kan ik ineens niet meer verdragen; de geur van heet vet bij de *rôtisserie* op de *Place des Beaux-Arts* is een pijl uit de hel. Ik heb nu al een week geen vlees, vis of eieren aangeraakt en ik leef van brood, soepen, salades en op zondag een glas wijn, en ik voel dat ik gezuiverd, gereinigd word, *père*. Ik wou alleen dat ik meer kon doen. Dit is geen lijden. Dit is geen boetedoening. Ik heb soms het gevoel dat als ik hun nu maar het goede voorbeeld zou kunnen geven, als ik bloedend en lijdend aan dat kruis zou kunnen hangen... Die heks Voizin drijft de spot met me door langs te lopen met een mand vol boodschappen. Zij is de enige in die familie van brave kerkgangers die op de kerk neerkijkt. Ze grijnst naar me terwijl ze langshobbelt, met haar rode sjaal om haar strooien hoed en haar stok die op de tegels onder haar voeten tikt... Ik verdraag het slechts omdat ze oud is, *mon père*, en omdat haar familie een goed woordje voor haar doet. Koppig wijst ze behandeling af, wijst ze comfort af, denkend dat ze eeuwig zal leven. Maar op een dag komt ze wel tot inkeer. Dat gebeurt altijd. En dan zal ik haar in alle nederigheid de absolutie geven; ik zal om haar treuren, in weerwil van haar vele dwalingen, haar trots en haar uitdagende houding. Uiteindelijk zal ze van mij zijn, *mon père*. Uiteindelijk zijn ze immers allemaal van mij?

# 11

*Donderdag, 20 februari*

Ik had haar al verwacht. Geruite jas, het haar onflatteus naar achteren getrokken, de handen zo vlug en nerveus als die van een revolverheld. Joséphine Muscat, de dame van het carnaval. Ze wachtte tot mijn vaste klanten – Guillaume, Georges en Narcisse – waren weggegaan en kwam toen binnen, de handen diep in haar zakken gestoken.

'Warme chocola graag.' Ze ging ongemakkelijk aan de toonbank zitten en sprak in de lege glazen die ik nog niet had kunnen opruimen.

'Goed.' Ik vroeg haar niet hoe ze hem wilde hebben, maar bracht hem met chocoladekrullen en slagroom en mokka-roombonbons erbij. Even keek ze met toegeknepen ogen naar het glas, maar raakte het toen aarzelend aan.

'Laatst,' zei ze met geforceerde nonchalance, 'vergat ik voor iets te betalen.' Ze heeft lange vingers die wonderlijk fijngevormd zijn ondanks de eeltplekken op de toppen. In rust lijkt haar gezicht iets van zijn verslagen uitdrukking te verliezen en wordt het haast aantrekkelijk. Haar haar is zachtbruin, haar ogen goudkleurig. 'Het spijt me.' Ze gooide het tienfrankmuntje met een enigszins uitdagend gebaar op de toonbank. Haar handen veranderden automatisch in vuisten, dat vertrouwde beschermende gebaar, en haar duimen bewogen zich richting borstbeen.

'Prima.' Ik liet mijn stem luchtig, ongeïnteresseerd klinken. 'Dat gebeurt wel vaker.' Joséphine keek me even achterdochtig aan en toen ze geen kwaadaardigheid bespeurde, ontspande ze zich een beetje. Ze nam een teugje van de chocola. 'Goh, wat lekker.'

'Ik maak het zelf,' legde ik uit. 'Van de chocoladestroop waaraan nog geen vet is toegevoegd om hem vast te maken. Zo dronken de Azteken eeuwen geleden ook chocola.'

Ze wierp me snel een argwanende blik toe.

'Bedankt voor het cadeautje,' zei ze ten slotte. 'Amandelbonen. Die lust ik zo graag.' Daarna snel – de woorden kwamen er met een wanhopige, onelegante haast uit: 'Ik heb het niet opzettelijk weggenomen. Ik weet dat ze over me gepraat hebben. Maar ik steel niet. Het is dat' – minachtend, haar mond neergetrokken van woede en zelfhaat – 'dat mens van Clairmont en haar vriendinnen. Leugenaars.'

Ze keek me bijna uitdagend weer aan.

'Ik heb gehoord dat je niet naar de kerk gaat.' Haar stem klonk snerpend, te luid voor het kleine vertrek en ons tweeën.

Ik glimlachte. 'Dat klopt. Ik ga niet naar de kerk.'

'Je redt het hier niet lang als je niet gaat,' zei Joséphine op dezelfde hoge, glasachtige toon. 'Ze zullen je eruitwerken zoals ze met iedereen doen die hun niet bevalt. Je zult het zien. Dit allemaal' – een vaag, houterig gebaar naar de planken, de dozen, de etalage met zijn *pièces montées* – 'zal je niets helpen. Ik heb ze horen praten. Ik heb gehoord wat ze zeggen.'

'Ik ook.' Ik schonk voor mezelf een kop chocola in uit de zilveren pot. Klein en donker, als espresso, met een chocoladelepel om hem te roeren. Mijn stem klonk vriendelijk. 'Maar ik hoef niet te luisteren.' Een korte stilte terwijl ik een slokje nam. 'En dat hoef jij ook niet.'

Joséphine lachte.

De stilte draaide rond. Vijf seconden. Tien.

'Ze zeggen dat je een heks bent.' Weer dat woord. Ze hief haar hoofd uitdagend op. 'Is dat waar?'

Ik haalde mijn schouders op en nam een slok.

'Wie zegt dat?'

'Joline Drou. Caroline Clairmont. Pastoor Reynauds bijbelclubje. Ik heb hen voor de kerk horen praten. Je dochter vertelde iets aan de andere kinderen. Iets over geesten.' Er lag nieuwsgierigheid in haar stem en een ondertoon van onwillige vijandigheid die ik niet begreep.

'Geesten!' stootte ze uit.

Ik nam de vage contouren van een spiraal waar tegen de gele rand van mijn kop.

'Ik dacht dat het je niet kon schelen wat die mensen te zeggen hadden,' merkte ik op.

'Ik ben nieuwsgierig.' Weer dat uitdagende, alsof ze bang was dat ik haar zou mogen. 'En je sprak onlangs met Armande. Niemand praat met Armande. Op mij na dan.'

Armande Voizin. De oude dame uit *Les Marauds.*

'Ik mag haar wel,' zei ik simpelweg. 'Waarom zou ik niet met haar mogen praten?'

Joséphine balde haar vuisten tegen de toonbank. Ze leek geagiteerd, haar stem gebarsten als bevroren glas. 'Omdat ze gek is, daarom!' Met een vaag suggestief gebaar wees ze naar haar slapen. 'Gek, gek, gèk.' Ze dempte even haar stem. 'Ik zal je iets vertellen,' zei ze. 'Er loopt een grens door Lansquenet' – met een eeltige vinger gaf ze hem op de toonbank aan – 'en als je hem overschrijdt, als je *niet* biecht, als je *niet* je echtgenoot respecteert, als je *niet* drie maaltijden per dag bereidt en bij de haard fatsoenlijke dingen zit te denken en te wachten tot hij thuiskomt, als je geen... *kinderen* hebt en als je geen bloemen meeneemt op de begrafenis van je vrienden of niet de huiskamer stofzuigt, of *de bloem-bed-den wiedt...*' Ze was rood aangelopen door de inspanning van het spreken. Haar woede was intens, enorm. *'Dan ben je gek!'* spuugde ze uit. 'Dan ben je gek, abnormaal en dan praten... de mensen... over je achter je rug en-en-en...'

Ze brak haar zin af en de gepijnigde uitdrukking gleed van haar gezicht. Ik zag haar langs me heen door het raam kijken, maar door de weerspiegeling kon ik niet zien wat zij mogelijk zag. Het leek of er een luik voor haar gezicht was gesloten – het was weer uitdrukkingsloos en heimelijk en hopeloos.

'Sorry. Ik liet me even gaan.' Ze nam een laatste slok chocola. 'Ik zou niet met je moeten praten. Jij zou niet met mij moeten praten. Het is allemaal al erg genoeg.'

'Zegt Armande dat?' vroeg ik voorzichtig.

'Ik moet weg.' Haar gebalde vuisten klemden zich weer tegen haar borstbeen met het beschuldigende gebaar dat zo karakteristiek voor haar leek. 'Ik moet weg.' De uitdrukking van verslagenheid lag weer op haar gezicht, haar mond was in een paniekachtige grimas neergetrokken, zodat ze er bijna een beetje achterlijk uitzag... En toch was de boze, gekwelde vrouw die zojuist tegen me gesproken had, dat zeker niet. Wat – *wie* – had ze gezien om haar zo te doen reageren? Toen ze *La Praline* verliet, het hoofd voorovergebogen tegen een denkbeeldige sneeuwstorm, liep ik naar het raam om haar na te kijken. Niemand benaderde haar. Niemand leek in haar richting te kijken. Toen zag ik dat Reynaud bij het portaal van de kerk stond. Reynaud en een kalende man die ik niet herkende. Beiden hadden ze hun blik gevestigd op de etalage van *La Praline*.

*Reynaud*? Kon hij de bron van haar angst zijn? Ik voelde een steek van ergernis bij de gedachte dat hij misschien degene was geweest die Joséphine voor me gewaarschuwd had. En toch had ze smalend geleken, niet bang, toen ze het zoëven over hem had. De tweede man was klein, maar krachtig; een geblokt hemd, de mouwen opgerold over de glanzend-rode onderarmen, een kleine intellectuele bril die niet goed leek te passen bij het dikke, vlezige gezicht. Er hing een sfeer van algemene vijandigheid om hem heen en ineens besefte ik dat ik hem al eens eerder gezien had. Met een witte baard om en een rode jas aan had hij snoepjes de menigte in gegooid. Tijdens het carnaval. De kerstman die snoepjes naar de mensen gooide alsof hij hoopte dat hij iemands oog zou raken. Op dat moment kwam er een groep kinderen naar de etalage en kon ik niets meer zien, maar ik meende te weten waarom Joséphine zo haastig vertrokken was.

'Lucie, zie je die man op het plein? Die met het rode hemd. Wie is dat?' Het kind trekt een gezicht. Ze heeft een zwak voor witte chocolademuizen; vijf voor tien frank. Ik stop er een paar extra in de papieren puntzak.

'Je kent hem, hè?'

Ze knikt.

'Monsieur Muscat. Van het café.' Ik ken het; een saai cafeetje aan het eind van de *Avenue des Francs Bourgeois*. Een zestal metalen tafeltjes op het trottoir, een verbleekte Orangina-parasol. Een oud uithangbord waarop staat: *Café de la République*. Met het zakje snoep in haar hand geklemd draait het meisje zich om, denkt even na, keert zich weer om. 'U raadt nooit wat híj het lekkerst vindt,' zegt ze. 'Hij vindt niks lekker.'

'Dat kan ik nauwelijks geloven,' zeg ik glimlachend. 'Er is altijd wel iets wat iemand erg lekker vindt. Zelfs meneer Muscat.'

Lucie denkt hier even over na.

'Misschien lust hij het liefst wat hij van anderen afpakt,' zegt ze met glasheldere stem. Dan is ze weg, ze zwaait nog even door het etalageraam.

'Zeg tegen Anouk dat we na school naar *Les Marauds* gaan!'

'Dat zal ik doen.' *Les Marauds.* Ik vraag me af wat ze daar toch zo leuk aan vinden. De rivier met zijn bruine, stinkende oevers. De smalle straten vol afval. Een oase voor kinderen. Schuilplaatsen, platte stenen die je over het stilstaande water kunt keilen. Gefluisterde geheimen, zwaarden en van rabarberbladeren gemaakte schilden. Oorlogje spelen tussen de braamstruiken, tunnels, ontdekkingsreizigers, zwerfhonden, geruchten, gekaapte schatten... Anouk kwam gisteren uit school met een nieuwe veerkracht in haar tred en een tekening die ze op school voor me had getekend.

'Dat ben ik.' Een figuurtje met een rode overall met daarboven een gekrabbel van zwart haar. 'Pantoufle.' Het konijn zit als een papegaai met opgestoken oren op haar schouder. 'En Jeannot.' Een in het groen gekleed jongetje met één uitgestrekte hand. De kinderen lachen allebei. Het lijkt erop dat moeders, zelfs moeders die onderwijzeres zijn, niet tot in *Les Marauds* kunnen doordringen. Het figuurtje van plasticine staat nog steeds naast Anouks bed en ze heeft de tekening aan de muur erboven gehangen.

'Pantoufle heeft me gezegd wat ik moest doen.' Ze tilt hem op en knuffelt hem vluchtig. Met dit licht kan ik hem heel duidelijk zien, net een kind met snorharen. Soms houd ik mezelf voor dat ik dit spelletje van haar zou moeten tegengaan, maar ik kan het niet over mijn hart verkrijgen haar zoveel eenzaamheid aan te doen. Misschien kan Pantoufle, als we hier kunnen blijven, wijken voor speelkameraadjes van vlees en bloed.

'Ik ben blij dat het je gelukt is bevriend met hem te blijven,' zei ik tegen haar en kuste haar boven op haar krullen. 'Vraag maar aan Jeannot of hij gauw een keer hier wil komen, om te helpen met het leeghalen van de etalage. Je mag je andere vriendjes en vriendinnetjes ook meenemen.'

'Het koekhuisje?' Haar ogen waren zonlicht-op-water. 'Jaaaa!' Met een plotselinge uitbundigheid door de kamer huppelend, bijna een krukje omgooiend, met een reuzensprong over een denkbeeldig obstakel springend, vloog ze met drie treden tegelijk de trap op – 'Wie het hardst kan, Pantoufle!' Een bons wanneer de deur tegen de muur aan vliegt – *bam-bam*! Een plotselinge, heftige opwelling van liefde voor haar die me, zoals altijd, ineens overvalt. Mijn kleine vreemdeling. Altijd in beweging, nooit stil.

Ik schonk nog een kop chocola voor mezelf in en keerde me om toen ik de deurbel hoorde klingelen. Even zag ik zijn gezicht zoals het was, de taxerende blik, de naar voren gestoken kin, de vierkante schouders, de opgezwollen aderen op de blote, glanzende onderarmen. Toen glimlachte hij, een iele glimlach zonder warmte.

'Monsieur Muscat, geloof ik?' Ik vroeg me af wat hij wilde. Hij zag er misplaatst uit; hij bekeek met gebogen hoofd kort de uitgestalde waar. Zijn ogen hielden stil vlak bij mijn gezicht en gingen kort en snel naar mijn borsten; eenmaal, tweemaal.

'Wat wilde ze?' Zijn stem was zacht, maar met een zwaar accent. Hij schudde eenmaal zijn hoofd, alsof hij het niet kon geloven. 'Wat wilde ze in godsnaam in een tent als deze?' Hij wees naar een blad met gesuikerde amandelen van vijftig frank per zakje. 'Dit soort dingen, hm?' Hij keek me vragend, de handen gespreid, aan. 'Huwelijk en doop. Wat moet ze met spullen voor huwelijk en doop?' Hij glimlachte weer. Hij keek vleiend, gooide zijn charmes in de strijd, maar zonder succes. 'Wat wilde ze kopen?'

'Ik neem aan dat u het over Joséphine hebt?'

'Mijn vrouw.' Hij gaf de woorden een vreemde klank, een soort vlakke beslistheid. 'Vróúwen. Je werkt je kapot om geld te verdienen om van te leven en wat doen ze? Ze verspillen het aan' – weer een gebaar naar de chocoladejuwelen, marsepeinen slingers, het zilverpapier, de zijden bloemen. 'Wat was het, een cadeautje?' Er lag achterdocht in zijn stem. 'Voor wie koopt ze cadeautjes? Voor zichzelf?' Hij lachte kort, alsof de gedachte belachelijk was. 'Nou, wat heeft ze gekocht?'

Ik vond dat het hem niets aanging. Maar er was een agressie in zijn manier van doen en een nervositeit rond de ogen en de gebarende handen die me voorzichtig maakten. Niet voor mezelf – ik had in de lange jaren met moeder voldoende manieren geleerd om mezelf te verdedigen – maar voor haar. Voordat ik het kon voorkomen, sprong er een beeld van hem op me af – een bebloede knokkel tegen een achtergrond van rook. Onder de toonbank sloot ik mijn handen. Er was in deze man niets wat ik wilde zien.

'U heeft het misschien verkeerd begrepen,' zei ik tegen hem. 'Ik vroeg Joséphine of ze een kop chocola wilde komen drinken. Als vriendschappelijk gebaar.'

'O.' Hij leek even van zijn stuk gebracht. Toen liet hij weer die blaffende lach horen. Hij klonk nu bijna echt, puur vermaak met een vleugje minachting. *Jij* bevriend met Joséphine?' Weer die taxerende blik. Ik voelde hoe hij ons vergeleek, zijn geile ogen schoten over de toonbank heen naar mijn borsten. Toen hij weer sprak was het met een streling in zijn stem, iets zangerigs – iets wat hij voor verleidelijk hield.

'Je bent hier nieuw, hè?'

Ik knikte.

'Misschien kunnen we eens iets afspreken. Je weet wel. Om kennis te maken.'

'Misschien.' Ik klonk zo nonchalant mogelijk. 'Misschien kunt u uw vrouw vragen of ze meekomt,' voegde ik er gladjes aan toe.

Een kort moment. Hij keek me weer aan, nu met een taxerende, sluwe, achterdochtige blik.

'Ze heeft toch niet gepraat, hè?'

Neutraal: 'Waarover?'

Een snel hoofdschudden.

'O, nergens over. Ze praat wel eens, dat is alles. Ze kletst heel wat af. Doet eigenlijk niks anders. Dag in, dag uit.' Weer de korte, vreugdeloze lach. 'Je komt er gauw genoeg achter,' voegde hij er met zure voldoening aan toe.

Ik mompelde iets vaags. Toen pakte ik impulsief een klein pakje amandelbonen onder de toonbank vandaan en overhandigde het aan hem.

'Misschien kunt u deze namens mij aan Joséphine overhandigen,' zei ik luchtig. 'Ik wilde ze aan haar geven, maar ik vergat het.'

Hij keek me aan, maar kwam niet in beweging.

'Aan haar gében?' herhaalde hij.

'Gratis. Van de zaak.' Ik schonk hem mijn innemendste glimlach. 'Een cadeautje.'

Zijn glimlach werd breder. Hij nam de chocolaatjes in hun mooie, zilveren zakje aan.

'Ik zal ervoor zorgen dat ze ze krijgt,' zei hij, het pakje in de zak van zijn spijkerbroek proppend.

'Het is haar lievelingschocola,' vertelde ik hem.
'Je zult het niet ver schoppen als je steeds van alles weggeeft,' zei hij toegeeflijk. 'Dan kun je na een maand wel inpakken.' Weer die harde, begerige blik, alsof ook ik een chocolaatje was dat hij dolgraag wilde uitpakken.
'We zien wel,' zei ik neutraal en bleef staan kijken toen hij de winkel uitliep en naar huis begon te lopen – de schouders naar voren bij een zwaar aangezette James-Deanloop. Hij wachtte niet eens tot hij uit het zicht was met het te voorschijn halen van Joséphines chocola en het openen van het pakje. Misschien had hij wel gedacht dat ik zou kijken. Een, twee, drie; zijn hand ging met luie regelmaat naar zijn mond en voordat hij het plein over was, had hij het zilveren zakje al in een vierkante vuist tot een prop gebald en waren de chocolaatjes op. Ik zag voor me hoe hij als een begerige hond die zijn eigen eten op wil hebben voordat hij de bak van een andere hond leegeet, de chocolaatjes naar binnen propte. Ter hoogte van de bakker wierp hij de zilveren bal in de richting van een prullenmand, maar miste; de prop ketste van de rand op de stoep. Hij vervolgde zijn weg en liep langs de kerk de *Avenue des Francs Bourgeois* in zonder om te kijken; onder het lopen sloegen zijn zware cowboylaarzen vonken van de gladde keien.

# 12

*Vrijdag, 21 februari*

Het is gisterenavond weer koud geworden. De windwijzer van de Saint Jérôme draaide en zwenkte de hele nacht besluiteloos, schril in de roestige verankering schrapend, alsof hij wilde waarschuwen voor indringers. De ochtend begon met een zo dichte mist dat zelfs de kerktoren op twintig pas afstand van de winkelpui ver en spookachtig leek en het klokgelui voor de mis zo wollig klonk dat het uit een suikerspin leek te komen; de paar mensen die de absolutie kwamen halen, hadden ter bescherming tegen de mist hun kraag opgezet.

Toen ze haar ochtendmelk op had, stopte ik Anouk in haar rode jas en duwde ik ondanks haar protest een zachte pet op haar hoofd.

'Wil je niet ontbijten?'

Ze schudde nadrukkelijk haar hoofd en greep een appel van een schaal bij de toonbank.

'Krijg ik mijn kus?'

Dit is een ochtendritueel geworden.

Ze slaat snel haar armen om mijn nek, geeft mijn gezicht een natte lik, springt giechelend weg, werpt me bij de deur een kushandje toe en rent het plein op. Ik doe alsof ik gruw van afgrijzen en veeg mijn gezicht af. Ze lacht verrukt, steekt een scherp tongetje naar me uit en toetert: *'Ik hou van je!'* Daarna verdwijnt ze als een rode wimpel in de mist, haar schooltas achter zich aan slepend. Ik weet dat de zachte muts nog geen halve minuut later in de schooltas zal verdwijnen, bij de boeken, papieren en andere ongewenste aandenkens aan de wereld der volwassenen. Even zie ik Pantoufle weer achter haar aan springen. Een plotselinge eenzaamheid, een gevoel van gemis. Hoe kom ik zonder haar de dag door? Met moeite onderdruk ik een aanvechting om haar terug te roepen.

Zes klanten vanmorgen. Een van hen is Guillaume, die net van de slager terugkomt met een in papier gewikkeld stuk *boudin*.

'Charly houdt van *boudin*,' zegt hij ernstig tegen me. 'Hij eet de laatste tijd niet veel, maar ik weet zeker dat hij dit heerlijk zal vinden.'

'Denk erom dat je zelf ook eet,' vermaan ik hem vriendelijk.

'Ja hoor.' Weer die lieve, verontschuldigende glimlach. 'Ik eet als een paard. Echt.' Plotseling kijkt hij me onaangenaam getroffen aan. 'O jee, het is vastentijd,' zegt hij. 'Denk je dat dieren ook moeten vasten?'

Ik schud mijn hoofd om zijn ontzetting. Zijn gezicht is klein, met fijne gelaatstrekken. Hij is het soort man dat koekjes in tweeën breekt om de andere helft voor later te bewaren.

'Ik denk dat jullie allebei beter op jezelf moeten passen.'

Guillaume krabt Charly achter zijn oor. De hond lijkt lusteloos, nauwelijks geïnteresseerd in de inhoud van het pakje van de slagerij in de mand naast hem.

'Ach, we redden ons wel.' Zijn glimlach is even werktuiglijk als de leugen.'Heus.' Hij drinkt zijn kop *chocolat espresso* op.

'Dat smaakte uitstekend,' zegt hij zoals altijd.'Mijn complimenten, madame Rocher.' Ik vraag hem allang niet meer mij Vianne te noemen. Zijn gevoel voor verhoudingen verbiedt het hem. Hij laat geld op de toonbank achter, brengt zijn hand naar zijn oude vilten hoed en opent de deur. Charly komt moeizaam overeind en volgt hem, enigszins naar één kant trekkend. De deur is nauwelijks achter hen dichtgevallen, of ik zie Guillaume bukken om hem op te pakken en te dragen.

Tegen het middaguur kreeg ik nog een bezoekster. Ik herkende haar meteen ondanks de vormloze mannenoverjas die ze bij voorkeur draagt, aan het intelligente winterse appelgezicht met de zwarte strooien hoed en de lange zwarte rokken boven de zware werklaarzen.

'Madame Voizin! Je zei al dat je langs zou komen! Ik zal je wat te drinken geven.'

Twinkelende ogen keken waarderend van de ene kant van de winkel naar de andere. Ik voelde dat ze alles in zich opnam. Haar blik bleef rusten op Anouks menu:

> *Chocolat chaud 10F*
> *Chocolat espresso 15F*
> *Chococcino 12F*
> *Mocha 12F*

Ze knikte goedkeurend.
'Het is jaren geleden dat ik zoiets gehad heb,' zei ze. 'Ik was bijna vergeten dat dit soort gelegenheden bestaan.' Haar stem is energiek, er is een kracht in haar bewegingen die haar leeftijd logenstraft. Haar mond heeft een humoristisch trekje dat me aan mijn moeder doet denken. 'Ik hield altijd erg van chocola,' verklaarde ze.
Terwijl ik een hoog glas volschonk met *mocha* en een scheutje kahlua aan het schuim toevoegde, bekeek ze met enige achterdocht de barkrukken.
'Je verwacht toch zeker niet dat ik me op zo'n ding hijs?'
Ik lachte.
'Als ik had geweten dat je kwam, had ik een ladder neergezet. Wacht even.' Ik stapte de keuken in om Poitous oude oranje stoel te halen.
'Probeer deze eens.'
Armande liet zich in de stoel vallen en nam haar glas in beide handen. Ze zag er zo gretig uit als een kind, haar ogen glommen, haar gezicht stond verrukt.
'*Mmmm.*' Het was meer dan waardering. Het was bijna eerbied. '*Mmmmmm.*' Terwijl ze de drank proefde hield ze haar ogen gesloten. Haar genot was bijna beangstigend.
'Dit is toch wel het ware, hè?' Ze zweeg even, haar heldere ogen waren halfgesloten. Ze dacht na. 'Ik proef room en... kaneel denk ik... en wat nog meer? *Tia Maria?*'
'Warm,' zei ik.
'Wat verboden is, smaakt trouwens toch altijd beter,' verklaarde Armande, terwijl ze tevreden wat schuim van haar mond veegde. 'Maar dit,' ze nam weer gretig een slok, 'dit is lekkerder dan alle andere chocola die ik ooit geproefd heb, zelfs in mijn jeugd. Ik wed dat er tienduizend calorieën in zitten. Minstens.'

'Waarom zou het verboden zijn?' Ik was nieuwsgierig. Ze is zo klein en rond als een patrijs en lijkt totaal niet op haar figuurbewuste dochter.

'O, artsen.' zei Armande vaag. 'Je weet hoe die zijn. Ze zeggen maar wat.' Ze zweeg even om weer door haar rietje te drinken. 'O, wat lekker! Heer-lijk. Caro probeert me al jaren in zo'n soort tehuis te krijgen. Ze vindt het niet prettig dat ik naast haar woon. Vindt het vervelend aan haar afkomst herinnerd te worden.' Ze lachte vol. 'Zegt dat ik ziek ben. Dat ik niet op mezelf kan passen. Stuurt die ellendige dokter van haar op me af om me te vertellen wat ik wel en niet mag eten. Je zou haast denken dat ze wíllen dat ik eeuwig leef.'

Ik glimlachte.

'Ik weet zeker dat Caroline veel om je geeft,' zei ik.

Armande keek me laatdunkend aan.

'O ja?' Ze lachte kakelend, vulgair. 'Bespaar me die onzin, meisje. Je weet heel goed dat mijn dochter om niemand anders dan zichzelf geeft. Ik ben niet gek.' Een korte stilte waarin ze me met haar vrolijke, uitdagende ogen taxerend opnam. 'De jongen, om hem geef ik,' zei ze.

'Jongen?'

Armande knikte en nam nog een slok chocola.

'Luc heet hij. Mijn kleinzoon. Hij wordt in april veertien. Je hebt hem misschien op het plein gezien.'

Ik herinnerde me hem vaag; een kleurloze jongen, te correct in zijn geperste flanellen broek en tweed jasje, koele groen-grijze ogen onder sluike pony. Ik knikte.

'Ik heb hem in mijn testament tot begunstigde gemaakt,' vertelde Armande me. 'Een half miljoen frank. Het wordt voor hem beheerd totdat hij achttien is.' Ze haalde haar schouders op. 'Ik zie hem nooit,' voegde ze er kortaf aan toe. 'Caro staat het niet toe.'

Ik heb hen samen gezien. Ik weet het nu weer; de jongen ondersteunt zijn moeders arm wanneer ze langskomen op weg naar de kerk. Van alle kinderen van Lansquenet heeft alleen hij nog nooit chocola bij *La Praline* gekocht, maar ik denk dat ik hem wel een- of tweemaal in de etalage heb zien kijken.

'De vorige keer dat hij me kwam opzoeken was hij tien.' Armandes stem was ongewoon toonloos. 'Dat moet voor hem een eeuw geleden lijken.' Ze dronk haar chocola op en zette het glas met een harde, beslissende tik terug op de toonbank. 'Het was zijn verjaardag, voorzover ik me herinner. Ik gaf hem een boek met poëzie van Rimbaud. Hij was erg – beleefd.' Haar stem had een bittere klank. 'Natuurlijk heb ik hem nadien wel een paar maal op straat gezien,' zei ze. 'Ik mag niet klagen.'

'Waarom ga je niet langs?' vroeg ik nieuwsgierig. 'Dan kun je hem meenemen, met hem praten, hem leren kennen.'

Armande schudde haar hoofd.

'We zijn gebrouilleerd, Caro en ik.' Haar stem klonk plotseling klaaglijk. De illusie van jeugdigheid was uit haar glimlach verdwenen en ze zag er ineens schokkend oud uit. 'Ze schaamt zich voor me. God weet wat ze de jongen verteld heeft.' Ze schudde haar hoofd.

'Nee, het is te laat. Ik kan het aan zijn gezicht zien, aan die beleefde blik, de beleefde nietszeggende berichtjes op zijn kerstkaarten. Hij is zó welgemanierd.' Haar lach klonk bitter. 'Die jongen is zó beleefd en welgemanierd.'

Ze keerde zich naar me toe en liet me haar vrolijke, dappere glimlach zien.

'Als ik zou kunnen weten waar hij zich mee bezighoudt,' zei ze. 'Wat hij leest, voor welke club hij is, wie zijn vrienden zijn, hoe hij het op school doet. Als ik dat zou kunnen weten...'

'Ja, wat dan?'

'Dan zou ik kunnen doen alsof...' Even stond het huilen haar nader dan het lachen. Ze zweeg, spande zich in en raapte haar wilskracht bij elkaar. 'Weet je, ik denk dat er nóg wel zo'n chocoladespecialiteit van je in gaat. Ik neem er nog een.' Het was stoerheid, maar ik had er stille bewondering voor. Dat ze ondanks haar ellende nog de rebel uit kan hangen, dat beetje blufachtige in haar bewegingen terwijl ze haar elleboog op de bar plant en begint te slurpen.

'Sodom en Gomorra door een rietje. *Mmmm*. Ik geloof dat ik net ben gestorven en in de hemel ben beland. Veel meer zit er trouwens voor mij toch niet in.'

'Ik zou het een en ander over Luc te weten kunnen komen, als je dat wil. Ik zou dat aan je door kunnen geven.'

Armande dacht hierover in stilte na. Onder de neergeslagen oogleden kon ik voelen dat ze me gadesloeg, probeerde me in te schatten. Ten slotte sprak ze.

'Alle jongens houden van zoetigheid, hè?' zei ze nonchalant. Ik zei dat dat voor de meeste jongens gold. 'En zijn vrienden komen hier ook, neem ik aan?' Ik zei haar dat ik niet precies wist wie zijn vrienden waren, maar dat de meeste kinderen regelmatig kwamen en gingen.

'Ik zou hier nog eens kunnen komen,' besloot Armande. 'Ik vind je chocola lekker, al zijn je stoelen dan beroerd. Ik zou zelfs een vaste klant kunnen worden.'

'Je bent welkom,' zei ik.

Weer stilte. Ik begreep dat Armande Voizin de dingen op haar eigen manier deed en op een door haarzelf gekozen tijdstip en dat ze zich niet liet opjagen of adviseren. Ik liet het haar uitdenken.

'Hier, pak aan.' De beslissing was genomen. Kordaat legde ze een briefje van honderd frank op de toonbank.

'Maar ik...'

'Als je hem ziet, moet je een doos met wat hij lekker vindt voor hem kopen. Zeg niet dat ze van mij zijn.'

Ik pakte het briefje.

'En houd zijn moeder op een afstand. Ze is hoogstwaarschijnlijk al bezig haar roddel en minachting te verspreiden. Mijn enige kind, dat zij nu juist bij Reynauds Leger des Heils terecht moest komen.' Ze kneep haar ogen ondeugend dicht, waardoor er rimpelige kuiltjes in haar ronde wangen verschenen.

'Er doen al geruchten over jou de ronde,' zei ze. 'Je kent ze wel. Als je je met mij inlaat wordt het alleen maar erger.'

Ik lachte.

'Ik red me wel.'

'Dat geloof ik maar al te graag.' Ze keek me plotseling heel ingespannen aan – de plagerige klank was uit haar stem verdwenen. 'Je hebt iets,' zei ze zacht, 'iets bekends. We hebben elkaar vóór die keer in *Les Marauds* toch nooit eerder ontmoet?'

Lissabon, Parijs, Florence, Rome. Zoveel mensen. Zoveel levens die elkaar kruisten, die vluchtig door elkaar liepen, elkaar raakten in het bonte weefpatroon van onze reisroute. Maar ik vermoedde dat het niet zo was.

'Er is ook een geur. Het heeft iets van een brandlucht, zo'n zomerse geur die je ruikt tien seconden na een bliksemflits. Een geur van zomerse onweersbuien en korenvelden in de regen.' Haar gezicht stond verrukt, haar blik zocht de mijne. 'Het is waar hè? Wat ik zei? Wat je bent?'

Weer dat woord.

Ze lachte opgetogen en pakte mijn hand. Haar huid was koel – gebladerte, geen vlees. Ze keerde mijn hand om en keek naar de handpalm.

'Ik wist het!' Haar vinger volgde mijn levenslijn, mijn hartlijn. 'Ik wist het zodra ik je zag!' In zichzelf, hoofd voorovergebogen, stem zo zacht dat hij niet meer dan een ademtocht op mijn hand leek: 'Ik wist het. Ik wist het. Maar ik had nooit gedacht je hier te zien, in dit stadje.'

Een scherpe, achterdochtige blik omhoog.

'Weet Reynaud het?'

'Ik weet het niet.' Dat was waar; ik had er geen idee van waar ze het over had. Maar ook ik kon het ruiken – de geur van veranderende winden, de sfeer van onthullingen. Een verre geur van vuur en ozon. Het geknars van tandwielen die lang niet gebruikt zijn, de helse machine van de synchroniciteit. Of misschien had Joséphine gelijk en was Armande gek. Per slot van rekening kon zij Pantoufle zien.

'Zorg dat Reynaud er niet achter komt,' zei ze tegen me, terwijl haar gekke, ernstige ogen glansden. 'Je weet toch wie hij is?'

Ik keek haar aan. Ik moet al voor me hebben gezien wat ze toen zei. Of misschien raakten onze dromen elkaar heel even, tijdens een van de nachten waarin we vluchtten.

'Hij is de Zwarte Man.'

Reynaud. Als een slechte kaart. Telkens weer. Spookachtig gelach in de spelonken.

★ ★ ★

Lang nadat ik Anouk naar bed had gebracht, legde ik voor het eerst sinds mijn moeders dood haar kaarten. Ik bewaar ze in een sandelhouten doos; ze zijn veelgebruikt, doortrokken van herinneringen aan haar. Bijna wil ik ze ongebruikt weer wegstoppen, overstelpt als ik ben door een stroom van associaties die de geur met zich brengt. New York, hotdogkraampjes met dampwolken erboven. Het Café de la Paix met zijn smetteloze obers. Een non die ijs eet voor de Notre Dame. Hotelkamers voor één nacht, norse portiers, achterdochtige *gendarmes*, nieuwsgierige toeristen. Daaroverheen de schaduw van *Het*, het naamloze, onverzoenlijke waarvoor we vluchtten.

Ik ben niet mijn moeder. Ik ben geen vluchteling. Desondanks is de behoefte te zien, te *weten* zo groot dat ik ze toch uit de doos haal en ze ongeveer zoals zij deed, uitspreid naast het bed.

Een blik achterom om me ervan te vergewissen dat Anouk nog slaapt. Dan schudden, couperen, schudden, couperen, totdat ik vier kaarten heb.

– De Tien van Zwaarden – de dood. De Drie van Zwaarden – de dood. De Twee van Zwaarden – de dood. De Zegewagen – de dood.

De Kluizenaar, de Toren, de Zegewagen. De dood.

De kaarten zijn van mijn moeder. Dit heeft niets met mij te maken, houd ik mezelf voor, hoewel de Kluizenaar niet zo moeilijk te interpreteren is. Maar de Toren? De Zegewagen? De dood?

De doodskaart, zegt mijn moeders stem in mijn binnenste, hoeft niet altijd vooruit te wijzen naar de fysieke dood, maar kan ook duiden op de dood van een levenswijze. Op een verandering. Op een veranderende wind. Zou dat de betekenis kunnen zijn?

Ik geloof niet in waarzeggerij. Althans, niet zoals zij, als een manier om de willekeurige patronen van onze reizen te bepalen. Niet als excuus om niets te doen, niet als een kruk om op te steunen wanneer de situatie verslechtert, niet als een rationalisatie voor de chaos die in je heerst. Ik hoor haar stem nu en die klinkt net als op het schip, haar kracht omgeslagen in louter koppigheid, haar humor in de wanhoop van de gedoemde.

– *Zullen we naar Disneyland gaan? Wat vind je ervan? De Florida Keys? De Everglades? Er is in de Nieuwe Wereld zoveel te zien, zoveel waar we nog nooit zelfs maar van hebben gedroomd. Is dat het, denk je? Is dat wat de kaarten zeggen willen?*

Maar toen was de dood op iedere kaart, de Dood en de Zwarte Man, die hetzelfde waren gaan betekenen. We ontvluchtten hem, en hij volgde ons, opgeborgen in een sandelhouten kistje.

Als tegengif las ik Jung en Herman Hesse en leerde ik wat het collectieve onderbewuste was. Waarzeggerij is een middel om jezelf te vertellen wat je al weet. Wat je vreest. De enige demonen die er zijn, bestaan uit een verzameling archetypen die alle beschavingen met elkaar delen. De angst voor verlies – de Dood. De angst voor isolement – de Toren. De angst voor vergankelijkheid – de Zegewagen.

En toch ging mijn moeder dood.

Ik stop de kaarten liefdevol terug in hun geurende doos. Dag moeder. Hier eindigt onze reis. Hier blijven we, hier zullen we wachten op wat de wind ons brengt. Ik zal de kaarten niet meer raadplegen.

## 13

### Zondag, 23 februari

Geef me uw zegen, eerwaarde vader, want ik heb gezondigd. Ik weet dat u me kunt horen, *mon père*, en er is niemand anders bij wie ik zou willen biechten. Zeker niet bij de bisschop, die lekker veilig in zijn verre bisdom Bordeaux zit. De kerk lijkt ook zo leeg. Ik voel me dwaas daar aan de voet van het altaar, wanneer ik opkijk naar Onze Heer met zijn verguldsel, in zijn doodsstrijd. Het verguldsel is aangetast door de walm van de kaarsen en de donkere vlekken geven Hem een sluw, slinks aanzien. Bovendien is gebed, dat in de begintijd altijd zo'n zegen, zo'n bron van vreugde was, nu een last, een schreeuw op de flank van een sombere berg die op ieder moment een lawine over me heen kan uitstorten.

Is dit nu twijfel, *mon père*? Deze stilte vanbinnen, dit onvermogen te bidden, rein en nederig te worden... is het mijn schuld? Ik kijk naar de kerk die mijn leven is en ik probeer er liefde voor te voelen. Liefde, zoals u die voelde, voor de beelden – dat van Sint Jérôme dat een stukje van de neus mist, van de glimlachende Maagd, Jeanne d'Arc met haar banier, Sint Franciscus met zijn geverfde duiven. Ik houd niet van vogels. Het is misschien een zonde tegen degene naar wie ik vernoemd ben, maar ik kan er niets aan doen. Hun gekrijs, de viezigheid tot op de deuren van de kerk – zelfs op de witte muren laten hun uitwerpselen groenige strepen achter. En dan die herrie tijdens de preek... Ik vergiftig de ratten waar de sacristie vol mee zit en die aan de miskleding knagen. Zou ik de duiven die de eredienst verstoren ook niet moeten vergiftigen? Ik heb het geprobeerd, *mon père*, maar het helpt niets. Misschien beschermt Sint Franciscus hen.

Kon ik maar wat waardiger zijn. Mijn gebrek aan waardigheid brengt me van mijn stuk; mijn verstand, dat veel groter is dan dat van mijn kudde, dient alleen maar om de zwakte, de goedkoopte van het voertuig dat God heeft uitverkoren om Hem te dienen, te versterken. Is dit mijn lot? Ik droomde van grotere dingen, van offers, van martelaarschap, maar in plaats daarvan verdoe ik mijn tijd met angsten die mij, u, onwaardig zijn.

Mijn zonde is die van de kleinheid, *mon père*. Daarom zwijgt God in Zijn huis. Ik weet het, maar ik weet niet hoe ik het euvel moet verhelpen. Ik heb de strengheid van mijn vasten opgevoerd en verkies nu ook te vasten op dagen waarop wat vrijheid is toegestaan. Vandaag heb ik bijvoorbeeld mijn zondagse dronk op de hortensia gegooid en dat deed me oneindig goed. Van nu af aan zullen mijn maaltijden slechts begeleid worden door water en koffie; de koffie neem ik zwart en zonder suiker om de bittere smaak beter te laten uitkomen. Vandaag heb ik wortelsalade met olijven gegeten – wortels en bessen in de wildernis. Ik voel me nu weliswaar een beetje licht in het hoofd, maar dat is geen onplezierig gevoel. Ik voel me enigszins schuldig bij de gedachte dat zelfs mijn ontbering me genoegen schenkt en ik heb besloten mezelf bloot te stellen aan verleidingen. Ik zal vijf minuten voor de *rôtisserie* gaan staan kijken naar de kippetjes die ronddraaien aan het spit. Als Arnauld op me schimpt, is dat des te beter. Hij zou trouwens in de vastentijd dicht moeten zijn.

Wat Vianne Rocher betreft... Ik heb de laatste paar dagen nauwelijks aan haar gedacht. Ik loop met afgewend hoofd langs haar winkel. Ondanks de vastentijd en de afkeuring van de weldenkende elementen in Lansquenet loopt haar winkel goed, maar dat wijt ik aan de nieuwigheid van zo'n zaak. Dat slijt wel. Onze parochianen hebben toch al zo weinig geld om aan hun dagelijkse behoeften te besteden – ze hoeven niet ook nog eens een winkel te subsidiëren die eigenlijk in de grote stad thuishoort.

La Céleste Praline. De naam is al een opzettelijke belediging. Ik zal de bus naar Agen nemen en naar het verhuurbedrijf gaan en mijn beklag doen. Ze had nooit toestemming mogen krijgen om dat pand te huren. De centrale ligging van de winkel zorgt voor een soort welvarendheid, bevordert de verleiding. De bisschop moet op de hoogte gesteld worden. Misschien is hij in staat de invloed uit te oefenen die ik niet heb.

Ik zal hem vandaag schrijven. Ik zie haar soms op straat. Ze draagt een gele regenjas met groene margrietjes, als hij niet lang was zou je denken dat het een kinderjas was, een beetje onfatsoenlijk voor een volwassen vrouw. Haar haar houdt ze onbedekt, ook als het regent, en het is glad-glanzend, als een zeehondenpels. Ze wringt het uit als een lang touw wanneer ze bij de luifel is aangekomen. Er staan vaak mensen onder die luifel te wachten; ze schuilen voor de onophoudelijke regen en bekijken de etalage. Ze heeft nu een elektrische kachel geïnstalleerd, dicht genoeg bij de toonbank om comfort te bieden, maar niet zo dichtbij dat haar waren bederven, en door de krukken, de glazen *cloches* gevuld met cakejes en gebakjes en de zilveren kannen chocola op het fornuis ziet het er meer uit als een café dan als een winkel. Ik zie op sommige dagen tien of meer mensen in de winkel, sommigen staan, sommigen leunen tegen de beklede toonbank en praten. Op zondagen woensdagmiddag vult de vochtige lucht zich met bakgeuren en dan staat ze tegen de deurpost geleund, haar armen tot aan haar ellebogen met meel bedekt, en roept ze vrijpostige opmerkingen naar de voorbijgangers. Ik sta er verbaasd van hoeveel mensen ze al bij naam kent – het duurde een halfjaar voordat ik al mijn parochianen kende – en ze lijkt altijd een vraag of opmerking over hun leven, hun problemen bij de hand te hebben. Blaireau's artritis, Lamberts zoon die in dienst is, de prijswinnende orchideeën van Narcisse. Ze kent zelfs de naam van de hond van Duplessis. O, ze is zo slim. Je kunt gewoon niet om haar heen. Je móét reageren om niet ongemanierd te lijken. Zelfs ik, zelfs ik moet glimlachen en knikken, hoewel ik vanbinnen kook. Ze draagt opzichtige kleding, wapperende rokken en lange sjaals in felle kleuren. Haar dochter is al net zo en verwildert in *Les Marauds* met een bende oudere meisjes en jongens. De meesten van hen zijn acht of negen jaar oud en ze behandelen haar met genegenheid, als een kleine zus, een mascotte. Ze zijn altijd samen, ze rennen, schreeuwen en doen alsof hun armen de vleugels van bommenwerpers zijn en beschieten elkaar, waarbij ze zingen en fluiten. Jean Drou is er ook bij, ondanks zijn moeders bezorgdheid. Een- of tweemaal heeft ze geprobeerd het hem te verbieden, maar hij wordt met de dag opstandiger en klimt door het raam van zijn kamer naar buiten wanneer ze hem opsluit. Maar ik heb zwaarwichtiger zaken aan mijn hoofd, *mon père*, dan het wangedrag van een paar lastige vlegels. Toen ik vandaag vóór de mis door *Les Marauds* liep, zag ik aan de oever van de Tannes een woonboot aangemeerd liggen van het type dat u en ik zo goed kennen. Een armzalig geval, groengeschilderd maar hevig afbladderend, met een blikken schoorsteen die zwarte, giftige dampen uitstootte en een golfplaten dak, als de daken van de kartonnen hutten in de *bidonvilles* in Marseille. U en ik weten wat dat betekent. Wat ervan komt. De eerste lentepaardenbloemen steken hun kopjes alweer boven het doorweekte gras langs de kant van de weg. Elk jaar proberen ze het, komen ze de rivier op vanuit de steden en de sloppenwijken of nog erger, van verder, uit streken in Algerije of Marokko. Ze zoeken werk. Ze zoeken een plek om zich te vestigen, om zich voort te planten... Ik heb vanmorgen tegen hen gewaarschuwd in mijn preek. Het zijn vagebonden. Ze hebben geen respect en geen normen. Het zijn rivierzigeuners, dieven, leugenaars en moordenaars wanneer ze de kans krijgen. Laat hen blijven en ze zullen alles waarvoor we gewerkt hebben, bederven, *père*. Al onze wijze lessen. Hun kinderen zullen samen met de onze rennen totdat alles wat we voor hen hebben gedaan, verpest is. Ze zullen de geest van onze kinderen stelen. Hun leren te haten en neer te kijken op de kerk. Hun leren wat luiheid is en het schuwen van verantwoordelijkheid. Hun leren wat misdaad is en het genot van drugs.

Ik ging vanmiddag naar de woonboot toe. Er waren er al twee bijgekomen, een rode en een zwarte. Het regende niet meer en er was een drooglijn tussen de twee nieuwe boten gespannen waaraan slap kinderkleren hingen. Op het dek van de zwarte boot zat een man met zijn rug naar me toe te vissen. Lang rood haar dat met een reep stof was samengebonden, blote armen met hennatatoeages tot op de schouder. Ik stond naar de boten te kijken en verbaasde me over de armetierigheid, de uitdagende armoede. Wat doen die mensen zichzelf aan? We zijn een welvarend land. Een Europese mogendheid. Er zouden banen voor deze mensen moeten zijn, nuttige banen, goede huizen... Waarom willen ze dan zó leven, in werkeloosheid en ellende? Zijn ze zo lui, zo dom? Of is het trots, misplaatste trots op grond waarvan ze denken hun leven precies zo te kunnen leven als ze maar willen? De roodharige man op het dek van de zwarte boot maakte met zijn vingers een bezwerend gebaar naar me en ging door met vissen.

'U kunt hier niet blijven,' riep ik over het water. 'Dit is privé-terrein. U moet hier vandaan.'

Gelach en gehoon vanaf de boten. Ik voelde mijn slapen van kwaadheid bonzen, maar bleef kalm.
'U kunt met me praten,' riep ik weer. 'Ik ben priester. We kunnen misschien een oplossing vinden.'
Er verschenen een paar gezichten bij de ramen en deuropeningen van de drie boten. Ik zag vier kinderen, een jonge vrouw met een baby en drie of vier oudere mensen, gehuld in de grauwe, nietszeggende kleuren die deze mensen kenmerkten, met scherpe en wantrouwende gezichten. Ik zag dat ze het aan Roodhaar overlieten wat ze zouden doen. Ik richtte me tot hem.
'Heedaar!'
Zijn houding was een en al oplettendheid en ironische eerbied.
'Waarom komt u hier niet praten? Ik kan het een en ander beter uitleggen als ik niet de halve rivier hoef over te schreeuwen,' zei ik tegen hem.
'Leg maar uit,' zei hij. Hij sprak met zo'n sterk Marseillaans accent dat ik hem nauwelijks kon volgen. 'Ik kan u prima verstaan.' Zijn mensen op de andere boten gaven elkaar een por en grinnikten. Ik wachtte geduldig tot ze weer stil waren.
'Dit is privéterrein,' herhaalde ik. 'U kunt hier helaas niet blijven. Er wonen hier mensen.' Ik wees op de huizen vlak langs de rivier aan de *Avenue des Marais*. Vele daarvan zijn weliswaar verlaten en bouwvallig geworden door vocht en verwaarlozing, maar sommige worden nog bewoond.
Roodhaar keek me misprijzend aan.
'Er wonen hier ook mensen,' zei hij, op de boten wijzend.
'Dat begrijp ik, maar niettemin...' Hij onderbrak me.
'Wees maar niet bang. We blijven niet lang.' Hij klonk beslist. 'We moeten wat reparaties uitvoeren en inkopen doen. Dat kunnen we niet midden in het land. Het zal twee, misschien drie weken duren. Daar kunt u toch wel mee leven?'
'Misschien een groter dorp...' Ik voelde dat mijn haren overeind gingen staan van zijn brutale houding, maar ik bleef kalm. 'Misschien een stad als Agen...'
Kortaf: 'Dat is niks. Daar komen we net vandaan.'
Dat zal best. Ze stellen zich hard op tegen zwervers in Agen. Hadden we in Lansquenet maar onze eigen politie.

'Er is iets met mijn motor. Ik heb een kilometerslang oliespoor achtergelaten. Ik moet hem maken voordat ik weer verder ga.'

Ik rechtte mijn schouders.

'Ik denk niet dat u hier zult vinden wat u zoekt,' zei ik.

'Iedereen heeft zo zijn mening.' Hij klonk alsof hij het gesprek als beëindigd beschouwde, bijna geamuseerd. Een van de oude vrouwen giechelde. 'Zelfs een priester heeft daar recht op.' Nog meer gelach. Ik behield mijn waardigheid. Deze mensen zijn mijn woede niet waard. Ik keerde me om.

'Zo, zo, *m'sieur le curé*.' De stem was vlak achter me en ik kon niet helpen dat ik even terugdeinsde. Armande Voizin kraaide zachtjes van het lachen. 'Zenuwachtig?' zei ze boosaardig. 'Dat is maar goed ook. Je bent hier niet op eigen terrein. Wat is ditmaal je missie? De heidenen bekeren?'

'*Madame.*' Ondanks haar brutaliteit gaf ik haar een beleefd knikje. 'Ik neem aan dat u in goede gezondheid verkeert?'

'Zo, neem je dat aan.' Haar zwarte ogen bruisten van de pret. 'Ik had anders de indruk dat je niet kon wachten tot je me kon bedienen.'

'Helemaal niet, *madame*.' Ik straalde een koude verontwaardiging uit.

'Mooi. Want dit oude lammetje keert nog lang niet terug naar de stal,' verklaarde ze. 'Trouwens toch veel te lastig voor jou. Ik weet nog dat je moeder zei...'

Ik viel haar scherper in de rede dan ik bedoelde.

'Ik heb helaas geen tijd voor gekeuvel, *madame*. Ik moet met deze mensen' – een gebaar in de richting van de rivierzigeuners – 'deze mensen iets regelen voordat de situatie uit de hand loopt. Ik moet om de belangen van mijn parochianen denken.'

'Wat een windbuil ben je tegenwoordig,' merkte Armande indolent op. '*De belangen van je parochianen*. Ik weet nog dat je nog maar een jochie was en indiaantje speelde in *Les Marauds*. Wat hebben ze je in de stad bijgebracht, behalve hoogdravend en gewichtig doen?'

Ik keek haar kwaad aan. Zij is de enige in Lansquenet die het leuk vindt me te herinneren aan dingen die ik maar beter kan vergeten. De gedachte komt bij me op dat wanneer zij sterft, die herinnering ook zal verdwijnen, en daar ben ik haast blij om.

'Misschien spreekt het idee dat zwervers *Les Marauds* overnemen, ú wel aan,' zei ik scherp, 'maar andere mensen – waaronder uw dochter – begrijpen dat als je hun ook maar een beetje ruimte geeft...'

Armande lachte snuivend.

'Ze praat al net als jij,' zei ze. 'Hele reeksen preekstoelclichés en nationalistische gemeenplaatsen. Naar mijn idee doen deze mensen geen kwaad. Waarom zou je er een kruistocht van maken hen te verjagen, wanneer ze toch binnenkort weer weggaan?'

Ik haalde mijn schouders op.

'U wilt blijkbaar niet begrijpen waar het om gaat,' zei ik kortaf.

'Nou, ik heb al tegen Roux daar gezegd' – een terloops handgebaar naar de man op de zwarte woonboot – 'ik heb al tegen hem en zijn vrienden gezegd dat ze welkom zijn zolang ze bezig zijn met het repareren van de motor en het inslaan van voorraden.' Ze keek me sluw en triomfantelijk aan. 'Dus kun je niet zeggen dat ze in overtreding zijn. Ze liggen hier, voor mijn huis, met mijn zegen.' Dat laatste woord gaf ze extra nadruk, alsof ze me wilde beschimpen.

'Evenals hun vrienden, wanneer die komen.' Ze wierp me weer zo'n brutale blik toe. '*Al* hun vrienden.'

Ach, ik had het kunnen weten. Ze had het alleen al gedaan om mij te kunnen dwarsbomen. Ze geniet van de slechte reputatie die het haar geeft, omdat ze weet dat ze zich als oudste inwoner van het dorp het een en ander kan veroorloven. Het heeft geen zin met haar in discussie te gaan, *mon père*. Dat weten we al. Ze zou van de discussie evenzeer genieten als van het contact met deze mensen, van hun verhalen, hun levens. Het is dan ook niet verwonderlijk dat ze hun namen al geleerd heeft. Ik zal haar niet het genoegen doen me te zien smeken. Nee, ik moet op andere manieren te werk gaan.

Ik ben in ieder geval één ding van Armande te weten gekomen: er komen er nog meer. Hoeveel, dat moeten we afwachten. Maar het is zoals ik vreesde. Drie vandaag. Hoeveel morgen?

Ik ging op weg naar u bij Clairmont langs. Hij zal het doorvertellen. Ik verwacht op enige weerstand te zullen stuiten – Armande heeft nog vrienden, Narcisse moet misschien overgehaald worden. Maar over het geheel genomen verwacht ik medewerking. Ik ben in dit dorp nog steeds iemand. Mijn goede mening is van belang. Ik heb Muscat ook gesproken. Hij ziet de meeste mensen in zijn café. Hij is ook hoofd van de dorpsraad. Een weldenkend mens, ondanks zijn fouten, en een goede kerkganger. En als er een sterke hand nodig is – natuurlijk betreuren we allemaal het gebruik van geweld, maar met deze mensen kun je die mogelijkheid niet uitsluiten – nou, dan weet ik zeker dat we op Muscat kunnen rekenen.

Armande noemde het een kruistocht. Ik weet dat ze het als een belediging bedoelde, maar toch... Ik voel een golf van opwinding door me heen gaan bij de gedachte aan dit conflict. Zou dit de taak zijn waarvoor God mij heeft uitverkoren?

Daarom ben ik naar Lansquenet gekomen, *mon père*. Om voor mijn mensen te vechten. Om hen te behoeden voor verleidingen. En wanneer Vianne Rocher de macht van de kerk ziet – *mijn* macht over elke ziel in de gemeenschap – dan zal ze weten dat ze verloren heeft. Wát ze ook moge hopen, wát ze ook moge ambiëren. Ze zal begrijpen dat ze niet kan blijven, niet kan hopen de strijd te winnen.

Ik zal triomferen.

# 14

## Maandag, 24 februari

Caroline Clairmont kwam vlak na de mis hier. Haar zoon was bij haar, zijn schooltas over zijn schouders, een lange jongen met een bleek, onaangedaan gezicht. Ze had een pakje gele, handbeschreven kaarten in haar hand.
Ik glimlachte naar hen beiden.
De winkel was bijna leeg – ik verwacht de eerste van mijn vaste klanten om negen uur en het was half negen. Alleen Anouk zat bij de toonbank met een halfvolle kom melk en een *pain au chocolat* voor zich. Ze keek de jongen vrolijk aan, maakte een vaag begroetingsgebaar met het broodje en richtte haar aandacht weer op haar ontbijt.
'Kan ik u van dienst zijn?'
Caroline keek met een blik van afgunst en afkeuring om zich heen. De jongen keek recht voor zich uit, maar ik zag dat zijn blik naar Anouk wilde afdwalen. Hij zag er beleefd en stuurs uit, de ogen onder de te lange pony waren helder en ondoorgrondelijk.
'Ja.' Haar stem is licht en vals opgewekt, haar glimlach is zo scherp en zoet als glazuur dat pijn doet aan je tanden. 'Ik verspreid deze' – ze liet de stapel kaarten zien – 'en ik vraag me af of u er een in uw etalage zou willen zetten.' Ze stak me er een toe. 'Iedereen doet mee,' voegde ze er aan toe, alsof dat mijn beslissing zou kunnen beïnvloeden. Ik pakte de kaart aan.
Met keurige, vette hoofdletters stond er zwart op geel:

GEEN VENTERS, ZWERVERS OF MARSKRAMERS.
DE DIRECTIE BEHOUDT ZICH HET RECHT VOOR
BEDIENING OP IEDER MOMENT TE WEIGEREN.

'Waarvoor heb ik die nodig?' vroeg ik me verbaasd af. 'Waarom zou ik weigeren mensen te bedienen?'

Caroline keek me medelijdend en minachtend aan.

'Ja, u bent natuurijk nieuw hier,' zei ze liefjes. 'Maar we hebben in het verleden problemen gehad. Het is maar uit voorzorg. Ik betwijfel of u een bezoek van Die Mensen kunt verwachten. Maar een mens kan zich maar beter indekken, vindt u ook niet?'

Ik begreep het nog steeds niet.

'Indekken waartegen?'

'Nou, tegen de zigeuners. De bootbewoners.' Haar stem had een ongeduldige klank. 'Ze zijn er weer, en ze zullen weer willen doen' – ze maakte een klein, elegant gebaar van afkeer – 'wat ze altijd doen.'

'Ja, en?' drong ik zachtjes aan.

'Nou, we moeten hun laten zien dat we dat niet pikken!' Caroline liep rood aan. 'We moeten met elkaar afspreken dat we die mensen niet bedienen. We moeten hen terug zien te krijgen naar waar ze vandaan komen.'

'O.' Ik dacht na over wat ze zei. 'Kúnnen we wel weigeren hen te bedienen?' informeerde ik nieuwsgierig. 'Als ze het geld hebben, kunnen we dan weigeren?'

Ongeduldig: 'Natuurlijk. Wie zou ons tegenhouden?'

Ik dacht even na en gaf haar toen de gele kaart terug. Caroline staarde me aan.

'U doet het niet?' Haar stem rees een halve octaaf en verloor daarbij een groot deel van zijn beschaafde intonatie.

Ik haalde mijn schouders op.

'Het lijkt mij dat als iemand zijn geld hier wil uitgeven, het niet mijn taak is hem dat te beletten,' zei ik tegen haar.

'Maar de gemeenschap...' drong Caroline aan. 'U wilt toch niet dat mensen van dat soort, rondtrekkende mensen, dieven, Arabíéren notabene...'

Beelden, herinneringen flitsen door mijn hoofd: dreigende New Yorkse portiers, Parijse dames, toeristen bij de Sacré Coeur, fototoestel in de hand, het gezicht afgewend om het bedelende meisje met haar te korte jurk en te lange benen niet te hoeven zien... Caroline Clairmont kent ondanks haar niet-steedse opvoeding de waarde van het vinden van de juiste *modiste*. De onopvallende sjaal om haar hals draagt het merk van Hermès en haar parfum is er een van Coco de Chanel. Mijn antwoord was scherper dan mijn bedoeling was.

'Ik denk dat de gemeenschap zich met zijn eigen zaken moet bemoeien,' zei ik bits. 'Het is niet aan mij, of aan wie dan ook, te beslissen hoe die mensen moeten leven.' Caroline keek me giftig aan.

'Tja, als u er zo over denkt...' Ze keerde zich kruiperig om naar de deur. 'Dan zal ik u niet langer van uw werk houden.' Een lichte nadruk op de laatste woorden, een laatdunkende blik op de lege stoelen. 'Ik hoop alleen maar dat u uw beslissing niet zult betreuren, dat is alles.'

'Hoezo?'

Ze haalde geprikkeld haar schouders op.

'Nou, als er iets gebeurt of zo.' Uit haar toon maakte ik op dat het gesprek ten einde was. 'Deze mensen kunnen allerlei problemen veroorzaken, weet u. Drugs, geweld...' Haar zure glimlach suggereerde dat ze mij als er zulke problemen waren, maar al te graag het slachtoffer zag worden. De jongen staarde me niet-begrijpend aan. Ik glimlachte naar hem.

'Ik heb onlangs je oma ontmoet,' zei ik tegen hem. 'Ze heeft me veel over je verteld.' De jongen bloosde en mompelde iets onverstaanbaars.

Caroline verstijfde.

'Ik had al gehoord dat ze hier was geweest,' zei ze. Ze glimlachte geforceerd. 'U zou mijn moeder niet aan moeten moedigen,' voegde ze er met gemaakte olijkheid aan toe. 'Het gaat toch al niet zo goed met haar.'

'O, ik vond haar anders heel onderhoudend gezelschap,' antwoordde ik zonder mijn blik van de jongen af te wenden. 'Heel verfrissend. En zéér schrander.'

'Voor haar leeftijd,' zei Caroline.

'Voor iedere leeftijd,' zei ik.

'Nou, ik weet zeker dat dat op iemand van buiten zo overkomt,' zei Caroline zuinigjes. 'Maar op haar familie...' Ze wierp me weer een koude glimlach toe. 'U moet begrijpen dat mijn moeder heel oud is,' legde ze uit. 'Haar geest is niet meer wat hij was. Haar greep op de realiteit...' Met een nerveus gebaar hield ze op. 'Ik weet zeker dat ik u dat niet hoef uit te leggen,' zei ze.

'Nee,' antwoordde ik vriendelijk. 'Het gaat me tenslotte niets aan.' Ik zag haar ogen samenknijpen toen ze de steek onder water voelde. Ze mag dan kleinzielig zijn, stom is ze zeker niet.

'Ik bedoel...' Ze was even van slag. Een ogenblik dacht ik in de ogen van de jongen humor te zien schemeren, maar dat kan verbeelding zijn geweest. 'Ik bedoel dat mijn moeder niet altijd weet wat het beste voor haar is.' Ze had zichzelf weer in de hand, haar glimlach was weer even glad als haar haar. 'Neem nou deze winkel.'

Ik knikte bemoedigend.

'Mijn moeder lijdt aan suikerziekte,' legde Caroline uit. 'De dokter heeft haar herhaaldelijk gewaarschuwd dat ze geen suiker moet eten. Ze luistert gewoon niet. Ze wil zich niet laten behandelen.' Ze wierp haar zoon een triomfantelijke blik toe. 'Nu moet u me eens vertellen, madame Rocher, of dat normaal is. Is dat een normále manier van doen?' Haar stem ging weer omhoog; hij werd schel en kregelig. Haar zoon stond er enigszins beschaamd bij en keek op zijn horloge.

'*Maman*, ik k-kom nog te laat.' Zijn stem was neutraal en beleefd. Tegen mij: 'Neemt u me niet kwalijk, *madame*, maar ik moet naar s-school.'

'Hier, neem een van mijn speciale bonbons mee. Op kosten van de zaak.' Ik reikte hem de in cellofaan verpakte bonbon aan.

'Mijn zoon eet geen chocola.' Carolines stem klonk scherp. 'Hij is hyperactief, ziekelijk. Hij weet dat het slecht voor hem is.'

Ik keek naar de jongen. Hij zag er noch ziekelijk, noch hyperactief uit, hooguit verveeld en een beetje verlegen.

'Ze heeft een hoge dunk van je,' zei ik tegen hem. 'Je oma. Misschien kun je eens langskomen om haar gedag te zeggen. Ze is een van mijn vaste klanten.'

De heldere ogen lichtten even op onder de steile bruine pony.

'Dat kan ik misschien wel eens doen.' Hij klonk niet enthousiast.

'Mijn zoon heeft geen tijd om in snoepwinkels rond te hangen,' zei Caroline uit de hoogte. 'Mijn zoon is een begaafde jongen. Hij weet wat hij zijn ouders verschuldigd is.' Er lag een soort dreigement in haar woorden, een zelfingenomen, zekere klank. Ze keerde zich om en liep langs Luc heen, die al met zwaaiende schooltas in de deuropening stond.

'Luc.' Ik sprak zacht, overredend. Hij keerde zich met enige tegenzin weer om.

'Vond je Rimbaud mooi?'

Hij keek verschrikt.

'Wat?'

'Rimbaud. Ze heeft je voor je verjaardag toch eens een boek met gedichten van hem gegeven?'

'J-ja.' Het antwoord was bijna onhoorbaar. Zijn ogen – ze zijn licht groengrijs – zochten de mijne. Ik zag hem even met zijn hoofd schudden, bij wijze van waarschuwing. 'M-maar ik heb ze niet gelezen,' zei hij op luidere toon. 'Ik ben niet zo d-dol op p-poëzie. Ik moet nu gaan.'

Caroline wachtte ongeduldig bij de deur.

Het leek bijna alsof ik het me verbeeldde toen hij onder het lopen fluisterde: 'Zeg tegen haar dat ik kom. Z-zeg maar woensdag, wanneer mijn m-moeder naar de k-kapper gaat.'

Toen was hij weg.

Ik vertelde Armande over hun bezoek toen ze later op de dag kwam. Ze schudde haar hoofd en gierde van het lachen toen ik mijn gesprek met Caroline navertelde.

'Hè-hè-hè!' Genesteld in haar uitgezakte leunstoel, een kop mokka in haar fijne hand, leek ze blozender dan ooit tevoren. 'Arme Caro. Ze houdt er niet van aan me herinnerd te worden, hm?' Vol leedvermaak nipte ze van haar drankje. 'Waar haalt ze het vandaan?' vroeg ze zich enigszins wrevelig af. 'Jou vertellen wat ik wel en niet mag. Dus ik heb suikerziekte? Dat zou die dokter van haar ons allemaal wel graag willen wijsmaken.' Ze mopperde: 'Nou, ik leef toch nog? Ik ben voorzichtig. Maar dat is voor hén niet genoeg, neeee... Ze willen me de wét voorschrijven.' Ze schudde haar hoofd. 'Die arme jongen. Hij stottert, heb je dat gemerkt?'

Ik knikte.

'Dat komt door zijn moeder.' Armande klonk minachtend. 'Ze had hem met rust moeten laten, maar nee hoor, altijd maar corrigeren, altijd maar vitten. Dat maakt het nog erger. Ze beweert de hele tijd dat er van alles aan hem mankeert.' Ze liet een smalend geluid horen. 'Er mankeert hem niets dat niet met een flinke dosis leven te genezen is,' verklaarde ze resoluut. 'Laat hem maar eens rondrennen zonder je af te vragen wat er gebeurt als hij omvalt. Laat hem vrij. Laat hem ádemhalen.'

Ik zei dat het heel gewoon was dat een moeder haar kinderen wilde beschermen.

Armande keek me op haar satirische manier aan.

'Noem je dat beschermen?' zei ze. 'Zoals de maretak de appelboom beschermt?' Ze lachte kakelend. 'Ik had appelbomen in mijn tuin,' vertelde ze me, 'maar de maretak heeft ze allemaal te pakken gekregen, een voor een. Een akelig plantje, het lijkt niet veel – mooie besjes, geen eigen kracht, maar opdríngerig!' Ze nam weer een slokje. 'En het vergiftigt alles waarmee het in aanraking komt.' Ze knikte veelbetekenend. 'Zo is mijn Caro,' zei ze. 'Ten voeten uit.'

Ik zag Guillaume weer na de lunch. Hij zei alleen maar even gedag, want hij was op weg naar de kiosk. Guillaume is verslaafd aan filmtijdschriften, al gaat hij nooit naar de film, en iedere week ontvangt hij een dik pak: de *Vidéo* en de *Ciné-Club*, de *Télérama* en de *Film Express*. Alleen híj heeft in het dorp een schotelantenne en in zijn karige huisje staat een breedbeeldtelevisie en aan de muur boven een boekenkast vol videobanden is een videorecorder gemonteerd. Ik merkte dat hij Charly weer droeg. De hond hing met doffe ogen en lusteloos in de armen van zijn baas. Om de paar minuten aaide Guillaume over zijn kop met het vertrouwde gebaar van tederheid en beslistheid.

'Hoe gaat het met hem?' vroeg ik ten slotte.

'O, hij heeft zijn goede dagen,' zei Guillaume. 'Er zit nog heel wat pit in hem.' En daar gingen ze weer, de kleine, parmantige man met de droevige, bruine hond in zijn armen geklemd alsof zijn leven ervan afhing.

Joséphine Muscat kwam langs maar bleef niet staan. Ik was een beetje teleurgesteld dat ze niet binnenkwam, want ik had gehoopt weer met haar te kunnen praten, maar ze wierp me in het voorbijgaan slechts een verwilderde blik toe, haar handen diep in haar zakken gestoken. Haar gezicht leek opgezet, haar ogen waren spleetjes, maar dat kan ook vanwege de regen geweest zijn, en haar mond was stijfgesloten. Een dikke sjaal met een vage kleur was als een verband om haar hoofd gewonden. Ik riep naar haar, maar ze antwoordde niet en versnelde haar pas alsof er gevaar dreigde.

Ik haalde mijn schouders op en liet haar gaan. Dit soort dingen heeft tijd nodig. Soms heel veel tijd.

Later, toen Anouk in *Les Marauds* speelde en ik de winkel voor de rest van de dag gesloten had, kuierde ik onbewust toch door de *Avenue des Francs Bourgeois* in de richting van het *Café de la République*. Het is een kleine, groezelige tent, met schoongewassen ramen waarop altijd dezelfde *spécialité du jour* staat gekrabbeld en een sjofele luifel die het weinige licht nog verder reduceert. Binnen staat een stel zwijgende gokkasten naast ronde tafels waaraan een paar klanten zitten, die humeurig zaken van geen belang bespreken boven talloze *demis* en *cafés-crème*. Er hangt een neutrale, olieachtige lucht van eten uit de magnetron en het vertrek is gehuld in een sluier van dikke sigarettenrook, ook al lijkt niemand te roken. Ik merkte dat een van Caroline Clairmonts handgeschreven gele kaarten op een opvallende plek bij de open deur hing. Erboven een zwart kruisbeeld.

Ik keek het vertrek rond, aarzelde en ging naar binnen.

Muscat stond achter de bar. Hij nam me aandachtig op toen ik binnenkwam, terwijl zijn mond zich verbreedde. Bijna onmerkbaar zag ik zijn ogen naar mijn benen, mijn borsten gaan, ze lichtten eventjes fel op als de medelingen op een gokkast. Hij legde een hand op de tap, de zware onderarm gebogen.

'Wat kan ik je geven?'

'Een *café-cognac* graag.'

De koffie werd geserveerd in een kleine, bruine kop met twee verpakte suikerklontjes erbij. Ik liep ermee naar een tafeltje aan het raam. Een paar oude mannen – een met het *Légion d'Honneur* op een rafelige revers gespeld – namen me argwanend op.

'Heb je behoefte aan gezelschap?' grijnsde Muscat achter de bar. 'Je ziet er een beetje... eenzaam uit, daar in je eentje.'

'Nee, bedankt.' zei ik beleefd. 'Ik dacht eigenlijk dat ik Joséphine hier vandaag zou aantreffen. Is ze er?'

Muscat keek me zuur aan; zijn goede humeur was verdwenen.

'O ja, je hartsvriendin,' zei hij droogjes. 'Tja, je hebt haar net gemist. Ze is zojuist boven even gaan liggen. Een van haar hoofdpijnaanvallen.'

Hij begon met een eigenaardige felheid een glas op te poetsen. 'Gaat de hele middag winkelen, moet dan verdomme de hele avond liggen terwijl ik werk.'

'Maakt ze het goed?'

Hij keek me aan.

'Natuurlijk maakt ze het goed,' zei hij scherp. 'Waarom zou ze het niet goed maken? Als hare hoogheid af en toe alleen maar even haar dikke kont op zou willen tillen, dan konden we deze tent misschien draaiende houden.' Brommend van de inspanning propte hij zijn vuist met droogdoek en al in het glas.

'Kijk maar.' Hij maakte een expressief gebaar. 'Kijk maar om je heen.' Hij keek naar me alsof hij nog iets wilde zeggen, maar toen gleed zijn blik langs me heen naar de deur.

'Hee!' Ik begreep dat hij zich richtte tot iemand die ik niet kon zien.

'Kunnen jullie niet luisteren? Ik ben gesloten!'

Ik hoorde een mannenstem iets antwoorden, maar ik verstond niet wat. Muscat liet zijn brede, vreugdeloze grijns zien.

'Zijn jullie te stom om te lezen?' Achter zich bij de bar wees hij op een tweede gele kaart. 'Maak dat je wegkomt, vooruit!'

Ik stond op om te zien wat er aan de hand was. Er stonden vijf mensen onzeker bij de ingang van het café, twee mannen en drie vrouwen. Ik kende hen geen van allen; ze waren onopvallend hoewel er een sfeer van ondefinieerbaar anders-zijn om hen heen hing – de verstelde broeken, de werklaarzen, de verbleekte T-shirts bestempelden hen tot buitenstaanders. Ik had het moeten herkennen. Ooit had ik die sfeer ook om me heen. De man die gesproken had, had rood haar en een groene band om zijn hoofd om het uit zijn gezicht te houden. Zijn ogen stonden waakzaam, zijn toon was zorgvuldig neutraal.

'We verkopen niets,' legde hij uit. 'We willen alleen maar bier en koffie. We geven geen overlast.'

Muscat keek hem minachtend aan.

'Ik zei dat we gesloten waren.'

Een van de vrouwen, een onopvallend, mager meisje met een ringetje in haar wenkbrauw, trok de roodharige aan zijn mouw.

'Dit wordt niks, Roux. We kunnen beter...'

'Wacht even.' Roux schudde haar ongeduldig van zich af. 'Ik

begrijp het niet. De dame die hier zojuist was, uw vrouw, die zou...'
'Laat mijn vrouw de klere krijgen!' riep Muscat schril uit. 'Mijn vrouw zou met beide handen en een zaklantaarn nog haar kont niet kunnen vinden! Daar staat míjn naam boven de deur en ik – zeg – dat – we – gesló – ten zijn!' Hij was achter de bar vandaan gekomen en stond hun nu met zijn handen op zijn heupen de weg te versperren, als een te dikke revolverheld in een spaghetti-western. Ik zag de gelige glans van zijn knokkels bij zijn riem, hoorde zijn fluitende ademhaling. Zijn gezicht was verwrongen van woede.

'Juist ja.' Het gezicht van Roux was uitdrukkingsloos. Hij wierp even een vijandige, opzettelijke blik op de weinige klanten die her en der in de barruimte zaten. 'Gesloten.' Zijn blik dwaalde nog een keer door het vertrek. 'Gesloten voor óns,' zei hij rustig.

'Je bent niet zo stom als je eruitziet, hè?' zei Muscat met zuur leedvermaak. 'Vorige keer hebben we al genoeg met jullie te stellen gehad. Ditmaal pikken we het niet!' Hij balde zijn handen tot vuisten. Ik kon de kracht voelen van zijn verlangen om de roodharige man, die daar zo onschuldig stond, in elkaar te slaan.

'Oké.' Roux keerde zich om. Muscat liep met stramme benen, als een hond die een gevecht ruikt, met hem mee naar de deur.

Ik liet de rest van mijn koffie op tafel staan en liep zonder een woord te zeggen langs hem heen. Ik hoop dat hij geen fooi had verwacht.

Ik haalde de rivierzigeuners halverwege de *Avenue des Francs Bourgeois* in. Het was weer gaan motregenen en ze zagen er grauw en somber uit. Ik kon hun boten nu zien, verderop in *Les Marauds*, tien, twintig, een vloot van groen-geel-blauw-wit-rood, sommige met wapperende was, andere beschilderd met scènes uit de sprookjes van duizend-en-één-nacht; de vliegende tapijten en eenhoorn-variaties weerspiegelden zich in het trage, groene water.

'Ik vind het heel vervelend wat er zojuist gebeurde,' zei ik tegen hen. 'Ze zijn niet bepaald gastvrij hier in Lansquenet-sous-Tannes.'

Roux keek me effen, taxerend aan.

'Ik heet Vianne,' zei ik tegen hem. 'Die chocolaterie tegenover de kerk, *La Céleste Praline*, is van mij.' Hij sloeg me afwachtend gade. Ik herkende mezelf in de manier waarop hij zijn gezicht vrij van emoties hield. Ik wilde tegen hem – tegen hen allemaal – zeggen dat ik hun woede en vernedering begreep, dat ik die ook gekend had, dat ze niet alleen stonden. Maar ik kende ook hun trots, de zinloos uitdagende houding die blijft wanneer alle andere lagen zijn weggeschuurd. Het laatste waar ze op zaten te wachten, wist ik, was sympathie.

'Hebben jullie geen zin om morgen langs te komen?' vroeg ik luchtig. 'Ik verkoop wel geen bier, maar mijn koffie zullen jullie wel kunnen waarderen.'

Hij nam me scherp op, alsof hij vermoedde dat ik de spot met hem dreef.

'Ja?' hield ik aan. 'Kom koffie en een plak cake halen, op kosten van de zaak. Allemaal.' Het magere meisje keek haar vrienden aan en haalde haar schouders op. Roux deed hetzelfde.

'Misschien.' Zijn stem klonk neutraal.

'We hebben het druk,' tjilpte het meisje brutaal.

Ik glimlachte. 'Maak dan wat tijd vrij,' stelde ik voor.

Weer die taxerende, achterdochtige blik.

'Misschien.'

Ik stond nog te kijken hoe ze *Les Marauds* in liepen, toen Anouk de heuvel op kwam rennen met de flappen van haar rode regenjas achter zich aan wapperend als de vleugels van een exotische vogel.

'*Maman, maman*! Kijk eens, boten!'

We bewonderden ze een poos, de platte schuiten, de hoge woonboten met de golfplaten daken, de kachelpijpschoorstenen, de schilderingen, de bonte vlaggen, de leuzen, de geschilderde symbolen om ongelukken en schipbreuk af te weren, de kleine sloepen, de vislijnen, de potten voor kreeft die 's nachts opgehesen werden tot aan het hoogwaterteken, de haveloze parasols om beschutting te bieden op het dek, de beginnende kampvuren in stalen vaten op de oever. Er hing een geur van brandend hout en benzine en gebakken vis, over het water kwam een verre klank van muziek toen een saxofoon zijn welhaast menselijke, melodieuze jammerklacht liet horen. Halverwege de Tannes kon ik nog net de gestalte van een roodharige man onderscheiden die alleen op het dek van een eenvoudige zwarte woonboot stond. Terwijl ik stond te kijken, hief hij zijn arm. Ik zwaaide terug.

Het was bijna donker toen we naar huis terugkeerden. Achter ons in *Les Marauds* had een drummer zich bij de saxofoon gevoegd en de klanken van zijn getrommel ketsten op het water af. Ik liep langs het

*Café de la République* zonder naar binnen te kijken.

Ik was nog maar net boven aangekomen, toen ik bij mijn elleboog de aanwezigheid van iemand anders voelde. Ik keerde me om en zag Joséphine Muscat, ditmaal zonder jas, maar met een sjaal om haar hoofd die haar gezicht half bedekte. In het halfduister zag ze er wit weggetrokken uit, als een nachtdier.

'Ga eens gauw naar huis, Anouk. Wacht daar op me.'

Anouk keek me verwonderd aan, maar keerde zich toen om en rende gehoorzaam, met wild flapperende jaspanden, verder omhoog.

'Ik heb gehoord wat je hebt gedaan.' Joséphines stem was hees en zacht. 'Je bent weggelopen vanwege die rel met de bootbewoners.'

Ik knikte.

'Natuurlijk.'

'Paul-Marie was laaiend.' De strenge klank van haar stem leek bijna op bewondering.

'Je had moeten horen wat hij allemaal zei.'

Ik lachte.

'Gelukkig hoef ík niet te luisteren naar wat Paul-Marie allemaal zegt,' zei ik neutraal.

'Ik zou eigenlijk niet meer met je moeten praten,' vervolgde ze. 'Hij vindt je een slechte invloed.' Een korte stilte, waarin ze me met nerveuze nieuwsgierigheid opnam. 'Hij wil niet dat ik vrienden heb,' voegde ze er aan toe.

'Ik hoor naar mijn smaak iets te vaak wat Paul-Marie wil,' zei ik mild. 'Ik ben niet zo in hem geïnteresseerd. Maar in jou...' Ik raakte eventjes haar arm aan, 'in jou ben ik wel degelijk geïnteresseerd.'

Ze bloosde en keek de andere kant op, alsof ze verwachtte dat er iemand bij haar schouder zou staan.

'Je begrijpt het niet,' mompelde ze.

'Ik denk het wel.' Met mijn vingertoppen raakte ik de sjaal aan die haar gezicht verborg.

'Waarom draag je die?' vroeg ik abrupt. 'Wil je me erover vertellen?'

Ze keek me hoopvol en paniekerig aan. Schudde haar hoofd. Ik trok zachtjes aan de sjaal.

'Je bent een knappe vrouw,' zei ik toen hij een beetje loskwam. 'Je zou mooi kunnen zijn.'

Vlak onder haar onderlip zat een verse blauwe plek, blauwachtig in het late licht. Ze deed haar mond open om de gebruikelijke leugen te vertellen. Ik onderbrak haar.

'Dat is niet waar,' zei ik.

'Hoe weet je dat?' Haar stem klonk scherp. 'Ik heb nog niet eens gezégd...'

'Dat hoeft ook niet.'

Stilte. Tussen de drumklanken door strooide een fluit vrolijke noten over het water. Toen ze eindelijk sprak klonk haar stem gesmoord van de zelfhaat.

'Stom hè?' Haar ogen waren kleine halve maantjes. 'Ik geef hem nooit ergens de schuld van. Niet echt. Soms vergeet ik zelfs wat er echt is gebeurd.' Ze haalde diep adem, als een duiker die onder water gaat. 'Tegen de deur opgelopen, van de trap gevallen, op een hark getrapt.' Ze klonk alsof ze bijna moest lachen. Ik kon de hysterie onder haar woorden horen borrelen. 'Ik heb altijd wat, dat zegt hij over mij. Altijd wat.'

'Waarom was het ditmaal?' vroeg ik vriendelijk. 'Was het om de bootbewoners?' Ze knikte.

'Ze hadden geen kwaad in de zin. Ik wilde hen bedienen.' Haar stem schoot even schril uit. 'Ik zie niet in waarom ik de hele tijd moet doen wat dat mens van Clairmont wil! We móéten een front vormen,' deed ze haar woest na. 'Omwille van de gemeenschap. Omwille van onze kínderen, madame Muscat,' – ze haalde moeizaam adem en ging weer verder met haar eigen stem – 'terwijl ze me onder normale omstandigheden op straat niet eens gedág zou zeggen, me niet eens een blik wáárdig zou keuren!' Ze haalde weer diep adem, de uitbarsting met moeite onderdrukkend.

'Het is altijd Caro dit, Caro dat. Ik heb wel gezien hoe hij in de kerk naar haar kijkt. Waarom ben je niet net als Caro Clairmont?' Ze deed nu haar man na, zijn stem hees van dronken woede. Het lukte haar zelfs zijn uiterlijk na te bootsen, de naar voren gestoken kin, de stramme, agressieve houding. 'Bij haar vergeleken ben jij maar een onhandige zeug. Zij heeft stíjl, klásse. Zij heeft een geweldige zóón die het op schóól goed doet. En wat heb jij? Hè, wat heb jij?'

'Joséphine.' Getroffen keerde ze zich naar me toe.

'Sorry. Ik vergat even waar...'

'Ik weet het.'

Ik voelde de woede in mijn duimen prikken.

'Je zult het wel stom van me vinden dat ik al die jaren bij hem ben gebleven.' Haar stem klonk dof, haar ogen waren donker en vol wrok.

'Nee hoor.'

Ze negeerde mijn antwoord.

'Nou, dat ís het,' verklaarde ze. 'Stom en zwak. Ik houd niet van hem – ik kan me niet heugen wanneer ik ooit van hem gehouden heb – maar wanneer ik eraan denk dat ik hem zou verlaten...' Verward hield ze op. 'Hem écht zou verlaten...' herhaalde ze met een zachte, nadenkende stem.

'Nee, het helpt niks.' Ze keek weer naar me op en haar gezicht had een gesloten, besliste uitdrukking. 'Daarom kan ik niet meer met je praten,' zei ze met een kalme wanhoop. 'Ik zou je niet in het ongewisse kunnen laten. Je verdient beter. Maar het moet nu eenmaal zo zijn.'

'Nee,' zei ik. 'Dat hoeft niet.'

'Maar het moet.' Ze verzet zich bitter, wanhopig tegen mogelijke troost. 'Zie je het dan niet? Ik deug niet. Ik steel. Ik heb al eens tegen je gelogen. Ik steel van alles. Ik steel de hele tijd!'

Zachtjes: 'Ja, dat weet ik.'

Het heldere besef draait als een kerstbal stilletjes tussen ons in.

'Er kan verbetering komen,' zei ik ten slotte. 'Paul-Marie heeft de wereld niet in zijn zak.'

'Dat zou net zo goed wel zo kunnen zijn,' reageerde Joséphine koppig.

Ik glimlachte. Als ze die koppigheid van haar eens naar buiten richtte in plaats van naar binnen, wat zou ze dan wel niet kunnen bereiken? Haar gedachten, heel dichtbij, waren goed voelbaar en die heetten me hartelijk welkom.

'Tot nu toe had je niemand om naar toe te gaan,' zei ik. 'Maar die heb je nu wel.'

'Ja?' Het klonk bijna als het bekennen van een nederlaag.

Ik antwoordde niet. Die vraag moest ze zelf maar beantwoorden.

Ze keek me even zwijgend aan. In haar ogen twinkelden de rivierlichten van *Les Marauds*. Weer trof het me dat er maar weinig voor nodig was om een mooie vrouw van haar te maken.

'Goeienavond, Joséphine.'

Ik keerde me om zonder nog naar haar te kijken, maar ik weet dat ze me na stond te kijken terwijl ik verder de heuvel op liep en ik weet dat ze nog lang bleef staan kijken nadat ik de hoek om was geslagen en uit het zicht was verdwenen.

# 15

## Dinsdag, 25 februari

Nog meer regen. Er komt maar geen eind aan. Het valt als een stuk lucht dat is omgegooid om ellende over het aquariumleven daar in de diepte uit te storten. Als vrolijkgekleurde plastic eendjes waggelen de kinderen met hun waterdichte regenjassen en laarzen gillend over het plein; hun kreten kaatsen terug tegen de lage wolken. Ik ben bezig in de keuken en houd de kinderen op straat zijdelings in de gaten. Vanmorgen heb ik de etalage leeggehaald – de heks, het koekhuisje en alle chocoladedieren die er met glanzende, verwachtingsvolle gezichten omheenstaan. Anouk en haar vrienden hebben alle figuurtjes tussen uitstapjes naar de regenachtige sloppen van Les Marauds door opgegeten. Jeannot Drou heeft, in elke hand een stuk *pain d'épices*, met glinsterende ogen in de keuken bij me staan kijken. Anouk stond achter hem en de anderen weer achter haar, als een muur van ogen en gefluister.

'Wat komt er nu?' Hij heeft de stem van een oudere jongen, een houding van nonchalante bravoure en een chocoladeveeg op zijn kin. 'Wat gaat u nu doen? In de etalage?'

Ik haalde mijn schouders op.

'Geheim,' zei ik, de *crème de cacao* door de gesmolten couverture in een emaille schaal roerend.

'Ja, maar,' houdt hij aan, 'u zou iets voor Pasen moeten maken. U weet wel, eieren en zo. En van die kippen en konijnen van chocola. Net als in de winkels in Agen.'

Ik ken ze nog wel van mijn jeugd. De chocolaterieën in Parijs met hun mandjes met in zilverpapier verpakte eieren, planken vol konijnen en kippen, klokken, marsepeinen vruchten en *marrons glacés, amourettes* en gesponnen nestjes gevuld met *petits fours* en caramels en duizend-en-één sprookjesachtige dingen van gesponnen suiker, eerder geschikt voor een Arabische harem dan voor de plechtige sfeer van de passietijd.

'Ik weet nog dat mijn moeder me over de paaschocola vertelde.' Er was nooit genoeg geld om die heerlijkheden te kopen, maar ik kreeg altijd een eigen *cornet surprise*, een papieren puntzak gevuld met paasgeschenken zoals muntjes, papieren bloemen, hardgekookte, met vrolijke, glanzende kleuren beschilderde eieren en een doosje van gekleurd papier-maché, beschilderd met kippen, konijntjes en lachende kinderen in een veld vol boterbloemen – ieder jaar hetzelfde en telkens voorzichtig opgeborgen voor de volgende keer. Het doosje bevatte een klein cellofanen zakje met chocoladerozijnen die ik langzaam genietend en dralend opat in de verloren uren van die vreemde nachten tussen twee steden in, waarin ik de neonlichten van de hotelpuien tussen de luiken in aan en uit zag flitsen en mijn moeder langzaam en eeuwiglijkend hoorde ademhalen in de schaduwrijke stilte.

'Ze zei altijd dat in de nacht van Witte Donderdag op Goede Vrijdag de klokken in het holst van de nacht de torenspitsen en klokkentorens verlaten en op tovervleugels naar Rome vliegen.'

Hij knikt, met de blik van halfgelovig cynisme die opgroeiende jongeren eigen is.

'Ze gaan in een rij voor de paus staan, die in het wit en goud gekleed is en een mijter op heeft en een vergulde staf vasthoudt, en alle klokken, de grote en de kleine, de *clochettes* en de zware *bourdons*, de carillons, klokkenspelen en *do-si-do-mi-sols*, wachten allemaal geduldig op zijn zegen.'

Ze was vervuld van deze plechtige kinderverhalen, mijn moeder, haar ogen lichtten op van verrukking om al die absurditeit. Ze had plezier in alle verhalen, of ze nu over Jezus, koning Arthur of Ali Baba gingen, en verwerkte de zelfverzonnen folklore telkens weer in de vrolijke lappendeken van haar geloof. Genezing door kristallen, astrale reizen, ontvoering door buitenaardse wezens, spontane verbranding – mijn moeder geloofde het allemaal, en anders deed ze alsof.

'En de paus zegent de klokken één voor één, tot diep in de nacht, en de duizenden klokkentorens van heel Frankrijk staan leeg op hun terugkeer te wachten en zwijgen tot het paaszondag is.'

En ik, haar dochter, luisterde met grote ogen naar haar charmante onthullingen, waarin ze verhalen over Mithras en de mooie Balder en Osiris en Quetzalcoatl verweefde met verhalen over vliegende chocola en vliegende tapijten en de Vrouwelijke Drie-eenheid en Aladdins kristallen wondergrot en de grot waaruit Jezus na drie dagen opstond, amen, abracadabra, amen.

'En de zegeningen veranderen in alle mogelijke vormen en soorten chocola en de klokken keren zich ondersteboven om al die chocola mee te nemen. Ze vliegen de hele nacht door en wanneer ze op paaszondag hun torens en spitsen bereiken, keren ze zich om en beginnen ze te zwaaien om luid hun vreugde te verkondigen...'

Klokken van Parijs, Rome, Keulen en Praag, klokgelui in de ochtend, klokgelui voor de rouw – steeds weer andere klokken tijdens de jaren van onze ballingschap. De paasklokken zijn in mijn herinnering zo luid dat het pijn doet ze te horen.

'En al die chocoladevormen vliegen over de velden en de steden. Ze vallen door de lucht wanneer de klokken luiden. Een aantal komt op de grond terecht en valt stuk. Maar de kinderen maken nestjes en zetten die hoog in de bomen om de vallende eieren en bonbons en chocoladekippen en -konijnen en de *guimauves* en amandelen op te vangen...'

Jeannot keert zich met een levendig gezicht en een zich verbredende grijns naar me toe.

'Cool!'

'En zo komt het dat je met Pasen chocola krijgt.'

Zijn stem is vol ontzag, scherp van plotselinge zekerheid.

'Dóét u het, doet u het alstublieft?'

Ik draai me snel om en rol een truffel door de cacao.

'Wat?'

'Nou, dát! Het paasverhaal. Het zou zo *cool* zijn – met die klokken en de paus en zo – en dan zou u een chocoladefeest kunnen houden, een hele week en dan zouden we nestjes kunnen hebben en paaseieren kunnen zoeken en...' Opgewonden houdt hij op en trekt gebiedend aan mijn mouw. 'Toe, mevrouw Rocher.'

Anouk, die achter hem staat, slaat me nauwlettend gade. Een zestal besmeurde gezichtjes op de achtergrond kijkt me verlegen smekend aan.

'Een *Grand festival du chocolat.*' Ik denk na over het idee. Over een maand bloeien de seringen. Ik maak altijd een nest voor Anouk met een ei erin waarop met zilverkleurig glazuur haar naam staat geschreven. Het zou ons eigen carnaval kunnen zijn, om te vieren dat we hier geaccepteerd zijn. Het idee is niet nieuw voor me, maar wanneer je het uit de mond van dit kind hoort, lijkt het al bijna echt.

'We hebben affiches nodig.' Ik doe alsof ik aarzel.

'Die maken wij wel!' Anouk oppert het als eerste, haar gezichtje is levendig van de opwinding.

'En vlaggen – kleine vlaggetjes –'

'Serpentines–'

'En een Jezus aan het kruis van chocola met –'

'De paus van witte chocola –'

'Chocoladelammetjes –'

'Eierrolwedstrijden, schatzoeken –'

'We nodigen iedereen uit, het wordt –'

'*Cool!*'

'Hartstikke *cool*!'

Lachend zwaaide ik met mijn armen om hen stil te krijgen. Een arabesk van bitter chocoladepoeder volgde mijn gebaar.

'Maken jullie de affiches,' zei ik tegen hen, 'dan doe ik de rest.'

Anouk sprong met wijdopen armen op me af. Ze ruikt naar zout en regenwater, een koperachtige geur van grond en doorweekte planten. Haar verwarde haar is overdekt met regendruppeltjes.

'Kom mee naar mijn kamer!' toeterde ze bij mijn oor. 'Dat mag wel, hè, *maman*, zeg dat het mag! Dan kunnen we meteen beginnen. Ik heb wel papier en kleurpotloden –'

'Het mag,' zei ik.

Een uur later was de etalageruit verfraaid met een grote affiche – een ontwerp van Anouk, uitgevoerd door Jeannot. De tekst, geschreven met grote, groene letters, luidde:

GRAND FESTIVAL DU CHOCOLAT

IN *LA CÉLESTE PRALINE*

BEGINT OP EERSTE PAASDAG

IEDEREEN WELKOM

!!! KOOP NU ZOLANG DE VOORRAAD STREKT!!!

Rond de tekst huppelden diverse fantasiewezens rond. Een figuur met een gewaad aan en een hoge kroon op leek mij de paus. Bij zijn voeten waren met een dikke laag lijm uitgeknipte klokken geplakt. Alle klokken lachten.

Ik was het grootste deel van de middag bezig met het tempereren van een nieuwe hoeveelheid couverture en de opmaak van de etalage. Een dikke laag groen vloeipapier bij wijze van gras. Papieren bloemen – narcissen en madeliefjes, Anouks bijdrage – vastgeprikt aan de sponning van het raam. Met groen overtrokken blikken die ooit cacaopoeder hebben bevat, naast elkaar opgestapeld om een ruige berghelling te suggereren. Kreukelig cellofaan omhult die als een laag ijs. Hierlangs kronkelt een rivier van blauw, zijden lint het dal in, waarop stil, zonder weerspiegeling, een stel woonboten ligt. Onderaan is een optocht van chocoladefiguurtjes – katten, honden, konijnen; sommige hebben rozijnen als ogen, oren van roze marsepein, staarten gemaakt van dropveters en bloemetjes van suiker tussen hun tanden... Er zijn ook muizen. Op iedere vrije centimeter staan muizen. Ze rennen tegen de heuvel op en nestelen zich in hoekjes, zelfs op de woonboten. Muizen van roze en witte suiker met cocos, chocolademuizen in alle mogelijke kleuren, gemarmerde muizen van truffel en marasquinroom, teergekleurde muizen en muizen met een suikerlaag. Daarboven staat een prachtige Rattenvanger van Hamelen, rood-geel gekleed, met een fluit van gerstesuiker in de ene hand en zijn hoed in de andere. Ik heb honderden vormen in mijn keuken: dunne plastic vormen voor de eieren en figuurtjes, aardewerken voor de cameeën en de chocola met drank erin. Daarmee kan ik iedere gezichtsuitdrukking maken en die op een holle vorm aanbrengen, er met een smal buisje haar en details aan toevoegen, het lijf en de ledematen apart opbouwen en die bevestigen met metaaldraad en gesmolten chocola... En dan een beetje camouflage: een rode mantel, gemaakt van een dun uitgerolde marsepeinen plak, een tuniek en hoed van hetzelfde materiaal, een lange veer die tot aan de grond bij zijn gelaarsde voeten reikt. Mijn rattenvanger lijkt een beetje op Roux met zijn rode haar en bonte kledij, en ik hoop dat de zigeuners zich hierdoor wat meer welkom zullen voelen. Sinds onze laatste ontmoeting heb ik hen af en toe gezien, maar ze lijken achterdochtig en ontwijkend, als stadsvossen, bereid om de restjes in ontvangst te nemen, maar verder onbenaderbaar. Ik zie Roux, hun vertegenwoordiger, nog het meest. Hij loopt met dozen of plastic tassen met boodschappen erin. Soms zie ik Zézette, het magere meisje met het ringetje in haar wenkbrauw. Gisterenavond probeerden twee kinderen voor de kerk lavendel te verkopen, maar Reynaud maande hen door te lopen. Ik riep hen terug, maar ze waren te zeer op hun hoede, en keken me met scheve ogen vijandig aan, alvorens de heuvel af te stuiven in de richting van *Les Marauds*.

Ik ging zo op in mijn plannen en de indeling van de etalage dat ik de tijd uit het oog verloor. Anouk maakte voor haar vrienden sandwiches in de keuken en daarna verdwenen ze weer in de richting van de rivier. Ik zette de radio aan en zong zachtjes terwijl ik de chocolade voorzichtig opstapelde tot piramides. De toverberg opent zich en doet in zijn binnenste een ongelooflijk assortiment van rijkdommen vermoeden: veelkleurige stapels suikerkristallen, geglaceerde vruchten en snoepjes die schitteren als juwelen. Daarachter, beschermd tegen het licht door de verborgen planken, ligt de waar voor de verkoop. Ik zal vrijwel meteen aan de spullen voor Pasen moeten beginnen, omdat ik extra aanloop verwacht. Het is maar goed dat er in de koele kelder van het huis opslagruimte is. Ik moet cadeauverpakkingen bestellen, linten, cellofaan en decoraties. Ik was zo in mijn gedachten verdiept dat toen Armande door de halfgeopende deur binnenkwam, ik haar nauwelijks hoorde.

'Goeiedag,' zei ze op haar bruuske manier. 'Ik kom weer zo'n chocoladedrankje bij je halen, maar ik zie dat je het druk hebt.'

Ik manoeuvreerde me voorzichtig de etalage uit.

'Nee, hoor,' zei ik tegen haar. 'Ik verwachtte je al. Trouwens, ik ben bijna klaar en mijn rug doet vreselijk zeer.'

'Nou, als het niet te veel moeite is...' Haar manier van doen was vandaag anders. Haar stem had iets opgewekts, een bestudeerde nonchalance die grote spanning moest maskeren.

Ze droeg een zwarte strooien hoed die gegarneerd was met een lint, en een jas, ook zwart, die er nieuw uitzag.

'Je ziet er vandaag heel chic uit,' merkte ik op.

Ze liet een scherp lachsalvo horen.

'Dat heb ik lang niet gehoord, zeg,' zei ze, met een vinger naar een van de krukken wijzend. 'Denk je dat ik daarop zou kunnen klimmen zonder een been te breken?'

'Ik haal wel een stoel uit de keuken,' stelde ik voor, maar de oude dame hield me met een gebiedend gebaar tegen.

'Onzin!' Ze nam de kruk op. 'Ik kon in mijn jeugd heel goed klimmen.' Ze hield haar lange rokken omhoog, waardoor stevige laarzen en grove, grijze kousen zichtbaar werden. 'In bomen doorgaans. Ik klom er altijd in en gooide dan takken op het hoofd van de voorbijgangers. Ha!'

Een knorrend geluid van tevredenheid toen ze zich met een zwaai op de kruk hees, zich vastgrijpend aan de toonbank om steun te zoeken. Onder haar zwarte rok ving ik een plotselinge, alarmerende warreling van rood op.

Gezeten op haar hoge kruk zag Armande er absurd zelfingenomen uit. Voorzichtig sloeg ze haar rokken terug over de glanzende, vuurrode onderjurk.

'Rood zijden ondergoed,' grinnikte ze, mijn blik opvangend. 'Je vindt me waarschijnlijk een ouwe gek, maar ik vind het leuk. Ik ben al zoveel jaren in de rouw – het lijkt wel of er telkens wanneer ik met fatsoen kleuren kan dragen, weer iemand doodvalt – dat ik niet meer de moeite neem iets anders dan zwart te dragen.' Ze keek me aan met een blik die bruiste van plezier. 'Maar óndergoed, dat is een andere zaak.' Ze ging op samenzweerderige toon fluisteren. 'Van een postorderbedrijf in Parijs,' zei ze. 'Kost een fortuin.' Ze wiegde stilletjes lachend op haar kruk heen en weer. 'Zo. Krijg ik mijn chocola nog?'

Ik maakte hem sterk en donker en indachtig haar suikerziekte voegde ik er zo weinig suiker aan toe als ik durfde. Armande zag me aarzelen en wees met een beschuldigende vinger op haar kop.

'Geen rantsoenering!' beval ze. 'Ik wil de hele handel. Chocoladeschaafsel, zo'n suikerroering, alles. Begin jij me nu niet ook nog eens te behandelen alsof ik niet oud en wijs genoeg ben om op mezelf te passen. Lijk ik seniel?'

Ik gaf toe dat ze dat niet leek.

'Nou dan.' Met zichtbare voldoening nam ze een slokje van het sterke, gezoete brouwsel. 'Lekker. Mmmm. Heel lekker. Daar krijg je energie van, hè? Hoe noem je dat ook alweer, een stimulerend middel?'

Ik knikte.

'Ook een lustbevorderend middel, heb ik gehoord,' voegde

Armande er schalks aan toe, me over de rand van haar kop heen aanglurend. 'Die oude mannen daar in het café mogen wel uitkijken. Je bent nooit te oud voor een verzetje!' Ze lachte krassend. Ze klonk schril en opgewonden, haar wrevelige handen waren onvast. Diverse malen bracht ze haar hand naar de rand van haar hoed, alsof ze die wilde verschikken.

Ik keek achter de toonbank op mijn horloge, maar ze zag mijn beweging.

'Verwacht niet dat hij op komt draven,' zei ze kortaf. 'Die kleinzoon van me. Ik verwacht hem in ieder geval niet.' Al haar gebaren logenstraften haar woorden. De pezen bij haar keel stonden gespannen als die van een oude danseres.

We praatten een poos over ditje en datjes, zoals het idee van de kinderen voor het chocoladefestival – Armande gierde van het lachen toen ik haar vertelde van Jezus en de paus van witte chocola – en de rivierzigeuners. Het schijnt dat Armande hun etenswaren op haar naam heeft besteld, tot grote verontwaardiging van Reynaud. Roux heeft aangeboden haar in contanten te betalen, maar zij wil liever dat hij haar lekkende dak repareert. Dat zal Georges Clairmont woedend maken, onthulde ze met een duivels lachje.

'Hij denkt graag dat hij de enige is die me kan helpen,' zei ze met voldoening. 'Ze doen niet voor elkaar onder, die twee, met hun gepraat over verzakkingen en vocht. Ze willen me dat huis uit hebben, dat is de clou. Ze willen me uit mijn leuke huisje zetten en in zo'n akelig tehuis voor ouwe mensen stoppen, waar je toestemming moet vragen om naar de wc te mogen!' Ze was verontwaardigd, haar zwarte ogen bliksemden.

'Nou, ik zal hun eens wat laten zien,' verklaarde ze. 'Roux was vroeger aannemer, voordat hij de rivier op ging. Hij en zijn vrienden zullen het heus wel goed doen. En ik betaal hun liever om het werk eerlijk te doen dan dat ik het die *imbécile* gratis laat doen.'

Weer ging er een onvaste hand naar de rand van haar hoed.

'Ik verwacht hem niet, hoor.'

Ik wist dat ze op iemand anders doelde. Ik keek op mijn horloge. Tien voor half vijf. Het werd al donker. En toch was ik er zó zeker van geweest dat... Dat kwam er nu van als je je met anderen bemoeide, hield ik mezelf woest voor.

'Ik heb me nooit ingebeeld dat hij zou komen,' ging Armande op die opgewekte, besliste toon verder. 'Daar heeft zíj wel voor gezorgd. Ze heeft hem goed geïnstrueerd.' Ze begon zich van haar kruk af te wurmen. 'Ik heb al te veel van je tijd in beslag genomen,' zei ze kortaf. 'Ik moet...'

'M-mémé.'

Ze draait zich zo abrupt om dat ik denk dat ze zal vallen. De jongen staat rustig bij de deur. Hij draagt een spijkerbroek en een marineblauw sweatshirt. Hij heeft een natte honkbalpet op zijn hoofd. In zijn hand houdt hij een klein, gehavend boek met harde kaft. Zijn stem is zacht en verlegen.

'Ik moest w-wachten totdat mijn m-moeder wegging. Ze is bij de k-kapper. Ze komt p-pas om zes uur terug.'

Armande kijkt hem aan. Ze raken elkaar niet aan, maar ik voel een soort elektrische schok tussen hen overspringen. Het is te complex om te analyseren, maar er is warmte en woede, schaamte en schuldgevoel, en achter dat alles de belofte van zachtheid.

'Je ziet er drijfnat uit. Ik zal chocola voor je maken,' opper ik en ga de keuken in. Terwijl ik het vertrek verlaat, hoor ik weer de stem van de jongen, zacht en aarzelend.

'Bedankt voor het b-boek,' zegt hij. 'Ik heb het bij me.' Hij houdt het voor zich uit als een witte vlag. Het is niet nieuw meer, maar versleten als een boek dat gelezen en herlezen is, liefdevol en lang. Armande ziet het en de gespannen blik verdwijnt van haar gezicht.

'Lees me eens je lievelingsgedicht voor,' zegt ze.

Terwijl ik in de keuken de chocola in twee hoge glazen schenk, er de room en kahlua doorroer en zoveel geluid met potten en flessen maak dat ze de illusie van privacy hebben, hoor ik zijn stem, eerst hoog en gekunsteld, dan ritmisch en vol zelfvertrouwen lezen. Ik kan de woorden niet verstaan, maar vanuit de verte klinkt het als een gebed of een tirade. Ik merk dat de jongen tijdens het lezen niet stottert.

Ik zet de twee glazen voorzichtig op de toonbank. Toen ik binnenkwam hield de jongen midden in een zin op en nam hij me met beleefd wantrouwen op, waarbij zijn haar in zijn ogen hing als dat van een verlegen pony. Hij bedankte me met nauwgezette hoffelijkheid en nam met meer wantrouwen dan plezier een slokje.

'Ik m-mag dit eigenlijk niet,' zei hij weifelend. 'Mijn m-moeder zegt dat ik van chocola b-bultjes k-krijg.'

'En ik zou er ter plekke dood van kunnen blijven,' zei Armande gevat. Ze lachte toen ze zijn uitdrukking zag.

'Kom, jongen, twijfel je nou nooit eens aan wat je moeder zegt? Of heeft ze dat kleine beetje verstand dat je van mij geërfd zou kunnen hebben, ook al uit je gehersenspoeld?' Luc keek haar niet-begrijpend aan.

'D-dat zegt ze,' herhaalde hij tam.

Armande schudde haar hoofd.

'Nou, als ik wil weten wat Caro zegt, maak ik wel een afspraak,' zei ze. 'Maar wat vind je zélf? Je bent een slimme jongen, of althans, dat was je. Wat dacht je er zelf van?'

Luc nam weer een slok.

'Ik denk dat ze misschien een beetje overdrijft,' zei hij met een lachje. 'Ik geloof dat u het b-best goed m-maakt.'

'En ik heb ook geen bultjes,' zei Armande.

Hij moest tot zijn eigen verbazing lachen. Ik vond hem zo veel leuker, zijn ogen werden lichter groen en zijn ondeugende glimlach leek opvallend veel op die van zijn oma. Hij bleef op zijn hoede, maar achter die grote reserve begon ik een snel verstand te ontwaren en een sterk gevoel voor humor.

Hij dronk zijn chocola op maar weigerde een plak cake. Armande nam er daarentegen twee. Daarna zaten ze een halfuur te praten, terwijl ik deed alsof ik van alles te doen had. Een- of tweemaal merkte ik dat hij me met opmerkzame nieuwsgierigheid bekeek, waarbij het korte contact even snel verdween als het was ontstaan. Ik liet hen begaan.

Het was halfzes toen ze afscheid namen. Er werd niet over een nieuwe ontmoeting gerept, maar de luchtige manier waarop ze elkaar gedag zeiden, suggereerde dat ze op één lijn zaten. Ik was verbaasd te zien hoezeer ze op elkaar leken, elkaar aftastend met de voorzichtigheid van vrienden die elkaar na vele jaren weerzien. Ze hadden veel met elkaar gemeen, dezelfde directe manier van kijken, de schuine jukbeenderen, de scherpe kin. Wanneer zijn gezicht niet beweegt, is de gelijkenis enigszins verhuld, maar wanneer zijn uitdrukking geanimeerd is, lijkt hij meer op haar en verdwijnt die uitdrukking van vlakke beleefdheid die zij zo betreurt. Armandes ogen schitteren onder de rand van haar hoed. Luc lijkt bijna ontspannen, zijn gestotter wordt niet meer dan een lichte aarzeling, schier waarneembaar. Ik zie hem bij de deur stilstaan, zich afvragend of hij haar moet kussen of niet. Bij deze gelegenheid is de puberale afkeer van contact nog te sterk. Met een verlegen afscheidsgebaar heft hij zijn hand op. Dan is hij verdwenen.

Armande keert zich naar me toe, blozend van triomf. Even ligt er op haar gezicht onverhulde liefde, hoop en trots te lezen. Dan keert de reserve die ze met haar kleinzoon deelt, terug – een blik van geforceerde nonchalance, een brommerige klank in haar stem wanneer ze zegt: 'Daar heb ik van genoten, Vianne. Misschien kom ik nog eens.' Dan kijkt ze me heel direct aan, steekt haar hand uit en raakt mijn arm aan. 'Jij hebt hem hier gebracht,' zei ze. 'Ik had het zelf niet voor elkaar gekregen.'

Ik haalde mijn schouders op.

'Het zou er ooit wel een keer van gekomen zijn,' zei ik. 'Luc is geen kind meer. Hij moet leren de dingen op zijn eigen manier te doen.'

Armande schudde haar hoofd.

'Nee, jij hebt het gedaan,' hield ze koppig vol. Ze was zo dichtbij dat ik haar lelietjes-van-dalenparfum kon ruiken. 'Er waait een andere wind sinds jij hier bent. Ik voel het nog steeds. Iedereen voelt het. Alles is in beweging. Nou en of!' Ze liet een geamuseerd lachje horen.

'Maar ik doe niets!' protesteerde ik, half met haar meelachend. 'Ik let gewoon op mijn eigen zaken. Ik run mijn winkel. Ik ben gewoon ik.'

Ik lachte wel, maar voelde me toch niet helemaal op mijn gemak.

'Het geeft niet,' antwoordde Armande. 'Toch komt het door jou. Kijk maar naar alle veranderingen: ik, Luc, Caro, die mensen op de rivier' – ze gaf een ruk met haar hoofd in de richting van *Les Marauds* – 'zelfs hij daar in zijn ivoren toren aan de overkant. We veranderen allemaal. Er komt meer vaart in. Als een oude klok die na jaren dezelfde tijd te hebben aangegeven, weer opgewonden wordt.'

Het leek te veel op mijn eigen gedachten van een week geleden. Ik schudde nadrukkelijk mijn hoofd.

'Dat komt niet door mij,' protesteerde ik. 'Dat komt door hem, door Reynaud. Niet door mij.'

Een plotseling beeld in mijn achterhoofd, alsof er een kaart is omgedraaid. De Zwarte Man in zijn klokkentoren die de machinerie steeds sneller laat draaien, veranderingen inluidt, de noodklok luidt, ons dit stadje uit luidt... En met dat onrustbarende beeld komt dat van een oude man op een bed met slangetjes in zijn neus en armen; de Zwarte Man staat over hem heen gebogen met een uitdrukking van verdriet of triomf, terwijl op de achtergrond vuur brandt...

'Is dat zijn vader?' Ik zei het eerste dat in mijn hoofd opkwam. 'Die oude man die hij bezoekt? In het ziekenhuis. Wie is dat?'

Armande keek me hevig verbaasd aan.

'Hoe weet jij dat?'

'Soms krijg ik... gevoelens over mensen.' Om de een of andere reden had ik er moeite mee te bekennen dat ik in de chocola 'keek', de termen te gebruiken waarmee mijn moeder me zo vertrouwd had gemaakt.

'Gevoelens.' Armande keek nieuwsgierig, maar vroeg niet door.

'Dus er ís een oude man?' Ik kon de gedachte dat ik op iets belangrijks was gestuit, niet van me afzetten. Misschien was het een wapen in mijn geheime strijd tegen Reynaud.

'Wie is dat?' drong ik aan.

Armande haalde haar schouders op.

'Ook een priester,' zei ze met besliste minachting en daar liet ze het bij.

# 16

## Woensdag, 26 februari

Toen ik vanmorgen openging, stond Roux al voor de deur te wachten. Hij droeg een denim overall en hij had zijn haar van achteren met een touwtje bij elkaar gebonden. Het leek alsof hij al een tijdje stond te wachten, want zijn haar en schouders waren overdekt met fijne druppeltjes van de ochtendmist. Zijn gezicht vertrok tot iets dat niet precies een glimlach was en daarna keek hij langs me heen de winkel in, waar Anouk aan haar ontbijt zat.

'Dag, kleine vreemdeling,' zei hij tegen haar. Deze keer glimlachte hij wel echt, zodat zijn behoedzame gezicht kort oplichtte. Anouk zwaaide met haar lepel als groet.

'Kom binnen.' Ik maakte een uitnodigend gebaar. 'Je had moeten kloppen. Ik zag je niet daarbuiten.'

Roux mompelde iets in zijn onverstaanbare Marseillaanse accent en stapte nogal verlegen over de drempel. Hij beweegt met een vreemde combinatie van elegantie en onhandigheid, alsof hij zich binnenshuis niet op zijn gemak voelt.

Ik schonk een hoog glas ongezoete chocolade met kahlua voor hem in.

'Je had je vrienden mee moeten nemen,' zei ik luchtig.

Hij haalde zijn schouders op. Ik zag dat hij rondkeek, met scherpe, zo niet achterdochtige belangstelling zijn omgeving in zich opnam.

'Ga toch zitten,' zei ik, op de krukken bij de toonbank wijzend. Roux schudde zijn hoofd.

'Bedankt.' Hij nam een flinke slok chocola. 'Ik vroeg me eigenlijk af of je mij – ons – zou kunnen helpen.' Hij klonk zowel opgelaten als

kwaad. 'Het gaat niet om geld,' liet hij er snel op volgen, alsof hij wilde voorkomen dat ik iets zei. 'We zouden ervoor betalen. We hebben alleen maar wat moeite met het organiséren.'
Hij keek me met vage wrok aan.
'Armande, madame Voizin, zei dat je wel zou helpen,' zei hij.
Hij legde de situatie uit en ik luisterde rustig, af en toe bemoedigend knikkend. Ik begon te begrijpen dat wat ik voor een gebrek aan welbespraaktheid had aangezien, gewoon een hartgrondige hekel aan vragen om hulp was. Ondanks het platte accent sprak Roux als een intelligent man. Hij had Armande beloofd dat hij haar dak zou repareren, zo legde hij uit. Het was een tamelijk gemakkelijke klus, slechts een paar dagen werk. Helaas was de enige leverancier van hout, verf en andere materialen die nodig waren om het karwei af te maken, Georges Clairmont, en deze weigerde ronduit aan Armande of Roux te leveren. Als Moeder haar dak gerepareerd wilde hebben, zo zei hij op redelijke toon tegen haar, dan moest ze dat aan hém vragen en niet aan een stelletje rondzwervende oplichters. Hij had haar al jaren gevraagd, ja, gesméékt hem het werk gratis te laten doen. God weet wat er zou gebeuren als ze die zigeuners in haar huis liet. Waardevolle spullen, geld zouden gestolen worden... Het gebeurde wel dat een oude vrouw geslagen of vermoord werd om haar schamele bezittingen te pakken te krijgen. Nee. Het was een absurd plan en hij kon naar beste eer en geweten niet...

'Schijnheilige zak,' zei Roux fel. 'Weet niets van ons af, niets! In zijn ogen zijn we allemaal dieven en moordenaars. Ik heb altijd voor alles betaald. Ik heb nog nooit bij iemand gebedeld, ik heb altijd gewerkt...'

'Neem nog wat chocola,' stelde ik voor, nog een glas inschenkend. 'Niet iedereen denkt als Georges en Caroline Clairmont.'

'Dat weet ik.' Zijn houding was afwerend, hij had zijn armen voor zijn lichaam over elkaar geslagen.

'Ik heb Clairmont al eens reparaties voor me laten uitvoeren,' vervolgde ik. 'Ik zal tegen hem zeggen dat ik nog wat aan het huis wil laten doen. Als je me een lijst geeft van wat je nodig hebt, zal ik zorgen dat je het krijgt.'

'Ik betaal alles,' zei Roux weer, alsof de kwestie van de betaling niet genoeg benadrukt kon worden. 'Het probleem zit hem niet in het geld.'

'Uiteraard.'
Hij ontspande zich een beetje en dronk nog wat chocola. Voor het eerst leek hij te merken hoe lekker die was, en hij lachte me plotseling innemend toe.

'Ze is heel goed voor ons geweest, Armande,' zei hij. 'Ze heeft etenswaren voor ons besteld en medicijnen voor Zézettes baby. Ze nam het voor ons op toen die priester van jullie met zijn uitgestreken gezicht weer op kwam dagen.'

'Mijn priester is hij niet,' onderbrak ik hem snel. 'In zijn ogen ben ik een even grote indringer in Lansquenet als jullie.' Roux keek me verbaasd aan. 'Nee, echt,' zei ik tegen hem. 'Ik denk dat hij me als een verderfelijke invloed ziet. Iedere avond chocoladeorgieën. Vleselijke excessen wanneer fatsoenlijke mensen in bed horen te liggen, in hun eentje.'

Zijn ogen hebben de wazige non-kleur van een stadssilhouet in de regen. Wanneer hij lacht glanzen ze ondeugend. Anouk, die ongewoon stil had zitten luisteren terwijl hij sprak, reageerde erop en lachte ook.

'Wil je geen ontbijt?' zei Anouk met haar hoge stemmetje. 'We hebben *pain au chocolat*. We hebben ook croissants, maar de *pain au chocolat* is lekkerder.'

Hij schudde zijn hoofd.

'Doe maar niet,' zei hij. 'Bedankt.'

Ik legde een zoet broodje op een bord en zette het naast hem neer.

'Van de zaak,' zei ik tegen hem. 'Probeer maar, ik maak ze zelf.'

Ik had dat beter niet kunnen zeggen. Zijn gezicht werd weer gesloten, de pretlichtjes in zijn ogen maakten plaats voor de inmiddels bekende blik van behoedzame neutraliteit.

'Ik kan betalen,' zei hij enigszins uitdagend. 'Ik heb geld.' Hij haalde moeizaam een handvol munten uit de zak van zijn overall. Er rolden munten over de toonbank.

'Stop maar weg,' zei ik.

'Ik zeg je toch dat ik kan betalen.' Zijn koppigheid ging over in woede. 'Ik hoef geen...' Ik legde mijn hand op de zijne. Ik voelde even weerstand, daarna ontmoette zijn blik de mijne.

'Niemand hoeft iets te doen,' zei ik zacht. Ik besefte dat ik met mijn gebaar van vriendschap zijn trots had gekrenkt. 'Ik had je uitgenodigd.' De vijandige blik bleef. 'Ik heb bij iedereen hetzelfde gedaan,' hield ik vol. 'Caro Clairmont, Guillaume Duplessis, zelfs bij Paul-Marie Muscat, de man die je het café uit joeg.' Een korte stilte waarin hij het op zich in liet werken. 'Wat maakt jou zo bijzonder dat jij kunt weigeren wat zij geen van allen konden weigeren?'

Hij leek zich te schamen en mompelde in zijn platte dialect iets voor zich heen. Toen ontmoette zijn blik weer de mijne en hij glimlachte.

'Sorry,' zei hij. 'Ik begreep het niet.' Hij zweeg even verlegen en pakte toen het broodje op. 'Maar de volgende keer zijn jullie te gast bij mij,' zei hij nadrukkelijk. 'En dan zal ik hoogst beledigd zijn als jullie weigeren.'

Daarna ging het goed en legde hij zijn reserve grotendeels af. We praatten een poosje over neutrale onderwerpen, maar stapten algauw over op andere zaken. Ik vernam dat Roux al zes jaar voer, eerst alleen, daarna met een groep metgezellen. Hij was ooit aannemer geweest en verdiende nog steeds geld met het uitvoeren van reparaties en met oogstwerkzaamheden in de zomer en de herfst. Ik begreep dat er problemen waren geweest die hem tot een zwervend bestaan hadden gedwongen, maar ik vroeg maar niet naar de details.

Hij vertrok zodra de eerste vaste klanten verschenen. Guillaume, die Charly onder zijn arm droeg, begroette hem beleefd en Narcisse gaf een kort knikje, maar ik kon Roux niet overhalen te blijven om met hen te praten. In plaats daarvan propte hij het restje van zijn *pain au chocolat* in zijn mond en liep de winkel uit met die blik van onbeschaamdheid en afstandelijkheid die hij vreemden het liefst laat zien.

Toen hij bij de deur kwam, draaide hij zich abrupt om.

'Denk aan de uitnodiging,' zei hij, alsof het hem net te binnen was geschoten. 'Zaterdagavond, zeven uur. Neem de kleine vreemdeling mee.'

Hij was weg voor ik hem kon bedanken.

Guillaume deed langer over zijn chocola dan anders. Narcisse stond zijn plaats aan Georges af, toen kwam Arnauld drie champagnetruffels kopen – altijd hetzelfde, drie champagnetruffels en een blik van schuldbewuste verwachting – maar Guillaume zat nog steeds op zijn gebruikelijke plek met een sombere blik op zijn fijngevoelige gezicht.

Ik probeerde hem een paar maal aan het praten te krijgen, maar hij gaf beleefde, eenlettergrepige antwoorden en was met zijn gedachten elders. Aan zijn voeten lag Charly, lusteloos en bewegingloos.

'Ik heb gisteren met curé Reynaud gesproken,' zei hij ten slotte, zo abrupt dat ik opschrok. 'Hij zegt dat ik Charly kwel.'

Ik keek hem vragend aan.

'Het gaat om de kwaliteit van het leven,' vervolgde Guillaume met zijn zachte, precieze stem. 'Ik ben egoïstisch, omdat ik niet wil horen wat de dierenarts te zeggen heeft. Ik hou mezelf voor de gek.' Een korte stilte, waarin ik kon horen hoeveel moeite het hem kostte zichzelf onder controle te krijgen. 'Ik zou aan Charly moeten denken.'

'Is het echt zo erg?'

Ik wist het antwoord al. Guillaume keek me bedroefd aan.

'Ik denk van wel.'

'O.'

Automatisch boog hij zich voorover om Charly achter zijn oor te krabben. De hondenstaart klopte plichtmatig en hij jammerde zachtjes.

'Brave hond.' Guillaume schonk me zijn kleine, verwarde glimlach.

'Ik ben nu op weg naar de dierenarts, ik ga zodra ik mijn drankje op heb.' Zijn glas stond al ruim twintig minuten leeg op de toonbank.

'Misschien hoeft het vandaag nog niet.' Zijn stem klonk bijna wanhopig. 'Hij is nog vrolijk. Hij eet de laatste tijd beter, ik weet dat dat zo is. Niemand kan me ertoe dwingen. Ik weet echt wel wanneer het zover is. Echt wel.'

Ik kon niets doen om hem op te vrolijken. Maar ik probeerde het wel. Ik bukte me om Charly te strelen en onder mijn bewegende vingers voelde ik hoe dicht de botten bij het vel zaten. Sommige dingen zijn te genezen. Ik maakte mijn vingers warm en voelde voorzichtig, probeerde te zíen – de zwelling leek weer groter geworden. Ik wist dat het hopeloos was.

'Het is jouw hond, Guillaume,' zei ik. 'Jij weet het het best.'

'Zo is het.' Hij leek even op te leven. 'Zijn medicijnen houden de pijn weg. Hij jankt 's nachts niet meer.'

Ik dacht aan mijn moeder in die laatste maanden. Haar bleekheid, het verdwijnen van het vlees, waardoor er een tere schoonheid van vleesloze botten, gebleekte huid tevoorschijnkwam. Haar heldere en koortsachtige ogen – *Florida, liefje, New York, Chicago, de Grand Canyon, zoveel te zien!* – haar heimelijke kreten in de nacht.

'Op een gegeven moment moet je gewoon ophouden,' zei ik. 'Het is zinloos. Je verschuilen achter excuses, korte-termijndoelen stellen om de week uit te zingen. Na verloop van tijd gaat het gebrek aan waardigheid meer pijn doen dan alle andere dingen bij elkaar. Je moet rust hebben.'

Gecremeerd in New York; de as uitgestrooid over de haven. Gek, maar je denkt altijd dat je in bed zult sterven, omringd door beminden. Maar al te vaak gaat het echter anders: een korte verwarrende confrontatie, een plotseling besef, een langzame paniekrit, terwijl de zon achter je blijft opkomen als een zwaaiende slinger, hoe je ook probeert hem vóór te blijven.

'Als ik kon kiezen zou ik de pijnloze naald kiezen, de vriendelijke hand. Dat liever dan alleen in de nacht, of onder de wielen van een taxi in een straat waar iedereen je voorbijloopt.' Ik besefte dat ik zonder het te willen hardop had gesproken. 'Het spijt me, Guillaume,' zei ik, toen ik zijn gewonde blik zag. 'Ik dacht aan iets anders.'

'Het geeft niet,' zei hij rustig en legde de munten op de toonbank voor hem neer. 'Ik ging toch al weg.'

Hij pakte met zijn ene hand zijn hoed en met zijn andere Charly op en ging de winkel uit, een beetje meer voorovergebogen dan anders, een klein kleurloos figuurtje met onder zijn arm iets dat op een tas met boodschappen of een oude regenjas of wat dan ook leek.

# 17

## Zaterdag, 1 maart

Ik houd haar winkel in de gaten. Ik besef dat ik dat al doe sinds ze hier gekomen is – wie er komt en gaat, de heimelijke bijeenkomsten. Ik kijk ernaar zoals ik in mijn jeugd naar wespennesten keek, afkerig en geboeid tegelijk. Eerst kwamen ze stiekem, in de schemeruurtjes of in de vroege ochtenduren. Ze deden zich als echte klanten voor. Een kop koffie hier, een pakje chocoladerozijntjes voor hun kinderen. Maar nu gebruiken ze die voorwendsels niet meer. De zigeuners komen nu openlijk, uitdagende blikken op de luiken voor mijn raam werpend; de roodharige met de brutale blik, het magere meisje en het meisje met de gebleekte haren, en de kaalgeschoren Arabier. Ze noemt hen bij de naam: Roux en Zézette en Blanche en Mahmed. Gisteren om tien uur kwam de bestelwagen van Clairmont met een vracht bouwmaterialen: hout, verf en dakbedekking. De knul die reed, zette zonder een woord te zeggen de spullen bij haar op de stoep neer. Ze schreef een cheque voor hem uit. Toen moest ik toezien hoe haar grijnzende vrienden de dozen en balken en pakken op hun schouders hesen en er lachend mee naar *Les Marauds* liepen. Een list, meer was het niet. Een leugen. Om de een of andere reden wil ze met hen onder één hoedje spelen. Natuurlijk doet ze dat om mij te ergeren. Ik kan alleen maar waardig zwijgen en bidden om haar ondergang. Maar ze maakt mijn taak er niet bepaald lichter op! Ik heb al genoeg te stellen met Armande Voizin, die hun etenswaar op haar eigen rekening laat schrijven. Ik ben wel in het geweer gekomen, maar het was al te laat. De rivierzigeuners hebben voldoende voorraad om het twee weken uit te houden. Ze halen hun dagelijkse benodigdheden – brood, melk – ver-

derop, in Agen. De gedachte dat ze misschien nog langer blijven, vervult me met bitterheid. Maar wat kun je doen wanneer zulke mensen met hen bevriend zijn? U zou wel weten wat u moest doen, *père*. Kon u het me maar vertellen. Ik weet ook dat u niet zou aarzelen uw plicht te doen, hoe onaangenaam die ook zou zijn.
    Kon u me maar vertellen wat ik moet doen. Een klein kneepje van uw vingers zou al voldoende zijn. Het bewegen van een wimper. Wat dan ook. Als u me maar kon laten zien dat het mij vergeven wordt. Nee? U beweegt niet. Alleen het gewichtige *sis-plof!* van de machine die voor u ademt en de lucht door uw verschrompelde longen jaagt. Ik weet dat u eerdaags zult ontwaken, geheeld en gezuiverd, en dat mijn naam als eerste op uw lippen zal liggen. Weet u, ik geloof in wonderen. Ik, die door het vuur ben gegaan. Ik geloof erin.

Ik besloot vandaag met haar te gaan praten. Rationeel, zonder verwijten, als een vader met een dochter. Dat zou ze toch wel begrijpen. We zijn op de verkeerde basis gestart. Misschien kunnen we opnieuw beginnen. Ziet u, *père*, ik wilde edelmoedig zijn. Tot begrip bereid. Maar toen ik bij de winkel kwam, zag ik door de etalageruit dat die man Roux bij haar was. Met die harde, lichte ogen keek hij me spottend en laatdunkend aan, zoals al dat soort mensen doet. Hij hield een drankje vast. Hij zag er gevaarlijk uit, gewelddadig met zo'n vuile overall en lang, los haar, en even maakte ik me een beetje ongerust om de vrouw. Beseft ze niet met welk gevaar ze zich inlaat, alleen al door in het gezelschap van deze mensen te verkeren? Maakt ze zich niet bezorgd om zichzelf, om haar kind? Ik wilde me net omdraaien, toen een affiche in de etalage mijn aandacht trok. Ik deed alsof ik het een ogenblik aandachtig las, terwijl ik heimelijk naar haar, naar hen, keek. Ze droeg een jurk van een dieprode stof en haar haar hing los. Ik kon haar horen lachen.
    Mijn ogen gingen weer over de tekst op de affiche. Het was kinderlijk geschreven, met hanenpoten:

GRAND FESTIVAL DU CHOCOLAT
IN *LA CÉLESTE PRALINE*
BEGINT OP EERSTE PAASDAG
IEDEREEN WELKOM
!!! KOOP NU, ZOLANG DE VOORRAAD STREKT !!!

Ik las het opnieuw, terwijl de verontwaardiging langzaam in me omhoogkwam. In de winkel hoorde ik nog steeds het geluid van haar stem boven het getinkel van glazen uit. Ze ging te zeer op in haar conversatie en had me nog niet opgemerkt; ze stond met haar rug naar de deur, met één voet naar buiten gedraaid, als een danseres. Ze droeg lage pumps met kleine strikjes erop en geen kousen.

BEGINT OP EERSTE PAASDAG

Ik zie het nu allemaal, hoe boosaardig ze is, hoe verdomd boosaardig. Ze moet dit steeds al van plan zijn geweest, dit chocoladefestijn, moet het zo gepland hebben dat het voor het merendeel met de kerkelijke ceremoniën samenvalt. Vanaf haar aankomst op carnavalsdag moet ze dit al in gedachten hebben gehad, dit ondermijnen van mijn gezag, dit bespotten van mijn leer. Zij met die riviervrienden van haar.

Ik was nu te kwaad om me terug te trekken, zoals ik had moeten doen, duwde de deur open en ging de winkel binnen. Mijn komst werd aangekondigd door een helder, spottend carillon en ze keerde zich glimlachend naar me om. Als ik op dat moment niet het onomstotelijke bewijs van haar wraakzucht had gehad, zou ik gezworen hebben dat die glimlach echt was.

'Monsieur Reynaud.'

De lucht is warm en beladen met de geur van chocola. Het lijkt helemaal niet op de lichte, poederachtige geur van chocola die ik als jongen kende. Deze geur heeft een diepe volheid als de geurige bonen van de koffiestal op de markt, met een zweem van amaretto en tiramisu, een rokerig, gebrand aroma dat op de een of andere manier mijn mond binnenkomt en me doet watertanden. Er staat een zilveren kan met het spul op de toonbank waar dampen uit opstijgen. Het schiet me te binnen dat ik vanmorgen niet ontbeten heb.

*'Mademoiselle.'* Ik wou dat mijn stem gebiedender was. De woede heeft mijn keel dichtgeknepen en in plaats van het gerechtvaardigde gebulder dat ik wil laten horen, komt er een verontwaardigd gekraak uit, alsof ik een beleefde kikker ben. 'Mademoiselle Rocher.' Ze kijkt me vragend aan. 'Ik heb uw affiche gezien.'

'Dank u,' zegt ze. 'Wilt u ook iets drinken?'

'Nee!'

Flemend: 'Mijn *chococcino* is heerlijk als je last van je keel hebt.'
'Ik heb geen last van mijn keel!'
'O nee?' Er ligt valse bezorgdheid in haar stem. 'Ik dacht dat u nogal hees klonk. Een *grand crème* dan? Of een *mocha*?'
Met moeite bewaarde ik mijn zelfbeheersing.
'Ik zal u niet lastig vallen, dank u.'
De roodharige man naast haar lacht zachtjes en zegt iets in zijn straat-*patois*. Ik zie dat zijn handen besmeurd zijn met verf, een lichte kleur die in de lijnen op zijn handpalmen en knokkels zit. Heeft hij gewerkt? vraag ik me ongerust af. En zo ja, voor wie? Als dit Marseille was, zou de politie hem arresteren voor zwartwerken. Als ze zijn boot zouden doorzoeken, zouden ze genoeg bewijs – drugs, gestolen goederen, porno, wapens – vinden om hem voorgoed op te bergen. Maar dit is Lansquenet. De politie komt slechts hierheen voor ernstige vormen van geweld.

'Ik heb uw affiche gezien,' begon ik weer, met alle waardigheid die ik kon opbrengen. Ze kijkt me aan met die blik van beleefde bezorgdheid, haar ogen dansen. 'Ik moet zeggen...' Hier aangekomen schraap ik mijn keel, die zich weer met gal gevuld heeft. 'Ik moet zeggen dat ik de keuze van het tijdstip waarop u uw... uw evenement laat plaatsvinden, betreurenswaardig vind.'

'De keuze van het tijdstip?' Ze ziet er onschuldig uit. 'U bedoelt het paasfestijn?' Ze kijkt me aan met een ondeugend lachje. 'Ik dacht dat júllie daar verantwoordelijk voor waren. Dat moet u met de paus bespreken.'

Ik blijf haar ijskoud aankijken.
'Ik denk dat u heel goed weet waar ik het over heb.'
Weer die beleefd vragende blik.
'Chocoladefeest. Iedereen welkom.' Mijn woede welt op als kokende melk, onbeheersbaar. Even voel ik me oppermachtig, geeft het vuur van mijn woede me energie. Ik wijs naar haar met een beschuldigende vinger. 'Denk niet dat ik niet weet wat dit allemaal te betekenen heeft.'

'Ik zal eens raden.' Haar stem klinkt mild, geïnteresseerd. 'Het is een persoonlijke aanval op u. Een opzettelijke poging de fundering van de katholieke kerk te ondermijnen.' Ze laat een lachje horen dat zich door de plotselinge schrilheid verraadt. 'God verhoede dat een chocoladewinkel met Pasen paaseieren verkoopt.' Haar stem is onvast, bijna bang, hoewel ik niet weet waarvoor. De roodharige man kijkt me woest aan. Met moeite herstelt ze zich en de glimp van angst die ik in haar dacht waar te nemen, verdwijnt achter de kalmte.

'Ik ben ervan overtuigd dat er voor ons beiden plaats is hier,' zegt ze rustig. 'Weet u zeker dat u geen chocola wilt? Dan zou ik kunnen uitleggen wat ik...'

Ik schud woedend mijn hoofd, als een hond die door wespen geplaagd wordt. Haar kalmte maakt me juist woedend en ik hoor een soort gezoem in mijn hoofd, een duizeligheid die de kamer om me heen doet ronddraaien. De romige geur van chocola is om gek van te worden. Even zijn mijn zintuigen onnatuurlijk scherp; ik ruik haar parfum, een vleugje lavendel, de warme, kruidige geur van haar huid. Daarachter de geur van de moerassen, de muskusachtige, prikkelende geur van motorolie en zweet en verf van haar roodharige vriend.

'Ik... nee... ik,' als in een nachtmerrie ben ik vergeten wat ik had willen zeggen. Iets over respect, geloof ik, iets over de gemeenschap. Iets over samen optrekken in dezelfde richting, rechtschapenheid, fatsoen, moraal. In plaats daarvan hap ik naar adem en tolt mijn hoofd rond.

'Ik-ik...' Ik kan de gedachte dat zíj dat doet, dat zij mijn zintuigen aan flarden scheurt, dat zij mijn geest binnenkomt, niet van me afschudden. Ze leunt naar voren, voorwendend dat ze bezorgd is, en haar geur pleegt een nieuwe aanslag op me.

'Gaat het?' Ik hoor haar stem van heel ver. 'Monsieur Reynaud, is er iets?'

Ik duw haar met trillende handen van me af.

'Ja.' Eindelijk kan ik iets uitbrengen. 'Een lichte indispositie. Het is niets. Ik ga nu weg...' Blindelings strompel ik naar de deur.

Mijn hoofd wordt weer helder zodra er regen op valt, maar ik blijf lopen – en lopen.

Ik hield pas op met lopen toen ik bij u was, *mon père*. Mijn hart bonsde, mijn gezicht droop van het zweet, maar ik voel me nu eindelijk van haar gezuiverd. Voelde u dit ook, *mon père*, die dag in de oude kanselarij? Zag de verleiding er zó uit?

De paardenbloemen verspreiden zich, hun bittere bladeren duwen de zwarte aarde omhoog, hun witte wortels grijpen diep, bijten hard. Spoedig zullen ze bloeien. Ik zal via de rivier huiswaarts keren, *père*, om de kleine drijvende stad te observeren die nog steeds groeit, zich over de gezwollen Tannes uitspreidt. Er zijn nog meer boten bijgekomen sinds de vorige keer dat we elkaar spraken, zodat de rivier er vol mee ligt. Je zou over de boten heen kunnen lopen.

IEDEREEN WELKOM

Is dat haar bedoeling? Een bijeenkomst van deze mensen, een feest van excessen? Hoe hebben we gevochten om die laatste heidense tradities uit te roeien, *mon père*, hoe hebben we gepreekt en gefleemd. Het ei, de haas, nog steeds levende symbolen van de hardnekkige wortel van het heidendom, werden aan de kaak gesteld. Even waren we puur. Maar nu zij er is, moet de zuivering opnieuw beginnen. Dit is een sterkere soort, die ons opnieuw voor uitdagingen stelt. En mijn kudde, mijn domme, goedgelovige kudde keert zich tot haar en luistert zelfs naar haar – Armande Voizin, Narcisse, Guillaume Duplessis, Joséphine Muscat, Georges Clairmont. Ze zullen hun naam morgen in de preek horen vermelden, samen met die van alle mensen die naar haar geluisterd hebben. Het chocoladefeest vormt maar een onderdeel van het ziekmakende geheel, zal ik tegen hen zeggen. De omgang met de rivierzigeuners, haar opzettelijke ondermijnen van onze gewoonten en regels, de invloed die ze op onze kinderen uitoefent – allemaal tekenen, zo zal ik zeggen, allemaal tekenen van de verraderlijke uitwerking van haar aanwezigheid hier.

Haar festijn zal mislukken. Het is belachelijk ook maar te veronderstellen dat het met zoveel tegenwerking zou kunnen slagen. Ik zal er iedere zondag tegen preken, ik zal de namen van haar collaborateurs hardop voorlezen en voor hun verlossing bidden. De zigeuners hebben al onrust gebracht. Muscat klaagt dat hun aanwezigheid de klanten weghoudt. Het lawaai uit hun kampement, de muziek, de vuren hebben van *Les Marauds* een drijvende sloppenwijk gemaakt; de rivier glanst van de gelekte olie en er drijft afval met de stroom mee. Zijn vrouw zou hen verwelkomd hebben, hoorde ik. Gelukkig laat Muscat zich niet door die lui intimideren. Clairmont zegt dat hij hen vorige week toen ze zijn café durfden binnen te gaan, gemakkelijk heeft weten te verjagen. Ziet u, *père*, ondanks al dat stoere gedoe zijn het lafaards. Muscat heeft het pad naar *Les Marauds* geblokkeerd om ze ervan te weerhouden daarlangs te lopen. Er is daardoor al een confrontatie geweest, maar zoals alle profiteurs zijn het bange wezels buiten hun eigen terrein. Vier van hen, onder wie Roux, vluchtten in plaats van het gevecht met Muscat aan te durven gaan. De mogelijkheid van geweld zou me moeten afschrikken, *père*, maar in zekere zin zou ik er blij mee zijn. Het zou me het excuus kunnen geven dat ik nodig heb om de politie van Agen in te schakelen. Ik zou weer eens met Muscat moeten gaan praten. Hij weet wel wat we moeten doen.

# 18

## *Zaterdag, 1 maart*

De boot van Roux ligt tamelijk dicht bij de oever; hij is afgemeerd op enige afstand van de rest, tegenover Armandes huis. Vanavond was er tussen boeg en achterplecht een lijn met papieren lantaarntjes gespannen die gloeiden als verlichte vruchten en toen we op weg waren naar *Les Marauds*, kwam van de rivieroever de prikkelende geur van geroosterd eten op ons af. Armande had de ramen boven de rivier opengegooid en het licht dat uit het huis kwam, maakte onregelmatige patronen op het water. Ik werd getroffen door de afwezigheid van zwerfvuil, de zorg waarmee ieder beetje afval in de stalen vaten was gedaan om te verbranden. Uit een van de boten verder stroomafwaarts kwam het geluid van gitaarspel. Roux zat op de kleine steiger in het water te kijken. Er had zich al een groepje mensen om hem heen verzameld en ik herkende Zézette, nog een meisje dat Blanche heette en de Noord-Afrikaan, Mahmed. Naast hen stond een draagbare barbecue gevuld met kolen, waarop eten lag.

Anouk rende meteen op het vuur af. Ik hoorde Zézette met haar zachte stem waarschuwen: 'Voorzichtig, lieverd, het is heet.'

Blanche stak me een mok met warme gekruide wijn toe en ik nam hem glimlachend aan.

'Kijk maar eens wat je hiervan vindt.'

De drank was zoet en scherp van de citroen en de nootmuskaat en zó sterk dat hij in mijn keel brandde. Voor het eerst sinds weken was het een heldere avond en onze adem vormde lichte draken in de roerloze lucht. Er hing een dunne mist boven de rivier, die hier en daar oplichtte door de lampen van de boten.

'Pantoufle wil ook wat,' zei Anouk, wijzend op de pan met gekruide wijn.
Roux grinnikte. 'Pantoufle?'
'Anouks konijn,' zei ik vlug. 'Haar denkbeeldige vriendje.'
'Ik weet niet of Pantoufle dit wel zo lekker vindt,' zei hij tegen haar.
'Zou hij niet liever appelsap willen?'
'Ik zal het hem vragen,' zei Anouk.

Roux leek hier anders, meer ontspannen, zoals hij daar afgetekend stond tegen het vuur terwijl hij het eten in de gaten hield. Ik herinner me dat er rivierkreeft was, gespleten en gegrild boven de gloeiende kolen, sardines, vroege maïs, zoete aardappels, karamelappels die door de suiker waren gerold en snel in de boter waren gebakken en dikke pannenkoeken met honing. We aten met onze vingers van tinnen borden en dronken cider en nog meer gekruide wijn. Een paar kinderen deden met Anouk spelletjes bij de oever. Armande voegde zich ook bij ons en warmde haar handen aan de barbecue.

'Als ik jonger was...' verzuchtte ze, 'zou ik dit wel iedere avond willen.' Ze viste een hete aardappel tussen de kolen vandaan en gooide hem heen en weer om hem af te laten koelen. 'Dit is het leven waar ik als kind van droomde. Een woonboot, een heleboel vrienden, iedere avond feest...' Ze keek Roux plaagziek aan. 'Ik denk dat ik er maar met je vandoor ga,' verklaarde ze. 'Ik heb altijd een zwak voor roodharige mannen gehad. Ik ben misschien wel oud, maar ik wed dat ik je nog zo het een en ander kan leren.'

Roux grinnikte. Er was vanavond geen spoor van verlegenheid te bekennen. Hij was goedgeluimd en vulde de mokken telkens met wijn en cider, roerend blij de gastheer te mogen spelen. Hij flirtte met Armande en maakte haar uitbundig complimentjes, wat haar hevig aan het lachen maakte. Hij leerde Anouk hoe je platte stenen over het water kunt laten scheren. Ten slotte liet hij ons zijn boot – zorgvuldig onderhouden en schoon – zien, met de kleine keuken, het ruim met de watertank en de voedselvoorraden en het slaapgedeelte met het plexiglas dak.

'Toen ik hem kocht was het een wrak,' vertelde hij. 'Ik heb hem opgeknapt, zodat hij nu even goed is als een huis op het land.' Hij lachte een beetje bedremmeld, als een man die bekent dat hij er kinderlijke hobby's op na houdt. 'Een heleboel werk, maar dan kan ik ook 's avonds op mijn bed naar het water liggen luisteren en naar de sterren liggen kijken.'

Anouk stak haar bewondering niet onder stoelen of banken.

'Ik vind hem mooi,' verklaarde ze. 'Ik vind hem heel mooi! En het is geen mest-, mest-, nou ja, wat Jeannots moeder zegt.'

'Mestvaalt?' opperde Roux vriendelijk. Ik wierp hem een snelle blik toe, maar hij lachte. 'Nee het is niet zo erg met ons als sommige mensen denken.'

'We vinden jullie helemaal niet erg!' Anouk was verontwaardigd.

Roux haalde zijn schouders op.

Later was er muziek, een fluit en een vedel en een paar tot drumstel omgetoverde blikken en afvalbakken. Anouk deed mee op haar speelgoedtrompetje en de kinderen dansten zo wild en zo dicht bij de rivier dat ze naar een veiliger plek wat verder van de kant moesten worden gestuurd. Het was ruim over elven toen we eindelijk vertrokken; Anouk kon niet meer op haar benen staan van vermoeidheid maar protesteerde luid.

'Toe nou maar,' zei Roux. 'Je mag terugkomen wanneer je maar wilt.'

Ik bedankte hem terwijl ik Anouk in mijn armen tilde.

'Niets te danken.' Even stokte zijn glimlach toen hij langs me heen naar de top van de heuvel keek. Er verscheen een ondiepe rimpel tussen zijn ogen.

'Is er iets?'

'Ik weet het niet. Ik geloof het niet.'

Er zijn in *Les Marauds* weinig straatlantaarns. De enige verlichting is afkomstig van een enkele lantaarn voor het *Café de la République*, dat gelig op de smalle weg schijnt. Daarachter loopt de *Rue des Francs Bourgeois* die zich verbreedt tot een goedverlichte laan met bomen. Turend bleef hij nog even staan kijken.

'Is er iets?' vroeg ik weer.

'Ik dacht eventjes dat ik iemand naar beneden zag lopen, dat is alles. Zal wel een speling van het licht zijn geweest. Er is nu niemand.'

Ik droeg Anouk de heuvel op. Achter ons hoorde ik de zachte Calliope-muziek van het drijvende carnaval. Op de steiger zag ik Zézette tegen de achtergrond van het afnemende vuur dansen, haar wilde schaduw sprong op de grond heen en weer. Toen we het *Café de la République* passeerden, zag ik dat de deur op een kier stond, hoewel de lichten uit waren. Binnen hoorde ik zachtjes een deur sluiten, alsof iemand had staan kijken, maar het kan ook de wind zijn geweest.

# 19

*Zondag, 2 maart*

Met de komst van maart kwam er ook een eind aan de regen. De hemel is nu rauw – een schreeuwend blauw tussen voortsnellende wolken – en er is vannacht een wind opgestoken die steeds feller wordt en in de hoeken wervelt en de ramen doet rammelen. De kerkklokken luiden wild, alsof ook zij die plotselinge verandering een beetje voelen. De windwijzer draait en draait in de turbulente lucht, zijn roestige stem verheft zich schril. Anouk zingt zachtjes een windliedje terwijl ze in haar kamer speelt:

*V'là l'bon vent, v'là l'joli vent*
*V'là l'bon vent, ma mie m'appel-le*
*V'là l'bon vent, v'là l'joli vent*
*V'là l'bon vent, ma mie m'attend.*

Maartse winden zijn slechte winden, zei mijn moeder altijd. Maar ondanks dat voelt het goed; het ruikt naar sap en ozon en het zout van de zee in de verte. Een goede maand, maart: februari waait de achterdeur uit en de lente staat aan de voordeur te wachten. Een goede maand voor verandering.

Vijf minuten sta ik alleen op het plein met uitgestrekte armen en voel ik de wind in mijn haar. Ik ben vergeten een jas aan te doen en mijn rode rok bolt rondom op. Ik ben een vlieger, ik voel de wind, ik stijg even boven de kerktoren, boven mezelf uit. Even ben ik gedesoriënteerd, zie ik het vuurrode figuurtje beneden op het plein, tegelijk hier en daar, dan val ik terug in mezelf, ademloos; ik zie Reynauds gezicht uit een hoog raam toekijken, zijn ogen zijn donker van wrok. Hij ziet er bleek uit, het heldere zonlicht geeft zijn huid nauwelijks kleur. Zijn handen zijn om de vensterbank voor hem heen geklemd en de knokkels hebben dezelfde gebleekte witheid als zijn gezicht. De wind is me naar het hoofd gestegen. Ik wuif opgewekt naar hem terwijl ik terugkeer naar de winkel. Hij zal dit gebaar als een uitdaging opvatten, weet ik, maar vanmorgen kan het me niet schelen. De wind heeft mijn angsten weggeblazen. Ik wuif naar de Zwarte Man in zijn toren en de wind trekt vrolijk aan mijn rok. Ik voel me uitgelaten, verwachtingsvol.

De inwoners van Lansquenet lijken ook wat nieuwe moed op te doen. Ik zie hen naar de kerk lopen; de kinderen rennen als vliegers met de armen wijd tegen de wind in, de honden blaffen wild om niets, zelfs de volwassenen hebben een levendig gezicht, met ogen die tranen van de kou. Caroline Clairmont heeft een nieuwe voorjaarsmantel en -hoed; haar zoon houdt haar bij de arm vast. Luc kijkt me even aan en glimlacht achter zijn hand. Joséphine en Paul-Marie Muscat lopen met verstrengelde armen, als minnaars, maar haar gezicht onder haar bruine baret is verwrongen en uitdagend. Haar man werpt me door het etalageraam een boze blik toe en versnelt met vertrokken mond zijn pas. Ik zie Guillaume, vandaag zonder Charly, hoewel hij de felgekleurde plastic riem nog aan een pols heeft hangen; zonder zijn hond maakt hij een vreemd verloren indruk. Arnauld kijkt mijn kant op en knikt. Narcisse staat stil om een bak met geraniums bij de deur te bekijken; hij voelt met zijn dikke vingers aan een blad en ruikt aan het groene sap. Ondanks zijn norsheid houdt hij van zoetigheid en ik weet dat hij straks zijn *mocha* en chocoladetruffels komt halen.

Het klokgelui vertraagt tot een aanhoudende dreun – *domm! domm!* – terwijl de mensen zich door de openstaande deuren haasten. Ik vang weer een glimp van Reynaud op – hij heeft nu een witte toog aan, de handen zijn over elkaar geslagen, hij maakt een bezorgde indruk – terwijl hij hen verwelkomt. Ik meen dat hij weer naar me kijkt, even flitsen zijn ogen naar de overkant, een nauwelijks waarneembare verstijving van de wervelkolom onder zijn kleed, maar zeker weet ik het niet.

Met een kop chocola in mijn hand nestel ik me bij de toonbank om op het einde van de mis te wachten.

★ ★ ★

De mis duurde langer dan anders. Ik neem aan dat naarmate Pasen dichterbij komt, de eisen die Reynaud stelt, zwaarder worden. Het duurde negentig minuten voordat de eerste mensen steels, met gebogen hoofd, te voorschijn kwamen. De wind rukte onbeschaamd aan hun sjaaltjes en zondagse jasjes en deed de rokken met plotselinge wellust opbollen, de mensen over het plein voortjagend. Arnauld glimlachte schaapachtig terwijl hij langsliep; geen champagnetruffels vanmorgen. Narcisse kwam zoals altijd binnen, maar was nog minder spraakzaam; hij trok een krant uit zijn tweed jasje en las daar onder het drinken zwijgend in. Een kwartier later zat de helft van het kerkvolk nog steeds binnen en ik vermoedde dat ze op de biecht zaten te wachten. Ik schonk nog wat chocola in en dronk. Zondag is een langzame dag. Ik moest geduld hebben.

Plotseling zag ik een bekende gestalte met een geruite jas aan door de halfopen kerkdeur glippen. Joséphine liet haar blik snel over het plein gaan en toen ze zag dat het leeg was, stak ze snel over naar de winkel. Toen ze Narcisse zag, aarzelde ze even, maar besloot toen binnen te komen. Haar vuisten waren beschermend tegen haar maag geklemd.

'Ik kan niet blijven,' zei ze onmiddellijk. 'Paul zit in de biechtstoel. Ik heb twee minuten.' Haar stem klonk scherp en dringend, de haastige woorden tuimelden over elkaar heen als een rij dominostenen.

'Je moet bij die mensen uit de buurt blijven,' gooide ze eruit. 'Die zwervers. Je moet tegen hen zeggen dat ze verder moeten trekken. Je moet hen wáárschuwen.' Haar gezicht vertrok van de inspanning van het spreken. Haar handen gingen open en dicht.

Ik keek haar aan.

'Toe, Joséphine, ga even zitten. Drink iets.'

'Dat kan niet!' Ze schudde nadrukkelijk haar hoofd. Haar verwaaide haar zat als een wilde massa om haar gezicht. 'Ik zei toch dat ik geen tijd heb. Doe nu maar wat ik zeg. Alsjeblieft.' Ze klonk gespannen en uitgeput en keek naar de kerkdeur alsof ze bang was met mij gezien te worden.

'Hij preekt tegen hen,' vertelde ze me op snelle, zachte toon. 'En tegen jou. Hij heeft het over jou. Zegt dingen over jou.'

Ik haalde onverschillig mijn schouders op.

'Nou en? Wat kan mij dat schelen?'

Joséphine legde gefrustreerd haar vuisten tegen haar slapen.

'Je moet hen waarschuwen,' herhaalde ze. 'Zeggen dat ze weg moeten gaan. Armande moet je ook waarschuwen. Zeg tegen haar dat hij vanmorgen haar naam heeft opgelezen. En ook de jouwe. Hij zal de mijne ook oplezen als hij me hier ziet, en Paul...'

'Ik begrijp het niet, Joséphine. Wat kan hij dan doen? En waarom zou ik me er iets van aantrekken?'

'Geef het nou maar door, wil je?' Haar blik ging weer waakzaam naar de kerk, waar een paar mensen uit kwamen. 'Ik kan niet blijven,' zei ze. 'Ik moet nu weg.' Ze keerde zich om en liep naar de deur.

'Wacht, Joséphine –'

Toen ze zich omdraaide, stond haar gezicht doodongelukkig. Ik zag dat ze bijna in tranen was.

'Zo gaat het nu altijd,' zei ze met een stroeve, ongelukkige stem. 'Telkens wanneer ik met iemand bevriend raak, weet híj het voor me te verpesten. Het zal gaan zoals het altijd gaat. Jij zult er dan al hoog en breed uit zijn, maar ík...'

Ik deed een stap naar voren, met de bedoeling haar tot bedaren te brengen. Joséphine ontweek me met een onhandig, afwerend gebaar.

'Nee! Het kan niet! Ik weet dat je het goed meent, maar het-het kán gewoon niet.' Met moeite herstelde ze zich. 'Je moet het begrijpen. Ik woon hier. Ik móét hier leven. Jij bent vrij, jij kunt gaan en staan waar je wilt, jij...'

'Dat kun jij ook,' reageerde ik zacht.

Joséphine schudde koppig haar hoofd.

Daarop keek ze me aan; ze raakte even met haar vingertoppen mijn schouder aan.

'Je begrijpt het niet,' zei ze, zonder een spoor van boosheid. 'Jij bent anders. Ik heb even gedacht dat ik ook zou kunnen leren anders te zijn.'

Ze keerde zich om, haar agitatie was nu verdwenen en vervangen door een blik van verre, bijna lieve afwezigheid. Ze begroef haar handen weer in haar zakken.

'Het spijt me, Vianne,' zei ze. 'Ik heb het echt geprobeerd. Ik weet dat het niet jouw schuld is.' Even zag ik haar gelaatstrekken weer

levendig worden. 'Zeg het tegen de bootbewoners,' drong ze aan. 'Zeg dat ze weg moeten gaan. Het is ook niet hun schuld – ik wil gewoon niet dat er slachtoffers vallen,' eindigde Joséphine zachtjes. 'Goed?'
Ik haalde mijn schouders op.
'Er vallen geen slachtoffers,' zei ik tegen haar.
'Goed.' Haar glimlach was pijnlijk transparant. 'En maak je over mij geen zorgen. Ik red me wel. Echt.' Weer die dunne, pijnlijke glimlach.
Terwijl ze langs me heen schoof en de deur uitliep, ving ik een glimp van iets glanzends in haar hand op en ik zag dat haar jaszakken vol zaten met goedkope sieraden. Lippenstift, poederdozen, kettingen en ringen gleden door haar vingers.
'Hier, voor jou,' zei ze zonnig, een handvol buitgemaakte schatten in mijn handen duwend. 'Neem maar. Ik heb nog veel meer.' Ze schonk me een stralende glimlach en verdween, me achterlatend met kettingen en oorringen en felgekleurde stukjes in verguldsel gevat plastic die als tranen door mijn vingers op de vloer drupten.

★ ★ ★

Later in de middag wandelde ik met Anouk naar *Les Marauds*. Het reizigerskamp maakte in het prille zonlicht een opgewekte indruk; de was wapperde aan de lijnen die tussen de boten waren gespannen en alle ruiten en geverfde oppervlakken glommen. Armande zat in een schommelstoel in haar beschutte voortuin over de rivier uit te kijken. Roux en Mahmed waren op de steile schuinte van het dak de losse leien aan het goedleggen. Ik merkte dat het verrotte naambord en de gevelpunten vervangen waren en lichtgeel waren geverfd. Ik zwaaide naar de twee mannen en ging bij Armande op de tuinmuur zitten, terwijl Anouk naar de rivieroever holde om haar vriendjes van de vorige avond op te zoeken.
De oude dame zag er moe uit en haar gezicht onder de strooien hoed met brede rand zag er pafferig uit. Het borduurwerkje in haar schoot lag er lusteloos en onaangeroerd bij. Ze gaf me een kort knikje, maar zei niets. Haar stoel schommelde haast onmerkbaar, *tik-tik-tik-tik*, op het pad. Haar kat lag opgerold onder de stoel te slapen.
'Caro is vanmorgen hier geweest,' zei ze ten slotte. 'Ik neem aan dat ik me vereerd zou moeten voelen.' Een geërgerd gebaar.

Geschommel – *tik-tik-tik-tik*.

'Wie denkt ze wel dat ze is?' snauwde Armande abrupt. 'Marie-Antoinette of zo?' Ze zat een poosje kwaad in gedachten verzonken, haar geschommel werd wilder. 'Mij vertellen wat ik wel en niet mag. Die dokter van haar meenemen...' Ze hield op en staarde me met haar doordringende vogelblik aan. 'Kleine bemoeial. Altijd al geweest, die meid. Briefde altijd alles over aan haar vader.' Ze liet een blaffende lach horen. 'Ze heeft dat in ieder geval niet van mij. Vergeet dat maar. Ik heb nooit een dokter, of een priester, nodig gehad om me te vertellen wat ik denken moest.'

Armande stak uitdagend haar kin naar voren en ging sneller schommelen.

'Is Luc hier geweest?' vroeg ik.

'Nee.' Ze schudde haar hoofd. 'Hij is naar Agen, voor een schaaktoernooi.' Haar strakke gelaatsuitdrukking werd zachter. 'Ze weet niet dat hij onlangs hier is geweest,' verklaarde ze met voldoening. 'En ze zal er niet achter komen ook.' Ze glimlachte. 'Het is een goeie jongen, die kleinzoon van me. Hij kan zijn mond houden.'

'Ik heb gehoord dat jouw en mijn naam vanmorgen in de kerk zijn genoemd,' vertelde ik haar. 'Het heet dat we ons inlaten met ongewenste vreemdelingen.'

Armande snoof.

'Wat ik in mijn eigen huis doe is mijn zaak,' zei ze kortaf. 'Ik heb dat tegen Reynaud gezegd en ik heb het daarvoor tegen Père Antoine gezegd. Maar ze leren het nooit. Altijd maar dezelfde onzin verkopen. Gemeenschapszin. Traditionele waarden. Altijd weer hetzelfde moralistische liedje.'

'Het is dus al eens eerder gebeurd?' vroeg ik nieuwsgierig.

'Jazeker.' Ze knikte nadrukkelijk. 'Jaren geleden. Reynaud moet in die tijd Lucs leeftijd hebben gehad. We hebben sinds die tijd natuurlijk wel zwervers hier gehad, maar die bleven nooit. Tot op dit moment.' Ze wierp een blik op haar halfgeverfde huis. 'Het wordt mooi, hè?' zei ze tevreden. 'Roux zegt dat hij het vanavond klaar heeft.' Plotseling fronste ze haar wenkbrauwen. 'Ik kan hem voor me laten werken zoveel ik wil,' verklaarde ze geïrriteerd. 'Het is een eerlijk man en een harde werker. Georges heeft niet het recht dat te ontkennen. Geen enkel recht.'

Ze pakte haar onafgemaakte borduurwerkje op, maar legde het weer neer zonder een steek te maken.

'Ik kan me niet concentreren,' zei ze boos. 'Het is al erg genoeg dat ik bij het krieken van de dag wakker word van die klokken; daar heb ik niet ook nog eens Caro's domme gezicht bij nodig. *We bidden iedere ochtend voor je, moeder,*' bootste ze haar na. *'We willen dat je begrijpt waarom we ons zoveel zorgen om je maken.*' Ze maakt zich waarschijnlijk meer zorgen om de indruk die ze op de buren maakt. Het is gewoon te gênant om een moeder als ik te hebben, die je de hele tijd aan je afkomst herinnert.'

Er kwam een kleine, harde glimlach van voldoening op haar gezicht.

'Zolang ik leef zullen ze weten dat er iemand is die zich alles nog herinnert,' verklaarde ze. 'De problemen waar ze in terecht kwam met die jongen. Wie draaide voor de kosten op? En hij daar, Reynaud, meneer witter-dan-wit,' – haar ogen stonden helder en boosaardig – 'ik wed dat ik de enige ben die zich nog die oude affaire herinnert. Er waren er trouwens hoe dan ook niet veel die het wisten. Had het grootste schandaal van de provincie kunnen worden als ik niet mijn mond had gehouden.' Ze wierp me een uiterst ondeugende blik toe. 'En kijk me niet zo aan, meisje. Ik kan nog steeds goed een geheim bewaren. Waarom dacht je dat hij me met rust laat? Hij zou heel wat kunnen doen, als hij daar zin in had. Caro weet dat. Ze heeft het wel eens geprobeerd.' Armande grinnikte vrolijk – *hè-hè-hè*.

'Ik had begrepen dat Reynaud niet van hier was,' zei ik nieuwsgierig.

Armande schudde haar hoofd.

'Er zijn niet veel mensen meer die dat nog weten,' zei ze. 'Hij is uit Lansquenet weggegaan toen hij nog een jongen was. Dat was voor iedereen gemakkelijker.' Even zweeg ze bij de herinnering. 'Maar hij kan deze keer maar beter geen geintjes uithalen. Niet tegen Roux of zijn vrienden.' De humor was van haar gezicht verdwenen en ze klonk nu ouder, klaaglijk, ziek. 'Ik vind het léúk dat ze er zijn. Ik voel me er jonger door.' De kleine, kribbige handen plukten doelloos aan het handwerkje op haar schoot. De kat, die de beweging voelde, kwam onder de schommelstoel vandaan en sprong spinnend op haar knieën.

Armande krabde op zijn kop en hij snorde en gaf met kleine, speelse beweginkjes kopstootjes tegen haar kin.

'Lariflète,' zei Armande. Na een poosje realiseerde ik me dat dat de naam van de kat was. 'Ik heb haar al negentien jaar. In kattentijd gerekend is zij dus bijna even oud als ik.' Ze maakte een klokkend geluidje naar de kat, die nog harder begon te spinnen. 'Ze zeggen dat ik allergisch ben,' zei Armande. 'Astma of zoiets. Ik heb tegen hen gezegd dat ik nog liever stik dan dat ik mijn katten wegdoe. Maar er zijn wel ménsen die ik zonder meer zou kunnen opgeven.' Lariflètes snorharen trilden lui. Ik keek naar het water en zag Anouk onder de steiger met twee zwartharige rivierkinderen spelen. Voorzover ik kon nagaan had Anouk, de jongste van de drie, de leiding.

'Drink je een kop koffie mee?,' vroeg Armande. 'Ik wilde net gaan zetten toen je kwam. Ik heb voor Anouk limonade.'

Ik zette zelf koffie in Armandes wonderlijke keukentje met het gietijzeren fornuis en het lage plafond. Alles is er schoon, maar het enige kleine raam kijkt uit over de rivier en geeft het licht een groenachtige onderwatertint. Aan de donkere, ongeverfde balken hangen bosjes gedroogde kruiden in mousselinen zakjes. Aan de witte muren hangen haken met koperen pannen. De deur – net als alle deuren in het huis – heeft een gat onderin om de katten vrije doorgang te verschaffen. Een andere kat zat me op een hoge richel nieuwsgierig te bekijken toen ik de koffie in een geëmailleerde tinnen pot schonk. De limonade was suikervrij, zag ik, en in de suikerpot zat de een of andere zoetstof. Ondanks haar bravoure lijkt het erop dat ze toch wel oplet.

'Vieze rommel,' merkte ze zonder rancune op, terwijl ze een slok nam uit een van haar handbeschilderde koppen. 'Ze zeggen dat je het verschil niet kunt proeven, maar dat is niet waar.' Ze trok een zuur gezicht. 'Caro neemt het mee wanneer ze komt. Ze snuffelt in mijn kasten. Ze zal het wel goed bedoelen. Het is nu eenmaal een uilskuiken.'

Ik zei tegen haar dat ze beter op moest passen.

Armande snoof.

'Wanneer je zo oud bent als ik,' zei ze tegen me, 'krijg je steeds meer kwaaltjes. Als het niet het een is, is het wel het ander. Dat hoort nu eenmaal bij het leven.' Ze nam nog een slok bittere koffie. 'Toen hij zestien was, zei Rimbaud dat hij zoveel mogelijk zo intens mogelijk wilde meemaken. Ik ben nou bijna tachtig, en ik begin te denken dat hij gelijk had.' Ze grijnsde en weer werd ik getroffen door de jeugdigheid in haar gezicht, een eigenschap die minder te maken heeft met kleur of botstructuur dan met een soort innerlijke levendigheid en een gevoel van verwachting, als bij iemand die nog maar net is begonnen te ontdekken wat het leven te bieden heeft.

'Ik vermoed dat je te oud bent voor het vreemdelingenlegioen,' zei ik glimlachend tegen haar. 'En maakte Rimbaud het af en toe niet een beetje al te bont?'

Armande keek me ondeugend aan.

'Dat klopt,' antwoordde ze. 'Ik zou het eigenlijk eens wat bonter moeten maken. Van nu af aan word ik onmatig en ga ik snel leven; ik ga van harde muziek genieten en van felle poëzie. Ik word helemaal losgeslagen,' verklaarde ze met voldoening.

Ik lachte.

'Je bent hartstikke gek,' zei ik met gespeelde strengheid. 'Logisch dat je familie wanhopig van je wordt.'

Maar hoewel ze met me mee lachte en in haar stoel schommelde van plezier, herinner ik me nu niet zozeer haar lach, als wel wat ik achter die lach waarnam – die blik van onbezonnen zorgeloosheid, van wanhopige uitbundigheid.

Later pas, toen ik 's nachts zwetend uit een duistere, halfvergeten nachtmerrie wakker werd, wist ik waar ik die blik al eens eerder had gezien.

*Wat dacht je van Florida, liefje? De Everglades? De Keys? Wat dacht je van Disneyland*, chérie, *of van New York, Chicago, de Grand Canyon, Chinatown, New Mexico, de Rocky Mountains?*

Maar bij Armande bespeurde ik niets van mijn moeders angst, niets van dat omzichtige pareren van en kibbelen met de dood, niets van die bezeten fantasievluchten in het onbekende. Bij Armande zag ik slechts een honger, een verlangen, een maar al te duidelijk besef van tijd.

Ik vraag me af wat de dokter die ochtend werkelijk tegen haar gezegd had, en hoeveel ze er echt van begrijpt. Ik lag lang over die vragen na te denken en toen ik eindelijk insliep, droomde ik dat ik met Armande door Disneyland liep en dat Reynaud en Caro er hand in hand liepen als de Rode Koningin en het Witte Konijn uit *Alice in Wonderland* en dat ze grote witte tekenfilmhandschoenen aan hun handen hadden. Caro droeg een rode kroon op haar reuzenhoofd en Armande had in elke hand een suikerspin.

Ergens in de verte hoorde ik de geluiden van het New Yorkse verkeer, het naderbij komen van hevig getoeter.

'O jeetje, eet dat alsjeblieft niet, het is vergif,' piepte Reynaud schel, maar Armande bleef met beide handen suikerspin naar binnen werken. Haar gezicht was glad en kalm. Ik probeerde haar voor de taxi te waarschuwen, maar ze keek me aan en zei met mijn moeders stem: 'Het leven is een carnaval, *chérie*, er gaan jaarlijks meer mensen dood bij het oversteken, dat is een statistisch gegeven,' en at verder op die vreselijke, vraatzuchtige manier. Reynaud wendde zich tot mij en piepte met een stem die nog dreigender leek doordat hij niet sonoor klonk: 'Dit is allemaal jouw schuld, van jou en je chocoladefeest, alles ging goed totdat jij kwam en nu gaat alles DOOD, DOOD, DOOD...' Ik hield mijn handen afwerend voor me.

'Het is niet mijn schuld,' fluisterde ik. 'Het komt door jou, het moet jouw schuld zijn, jij bent de Zwarte Man, jij bent...' Toen viel ik terug door de spiegel terwijl om me heen de kaarten alle kanten op vlogen. De Negen van Zwaarden – de dood. De Drie van Zwaarden – de dood. De Toren – de dood. De Zegewagen – de dood.

Ik werd gillend wakker; Anouk stond over me heen gebogen, haar donkere gezicht wazig van de slaap en de ongerustheid.

'*Maman*, wat is er?'

Haar armen lagen warm om mijn nek. Ze ruikt naar chocola en vanille en vredige, onverstoorde slaap.

'Niets, een droom. Niets.'

Ze zegt lieve dingen tegen me met haar zachte stemmetje en ik heb de verontrustende indruk dat dit de omgekeerde wereld is: ik zak in haar weg als een nautilus in zijn schelp, steeds dieper, haar hand ligt koel op mijn voorhoofd, haar mond rust op mijn haar.

'Weg, weg, weg,' mompelt ze automatisch. 'Kwade geesten, verdwijn. Het is nu in orde, *maman*. Ze zijn weg.' Ik weet niet waar ze die dingen vandaan heeft. Mijn moeder zei dat altijd, maar ik kan me niet herinneren dat ik ze ooit aan Anouk heb geleerd. En toch gebruikt ze die als een oude, vertrouwde formule. Verlamd door liefde klamp ik me even aan haar vast.

'Het komt goed, hè, Anouk?'

'Natuurlijk.' Haar stem is helder en volwassen en zelfverzekerd. 'Natuurlijk komt het goed.' Ze legt haar hoofd op mijn schouder en nestelt zich slaperig in het holletje van mijn armen. 'Ik hou ook van jou, *maman*.'

Buiten, aan de oplichtende horizon, is de dageraad nog maar een manestraal ver weg. Ik houd mijn dochter stevig vast terwijl ze weer in slaap sukkelt, waarbij haar krullen in mijn gezicht kriebelen. Is dit waar mijn moeder bang voor was? Terwijl ik naar de vogels luister – eerst een enkel gekras, dan een volledig koor – vraag ik me af of dit was wat ze ontvluchtte. Niet haar eigen dood, maar de duizenden ontmoetingen in haar leven met anderen, de verbroken connecties, de banden – of ze nu wilde of niet –, de verantwoordelijkheden? Zijn we al die jaren gevlucht voor onze liefdes, voor onze vriendschappen, voor de toevallige woorden die terloops geuit worden en die een leven een heel andere wending kunnen geven?

Ik probeer me mijn droom te herinneren, het gezicht van Reynaud – zijn verdwaasde uitdrukking van ontzetting: *ik ben te laat, te laat.* Ook hij rent weg voor of in de richting van het een of andere onbekende lot waar ik onbewust deel van uitmaak. Maar de droom is uit elkaar gevallen, de stukjes zijn verspreid als kaarten in de wind. Het kost moeite om me te herinneren of de Zwarte Man achtervolgt of wordt achtervolgd. Ik weet niet zeker meer of hij wel de Zwarte Man is. In plaats daarvan komt het gezicht van het Witte Konijn terug, als dat van een bang kind op een reuzenrad dat er graag uit wil.

'Wie trekt er aan de touwtjes?'

In mijn verwarring denk ik dat de stem van iemand anders komt; even later dringt het tot me door dat ik hardop gesproken heb. Maar terwijl ik weer in slaap val, meen ik een andere stem te horen antwoorden, een stem die een beetje klinkt als die van Armande en ook een beetje als die van mijn moeder. '*Jij, Vianne,*' zegt de stem zachtjes. '*Jij.*'

# 20

## Dinsdag, 4 maart

Het eerste groen van de lentemaïs geeft het land een milder aanzien dan u en ik gewend zijn. Op een afstand lijkt het weelderig – een paar vroege darren vliegen slingerend heen en weer boven de velden en geven er een slaperige sfeer aan. Maar we weten dat dit alles over twee maanden tot stoppels verschroeid zal zijn door de zon, dat de aarde naakt en gebarsten zal zijn als een rode laag waar de distels nauwelijks doorheen kunnen breken. Een hete wind teistert wat er over is van het land en brengt droogte met zich mee, uitmondend in een stinkende roerloosheid die ziekte kweekt. Ik herinner me nog de zomer van vijfenzeventig, *mon père*, de grote warmte en de hete, witte hemel. We hadden die zomer de ene plaag na de andere. Eerst de rivierzigeuners, die in hun vieze, drijvende bouwsels langzaam het laatste beetje rivier op kwamen varen en in *Les Marauds* op de geblakerde moddervlakten strandden. Daarna de ziekte die eerst hun dieren trof en toen de onze – een soort gekte, een rollen met de ogen, een zwak trekken met de poten, een opzwellen van het lijf hoewel de dieren weigerden water te nemen, en daarna een zweten, een huiveren en de dood, te midden van een dansende zwerm van paars-zwarte vliegen, o God, de lucht barstte open als een bedorven vrucht. Weet u het nog? Zó heet dat de wanhopige dieren uit de opgedroogde *marais* naar het water toe kwamen. Vossen, bunzingen, wezels en honden. Velen van hen waren hondsdol en uit hun habitat verdreven door honger en droogte. We schoten hen dood wanneer ze naar de rivieroevers strompelden, we schoten op hen of doodden hen met stenen. De kinderen gooiden ook stenen naar de zigeuners, maar die waren net zo in het nauw gedreven en wanhopig als hun dieren en bleven terugkomen. De lucht zag blauw van de vliegen en de stank van het verbranden van de dieren – een poging de ziekte een halt toe te roepen. Eerst bezweken de paarden, daarna volgden de koeien, de ossen, de geiten en de honden. We hielden hen op een afstand en weigerden hun goederen of water te verkopen, gaven hun geen medicijnen. Gestrand als ze waren op de vlakten van de opdrogende Tannes dronken ze bier uit flessen en rivierwater. Ik weet nog dat ik vanuit *Les Marauds* naar hen stond te kijken, naar de stille, gebogen figuren die 's nachts bij het kampvuur zaten, en dat ik het geluid van gesnik – een vrouw of een kind, denk ik – over het donkere water hoorde komen.

Sommige mensen, zwakkelingen, zoals Narcisse bijvoorbeeld, begonnen over naastenliefde te praten. Over mededogen. Maar u bleef sterk. U wist wat u moest doen.

Tijdens de mis las u de namen op van degenen die weigerden mee te werken. Muscat – de oude Muscat, Pauls vader – hield hen uit het café weg totdat ze tot rede kwamen. Er braken 's avonds gevechten uit tussen de zigeuners en de dorpelingen. De kerk werd ontheiligd. Maar u hield stand.

Op een dag zagen we hen proberen hun boten over de vlakten naar het open water te slepen. De modder was nog zacht en ze zakten er op sommige plaatsen tot hun dijen in en zochten houvast tegen de slijmerige stenen. Sommigen trokken, met touwen om hun middel, anderen duwden van achteren. Toen ze ons zagen toekijken, vervloekten sommigen ons met hun grove, hese stem. Maar het duurde nog twee weken voordat ze eindelijk vertrokken, hun geruïneerde boten achterlatend. Een brand, zei u, *mon père*, een brand die door de dronkaard en zijn slet die de boot bezaten, veronachtzaamd werd; de vlammen verspreidden zich door de droge, elektrische lucht totdat de rivier vol dansende vlammen was. Een ongeluk.

Sommige mensen praatten; sommige mensen praten altijd. Ze zeiden dat u met uw preken gestookt had; ze knikten betekenisvol in de richting van de oude Muscat en zijn jonge zoon, die vanuit hun woning zo goed hadden kunnen zien en horen, maar die die nacht niets gezien en gehoord hadden. Toch overheerste een gevoel van opluchting. En toen de winterregen kwam en de Tannes weer aanzwol, verdwenen zelfs de hulken onder water.

★ ★ ★

Ik ben er vanmorgen weer heen gegaan, *père*. Die plek laat me niet los. Bijna net zoals twintig jaar geleden hangt er een geheimzinnige roerloosheid over het gebied, een sfeer van verwachting. Wanneer ik langsloop bewegen de gordijnen voor de smerige ramen heel eventjes. Op de stille plekken lijkt er een aanhoudend, zacht gelach op me af te komen. Zal ik sterk genoeg zijn, *père*? Zal ik ondanks al mijn goede bedoelingen falen?

Drie weken. Ik ben al drie weken in de wildernis. Ik zou me inmiddels bevrijd moeten hebben van onzekerheden en zwakheden. Maar de angst blijft. Ik droomde vannacht over haar. Geen wellustige droom, maar een droom waar een onbegrijpelijke dreiging vanuit ging. Het is het gevoel van wanorde dat ze met zich brengt, *père*, dat me zo van streek maakt. Die wildheid.

Joline Drou zegt dat de dochter net zo erg is. Ze verwildert in *Les Marauds*, heeft het over rituelen en bijgeloof. Joline zegt dat het kind nog nooit naar de kerk is geweest, nog nooit heeft leren bidden. Ze praat met haar over Pasen en de opstanding; het kind reageert hierop met een mengelmoesje van heidense onzin. En dan dat festijn: er hangt een affiche van haar in iedere etalage. De kinderen zijn uitzinnig van opwinding.

'Laat hen toch, *père*, je bent maar eenmaal jong,' zegt Georges Clairmont toegeeflijk. Zijn vrouw kijkt me schalks vanonder haar geëpileerde wenkbrauwen aan.

'Ach, ik zie niet in wat voor kwaad er nu eigenlijk in steekt,' zegt ze geaffecteerd. Ik vermoed dat de waarheid is dat hun zoon belangstelling heeft getoond. 'En alles wat de paasboodschap versterkt...'

Ik doe geen poging het hen te laten begrijpen. Als ik me afzet tegen een kinderfeestje vraag ik erom bespot te worden. Narcisse heeft het onder veel trouweloos gegrinnik al over mijn *anti-chocoladebrigade* gehad. Maar het vreet aan me. Dat ze een kerkfeest aangrijpt om de kerk te ondermijnen, míj te ondermijnen... Ik heb mijn waardigheid al in de waagschaal gesteld. Verder durf ik niet te gaan. En haar invloed breidt zich met de dag uit. Dat komt deels door de winkel zelf. Omdat het half een café, half een chocolaterie is, hangt er een gezellige, vertrouwelijke sfeer. Kinderen zijn dol op de chocoladefiguurtjes die ze van hun zakgeld kunnen kopen. Volwassenen houden van de sfeer van subtiele ondeugdheid waarin je geheimen fluistert, grieven uit. Een paar families zijn al begonnen iedere zondag chocoladecake te bestellen voor de lunch; ik zie hen de dozen met linten erom afhalen na de mis. De inwoners van Lansquenet-sous-Tannes hebben nog nooit zoveel chocola gegeten. Gisteren zat Denise Arnauld in de biechtstoel te eten – te éten! Haar adem rook naar zoetigheid, maar ik moest doen alsof ik niets merkte.

'Geef me uw sjegen, eerwaarde vader, want ik heb gesjondigd.' Ik kon haar horen kauwen, kon de vlakke, kleine zuiggeluidjes horen die ze tegen haar tanden maakte. Ik luisterde met toenemende woede terwijl ze kleine vergrijpen opsomde die nauwelijks tot me doordrongen, want de geur van chocola en caramel werd in die benauwde ruimte met de seconde sterker. Haar stem klonk omfloerst en ik voelde mijn eigen mond vol speeksel lopen. Ten slotte kon ik er niet meer tegen.

'Eet u iets?' snauwde ik.

'Nee, *père*.' Haar stem klonk bijna verontwaardigd. 'Eten? Waarom zou ik...'

'Ik weet zéker dat ik u hoor eten.' Ik nam niet de moeite zacht te spreken; mijn handen grepen zich vast aan het plankje en ik kwam half overeind in het donkere hokje. 'Waar ziet u me voor aan, een imbeciel?' Weer hoorde ik het geluid van speeksel tegen de tong en mijn woede laaide op. 'Ik kan u hóren, *madame*,' zei ik ruw. 'Of dacht u dat u behalve onzichtbaar ook onhoorbaar was?'

'*Mon père*, ik verzeker u...'

'Stil, madame Arnauld, voor u uzelf nog verder compromitteert!' brulde ik en ineens wás er geen chocoladegeur, geen gesmak meer – alleen nog maar een snik van woede en een paniekerig geschuifel toen ze het hokje uitvloog, haar hoge hakken over het parket glijdend terwijl ze wegrende.

Toen ik alleen in het hokje was achtergebleven, probeerde ik de geur, de geluiden, de zekerheid die ik had gevoeld, de verontwaardiging, de juistheid van mijn woede terug te halen. Maar terwijl het duister mij omsloot, beladen met de geur van wierook en kaarsenrook, zonder een spoor van chocola, werd ik door twijfel overvallen. Toen drong de absurditeit van het geheel tot me door en in een vlaag van vrolijkheid die even onverwacht als verontrustend was, sloeg ik dubbel van het lachen. Toen hij voorbij was, was ik uitgeput en doordrenkt van het zweet en was mijn maag helemaal van streek. De onverwachte gedachte dat zij de enige zou zijn die de humor van de situatie zou kunnen inzien, was voldoende om een nieuwe aanval op gang te brengen, en ik was genoopt de biechttijd in te korten en een lichte *malaise* voor te wenden. Ik liep met onvaste tred terug naar de sacristie en ik merkte dat een aantal mensen me bevreemd opnam. Ik moet voorzichtiger zijn. Roddels doen snel de ronde in Lansquenet.

★ ★ ★

Sindsdien is alles rustig gebleven. Ik wijt mijn uitbarsting in de biechtstoel aan een lichte koorts die 's nachts overging. Er is in ieder geval geen herhaling van het incident geweest. Uit voorzorg heb ik mijn avondmaal nog verder gereduceerd om de spijsverteringsstoornissen die dit alles misschien veroorzaakt hebben, te voorkomen. Toch voel ik nog een sfeer van onzekerheid, van verwachting bijna, om me heen. De wind heeft de kinderen dol gemaakt, ze zeilen over het plein met uitgestrekte armen en maken vogelgeluiden naar elkaar. De volwassenen hebben ook iets onrustigs, ze vervallen van het ene uiterste in het andere. De vrouwen spreken te luid en vallen verlegen stil wanneer ik passeer; sommige staat het huilen nader dan het lachen, sommige zijn agressief. Ik sprak vanmorgen Joséphine Muscat aan toen ze voor het café zat, maar die saaie, kort aangebonden vrouw spuugde scheldwoorden in mijn gezicht; haar ogen schoten vuur en haar stem trilde van woede.

'Praat niet tegen me,' siste ze. 'Heb je al niet genoeg gedaan?'

Ik behield mijn waardigheid en verwaardigde me niet daarop te antwoorden, uit angst dat het op een schreeuwpartij zou uitlopen. Maar ze is veranderd, harder geworden, de sloomheid is uit haar gezicht verdwenen en vervangen door een soort hatelijke felheid. Weer een bekeerling voor het vijandige kamp.

Waarom zien ze het toch niet, *mon père*? Waarom zien ze niet wat die vrouw ons aandoet? Ze maakt onze gemeenschapszin kapot, ons gevoel naar een en hetzelfde doel toe te werken. Ze doet een beroep op het slechtste en het zwakste in het innerlijk van de mens. Zo verwerft ze zich een soort genegenheid, een soort loyaliteit die ik – God helpe me – in mijn zwakte zelf ook begeer. Ze preekt een parodie op goede wil, tolerantie, medelijden met de arme thuisloze verschoppelingen op de rivier, terwijl de corruptie steeds dieper inslijt. De duivel is niet werkzaam via het kwaad, *père*, maar via de zwakheid. U zou dat moeten weten. Als onze opvattingen niet krachtig en zuiver waren, zouden we nergens zijn. Zouden we nergens zeker van kunnen zijn. Zou de ziekte zich algauw tot de kerk uitbreiden. We hebben gezien hoe snel het bederf om zich heen heeft gegrepen. Het zal niet lang meer duren voordat ze actie gaan voeren voor 'oecumenische diensten waarin ruimte is voor alternatieve geloofssystemen', ze de biechtstoel zullen afschaffen omdat die 'het schuldbesef nodeloos aanwakkert' en 'het innerlijk' centraal zullen stellen, en voor ze het weten zullen ze met al hun schijnbaar progressieve, onschuldige, liberale houdingen duidelijk en onomkeerbaar de weg van de goede bedoelingen naar de hel hebben betreden.

Wat is het toch ironisch. Een week geleden twijfelde ik nog aan mijn eigen geloof. Ging ik te zeer in mezelf op om de tekenen te zien. Was ik nog te zwak om mijn rol te vervullen. En toch zegt de bijbel ons duidelijk wat we moeten doen. Onkruid en koren kunnen niet in vrede samen opgroeien. Iedere tuinier kan je dat vertellen.

# 21

*Woensdag, 5 maart*

Luc kwam vandaag weer met Armande praten. Hij lijkt nu zelfverzekerder, hoewel hij nog steeds erg stottert, maar hij ontspant zich genoeg om af en toe een klein grapje te maken, waarna hij lichtelijk verbaasd meesmuilt, alsof de rol van grappenmaker nog nieuw voor hem is. Armande stak in goede vorm; ze had haar zwarte strooien hoed verwisseld voor een zijden sjaal met een warrelig patroon. Haar wangen waren blozend appelrood, maar ik vermoedde dat dit, net als de ongewoon rode kleur van haar lippen, aan kunstgrepen te wijten was en niet aan louter vrolijkheid. In die korte tijd hebben zij en haar kleinzoon ontdekt dat ze meer met elkaar gemeen hebben dan ze voorheen hadden gedacht. Zonder Caro's remmende aanwezigheid lijken ze opvallend op hun gemak in elkaars gezelschap. Je kunt je haast niet voorstellen dat ze vorige week nog nauwelijks contact met elkaar hadden. Er hangt nu een soort intensiteit om hen heen, een zachte conversatietoon, een zweem van intimiteit. Politiek, muziek, schaken, godsdienst, rugby, poëzie – ze wenden en keren van het ene onderwerp naar het andere, als lekkerbekken aan een buffet die beslist van iedere schotel willen proeven. Armande laat haar charmes met alle intensiteit die in haar is op hem los – nu eens vulgair, dan weer erudiet, innemend, speels, plechtig of wijs.

Dit is verleiding in zijn zuiverste vorm.

Nu was het Armande die de tijd in de gaten kreeg.

'Het is al laat jongen,' zei ze bruusk. 'Tijd om naar huis te gaan.'

Luc hield hevig teleurgesteld midden in een zin op.

'Ik had niet ged-dacht dat het al zo l-laat was.' Hij zweeg doelloos, alsof hij geen zin had om weg te gaan. 'Dan moet ik maar eens gaan,' zei hij niet bepaald enthousiast. 'Als ik te laat k-kom, k-krijgt *m-maman* het op haar heupen. U w-weet hoe ze is.'

Armande heeft wijselijk niet geprobeerd de loyaliteit van de jongen jegens Caro op de proef te stellen en houdt denigrerende opmerkingen zoveel mogelijk voor zich. Bij deze impliciete kritiek verscheen op haar gezicht een boosaardig lachje.

'Nou en of,' zei ze. 'Zeg eens, Luc, heb je nooit zin om in opstand te komen, al is het maar een beetje?' Haar ogen straalden van de pret. 'Op jouw leeftijd zou je eigenlijk moeten rebelleren – je haar laten groeien en naar rockmuziek luisteren en meisjes versieren en zo. Anders zal het je fiks berouwen wanneer je tachtig bent.'

Luc schudde zijn hoofd.

'Te link,' zei hij kortaf. 'Ik heb anders g-geen leven.'

Armande lachte verrukt.

'Volgende week dan?' Ditmaal kuste hij haar vluchtig op de wang. 'Zelfde dag?'

'Ik denk dat dat wel lukt.' Ze glimlachte. 'Ik heb morgenavond een feestje ter ere van mijn opgeknapte huis,' zei ze abrupt tegen hem. 'Om iedereen te bedanken voor het werk dat ze aan mijn dak hebben gedaan. Je mag ook komen als je wilt.'

Even twijfelde Luc.

'Maar als Caro bezwaar maakt...' Ze liet de rest van de zin ironisch in de lucht hangen en keek hem met haar heldere, uitdagende ogen strak aan.

'Ik weet zeker dat ik een smoes k-kan bedenken,' zei Luc, zich vermannend. 'Het kan heel l-leuk worden.'

'Natuurlijk wordt het leuk,' zei Armande kordaat. 'Iedereen komt. Op Reynaud en zijn bijbelgroupies na natuurlijk.' Ze lachte stilletjes. 'Wat in mijn ogen een groot voordeel is.'

Een blik van schuldbewust plezier glijdt over zijn gezicht en hij meesmuilt.

'B-bijbelgroupies,' herhaalt hij. '*Mém*é, dat is w-wel heel *c-cool*.'

'Ik ben altijd *cool*,' antwoordt Armande waardig.

'Ik zal kijken of het lukt.'

★ ★ ★

Armande was haar chocola aan het opdrinken en ik stond op het punt de winkel te sluiten, toen Guillaume binnenkwam. Ik heb hem van de week nauwelijks gezien en hij ziet er op de een of andere manier verfomfaaid en kleurloos uit; de ogen onder de rand van zijn vilten hoed staan triest. Nauwgezet als altijd begroette hij ons met zijn gebruikelijke ernstige hoffelijkheid, maar ik zag dat hij ergens over in zat. Zijn kleren leken van zijn gekromde schouders neer te hangen, alsof er geen lichaam onder zat. De ogen in het fijne gezicht waren groot en angstig, als van een kapucijneraapje. Hij had geen Charly bij zich, maar weer zag ik dat hij de hondenriem om zijn pols gewonden had. Anouk bekeek hem nieuwsgierig vanuit de keuken.

'Ik weet dat je dichtgaat.' Hij sprak kortaf en precies, als zo'n dappere oorlogsbruid uit een van zijn geliefde Britse films. 'Ik zal je niet lang ophouden.' Ik schonk een kopje van mijn sterkste *choc. espresso* voor hem in en legde er een paar van zijn favoriete florentines bij. Anouk klom op een kruk en keek er afgunstig naar.

'Ik heb geen haast,' zei ik tegen hem.

'Ik ook niet,' verklaarde Armande op haar boude manier, 'maar ik kan er wel vandoorgaan als je dat liever wilt.'

Guillaume schudde zijn hoofd.

'Nee, natuurlijk niet.' Hij liet een weinig overtuigende glimlach zien. 'Het is niet zo belangrijk.'

Al half vermoedend wat er aan de hand was, wachtte ik op zijn uitleg. Guillaume pakte een florentine en beet er werktuiglijk in, één hand gekromd houdend om de kruimels op te vangen.

'Ik heb net die ouwe Charly begraven,' zei hij met zijn broze stem. 'Onder een rozenstruik in mijn eigen tuintje. Dat zou hij prettig gevonden hebben.'

Ik knikte.

'Dat weet ik zeker.'

Ik kon de geur van zijn verdriet ruiken, een sterke, zure geur, als van aarde en meeldauw. Er zat aarde onder de nagels van de hand die de florentine vasthield. Anouk sloeg hem ernstig gade.

'Arme Charly,' zei ze. Guillaume leek het nauwelijks te horen.

'Ik moest het wel doen,' vervolgde hij. 'Hij kon niet meer lopen en hij jankte wanneer ik hem droeg. Gisteravond bleef hij maar janken. Ik ben de hele nacht bij hem gebleven, maar ik wist dat het moest.' Guillaume keek bijna verontschuldigend, gevangen in een verdriet dat te complex was om onder woorden te brengen. 'Ik weet dat het stom is,' zei hij. 'Het is maar een hond. Stom om er zoveel drukte om te maken.'

'Helemaal niet,' onderbrak Armande hem onverwacht. 'Een vriend is een vriend. En Charly was een goede vriend.'

Guillaume keek haar dankbaar aan.

'Aardig van je om dat te zeggen.' Hij keerde zich naar mij. 'En ook van u, madame Rocher. U probeerde me vorige week te waarschuwen, maar ik was er toen nog niet aan toe. Ik denk dat ik meende dat ik door alle tekenen te negeren Charly op de een of andere manier eeuwig kon laten leven.'

Armande keek hem met een vreemde uitdrukking in haar zwarte ogen aan.

'Soms is in leven blijven het slechtste alternatief,' merkte ze mild op.

Guillaume knikte.

'Ik had het al eerder moeten doen,' zei hij. 'Hem wat waardigheid moeten geven.' Zijn glimlach was pijnlijk in zijn onverhuldheid. 'Dan had ik ons beiden die laatste nacht in ieder geval bespaard.'

Ik wist niet goed wat ik tegen hem moest zeggen. In zekere zin denk ik dat hij niet wilde dat ik iets zei. Hij wilde gewoon praten. Ik vermeed de gebruikelijke clichés en zei niets. Guillaume at zijn florentine op en weer verscheen er zo'n trieste, fletse glimlach op zijn gezicht.

'Het is verschrikkelijk,' zei hij, 'maar ik heb toch zó'n trek. Het is net of ik een maand niet gegeten heb. Ik heb net mijn hond begraven en ik zou wel een...' Verward hield hij op. 'Het voelt op de een of andere manier helemaal verkeerd,' zei hij. 'Alsof je vlees eet op Goede Vrijdag.'

Armande lachte en legde haar hand op Guillaumes schouder. Vergeleken met hem leek ze heel stevig en capabel.

'Kom maar met mij mee,' beval ze. 'Ik heb brood en *rillettes* en een lekkere camembert die precies op smaak is. O ja, Vianne...' Ze keerde zich met een gebiedend gebaar naar me om. 'Ik wil ook een doos met van die chocoladedingen, hoe heten ze ook al weer? Florentines? Een mooie grote doos.'

Guillaume begon te protesteren, maar Armande onderbrak hem.
'Onzin!' Ze duldde geen tegenspraak en gaf de kleine man of hij dat nu wilde of niet, nieuwe energie. 'Wat moet je anders? In je huis zitten kniezen?' Ze schudde nadrukkelijk haar hoofd. 'Nee. Het is lang geleden dat ik een bevriende heer in mijn huis te gast heb gehad. Ik stel het zeer op prijs. Trouwens,' voegde ze er nadenkend aan toe, 'er is iets waar ik het met je over wil hebben.'

Armande krijgt haar zin. Dat is bijna een stelregel. Ik sloeg hen gade terwijl ik de doos florentines inpakte en er lange zilveren linten omheen deed. Guillaume reageerde al op haar warmte, verward maar dankbaar.

'Madame Voizin...'

Beslist: 'Armande. *Madame* geeft me het gevoel dat ik zo oud ben.'

'Armande.'

Het is een kleine overwinning.

'En dat daar kun je ook achterlaten.' Zachtjes wikkelt ze de hondenriem van Guillaumes pols. Haar sympathie is robuust maar niet betuttelend. 'Het heeft geen zin om met nutteloze ballast rond te lopen. Er verandert niets door.'

Ik kijk toe terwijl ze Guillaume de deur uit manoeuvreert. Halverwege staat ze stil en geeft me een knipoog. Een golf van plotselinge genegenheid voor hen beiden slaat over me heen.

Dan verdwijnen ze in de donkere avond.

Uren later, in bed, lig ik door ons zolderraam naar het langzame bewegen van de lucht te kijken. Anouk en ik zijn nog wakker. Anouk is sinds het bezoek van Guillaume heel ernstig en vertoont niet haar gebruikelijke uitbundigheid. Ze heeft de deur tussen onze kamers opengelaten en ik wacht enigszins bevreesd op de onvermijdelijke vraag; ik heb hem mezelf in die nachten na moeders dood maar al te vaak gesteld en ik ben er nog steeds niet uit. Maar de vraag komt niet. In plaats daarvan kruipt ze, lang nadat ik er zeker van ben dat ze slaapt, bij me in bed en stopt een koude hand in de mijne.

'*Maman?*' Ze weet dat ik wakker ben. 'Jij gaat toch niet dood hè?'

Ik lach zachtjes in het donker.

'Dat is iets wat niemand kan beloven,' antwoord ik zacht.

'Maar dan in ieder geval nog lang niet?' houdt ze aan. 'Nog heel veel jaren niet?'

'Ik hoop het.'

'O.' Ze moet dat even verwerken en nestelt haar lichaam lekker tegen het mijne aan. 'Wij leven langer dan honden, hè?'

Dat bevestig ik. Weer stilte.

'Waar denk je dat Charly nu is, *maman*?'

Ik zou haar leugens kunnen vertellen, troostgevende leugens. Maar dat kan ik niet.

'Ik weet het niet, Nanou. Ik vind het een mooie gedachte dat we... opnieuw beginnen. In een nieuw lichaam dat niet oud of ziek is. Of in een vogel, of een boom. Maar er is niemand die het echt weet.'

'O.' In het stemmetje klinkt twijfel door. 'Ook honden?'

'Ja, waarom niet.'

Het is een mooie fantasie. Soms verlies ik me erin, zoals een kind opgaat in haar eigen verzinsels, dan denk ik dat ik mijn moeders levendige gezicht in dat van mijn kleine vreemdeling zie...

Opgewekt: 'Dan moeten we Guillaumes hond voor hem zien te vinden. Dat kunnen we morgen gaan doen. Zou hij zich dan niet beter gaan voelen?'

Ik probeer uit te leggen dat het nu ook weer niet zo gemakkelijk is, maar ze is vastbesloten.

'We zouden naar alle boerderijen kunnen gaan en uitzoeken welke honden gejongd hebben. Zouden we Charly kunnen herkennen?'

Ik zucht. Ik zou inmiddels aan dit kronkelige pad gewend moeten zijn. Haar overtuiging doet me zo sterk aan mijn moeder denken dat ik de tranen voel prikken.

'Ik weet het niet.'

Koppig: 'Pantóúfle zou hem wel erkennen.'

'Ga nu maar slapen, Anouk. Morgen moet je weer naar school.'

'Hij zou het kunnen. Ik weet het zeker. Pantoufle ziet álles.'

'Ssst.'

Ik hoor haar ademhaling eindelijk trager worden. Haar slapende gezicht is naar het raam gekeerd; het licht van de sterren valt op haar natte oogleden. Kon ik het omwille van haar maar zeker weten...

## 22

*Vrijdag, 7 maart*

De zigeuners gaan weg. Ik liep vanmorgen vroeg door *Les Marauds* en toen waren ze aanstalten aan het maken. Ze stapelden hun vispotten op en haalden hun eindeloos lange waslijnen binnen. Sommigen zijn gisterenavond in het donker vertrokken – ik hoorde het geluid van hun fluiten en claxons als een laatste uitdagend gebaar – maar de meesten wachtten bijgelovig het eerste licht af. Het was net na zevenen toen ik langsliep. Zoals ze daar nors met hun witte gezichten in het bleke grijsgroen van de dageraad de laatste restjes van hun drijvende circus aan het inpakken waren, zagen ze eruit als oorlogsvluchtelingen. Wat gisterenavond nog opzichtig en smakeloos leek is nu alleen nog maar grauw en van zijn glamour ontdaan. In de mist ruik ik een geur van brand en olie. Er is een geluid van flapperend canvas en van het eerste motorgetuf. Weinigen nemen zelfs maar de moeite om naar me te kijken en gaan met strakke monden en samengeknepen ogen hun gang. Niemand spreekt. Ik zie Roux niet bij de achterblijvers. Misschien is hij bij de groep die als eerste vertrokken is. Er zijn misschien nog zo'n dertig boten op de rivier; hun boeg zakt door onder het gewicht van de verzamelde bagage. Het meisje Zézette is bezig langszij de geruïneerde hulk en brengt onherkenbare stukken van iets zwartgeblakerds over naar haar eigen boot. Een krat met kippen staat te wiebelen op een verschroeide matras en een doos met tijdschriften. Ze werpt me een blik vol haat toe, maar zegt niets.

Denk niet dat ik niets voor deze mensen voel. Persoonlijk heb ik niets tegen hen, *mon père*, maar ik moet aan mijn eigen mensen denken. Ik kan geen tijd verknoeien met preken voor vreemdelingen die daar niet op zitten te wachten, enkel en alleen om uitgejouwd en beledigd te worden. En toch ben ik niet onbenaderbaar. Ze zouden stuk voor stuk welkom zijn in mijn kerk als hun berouw oprecht was. Als ze raad nodig hebben weten ze dat ze naar me toe kunnen komen. Ik heb vannacht slecht geslapen. Sinds het begin van de vastentijd heb ik al onrustige nachten. Ik word óf geplaagd door dromen óf ik lig langdurig wakker. In de vroege ochtenduren ga ik vaak mijn bed uit in de hoop slaap te vinden in de bladzijden van een boek of in de donkere, stille straten van Lansquenet, of op de oevers van de Tannes. Gisterenavond was ik rustelozer dan anders en omdat ik wist dat ik niet in slaap zou komen, verliet ik om elf uur het huis om een uurtje langs de rivier te gaan wandelen. De nacht was koud en helder, vanachter dunne wolkenslierten bescheen een nieuwe maan het landschap. Ik passeerde *Les Marauds* en het kampement van de zigeuners en liep door de velden stroomopwaarts, maar de klanken van hun activiteiten achter me bleven duidelijk hoorbaar. Toen ik omkeek zag ik op de oever kampvuren en dansende gedaanten scherp afgetekend tegen de oranje gloed. Ik keek op mijn horloge en begreep dat ik al bijna een uur gelopen had en ik keerde me in allerijl om. Ik was niet van plan geweest door *Les Marauds* terug te keren, maar als ik weer door de velden was gegaan, zou ik er een halfuur langer over gedaan hebben en ik voelde me suf en duizelig van vermoeidheid. Erger nog, de combinatie van koude lucht en slapeloosheid had zo'n hevig hongergevoel in me wakker gemaakt dat ik al wist dat mijn lichte ochtendmaal van koffie en brood dat niet volledig zou wegnemen. Om die reden ging ik via *Les Marauds*, *père*, waar mijn dikke laarzen diep in de klei van de oever wegzakten en mijn adem opgloeide door het licht van hun vuren. Algauw was ik zo dichtbij dat ik kon onderscheiden wat er gaande was. Er was een soort feestje. Ik zag lantaarns en kaarsen op het dek van de schuiten, zodat de partij een wonderlijk kerkelijk aanzien had. Ik rook de geur van brandend hout en van iets lekkers, gegrilde sardines denk ik. Daaronderdoor waaide over de rivier de scherpe, bittere geur van Vianne Rochers chocola. Ik had kunnen weten dat zij daar was. Als zij er niet was geweest, waren de zigeuners allang vertrokken. Ik zag haar op de steiger voor Armande Voizins huis en haar lange rode jas en losse haar gaven haar een vreemd heidens aanzien daar tussen de vlammen. Even keerde ze zich naar me toe en toen zag ik van haar uitgestrekte handen een blauwachtig vuur af springen, iets brandends tussen haar vingers dat de omringende gezichten paars deed oplichten.

Even stond ik aan de grond genageld van angst. Irrationele gedachten – duistere offers, duivelaanbidding, wezens die levend verbrand worden als offer aan een woeste, eeuwenoude godheid – kwamen bij me op en ik vluchtte haast, struikelend in de dikke modder, mijn handen voor me uit houdend om te voorkomen dat ik zou vallen in de wirwar van sleedoornstruiken die me aan het oog onttrokken. Daarna volgde de opluchting. Opluchting toen ik het begreep, en een verzengende schaamte om mijn eigen absurditeit toen ze zich weer in mijn richting draaide en de vlammen voor mijn ogen kleiner werden.

'*Heilige Maagd!*' Mijn knieën knikten door de intensiteit van mijn reactie.

'Pannenkoeken. Geflambeerde pannenkoeken. Dat was alles.'

Ik moest een beetje lachen, ademloos door de hysterie. Mijn maag deed pijn en ik legde mijn vuisten tegen mijn ingewanden om te voorkomen dat ik in lachen zou uitbarsten. Terwijl ik toekeek, stak ze nog een stapel pannenkoeken aan en diende ze handig op vanuit de pan terwijl de brandende vloeistof als sint-elmusvuur van bord naar bord sprong.

Pannenkoeken.

Dat hebben ze met me gedaan, *père*. Ik hoor dingen, ik zie dingen die er niet zijn. Dat heeft zij met me gedaan, zij en haar riviervriendjes. En toch ziet ze er heel onschuldig uit. Haar gezicht is open, verrukt. De klank van haar stem over het water – haar lach vermengt zich met die van de anderen – is bekoorlijk, doortrokken van humor en warmte. Ik vraag me onbewust af hoe mijn eigen stem tussen die andere zou klinken, hoe mijn eigen lach zich zou vermengen met die van haar en plotseling is de nacht heel eenzaam, heel koud en heel leeg.

Kon ik het maar, dacht ik. Kon ik maar uit mijn schuilplaats komen en met hen meedoen. Eten, drinken – plotseling drong de gedachte aan eten zich duizeligmakend aan me op en liep mijn mond afgunstig vol speeksel. Me volstoppen met pannenkoeken, me warmen aan het kooktoestel en het licht van haar goudkleurige huid...

Is dit verleiding, *père?* Ik houd mezelf voor dat ik er weerstand aan heb geboden, dat mijn innerlijke kracht gewonnen heeft, dat mijn gebed – *ik bid U, ik smeek U, alstublieft* – een bede van verlossing en niet van verlangen was.

Heeft u het ook zo gevoeld? Heeft u gebeden? En toen u die dag in de kanselarij voor de verleiding bezweek, was het plezier toen aangenaam en warm, als het kampvuur van de zigeuners, of was er een broze snik van uitputting, een laatste, niet-gehoorde kreet in het duister?

Ik had u niets moeten verwijten. Een man – ook al is hij dan een priester – kan in zijn eentje het tij niet eeuwig tegenhouden. En ik was te jong om de eenzaamheid van de verleiding te kennen, de wrange smaak van de afgunst. Ik was heel jong, *père*. Ik keek naar u op. Het was niet zozeer de aard van de daad – of zelfs degeen met wie u hem uitvoerde – als wel het simpele feit dat u tot zonde in staat bleek. Ook u, *père*. En toen ik dat wist, besefte ik dat niets veilig was. Niemand. Ook ik niet.

Ik weet niet hoe lang ik heb staan kijken, *père*. Te lang, want toen ik eindelijk bewoog, waren mijn handen en voeten gevoelloos. Ik zag Roux bij de groep en zijn vriendinnen Blanche en Zézette, Armande Voizin, Luc Clairmont, Narcisse, de Arabier, het getatoeëerde meisje en de dikke vrouw met de groene sjaal om haar hoofd. Er waren ook zelfs kinderen, voornamelijk rivierkinderen, maar ook een paar als Jeannot Drou en natuurlijk Anouk Rocher; sommigen sliepen bijna, anderen dansten aan de waterkant of aten worstjes gewikkeld in dikke gerstepannenkoeken of dronken warme limonade met gember erin. Mijn reukvermogen leek op bovennatuurlijke wijze verscherpt, zodat ik ieder gerecht bijna kon proeven – de vis die in de as van de barbecue gegrild werd, de geroosterde geitenkaas, de donkere pannenkoeken en de lichte, de warme chocoladecake, de *confit de canard* en de gekruide *merguez*... Ik kon Armandes stem boven de rest uit horen; haar lach klonk als die van een oververmoeid kind. De lantaarns en kaarsen langs de waterkant zagen eruit als kerstlichtjes.

Eerst dacht ik dat de kreet van schrik een kreet van plezier was. Een heldere piek van geluid, gelach misschien, of hysterie. Even dacht ik dat een van de kinderen in het water was gevallen. Toen zag ik het vuur.

Het was op een van de boten die het dichtst bij de oever lagen, een eindje van de feestvierders vandaan. Misschien een omgevallen lantaarn, een vergeten sigaret, een kaars die drupt op een rol droog canvas. Hoe het ook kwam, het verspreidde zich snel. Het ene moment was het op het dak van de boot en het andere had het zich al over het dek verspreid. De vlammen waren in het begin net zo doorzichtig blauw als de geflambeerde pannenkoeken, maar ze werden heter naarmate ze zich verspreidden en kregen de feloranje kleur van een brandende hooiberg op een warme augustusavond. De roodharige man, Roux, was de eerste die reageerde. Ik neem aan dat het zijn boot was. De vlammen waren nog nauwelijks van kleur veranderd, of hij was al overeind gekomen en van boot naar boot gesprongen om het vuur te bereiken. Een van de vrouwen riep hem angstig na, maar hij schonk er geen aandacht aan. Hij is verbazingwekkend lichtvoetig. In een halve minuut was hij nog twee boten overgestoken en rukte hij aan de touwen om ze van elkaar los te maken, terwijl hij de losgemaakte boot wegtrapte van de volgende, enzovoorts. Ik zag Vianne Rocher met haar handen uitgestrekt in een smekend gebaar toekijken; de anderen stonden in een zwijgende kring op de steiger. De schuiten die losgemaakt waren, dreven langzaam de rivier af en er ontstonden kleine golfjes door de wiegende beweging. De boot van Roux was al niet meer te redden; zwarte brokstukken werden door een zuil van hitte opgetild boven het water. Desondanks zag ik hem een rol halfverkoold dekzeil grijpen om de vlammen mee uit te slaan, maar de hitte was te groot. Er bleef iets brandends aan zijn broek hangen en ook aan zijn hemd; hij liet het dekzeil vallen en sloeg het uit met zijn handen. Opnieuw probeerde hij met één arm voor zijn gezicht zijn kajuit te bereiken. Ik hoorde hem in zijn platte dialect de een of andere kwade verwensing uiten. Armande riep nu naar hem met een stem die scherp was van ongerustheid. Ik ving iets op over benzine en tanks.

Angst en opgetogenheid klauwden zoet en nostalgisch aan mijn ingewanden. Het was net als die eerste keer, de geur van brandend rubber, het hevige brullen van het vuur, de weerspiegelingen... Het leek bijna alsof ik weer een jongen was, dat u weer de *curé* was, dat wij beiden door het een of andere wonder van alle verantwoordelijkheid ontslagen werden.

Tien seconden later sprong Roux van de brandende boot in het water. Ik zag hem terugzwemmen, maar de benzinetank explodeerde pas een paar minuten later met een doffe knal en niet met het bonte vuurwerk dat ik verwacht had. Een paar minuten verdween hij uit het zicht, verborgen door de reeks vlammen die moeiteloos over het water scheerden. Ik stond op, niet langer bang gezien te worden en rekte me om te zien waar hij gebleven was. Ik geloof dat ik bad.

Ziet u, *père*, ik ben niet zonder mededogen. Ik vreesde voor zijn leven. Vianne Rocher stond al tot haar heupen in het traagstromende water van de Tannes. Haar rode jas was tot de oksels doorweekt; ze hield één hand boven haar ogen en zocht de rivier af. Naast haar stond Armande die angstig en oud klonk. En toen ze hem druipend op de steiger trokken voelde ik me zó opgelucht dat mijn knieën het begaven en ik in gebedshouding in de modder op de oever viel. Maar de opwinding die ik voelde toen hun kamp in brand stond – dat was fantastisch, als een herinnering uit mijn jeugd, de vreugde van het heimelijke kijken, van het wéten... In mijn duisternis voelde ik macht, *père*, ik had op de een of andere manier het gevoel dat ik het veroorzaakt had – de brand, de verwarring, de ontsnapping van de man – en dat ik door mijn nabijheid een herhaling van die lang-vervlogen zomer teweeg had gebracht. Geen wonderen. Geen *gauche* zaken. Maar wel een teken. Absoluut een teken.

Ik sloop stilletjes naar huis en bleef in de schaduw lopen. In de menigte toeschouwers, tussen de huilende kinderen, de boze volwassenen, de zwijgende wandelaars die als verdwaasde kinderen in een boos sprookje elkaars hand vasthielden bij het zien van de vuurzee op de rivier, kon een man alleen gemakkelijk ongezien passeren. Dat gold ook voor twee mannen.

Ik zag hem toen ik boven aankwam. Zwetend en grijnzend, met een rood gezicht van de inspanning en een besmeurde bril. De mouwen van zijn geblokte hemd waren tot boven de elleboog opgerold en in de heldere gloed van het vuur leek zijn huid zo hard en rood als gepolitoerd cederhout. Hji was niet verbaasd over mijn aanwezigheid en grinnikte slechts. Een domme, sluwe grijns, als die van een kind dat door een toegeeflijke ouder betrapt wordt. Ik merkte dat hij sterk naar benzine rook.

'avond, *mon père*.'

Ik durfde hem niet terug te groeten, alsof ik door dat te doen verplicht zou zijn een verantwoordelijkheid op me te nemen waaraan ik door stilzwijgen zou kunnen ontkomen. Als een onwillige samenzweerder boog ik mijn hoofd en spoedde me voort. Achter mijn rug voelde ik Muscat naar me kijken, zijn gezicht glanzend van het zweet en de weerspiegelingen, maar toen ik eindelijk omkeek, was hij weg.

Een kaars, druipende was. Een sigaret die weggegooid wordt over het water en in een stapel brandhout terechtkomt. Een lantaarn waarvan het gekleurde papier vlamvat en het dek met vonken besproeit. Van alles kon het veroorzaakt hebben.
 Van alles.

## 23

*Zaterdag, 8 maart*

Ik ging vanmorgen weer bij Armande op bezoek. Ze zat in haar schommelstoel in haar huiskamer met het lage plafond, met een van haar katten languit op haar knieën. Sinds de brand in *Les Marauds* ziet ze er broos en vastberaden uit; haar ronde appelgezicht lijkt langzaam te verschrompelen, de ogen en de mond verdwijnen in een poel van rimpels. Ze droeg een grijze huisjurk over grove zwarte kousen, haar haar hing los en was niet gevlochten.

'Ze zijn weg zoals je merkt.' Haar stem klonk vlak, bijna onverschillig. 'Geen boot meer te zien.'

'Ik weet het.'

Wanneer ik de heuvel af loop naar *Les Marauds* is hun afwezigheid nog steeds een schok voor me, als een lelijk stuk vergeeld gras waar ooit een circustent heeft gestaan. Alleen de hulk van Roux' boot is er nog, een verzonken karkas een paar decimeter onder het wateroppervlak, een zwarte vlek in de riviermodder.

'Blanche en Zézette zijn een eindje de rivier afgezakt. Ze zeiden dat ze nog wel een keer terug zouden komen, om te kijken hoe het ging.'

Ze begon haar lange, grijsgele haar tot de gebruikelijke vlecht te verwerken. Haar vingers waren stijf en onhandig, als stokjes.

'En Roux? Hoe is het met hem?'

'Kwaad.'

Nogal logisch. Hij weet dat de brand geen ongeluk is, weet dat hij niets kan bewijzen, weet dat het hem als hij dat wel kon, geen steek zou helpen. Blanche en Zézette hebben hem een plek op hun overvolle woonboot aangeboden, maar hij heeft geweigerd. Het werk aan

Armandes huis is nog niet klaar, zegt hij toonloos. Dat moet eerst af. Ik heb nog niet met hem gesproken sinds de nacht van de brand. Ik heb hem eenmaal kort gezien, op de oever, waar hij afval verbrandde dat door de bootbewoners was achtergelaten. Hij zag er stug en onbenaderbaar uit, zijn ogen waren rood van de rook en hij weigerde te antwoorden toen ik hem aansprak. Een deel van zijn haar is verbrand en hij heeft de rest tot korte stekeltjes afgeknipt, zodat hij er uitziet als een pas afgestreken lucifer.

'Wat gaat hij nu doen?'

Armande haalde haar schouders op.

'Ik weet het niet. Ik denk dat hij in een van de verlaten huizen verderop heeft geslapen. Gisterenavond heb ik wat eten voor de deur gezet en vanmorgen was het weg. Ik heb hem al geld aangeboden, maar hij wil het niet aannemen.' Ze trok geïrriteerd aan de vlecht die inmiddels klaar was. 'Koppige jonge dwaas. Wat heb ik aan al dat geld op mijn leeftijd? Ik kan het net zo goed aan hem geven als aan de Clairmontkliek. Hen kennende komt het uiteindelijk waarschijnlijk toch in Reynauds collectebus terecht.'

Ze maakte een spottend geluid.

'Een stijfkop, dat is het. God behoede ons voor roodharige mannen. Ze laten zich niets zeggen.' Ze schudde korzelig haar hoofd. 'Hij is gisteren op hoge poten weggelopen en ik heb hem sindsdien niet meer gezien.'

Ik moest lachen, of ik wilde of niet.

'Jullie zijn me een stel,' zei ik. 'Allebei even koppig.'

Armande keek me verontwaardigd aan.

'Ik?' riep ze uit. 'Vergelijk je mij met die peenharige, onhandelbare...'

Lachend nam ik mijn woorden terug.

'Ik zal eens kijken of ik hem kan vinden,' zei ik.

★ ★ ★

Ik vond hem niet, hoewel ik een uur op de oevers van de Tannes naar hem zocht. Zelfs mijn moeders methoden onthulden niet waar hij zat. Ik ontdekte wel waar hij sliep. In een huis niet ver van dat van Armande, een van de minst vervallen huizen. De muren glanzen van het vocht, maar de bovenetage lijkt redelijk en in verscheidene ramen zit nog glas. Toen ik langsliep merkte ik dat de deur geforceerd was en dat er onlangs een vuur in de haard van de huiskamer was aangestoken. Andere tekenen van bewoning waren een rol verschroeid dekzeil dat gered was, een stapel drijfhout en een paar meubelstukken, die waarschijnlijk in het huis achtergelaten waren omdat ze geen waarde hadden. Ik riep zijn naam, maar er kwam geen reactie.

Tegen half negen moest ik *La Praline* openen, dus hield ik op met zoeken. Roux kwam wel boven water wanneer hij dat wilde. Guillaume stond voor de winkel te wachten toen ik arriveerde, hoewel de deur niet op slot zat.

'Je had binnen op me moeten wachten,' zei ik tegen hem.

'O nee.' Op zijn gezicht lag een uitdrukking van ernstige spot. 'Dat soort vrijheden veroorloof ik me niet.'

'Neem eens wat risico's,' adviseerde ik hem lachend. 'Kom binnen en probeer eens een van mijn nieuwe *religieuses*.'

Hij lijkt nog steeds aangeslagen door Charly's dood, nog kleiner geworden dan hij al was, zijn jong-oude gezicht is klein en verschrompeld van verdriet. Maar hij heeft zijn humor behouden, een weemoedige spot die hem voor zelfmedelijden behoedt. Vanmorgen was hij vol van wat de rivierzigeuners was overkomen.

'Curé Reynaud repte er vanmorgen in de mis met geen woord over,' verklaarde hij terwijl hij chocola uit de zilveren pot schonk. 'Gisteren niet en vandaag niet. Met geen woord.' Ik gaf toe dat gezien Reynauds belangstelling voor de rondtrekkende groep deze stilte ongewoon was.

'Misschien weet hij iets wat hij niet kan vertellen,' opperde Guillaume. 'Je weet wel. Biechtgeheim.'

Hij heeft Roux gezien, zo vertelt hij me. Hij stond met Narcisse te praten bij diens kwekerij. Misschien kan die Roux werk geven. Ik hoop het.

'Hij neemt vaak losse arbeiders aan, weet je,' zei Guillaume. 'Hij is weduwnaar. Hij heeft geen kinderen. Er is niemand die het bedrijf kan beheren, op een neef in Marseille na. En het kan hem niet schelen wie hij aanneemt wanneer het 's zomers druk wordt. Zolang de mensen betrouwbaar zijn kan het hem niet schelen of ze ter kerke gaan of niet.'

Guillaume glimlachte zwakjes, zoals hij altijd doet wanneer hij iets zegt wat hij als gewaagd beschouwt. 'Ik vraag me wel eens af,' zei hij peinzend, 'of Narcisse niet een betere christen is, in de puurste zin, dan ik of Georges Clairmont, of zelfs dan curé Reynaud.' Hij nam een slok van zijn chocola. 'Narcisse hélpt tenminste,' zei hij ernstig. 'Hij geeft werk aan mensen die geld nodig hebben. Hij laat zigeuners op zijn land kamperen. Iedereen weet dat hij al die jaren met zijn huishoudster sliep, en hij maakt zich nooit druk om de kerk, behalve als een middel om zijn klanten te zien, maar hij helpt tenminste.'

Ik maakte de schaal met *religieuses* open en legde er een op zijn bord.

'Ik geloof dat er niet zoiets bestaat als een goede of een slechte christen,' zei ik tegen hem. 'Alleen maar goede of slechte mensen.'

Hij knikte en nam het kleine ronde gebakje tussen duim en wijsvinger.

'Misschien.'

Een lange stilte. Ik schonk voor mezelf een glas in met hazelnootlikeur en hazelnootschilfers. De geur is warm en bedwelmend, als die van een houtstapel in de late herfstzon. Guillaume at zijn *religieuse* met zorgvuldig genot en depte met een vochtige wijsvinger de kruimels van zijn bord.

'Begrijp ik goed dat de dingen die ik mijn hele leven geloofd heb met betrekking tot zonde en verlossing en versterving voor jou niets betekenen?'

Ik glimlachte om zijn ernst.

'Volgens mij heb jij met Armande gepraat,' zei ik vriendelijk. 'En ik denk ook dat jullie allebei mogen geloven wat jullie zelf willen. Als jullie dat gelukkig maakt.'

'O.' Hij bekeek me achterdochtig, alsof ik ieder moment hoorntjes kon krijgen. 'En waarin – als je dat geen brutale vraag vindt – geloof jíj dan?'

Tochtjes op vliegende tapijten, runenmagie, Ali Baba en visioenen van de Heilige Maagd, astraal reizen en de toekomst lezen in de droesem van een glas rode wijn...

– *Florida? Disneyland? De Everglades? Wat dacht je ervan, liefje? Wat vind je ervan?*

Boeddha. Frodo's reis naar Mordor. De verandering van brood en wijn in het lichaam en bloed van Christus. Dorothy en Toto. De paashaas. Wezens uit de ruimte. Het spook in de kast. Wederopstanding en

Leven, zoals aangegeven door de kaarten... Ik heb er allemaal in geloofd. Of gedaan alsof ik dat deed. Of gedaan alsof ik dat niet deed.
– U zegt het maar, moeder. Als ik u daar blij mee maak.
En nu? Wat geloof ik nu?
'Ik geloof dat gelukkig zijn het enige is wat telt,' zei ik eindelijk.
Geluk. Zo eenvoudig als een glas chocola of even ingewikkeld als de kronkels van het hart. Bitter. Zoet. Levend.

★ ★ ★

's Middags kwam Joséphine. Anouk was al uit school en rende bijna meteen weer weg om in Les Marauds te gaan spelen, stevig ingepakt in haar rode jack en met strenge instructies om terug te komen als het ging regenen. De lucht ruikt scherp, als pasgevelde bomen, en giert laag en slinks om de hoeken van gebouwen. Joséphine had haar jas tot haar nek dichtgeknoopt, haar rode baret en nieuwe rode sjaal fladderden wild in haar gezicht. Ze liep met een uitdagende, zelfverzekerde blik de winkel in en even was ze een stralende, opvallende vrouw, zoals ze daar stond met blozende wangen en ogen die schitterden van de wind. Toen loste de illusie op en was ze weer zichzelf, haar handen fel in haar zakken gestoken en haar hoofd omlaag, alsof ze een onbekende aanvaller een kopstoot wilde geven. Ze trok haar baret van haar hoofd, waardoor een wilde haardos vrijkwam en een nieuwe, verse striem op haar voorhoofd. Ze zag er zowel doodsbang als euforisch uit.
'Ik heb het gedaan,' verklaarde ze roekeloos. 'Vianne, ik heb het gedaan.'
Eén verschrikkelijk moment dacht ik dat ze ging bekennen dat ze haar man vermoord had. Ze had iets over zich – een wilde en bekoorlijke blik van 'wat kan mij het schelen'. Haar tanden waren ontbloot alsof ze zojuist in een zure vrucht had gebeten. De angst sloeg in warme en koude golven van haar af.
'Ik heb Paul verlaten,' sprak ze weer. 'Ik heb het eindelijk gedaan.'
Haar ogen waren messen. Voor het eerst sinds we elkaar hadden leren kennen, zag ik Joséphine zoals ze tien jaar geleden was geweest, voordat Paul-Marie Muscat haar flets en lelijk had gemaakt. Halfgek van angst, maar onder die gekte een gezond verstand dat het hart doet verstijven.

'Weet hij het al?' vroeg ik, haar jas aannemend. De zakken waren zwaar, maar niet van de sieraden, nam ik aan.

Joséphine schudde haar hoofd.

'Hij denkt dat ik bij de supermarkt ben,' zei ze ademloos. 'We hadden geen magnetronpizza's meer. Hij heeft me erop uitgestuurd om onze voorraad aan te vullen.' Ze lachte bijna kinderlijk ondeugend. 'Ik heb ook wat huishoudgeld meegenomen,' zei ze. 'Hij bewaart het in een koekblik onder de bar. Negenhonderd frank.' Onder de jas droeg ze een rode trui en een zwarte plooirok. Het was voorzover ik me herinnerde de eerste keer dat ik haar niet in een spijkerbroek zag. Ze wierp een blik op haar horloge.

'Ik wil een *chocolat espresso* graag,' zei ze. 'En een grote zak amandelen.' Ze legde het geld op tafel. 'Ik heb nog net genoeg tijd tot mijn bus vertrekt.'

'Je bus?' vroeg ik verwonderd. 'Waarheen?'

'Agen.' Haar blik was koppig, afwerend. 'Verder weet ik het nog niet. Misschien Marseille. Zo ver mogelijk bij hém vandaan.' Ze keek me wantrouwend en verbaasd aan. 'Ga nou niet zeggen dat ik het niet moet doen, Vianne. Jij bent degene die me heeft aangemoedigd. Het was zelfs nooit bij me opgekomen als jij me niet op het idee had gebracht.'

'Dat weet ik, maar...'

Haar woorden klonken beschuldigend.

'Jij zei tegen me dat ik vrij was.'

Dat was zo. Vrij om weg te lopen, vrij om ervandoor te gaan zodra een tamelijk onbekende dat zei, vrij om je los te maken en als een ballon op de wind weg te drijven. De angst was plotseling een kille zekerheid in mijn hart. Was dit de prijs voor het feit dat ik wilde blijven? Dat ik haar erop uit stuurde in mijn plaats?

'Maar je was veilig.' Ik bracht de woorden er met moeite uit, nu ik mijn moeders gezicht in het hare zag. Haar veiligheid opgeven in ruil voor een beetje kennis, een glimp van de zee... en dan? De wind brengt ons altijd weer terug naar de voet van dezelfde muur. Een New Yorkse taxi, een donker steegje, een bijtende vorst.

'Je kunt niet zomaar van alles weglopen,' zei ik. 'Ik weet het. Ik heb het geprobeerd.'

'Nou, ik kan niet in Lansquenet blijven,' snauwde ze en ik zag dat

ze bijna in tranen was. 'Niet met hem. Niet meer.'
'Ik weet nog dat wij ooit ook zo leefden. Altijd op reis. Altijd op de vlucht.' Ze heeft haar eigen Zwarte Man. Ik zie hem in haar ogen. Hij heeft de stem van het totale gezag – een schoonschijnende logica die je verlamt en gehoorzaam en angstig maakt. Je van die angst losmaken, vol hoop en wanhoop vluchten, vluchten om te ontdekken dat je hem steeds al als een kwaadaardig kind bij je droeg... Op het laatst wist moeder dat. Zag ze hem op iedere straathoek, in de droesem van iedere kop. Hij glimlachte haar toe vanaf een poster, sloeg haar gade van achter het stuur van een snelle auto, kwam met iedere hartenklop naderbij.

'Als je nu wegloopt, blijf je je hele leven op de vlucht,' zei ik fel. 'Blijf hier bij mij. Blijf en vecht samen met mij.'

Joséphine keek me aan.

'Bij jou?' Haar verbazing deed bijna komisch aan.

'Waarom niet? Ik heb een logeerkamer, een veldbed...' Ze schudde haar hoofd al en ik bedwong een aanvechting om haar vast te pakken, haar te dwíngen te blijven. 'Even maar, tot je een andere plek vindt, tot je een baan vindt...'

Ze lachte met een keel die dichtgesnoerd was van de hysterie.

'Een baan? Wat kan ik dan, behalve schoonmaken en koken en asbakken schoonmaken en bier t-tappen en de tuin omsp-spitten en iedere vr-vrijdagavond met mijn m-man n-neuken...' Ze lachte nu harder en greep naar haar maag.

Ik probeerde haar arm beet te pakken.

'Joséphine. Ik meen het. Je vindt wel iets. Je hoeft niet...'

'Je zou hem eens moeten zien.' Ze lachte nog steeds. Ieder woord was een bittere kogel, haar stem had een metaalachtige klank van zelfhaat. 'Het bronstige varken. Het dikke, harige mestvarken.' Toen huilde ze met dezelfde harde, ratelachtige klank als waarmee ze lachte; haar ogen waren dichtgeknepen en haar handen waren tegen haar wangen gedrukt alsof ze een innerlijke explosie wilde voorkomen. Ik wachtte.

'En wanneer het voorbij was draaide hij zich om en dan hoorde ik hem snurken. En 's morgens probeerde ik' – haar gezicht was verwrongen, haar mond moest zich ertoe zetten om de woorden uit te brengen – 'probeerde ik zijn... stánk... uit de lakens te schudden en dan dacht ik steeds: wat is er toch met me gebeurd? Met Joséphine Bonnet, die zo goed was op s-school en die er altijd van droomde d-danseres te worden...'

Ze draaide zich abrupt naar me om; haar verhitte gezicht gloeide, maar was kalm.

'Het klinkt stom, maar ik dacht altijd dat er een vergissing in het spel moest zijn, dat er op een dag iemand zou komen die me zou vertellen dat het niet gebeurde, dat het allemaal de droom van een vrouw was en dat het mij niet allemaal overkomen was...'

Ik pakte haar hand. Hij was koud en trilde. Een van haar nagels was gescheurd tot op het vlees en op haar handpalm zat bloed.

'Het gekke is dat ik me probeer te herinneren hoe het was toen ik nog van hem hield, maar er komt geen herinnering boven. Helemaal niets. Blanco. Ik herinner me alle andere dingen nog wel – de eerste keer dat hij me sloeg, dát herinner ik me nog wel, maar je zou toch denken dat er zelfs met iemand als Paul-Marie iets moet zijn wat de moeite van het herinneren waard is. Iets dat als excuus kan dienen. Voor al die verloren tijd.'

Ze hield abrupt op en keek op haar horloge.

'Ik heb al te lang gepraat,' zei ze verbaasd. 'Ik heb geen tijd meer voor mijn chocola als ik de bus nog wil halen.'

Ik keek haar aan.

'Neem de chocola in plááts van de bus,' zei ik. 'Op kosten van de zaak. Ik wou alleen dat het champagne kon zijn.'

'Ik moet ervandoor,' zei ze kribbig. Haar vuisten drukten zich regelmatig tegen haar maag. Haar hoofd ging omlaag als dat van een stier in de aanval.

'Nee.' Ik keek haar aan. 'Je moet hier blijven. Je moet hem openlijk bestrijden. Anders had je net zo goed niet bij hem weg kunnen gaan.'

Half-uitdagend beantwoordde ze even mijn blik.

'Dat kan ik niet.' Haar stem had een wanhopige klank. 'Dat lukt me niet. Hij zal van alles zeggen, de waarheid verdraaien...'

'Je hebt vrienden hier,' zei ik zachtjes. 'En ook al besef je het nog niet: je bent sterk.'

Toen liet Joséphine zich heel langzaam op een van mijn rode krukken zakken, legde haar gezicht op de toonbank en huilde geluidloos.

Ik liet haar begaan. Ik zei niet dat het allemaal goedkwam. Ik probeerde niet haar te troosten. Soms is het beter niets te doen, het verdriet zijn natuurlijke loop te laten. Ik ging naar de keuken en maakte heel langzaam een *chocolat espresso*. Toen ik hem had ingeschonken, cognac erin had gedaan en chocoladevlokken erop had gestrooid, de koppen op een geel blad had gezet en een suikerklontje op elk schoteltje had gelegd, was ze weer kalm geworden. Ik weet dat het een onbeduidend soort magie is, maar soms werkt het.

'Waarom ben je van gedachten veranderd?' vroeg ik toen ze de helft op had. 'Toen we het er laatst over hadden leek je er heel zeker van te zijn dat je Paul niet zou verlaten.'

Ze haalde haar schouders op en meed opzettelijk mijn blik.

'Kwam het doordat hij je weer sloeg?'

Ditmaal keek ze verbaasd. Haar hand ging naar haar voorhoofd, waar de gebarsten huid er rood en ontstoken uitzag.

'Nee.'

'Waarom dan?'

Haar blik gleed weer weg. Met haar vingertoppen raakte ze de espressokop aan, alsof ze wilde weten of hij echt was.

'Nergens om, ik weet het niet. Zomaar.'

Blijven aandringen zou zinloos zijn. Joséphine heeft een koppigheid die ze zelf niet op waarde weet te schatten. Ze laat zich niet haasten. Ze vertelt het wel als ze dat wil.

★ ★ ★

Het was al avond toen Muscat haar kwam zoeken. We hadden inmiddels al een bed voor haar opgemaakt in Anouks kamer – Anouk slaapt zolang naast mij op het veldbed. Ze neemt Joséphines aanwezigheid gemakkelijk op, zoals ze zoveel andere dingen aanvaardt. Ik had even met mijn dochter te doen omdat dit de eerste kamer was die ze ooit gehad had, maar ik beloofde haar dat het niet voor lange tijd zou zijn.

'Ik heb een idee,' zei ik tegen haar. 'Misschien kunnen we in de ruimte onder het dak een kamer voor je laten maken, met een ladder en een luik om er te komen en dan laten we kleine, ronde raampjes in het dak zagen. Zou je dat leuk vinden?'

Het is een gevaarlijk, misleidend idee. Het suggereert dat we hier lang zullen blijven.

'Zou ik dan de sterren kunnen zien?' vroeg Anouk gretig.

'Ja, natuurlijk.'
'Goed!' zei Anouk, en huppelde de trap op om het aan Pantoufle te vertellen.

We gingen in de kleine keuken aan tafel zitten. De tafel stamt uit de tijd van de bakkerij, een massief stuk ruw bewerkt grenenhout waarin de schuine sporen van messneden zichtbaar zijn, opgevuld met sliertjes oud deeg dat opgedroogd is en zo hard als cement, zodat de tafel een glad, marmerachtig oppervlak heeft gekregen. De borden zijn bij elkaar geraapt: een groen bord, een wit bord en Anouks bloemetjesbord. De glazen zijn ook allemaal verschillend: een hoog glas, een laag glas en een glas waarop nog *Moutarde Amora* staat. En toch is dit de eerste keer dat we zoiets dergelijks hoe dan ook bezítten. We hebben altijd hotelservies en plastic messen en vorken gebruikt. Zelfs in Nice, waar we ruim een jaar hebben gewoond, was de inrichting niet van ons, maar gehuurd bij een winkel. De nieuwigheid van iets bezitten is voor ons nog iets exotisch, iets kostbaars, iets wat ons dronken maakt. Ik benijd de tafel om zijn littekens, de schroeiplekken die door de hete broodvormen gemaakt zijn. Ik benijd hem omdat hij hier al jaren kalm staat en ik wou dat ik kon zeggen: ik heb dat vijf jaar geleden gedaan, ik heb die plek gemaakt, die kring met mijn natte koffiekop, die brandplek met mijn sigaret, die reeks sneden dwars op de ruwe nerf. Hier heeft Anouk haar initialen gezet, in het jaar waarin ze zes werd, op deze geheime plek achter de tafelpoot. Ik heb dat zeven zomers geleden op een warme dag met een scherp mes gedaan. Weet je nog? Herinner je je nog die zomer waarin de rivier droogstond? Weet je dat nog?

Ik benijd de tafel om zijn kalme gevoel hier te horen. Hij is hier al heel lang. Het is zijn thuis.

Joséphine hielp me met het bereiden van de maaltijd: een salade van sperziebonen en tomaten met kruidenolie, rode en zwarte olijven van de stal op de donderdagsmarkt, walnotenbrood, verse basilicum van Narcisse, geitenkaas en rode bordeaux. We praatten terwijl we aten, maar niet over Paul-Marie Muscat. Ik vertelde haar over ons, over Anouk en mij, over de plaatsen waar we geweest waren, over de chocolaterie in Nice, over onze tijd in New York vlak nadat Anouk was geboren en over de tijd daarvoor, over Parijs, Napels, alle plekken waar moeder en ik tijdelijk verbleven tijdens onze lange vlucht over de hele wereld. Vanavond wil ik alleen de leuke herinneringen ophalen, de grappige, de goede. Er hangen al te veel droevige gedachten in de lucht. Ik zet een witte kaars op tafel om slechte invloeden te verdrijven en de geur wekt nostalgie op, is troostgevend. Ik haalde voor Joséphine herinneringen op aan het kleine kanaal in Ourcq, aan het *Panthéon*, de *Place des Artistes*, de prachtige laan *Unter den Linden*, de veerboot naar Jersey, de Weense pasteitjes die we op straat zo uit het hete papier aten, de boulevard van Juan-les-Pins, het dansen in de straten van San Pedro. Ik zag haar gezicht een beetje van zijn grimmigheid verliezen. Ik vertelde hoe moeder een ezel aan een boer verkocht in een dorpje bij Rivoli en hoe het dier ons steeds weer terugvond, bijna tot in Milaan aan toe. Daarna het verhaal over de bloemenverkopers in Lissabon; hoe we de stad verlieten in een gekoelde bloemenwagen die ons vier uur later halfbevroren afleverde bij de hete, witte dokken van Porto. Ze begon te glimlachen, toen te lachen. Soms hadden we geld, moeder en ik, en dan was Europa zonnig en vol beloften. Ik dacht er vanavond aan terug – de Arabische heer met de witte limousine die moeder die dag in San Remo een serenade bracht; we lachten en ze was gelukkig en we leefden daarna nog lang van het geld dat hij ons gaf.

'Jij hebt al zoveel gezien.' Ze klonk jaloers en een beetje onder de indruk. 'En je bent nog zo jong.'

'Ik ben bijna even oud als jij.'

Ze schudde haar hoofd.

'Ik ben duizend jaar oud.' Haar glimlach was zowel lief als droefgeestig. 'Ik zou graag willen avonturieren,' zei ze. 'Met slechts één koffer de zon achterna, geen idee hebben waar je de volgende dag zult zijn.'

'Geloof me,' zei ik zachtjes, 'je wordt er moe van. En na een poos begint alles er hetzelfde uit te zien.'

Ze leek dat te betwijfelen.

'Neem het maar van me aan,' zei ik. 'Ik meen het.'

Het is niet helemaal waar. Iedere plek heeft zijn eigen karakter, en terugkeren naar een stad waar je al eerder hebt gewoond, is als het weerzien met een oude vriend. Maar de ménsen beginnen op elkaar te lijken; dezelfde gezichten duiken op in steden die honderden kilometers van elkaar verwijderd zijn, dezelfde uitdrukking op de gezichten. De effen, vijandige blik van de beambte. De nieuwsgierige blik van de boer. De afgestompte, verbazingloze gezichten van de toeristen. Dezelfde minnaars, moeders, bedelaars, lammen, verkopers, joggers, kinderen, politieagenten, taxichauffeurs en pooiers. Na verloop van tijd ga je je een beetje paranoïde voelen, alsof die mensen je heimelijk van stad naar stad volgen, van kleding en gezicht veranderen maar in wezen onveranderd blijven en hun dagelijkse dingen doen met een schuinse blik naar ons, de indringers. Eerst voel je je een beetje superieur. Wij zijn heel anders, wij die rondtrekken. Wij hebben zoveel meer gezien en meegemaakt dan zij, die er tevreden mee zijn hun trieste leven te volbrengen in een eindeloze sleur van slapen-werken-slapen en hun nette tuintjes bij te houden, die tevreden zijn met hun identieke nieuwbouwhuizen, hun kleine dromen – we minachten ze een beetje. Na een poos gaan we hen benijden. Eerst is het bijna grappig, een scherpe, plotselinge steek die bijna meteen weer verdwijnt. Een vrouw in een park die zich over een kind in een buggy buigt, op hun gezicht een gloed die niet van de zon komt. Dan gebeurt het nog eens, en dan een derde keer – twee jonge mensen aan zee met verstrengelde armen, een groep kantoormeisjes die tijdens de lunchpauze giechelend hun koffie en croissants nuttigen... Korte tijd later is het een bijna constante pijn geworden. Nee, de plaatsen verliezen hun identiteit niet, hoe ver je ook reist. Het is het hart dat na een poos uitgehold wordt. Het gezicht dat je vanuit de hotelspiegel aankijkt, lijkt op sommige ochtenden een vage vlek, alsof er te veel van die terloopse blikken op zijn geworpen. Om tien uur zijn de lakens alweer gewassen, is het tapijt alweer geveegd. De namen in de hotelregisters veranderen steeds. We laten geen spoor achter. Als spoken gaan we voort, zonder schaduw.

Ik schrok op uit mijn gedachten toen er dringend op de voordeur werd geklopt. Joséphine was half overeind gekomen, de angst stond in haar ogen, haar vuisten waren tegen haar ribben geklemd. Hierop hadden we gewacht; het maal en de conversatie waren slechts een voorwenden van normaliteit geweest. Ik kwam overeind.

'Wees maar niet bang,' zei ik tegen haar. 'Ik laat hem er niet in.'

Haar ogen waren groot-glanzend van angst.
'Ik praat niet met hem,' zei ze met een zachte stem. 'Ik kan het niet.'
'Het kan nodig zijn,' antwoordde ik. 'Maar je hoeft niet bang te zijn. Hij kan niet door muren heen.'
Ze glimlachte beverig.
'Ik wil zijn stem niet eens horen,' zei ze. Je weet niet hoe hij is. Hij zal zeggen...'
Ik begon naar het onverlichte winkelgedeelte toe te lopen.
'Ik weet precies hoe hij is,' zei ik ferm. 'En wat je ook moge denken, hij is niet uniek. Het voordeel van reizen is dat je na een tijd begint te beseffen dat wáár je ook heengaat, de meeste mensen eigenlijk niet zoveel van elkaar verschillen.'
'Ik heb toch zo'n hekel aan scènes,' mompelde Joséphine voor zich heen toen ik de lichten in de winkel aandeed. 'En ik haat geschreeuw.'
'Het is zo voorbij,' zei ik toen het gebonk weer begon. 'Anouk kan wat chocola voor je maken.'

De deur zit op de ketting. Ik heb hem aangebracht toen we hier kwamen, omdat ik gewend was aan stadsmaatregelen, maar hier is er tot nu toe nooit behoefte aan geweest. In de baan licht vanuit de winkel zie ik aan Muscats gezicht dat hij stikt van woede.
'Is mijn vrouw hier?' Zijn stem klinkt verstikt en bierachtig, zijn adem stinkt.
'Ja.' Er is geen reden om een uitvlucht te verzinnen. We kunnen het beter meteen maar zeggen en hem laten weten waar hij aan toe is. 'Ze heeft u verlaten, meneer Muscat. Ik heb haar aangeboden hier een paar nachten te slapen tot het een en ander is uitgezocht. Het leek de beste oplossing.' Ik probeer mijn stem neutraal te laten klinken, beleefd. Ik ken zijn type. We zijn het duizenden malen, op duizenden plaatsen tegengekomen, moeder en ik. Hij staart me wezenloos aan. Dan komt er een gemene sluwheid in zijn blik, zijn ogen worden spleetjes, zijn handen openen zich om te laten zien dat hij geen kwaad in de zin heeft, dat hij verbijsterd is, dat het wat hem betreft allemaal een grap is. Even lijkt hij bijna charmant. Dan doet hij een stap in de richting van de deur. Ik ruik de ranzige geur van zijn adem, een mengeling van bier en rook en zure woede.
'Madame Rocher.' Zijn stem is zacht, bijna smekend. 'Ik wil dat je

tegen die dikke trut van me zegt dat ze meteen haar biezen moet pakken, want dat ik haar anders wel kom halen. En als jij mij dat belet, stomme dolle mina...'
Hij rammelt aan de deur.
'Doe die ketting eraf.' Hij glimlacht en vleit, de woede slaat als een zwakke chemische geur van hem af. 'Ik zei, doe die kloteketting eraf, want anders tráp ik hem eraf!' Zijn stem klinkt vrouwelijk van de woede. Zijn gekrijs lijkt op dat van een boos varken. Heel langzaam leg ik de situatie aan hem uit. Hij vloekt en schreeuwt zijn frustratie uit. Hij geeft een paar maal een trap tegen de deur, zodat de scharnieren trillen.

'Als u mijn huis binnenkomt, monsieur Muscat,' zeg ik vlak, 'zal ik u als een gevaarlijke indringer beschouwen. Ik heb een blik *Contre-Attaq*' in mijn keukenla, dat ik toen ik in Parijs woonde, altijd bij me had. Ik heb het een paar maal gebruikt en het werkt heel goed.'

De bedreiging brengt hem tot bedaren. Ik vermoed dat hij denkt dat hij alleen het recht heeft om bedreigingen te uiten.

'Je begrijpt het niet,' jammert hij. 'Ze is mijn vrouw. Ik geef om haar. Ik weet niet wat ze je allemaal verteld heeft, maar...'

'Wat ze mij verteld heeft doet er niet toe, *monsieur*. Het is haar beslissing. Als ik u was zou ik mezelf niet zo te kijk zetten en naar huis gaan.'

'Rot op met je mooie verhaaltjes!' Zijn mond is zo dicht bij de deur dat zijn spuug me als een regen van hete, smerige granaatscherven besproeit. 'Dit is allemaal jóúw schuld, takkewijf. Jij hebt haar al die emancipatieonzin aangepraat.' Hij doet met een woeste falsetstem Joséphine na: 'Het is Vianne voor en Vianne na. Laat mij maar eens even met haar praten, dan kunnen we horen wat ze zélf te zeggen heeft.'

'Dat lijkt me niet...'

'Laat maar.' Joséphine is zachtjes aan komen lopen en staat nu met een kop chocola in haar handen, alsof ze ze wil warmen, achter me. 'Ik zal met hem moeten praten, anders gaat hij nooit weg.'

Ik kijk haar aan. Ze is kalmer, haar ogen staan helder. Ik knik.

'Goed.'

Ik doe een stap opzij en Joséphine gaat naar de deur. Muscat begint te praten maar ze kapt hem af; haar stem klinkt wonderlijk scherp en gelijkmatig.

'Paul. Luister nou eens even.'

Haar toon snijdt door zijn getier heen en legt hem midden in een zin het zwijgen op.

'Ik ga bij je weg. Ik wil een scheiding en ik wil dat je bij me uit de buurt blijft. Ik heb te lang te veel gepikt, maar nu is het afgelopen. Ga weg. Ik heb je verder niets te zeggen. Oké?'

Ze beeft, maar haar stem is kalm en vlak. Ik voel trots in me opwellen en geef haar arm een geruststellend kneepje. Muscat zwijgt even. Dan begint het geflikflooi weer, hoewel ik de woede er nog doorheen kan horen, als het gezoem van storing bij een ver radiosignaal.

'José...' zegt hij zachtjes. 'Dit is allemaal stom gedoe. Kom nou naar buiten, dan kunnen we er behoorlijk over praten. Je bent mijn vróúw, Joséphine. Kunnen we het om die reden niet nog een keer proberen?'

Ze schudt haar hoofd.

'Het is te laat, Paul,' zegt ze heel beslist. 'Het spijt me.'

Toen deed ze heel rustig en heel beslist de deur dicht en hoewel hij er nog een paar minuten op bleef bonken en beurtelings stond te vloeken en te vleien en te dreigen, zelfs te huilen toen hij sentimenteel werd en in zijn eigen fabeltje begon te geloven, reageerden we niet meer.

Rond middernacht hoorde ik hem buiten schreeuwen en er vloog met een doffe klap een kluit aarde tegen het raam, die een veeg klei op het schone glas achterliet. Ik stond op om te kijken wat er aan de hand was en zag Muscat als een dikke, boosaardige kobold op het plein beneden; zijn handen had hij diep in zijn zakken gestoken, zodat het uitpuilende vlees van zijn buik over zijn broekband heen hing. Hij zag er dronken uit.

'Je kunt niet eeuwig binnen blijven!' Ik zag een licht aangaan in een van de ramen achter hem. 'Je moet een keer naar buiten komen! En dan zul je eens wat zien. Pokkewijven!' Automatisch maakte ik een snel gebaar met mijn vingers om zijn slechte wensen naar hem terug te sturen.

— *Keer terug, boze geest, ga heen.*

Weer een van die ingesleten reflexen van mijn moeder. En toch voel ik me nu verbazend veel veiliger. Ik lag daarna kalm lange tijd wakker, luisterend naar de zachte ademhaling van mijn dochter en kijkend naar de immer veranderende vormen van het maanlicht in het gebladerte. Ik geloof dat ik weer probeerde iets waar te nemen, in de bewegende patronen weer een teken, een geruststellend woord zocht... 's Nachts zijn zulke dingen gemakkelijker te geloven, wanneer de Zwarte Man buiten de wacht houdt en de windwijzer boven op de toren schril *kriekrie* piept. Maar ik zag niets, voelde niets en viel eindelijk weer in slaap; ik droomde dat Reynaud aan het voeteneind van een ziekenhuisbed stond met een kruis in de ene en een doos lucifers in de andere hand.

# 24

## *Zondag, 9 maart*

Armande kwam vanmorgen al vroeg om te roddelen en chocola te drinken. Ze had een nieuwe lichte strooien hoed op die versierd was met een rood lint en ze zag er frisser en vitaler uit dan ze gisteren geleken had. De stok die ze nu steeds bij zich heeft is slechts uiterlijk vertoon; met zijn felrode strik is het net een uitdagende kleine vlag. Ze bestelde *chocolat viennois* en een plak zwart-witte laagjescake en nestelde zich op een kruk. Joséphine, die me een paar dagen in de winkel helpt totdat ze weet wat ze wil gaan doen, keek een beetje angstig vanuit de keuken toe.

'Ik heb gehoord dat er gisterenavond heibel is geweest,' zei Armande op haar bruuske manier. De vriendelijkheid in haar vrolijke zwarte ogen maakt dat bijdehante weer goed. 'Ik hoorde dat die pummel van een Muscat hier heeft staan razen en tieren.'

Ik legde het in zo neutraal mogelijke bewoordingen uit. Armande luisterde goedkeurend.

'Ik vraag me alleen af waarom ze niet jaren eerder bij hem weg is gegaan,' zei ze toen ik uitgesproken was. 'Zijn vader was net zo erg. Allebei te veel overtuigd van hun eigen gelijk. En te losse handjes.' Ze knikte opgewekt naar Joséphine die met een pot hete melk in haar hand in de deuropening stond. 'Ik heb altijd geweten dat je nog eens het licht zou zien, meisje,' zei ze. 'Laat het je door niemand meer afnemen.'

Joséphine glimlachte.

'Maak u maar niet bezorgd,' zei ze. 'Dat zal ik niet doen.'

★ ★ ★

Rond het middaguur kwam Guillaume aanzetten, met Anouk. In de opwinding van de afgelopen dagen had ik hem maar weinig gesproken, maar toen hij binnenkwam, werd ik getroffen door de abrupte verandering in hem. Weg was dat ineengekrompen, aangeslagen uiterlijk. Hij liep nu met kwieke tred en hij had een lichtrode das om zijn nek, zodat hij er bijna zwierig uitzag. Ik merkte dat hij nog steeds Charly's oude riem om zijn pols had. Vanuit mijn ooghoek zag ik een donkere vlek bij zijn voeten. Pantoufle. Anouk rende langs Guillaume heen; haar schooltas zwaaide nonchalant heen en weer en ze dook onder de toonbank door om me een kus te geven.

'*Maman!*' toeterde ze in mijn oor. 'Guillaume heeft een hónd gevonden!'

Met mijn armen nog om Anouk heen draaide ik me om. Guillaume stond met een rood gezicht naast de deur. Aan zijn voeten lag een schattig klein bruin-wit bastaardhondje, een puppie nog.

'Sst, Anouk. Het is niet mijn hond.' Op Guillaumes gezicht lag een mengeling van plezier en verlegenheid. 'Ik vond hem bij *Les Marauds*. Ik denk dat iemand hem misschien kwijt wou.'

Anouk voerde de hond suikerklontjes.

'Roux heeft hem gevonden,' zong ze. 'Hij hoorde hem roepen bij de rivier. Dat zei hij.'

'O? Heb je Roux gezien?'

Anouk knikte afwezig en kietelde de hond die blij happend op zijn rug rolde.

'Hij is zo schattig!' zei ze. 'Ga je hem houden?'

Guillaume glimlachte een beetje triest.

'Ik denk het niet, liefje. Je weet, na Charly...'

'Maar hij heeft níémand, hij kan nergens...'

'Ik weet zeker dat er heel wat mensen zijn die een leuk hondje als dit een goed tehuis willen geven.' Guillaume boog zich voorover en trok zachtjes aan de oren van de hond. 'Het is een vriendelijk knulletje, een en al levendigheid.'

Aanhoudend: 'Hoe ga je hem noemen?'

Guillaume schudde zijn hoofd.

'Ik denk dat ik hem daarvoor niet lang genoeg zal houden, *ma mie*.'

Anouk wierp me een veelbetekenende blik toe en ik schudde bij wijze van waarschuwing mijn hoofd.

'Ik dacht dat jij misschien een kaart in de etalage zou kunnen zetten,' zei Guillaume, terwijl hij aan de toonbank ging zitten. 'Om te kijken of iemand hem terug wil.'

Ik schonk een kop *mocha* voor hem in en zette die voor hem neer, met een paar florentines erbij.

'Natuurlijk,' zei ik glimlachend.

Toen ik even later omkeek, zat de hond op Guillaumes knie van de florentines te eten. Anouk keek me aan en knipoogde.

★ ★ ★

We kregen die ochtend meer klanten in *La Praline* dan we ooit op zondag gehad hadden sinds de dag waarop Anouk en ik hier onze intrek namen. Onze vaste klanten, Guillaume, Narcisse, Arnauld en een paar anderen, zeiden weinig, knikten Joséphine vriendelijk toe en gingen verder gewoon hun gang.

Narcisse had uit de kas een mand andijvie voor me meegebracht en toen hij Joséphine zag, overhandigde hij haar een bosje vuurrode anemoontjes die hij uit zijn jaszak haalde, mompelend dat ze 'de tent een beetje zouden opfleuren.'

Joséphine bloosde, maar leek er blij mee en wilde hem bedanken. Narcisse schuifelde weg, verlegen, nors bewerend dat het niets was.

Na de vriendelijken kwamen de nieuwsgierigen. Tijdens de preek had het gerucht zich verspreid dat Joséphine Muscat bij mij was ingetrokken en er was de hele ochtend een gestage stroom bezoekers. Joline Drou en Caro Clairmont met lentewinset en zijden sjaal kwamen een uitnodiging brengen voor een charitatieve teaparty op palmzondag. Armande lachte verrukt toen ze hen zag.

'Sjongejonge, het lijkt de zondagse modeshow wel!' riep ze uit.

Caro keek geïrriteerd.

'Je zou hier eigenlijk niet moeten zijn, *maman*,' zei ze op zuurzoete toon. 'Je weet toch wat de dokter gezegd heeft?'

'Jazeker,' antwoordde Armande. 'Wat is er, ga ik niet gauw genoeg dood? Heb je daarom die doodskop op een haarspeld vanmorgen naar me toe gestuurd?' Caro's bepoederde wangen gloeiden.

'Heus, *maman*, je hoort dit soort dingen niet...'

'Ik zal opletten wat ik zeg als jij je met je eigen zaken bemoeit,' snauwde Armande gevat; de scherven sloegen bijna van de tegels toen Caro op haar hoge hakken de deur uit rende.

Daarna kwam Denise Arnauld kijken of we extra brood nodig hadden.

'Je weet maar nooit,' zei ze met ogen die glommen van nieuwsgierigheid. 'Omdat je nu een gast hebt, en zo.' Ik verzekerde haar dat we als we brood nodig hadden, wisten waar we het moesten halen.

Vervolgens kwamen Charlotte Edouard, Lydie Perrin en Georges Dumoulin; de een wilde alvast een verjaarscadeautje voor iemand kopen, de andere wilde meer weten van het chocoladefestival – toch zó'n origineel idee, *madame* – en een derde had voor de kerk een portemonnee verloren en vroeg zich af of ik hem had gezien. Ik hield Joséphine achter de toonbank met een van mijn schone gele schorten om haar kleding te beschermen tegen chocoladevlekken, en ze bracht het er verrassend goed af. Ze heeft vandaag veel zorg aan haar uiterlijk besteed. De rode jumper en de zwarte rok zijn keurig en zakelijk, het donkere haar is zorgvuldig met een lint samengebonden. Haar glimlach is professioneel, ze houdt haar hoofd hoog en hoewel haar blik af en toe angstig naar de open deur dwaalt, is aan haar houding nauwelijks te zien dat ze zich zorgen om zichzelf of haar reputatie maakt.

'Lef, dat heeft ze,' siste Joline Drou tegen Caro Clairmont terwijl ze haastig langsliepen. 'Heel veel lef. Als ik eraan denk wat die arme man heeft moeten doorstaan...'

Joséphine stond met haar rug naar de deur, maar ik zag haar verstijven. Een stilte in het gesprek deed Jolines woorden nog beter uitkomen en hoewel Guillaume deed alsof hij een hoestbui kreeg om ze te maskeren, wist ik dat ze het gehoord had.

Er was een korte, verlegen stilte.

Toen sprak Armande.

'Nou, meisje, je weet dat je het gemaakt hebt als die twee afkeuren wat je doet,' zei ze kordaat. 'Welkom in de verkeerde hoek.'

Joséphine wierp haar een scherpe, achterdochtige blik toe, maar barstte toen in lachen uit, alsof ze het geruststellende gevoel had dat de grap niet tegen haar bedoeld was. Het was een open, zorgeloze lach en ze bracht verbaasd haar hand naar haar mond alsof ze wilde controleren of die lach van haar afkomstig was. Daardoor moest ze nog meer lachen, en de anderen lachten met haar mee. We waren nog steeds aan het lachen toen de deurbel klingelde en Francis Reynaud rustig de winkel binnenkwam.

'Monsieur le curé.' Ik zag haar gezicht van uitdrukking veranderen nog voordat ik hem zag. Het werd vijandig en stom en haar handen gingen weer naar de vertrouwde plek boven haar middel.

Reynaud knikte plechtig.

'Madame Muscat.' Hij benadrukte het eerste woord. 'Tot mijn leedwezen zag ik u vanmorgen niet in de kerk.'

Joséphine mompelde iets onhoorbaars. Reynaud deed een stap naar voren en ze keerde zich half om alsof ze de keuken in wilde vliegen, maar bedacht zich toen en keek hem vol in het gezicht.

'Goed zo, meisje,' zei Armande goedkeurend. 'Laat je niet inpakken door zijn geklets.' Ze keek Reynaud aan en gebaarde heftig met het stuk cake in haar hand. 'Laat haar met rust, Francis. Je zou haar juist je zegen moeten geven.'

Reynaud negeerde haar.

'Luister naar me, *ma fille*,' zei hij ernstig.

'Je hebt de kerk nog nooit zo nodig gehad als nu.' Een koude, snelle blik in mijn richting. 'Je verslapt. Je hebt anderen de kans gegeven je van het rechte pad af te brengen. De heiligheid van de huwelijksgelofte...'

Armande onderbrak hem met een smalende lach.

'De heiligheid van de huwelijksgelofte? Waar heb je die vandaan? Ik dacht dat juist jij...'

'Madame Voizin, alstublieft...' Eindelijk een spoor van emotie in zijn vlakke stem. Zijn ogen staan koud. 'Ik zou het zeer waarderen als u...'

'Spreek zoals je bent opgevoed,' snauwde Armande. 'Die moeder van jou heeft je toch nooit geleerd met een aardappel in je mond te praten?' Ze grinnikte. 'Doen alsof je beter bent dan wij. Op die chique school daar ben je ons zeker helemaal vergeten?'

Reynaud verstijfde. Ik voelde de spanning van hem af komen. Hij is de afgelopen paar weken heel wat afgevallen; bij de donkere holten van zijn slapen staat zijn huid zo strakgespannen als een trommelvel, onder de dunne laag vlees is de beweging van zijn kaken duidelijk zichtbaar. Een haarsliert die schuins over zijn voorhoofd valt geeft hem

een onbedoeld ongekunsteld aanzien; verder is hij een en al onberispelijkheid.
'Joséphine.' Zijn stem klonk vriendelijk en dwingend. 'Ik weet dat je wilt dat ik je help. Ik heb met Paul-Marie gepraat. Hij zegt dat je heel wat spanningen te verduren hebt gehad. Hij zegt...'
Joséphine schudde haar hoofd.
*'Mon père.'* De lege blik was verdwenen en haar gezicht was nu sereen. 'Ik weet dat u het goed bedoelt, maar ik verander niet van gedachten.' Haar toon was die van een moeder die een kind probeert uit te leggen waarom het iets niet krijgt.
'Maar het sacrament van het huwelijk...' Hij zag er nu geagiteerd uit en leunde met een gezicht dat verwrongen was van pijn tegen de toonbank. Zijn handen zochten steun bij het zachte oppervlak. Weer een steelse blik naar mij. 'Ik weet dat je in de war bent gebracht. Anderen hebben je beïnvloed.' Weer die verwijtende, vijandige blik. Veelbetekenend: 'Konden we maar even onder vier ogen spreken...'
'Nee.' Haar stem klonk beslist. 'Ik blijf hier bij Vianne.'
'Hoe lang?' Er klonk verslagenheid in zijn stem door, hoewel hij probeerde te doen alsof hij het niet kon geloven. 'Madame Rocher kan dan je vriendin zijn, Joséphine, maar ze is een zakenvrouw. Ze heeft een winkel en een kind. Hoe lang kan ze een vreemde in huis hebben?' Dat trof beter doel. Ik zag Joséphine aarzelen, de blik van onzekerheid kwam terug in haar ogen. Ik heb hem maar al te vaak in mijn moeders ogen gezien om hem verkeerd te interpreteren; die blik van ongeloof, van angst.
*– Wij hebben alleen elkaar nodig.* Een fel gefluister in het hete duister van een anonieme hotelkamer. *We hebben helemaal geen andere mensen nodig!* Dappere woorden en als er tranen waren, werden die aan het oog onttrokken door de duisternis. Maar ik kon haar bijna onmerkbaar voelen trillen, terwijl ze me onder de dekens vasthield, als een vrouw die in de ban van een heimelijke koorts is. Misschien vluchtten we daarom wel voor al die vriendelijke mannen en vrouwen die haar vrienden wilden zijn, van haar wilden houden, haar wilden begrijpen. We waren besmet, koortsig door het wantrouwen; de trots die we met ons meedroegen was het laatste toevluchtsoord van de ongewenste vreemdeling.
'Ik bied Joséphine een baan bij mij aan.' Ik maakte mijn stem zoet

en fragiel. 'Ik zal heel wat extra hulp nodig hebben als ik genoeg tijd wil hebben om me voor te bereiden op het chocoladefestijn met Pasen.'

Zijn blik, eindelijk onverhuld, was vervuld van haat.

'Ik leer haar de eerste beginselen van het chocolademaken,' vervolgde ik. 'Ze kan me in de winkel vervangen terwijl ik achter bezig ben.' Joséphine keek me aan met een blik van wazige verbazing. Ik knipoogde naar haar.

'Ze doet me daar een groot plezier mee en ik weet zeker dat ze het geld goed kan gebruiken,' zei ik gladjes. 'En wat dat blijven betreft,' – ik richtte me nu tot haar en keek haar strak aan – 'Joséphine, je mag blijven zo lang je wilt. Het is een genoegen je hier te hebben.'

Armande gierde van de pret.

'Nou, je ziet het, *mon père*,' zei ze uitgelaten. 'Je hoeft geen tijd meer te verspillen. Het lijkt erop dat alles zonder jou prima verloopt.' Ze nam een slokje van haar chocola met een houding van geconcentreerde schalksheid. 'Een beetje van dit spul zou je goed doen,' adviseerde ze. 'Je ziet er pips uit, Francis. Weer wat te diep in het glaasje met miswijn gekeken?'

Zijn lach was als een gebalde vuist.

'Reuze grappig, *madame*. Gelukkig hebt u uw gevoel voor humor niet verloren.' Daarop keerde hij zich abrupt om en met een knikje en een kort *'monsieur-dames'* naar de klanten verdween hij, als een beleefde nazi in een slechte oorlogsfilm.

# 25

## Maandag, 10 maart

Toen ik de winkel uitliep volgde hun lachsalvo me als een troep vogels. De geur van chocola maakte me, net als mijn woede, duizelig, bijna euforisch van razernij. We hadden gelijk, *père*. Dit rehabiliteert ons volkomen. Door ons te raken op de drie gebieden die ons het meest aangaan – de dorpsgemeenschap, de religieuze feesten en nu een van de heiligste sacramenten – laat ze eindelijk haar ware aard zien. Haar invloed is verderfelijk en neemt hand over hand toe, en schiet al zaad in tien, twintig vruchtbare geesten. Ik heb vanmorgen op het kerkhof de eerste paardenbloem van het seizoen gezien, in de smalle ruimte achter een grafzerk. Hij zit al zo diep dat ik er niet meer bij kan, zo dik als een vinger, daar in het duister achter de steen. Over een week zal de hele plant weer aangegroeid zijn, sterker dan ooit tevoren.

Ik zag Muscat vanmorgen bij de communie, maar hij was niet bij de biecht. Hij ziet er afgetrokken en boos uit, onwennig in zijn zondagse kleding. Het vertrek van zijn vrouw is hem zwaar gevallen.

Toen ik uit de chocolaterie kwam, stond hij me op te wachten; hij stond te roken, geleund tegen de kleine boog naast de hoofdingang.

'En, *père*?'

'Ik heb met je vrouw gesproken.'

'Wanneer komt ze thuis?'

Ik schudde mijn hoofd.

'Ik wil je liever geen valse hoop geven,' zei ik vriendelijk.

'Het is een koppige koe,' zei hij, zijn sigaret op de grond gooiend en hem met zijn hiel uittrappend. 'Vergeef me mijn taalgebruik, *père*, maar het is niet anders. Wanneer ik eraan denk wat ik allemaal voor dat

gekke wijf heb opgegeven, aan al het géld dat ze me gekost heeft...'
'Ook zij heeft veel te verduren gehad,' zei ik betekenisvol, indachtig onze vele sessies in de biechtstoel.
Muscat haalde zijn schouders op.
'Ach, ik ben geen lieverdje,' zei hij. 'Ik ken mijn zwakheden, maar zeg nu eens zelf, *père*,' – hij spreidde smekend zijn handen – 'had ik daar geen reden toe? Elke ochtend word je wakker met dat stomme gezicht naast je. Telkens vind je gestolen spullen van de markt in haar jaszakken, zoals lippenstiften en flessen parfum en sieraden. Iedereen kijkt naar je in de kerk en lacht je uit. Toch?' Hij keek me overredend aan. 'Toch, *père*? Ik had toch mijn eigen kruis?'
Ik had dat bijna allemaal al eerder gehoord. Haar slonzigheid, haar domheid, haar kleptomanie, haar luiheid in huis. Ik hoef over dergelijke dingen geen mening te hebben. Het is mijn rol advies en troost te bieden. Toch walg ik van zijn smoezen, zijn overtuiging dat het door haar komt dat hij geen grote, dappere dingen heeft gedaan.
'We zijn niet hier om een schuldige aan te wijzen,' zei ik berispend, 'maar om manieren te vinden om je huwelijk te redden.'
Hij bond meteen in.
'Het spijt me, *père*. Ik-ik had die dingen niet moeten zeggen.' Hij probeerde oprecht te lijken. 'Denk niet dat ik niet om haar geef, *père*. U ziet toch dat ik haar terug wil?'
Jazeker. Om eten voor hem te koken. Om zijn kleren te strijken. Om zijn café te runnen. En om aan zijn vrienden te bewijzen dat Paul-Marie niet met zich laat sollen, door niemand niet. Ik veracht die hypocrisie. Hij moet haar inderdaad terugwinnen. Daar ben ik het in ieder geval mee eens. Maar niet om die redenen.
'Als je haar terugwilt, Muscat,' zei ik een beetje zuur, 'dan heb je dat tot nu toe op een merkwaardig idiote manier geprobeerd.'
Hij wierp het hoofd in de nek.
'Ik zie niet bepaald in...'
'Doe niet zo stom.'
Mijn hemel, *père*, hoe hebt u ooit al dat geduld voor deze mensen opgebracht?
'Met bedreigingen, gevloek en dat schaamteloze dronken gedrag van gisterenavond? Hoe denk je dat dat je helpen zal?'
Gemelijk: 'Ik kon haar toch niet zomaar haar gang laten gaan, *père*.

Iedereen zegt dat mijn vrouw bij me weggelopen is. En die bemoeial van een Rocher...' Zijn gemene ogen knepen zich samen achter zijn brillenglazen. 'Het is haar verdiende loon als er iets met die mooie winkel van d'r gebeurt,' zei hij toonloos. 'Dan zijn we voorgoed van dat wijf af.'
Ik keek hem scherp aan.
'O?'
Het kwam te dicht in de buurt van mijn eigen gedachten, *mon père*. God helpe me, maar toen ik die boot zag branden... Het is een primitief genoegen, mijn roeping niet waardig, een heidens iets wat ik eigenlijk niet zou mogen voelen. Ik heb er zelf mee geworsteld, *père*, in de vroege ochtenduren. Ik heb het bedwongen, maar net als de paardenbloemen komt het steeds weer terug en komen er telkens weer van die verraderlijke kleine uitlopers aan de wortels. Het kwam misschien hierdoor, doordat ik het begréép, dat mijn reactie harder klonk dan ik bedoelde.
'Wat had je in gedachten, Muscat?'
Hij mompelde iets wat nauwelijks verstaanbaar was.
'Een brand misschien? Een handige brand?' Ik voelde de druk van mijn woede op mijn ribben toenemen. De smaak – metaalachtig en zoet-verrot – vulde mijn mond. 'Zoals de brand waarmee de zigeuners werden verjaagd?'
Hij grijnsde.
'Misschien. Vreselijk brandgevaarlijk, sommige van die oude huizen.'
'Luister goed.' Plotseling was ik ontzet bij de gedachte dat hij mijn stilzwijgen die nacht misschien voor medeplichtigheid had aangezien. 'Als ik buiten de biechtstoel zou denken – of zelfs maar vermóéden – dat je bij zoiets betrokken was, als er iets met die winkel gebeurt...' Ik had zijn schouders vastgepakt en mijn vingers groeven zich in het weke vlees.
Muscat zag er verongelijkt uit.
'Maar *père*, u heeft zelf gezegd dat...'
'Ik heb níéts gezegd!' Ik hoorde mijn stem strak over het plein weerkaatsen – tat-tat-tat – en ik dempte hem gehaast. 'Het is in ieder geval nooit mijn bedoeling geweest dat je...' Ik schraapte mijn keel, die plotseling dicht leek te zitten. 'We leven niet meer in de Middeleeu-

wen, Muscat,' zei ik ferm. 'We interpreteren Gods wet niet meer naar eigen goeddunken. Of de wetten van ons land,' voegde ik er vermoeid aan toe, hem recht aankijkend. Zijn hoornvlies was net zo geel als zijn tanden. 'Begrijpen we elkaar?'

Vol wrok: 'Ja, *mon père*.'

'Want als er iets gebeurt, Muscat, *wat dan ook*, een gebroken raam, een brandje, wat dan ook...' Ik ben een hoofd groter dan hij. Ik ben jonger, fitter dan hij. Hij reageert instinctief op de fysieke dreiging. Ik geef hem een duwtje waardoor hij tegen de stenen muur achter hem aan valt. Ik kan mijn woede nauwelijks bedwingen. Dat hij het lef heeft – het léf! – *père*, om mijn rol over te nemen. Uitgerekend hij, die ellendige zuiplap die zichzelf voor de gek houdt. Dat hij me in zo'n positie zou kunnen brengen dat ik officieel verplicht zou zijn de vrouw die mijn vijand is, te beschermen. Het kost me grote moeite me te beheersen.

'Jij blijft uit de buurt van die winkel, Muscat. Begrepen?'

Nederiger nu, terwijl zijn gesnoef langzaam afzakt:

'Ja, *père*.'

'Laat het allemaal maar aan mij over.'

'Ja, père.'

Ik ben niet verantwoordelijk, *père*, voor de dwalingen van mijn kudde. Ik heb hem nergens toe aangezet. Er kan geen verwantschap tussen ons zijn – ik heb mijn lagere aandriften onder controle, terwijl hij zich laat gaan. En toch kan ik de gedachte nu niet meer uit mijn hoofd bannen. Een ongelukje – een weggeworpen lucifer, een vergeten kaars, een verkeerde aansluiting – ook dát soort dingen is Gods werk. Maar ik heb duidelijk gemaakt waar ik sta. Ik moet Vianne Rocher in bescherming nemen. Daar schuilt een wrange ironie in. Telkens wanneer ik naar de overkant kijk en de rood-met-gouden luifel in de zon zie glanzen, kan ik haar voelen lachen. Op de een of andere manier is ze me te slim af geweest, heeft ze Muscat en zijn vrouw gebruikt om me schaakmat te zetten. En nu zijn we niet meer in staat te doen wat we zouden moeten doen: het kwaad met wortel en tak uitroeien, voor het de overhand krijgt.

Nog drie weken en dan is het zover. Meer tijd heb ik niet, dan begint haar grote feest. Drie weken waarin ik op de een of andere manier haar invloed moet zien in te dammen. Ik heb tegen haar in de kerk gepreekt, maar dat haalde niets uit. Ik werd zelf het mikpunt van spot. Chocola, zo krijg ik te verstaan, is geen morele kwestie. Zelfs de Clairmonts vinden mijn halsstarrigheid een beetje raar – zij wendt geaffecteerd voor bezorgd te zijn omdat ik overspannen lijk, hij grijnst gewoon. Vianne Rocher slaat nergens acht op. Ze doet helemaal niet haar best erbij te horen, maar pronkt juist met haar anders-zijn: ze roept me vrijpostig over het plein begroetingen toe, moedigt fratsen van mensen als Armande aan en heeft voortdurend de kinderen achter zich aan wier wildheid ze uitlokt. Zelfs in een menigte is ze meteen te herkennen. Waar anderen over straat lopen, rent zij. Haar haar, haar kleren, alles fladdert altijd in de wind, alles heeft bonte kleuren – oranje en geel en noppen en bloemen. In het wild zou een enkele parkiet in een groep mussen algauw verscheurd worden vanwege zijn bonte verenkleed. Hier wordt ze liefdevol, zelfs geamuseerd geaccepteerd. Wat elders tot vragen zou leiden wordt hier getolereerd omdat het om Vianne gaat. Zelfs Clairmont is niet ongevoelig voor haar charme en de antipathie van zijn vrouw heeft niets te maken met morele superioriteit, maar alles met een soort afgunst die Caro niet bepaald siert. Vianne Rocher is in ieder geval geen hypocriet, ze probeert zich niet door Gods woord te gebruiken sociaal te verheffen. En toch vormt de gedachte alleen al – een man in mijn positie kan zich slecht veroorloven haar sympathiek te vinden, laat staan haar te mogen – een nieuw gevaar. Ik mag geen sympathieën hebben. Woede en sympathie zijn beide evenzeer uit den boze. Ik moet onpartijdig zijn, omwille van de gemeenschap en omwille van de kerk. Daar ligt mijn belangrijkste loyaliteit.

Ik wou dat u me raad kon geven, *père*. Ik wou dat ik uw stem weer kon horen. Iedere ochtend bid ik: 'Laat dit de dag zijn,' maar er gebeurt niets. Het is godslasterlijk van me te veronderstellen dat God niet luistert.

Misschien is zij mijn speciale beproeving. Deze vrouw, deze uitdagende paardenbloem in mijn achtertuin. De cirkel zou mooi gesloten zijn, *père*, als u, die door de ene vrouw tot de zonde verleid werd, er door de andere weer van verlost zou worden. Ik kan de overtuiging dat dit zo is voelen groeien zoals je de wolken achter je rug voelt samentrekken. Het paaswonder dat zich weerspiegelt in een klein wonder hier bij ons. Wanneer ik nu in de kerk loop, lijkt er voor het eerst iets anders aanwezig te zijn dan het gekrijs van de vogels en de stomme uitdrukkingsloosheid van het marmer. Voor het eerst lijkt een wonder in onze tijd niet ondenkbaar, zelfs voorbestemd. Een stille machinerie die op gang komt, doden die opstaan, slapenden die worden gewekt. Onze zonden – ál onze zonden, *père*, die voorgoed werden vergeven toen de zondebok de woestijn in werd gestuurd.

Ooit verwelkomde ik de idee van beproevingen. Ik droomde ervan mijn parochianen door de woestijn te leiden, ik bouwde in gedachten koninkrijken om hun nederig het hoofd te doen buigen. Nu is zíj mijn beproeving, degene die met mij in gevecht is. De tijd is gekomen om hun loyaliteit op de proef te stellen, *père*, om hun liefde te winnen. Ik voel dat God mij stilzwijgend gadeslaat, alsof Hij afwacht wat ik ga doen.

Ik móét voor Pasen gewonnen hebben. Dat móét.

## 26

*Woensdag, 12 maart*

We hebben Muscat al dagen niet gesproken. Joséphine, die een tijd niet uit *La Praline* weg durfde, kan nu overgehaald worden tot een wandelingetje naar de bakkerij of de bloemist aan de overkant zonder mijn gezelschap. Daar ze weigert terug te keren naar het *Café de la République* heb ik haar een paar kleren van mij geleend. Vandaag draagt ze een blauwe trui en een gebloemde sarong en ze ziet er fris en knap uit. In slechts een paar dagen tijd is ze al veranderd: de lege, vijandige blik is verdwenen, evenals haar defensieve manier van doen. Ze lijkt langer, glanzender, ze duikt niet meer in elkaar en ze draagt niet meer de vele lagen kleding die haar zo propperig deden lijken. Ze past op de winkel terwijl ik in de keuken werk en ik heb haar al geleerd hoe je chocoladesoorten moet tempereren en vermengen en hoe je een aantal eenvoudige bonbons maakt. Ze heeft goede, snelle handen. Wanneer ik haar lachend herinner aan de revolverheldachtige handigheid die ze op de eerste dag liet zien, bloost ze.

'Ik zou nooit iets van jou wegnemen!' Haar verontwaardiging is ontroerend, oprecht.

'Vianne, je denkt toch niet dat ik...'

'Natuurlijk niet.'

'Je weet dat ik...'

'Natuurlijk.'

Zij en Armande, die elkaar vroeger nauwelijks kenden, zijn bevriend geraakt. De oude dame komt nu iedere dag langs, soms om te praten, soms om een cornet met haar favoriete lekkernij, abrikozentruffels, te kopen. Vaak komt ze samen met Guillaume, die een vaste klant is geworden. Vandaag was Luc er ook en met hun drieën zaten ze in de hoek met een pot chocola en roomsoezen. Af en toe hoorde ik uit het kleine gezelschap gelach en uitroepen opklinken.

Vlak voor sluitingstijd liep Roux binnen. Hij leek op zijn hoede en niet erg zelfverzekerd. Het was de eerste keer sinds de brand dat ik hem van dichtbij zag en ik werd getroffen door de veranderingen die in hem hadden plaatsgevonden. Hij lijkt magerder, zijn haar is achterovergekamd en laat zijn uitdrukkingloze, norse gezicht vrij. Er zit een vuil verband om één hand. Eén kant van zijn gezicht vertoont nog een spatpatroon van rode plekken die verbrand lijken door de zon.

Hij leek uit het veld geslagen toen hij Joséphine zag.

'O, sorry, ik dacht dat Vianne...' Hij keerde zich abrupt om alsof hij weg wilde gaan.

'Wacht even. Ze is achter.' Ze is zich veel ontspannener gaan gedragen sinds ze in de winkel werkt, maar nu klonk ze verlegen. Misschien was ze onder de indruk van zijn verschijning.

Roux aarzelde.

'U bent van het café,' bracht hij eindelijk uit. 'U bent...'

'Joséphine Bonnet,' onderbrak ze hem. 'Ik woon nu hier.'

'O.'

Ik kwam de keuken uit en zag hem met een speculatieve blik in zijn lichte ogen naar haar kijken. Maar hij liet de zaak verder rusten en Joséphine trok zich dankbaar in de keuken terug.

'Fijn je weer te zien, Roux,' zei ik hem ronduit. 'Ik wilde je een gunst vragen.'

'O?'

Hij kan een enkele lettergreep veel betekenis meegeven. Dit was er een van beleefd ongeloof, wantrouwen. Hij zag eruit als een nerveuze kat die op het punt stond uit te halen.

'Er moet wat aan het huis gedaan worden en ik vroeg me af of je...' Het is moeilijk dit juist te formuleren. Ik weet dat hij niet zal accepteren wat hij als liefdadigheid beschouwt.

'Dit heeft toch niets te maken met onze vriendin Armande?' Zijn toon was luchtig maar hard. Hij keerde zich om naar waar Armande en de anderen zaten.

'Doen we weer stiekem goed?' riep hij sarcastisch uit.

Hij keerde zich weer naar mij met een oplettende en neutrale uit-

drukking op zijn gezicht.
'Ik ben hier niet gekomen om om werk te vragen. Ik wilde je vragen of je iemand bij mijn boot hebt zien rondhangen die avond.'
Ik schudde mijn hoofd.
'Het spijt me, Roux. Ik heb niemand gezien.'
'Goed.' Hij keerde zich om om weg te gaan. 'Bedankt.'
'Hé, wacht even...' riep ik hem na. 'Kun je niet even iets drinken?'
'Een andere keer.' Zijn toon was bruusk, bijna grof. Ik voelde zijn woede een doel zoeken.
'We zijn nog steeds je vrienden,' zei ik toen hij bij de deur was. 'Armande en Luc en ik. Voel je toch niet zo aangevallen. We proberen je te helpen.'
Roux keerde zich abrupt om. Er lag een kille blik in zijn ogen. Zijn ogen waren spleetjes.
'Nu moeten jullie allemaal goed luisteren.' Hij sprak zacht, met een stem vol haat en met een accent dat nauwelijks te volgen was. 'Ik heb geen hulp nodig. Ik had me nooit met jullie in moeten laten. Ik ben alleen maar zo lang blijven hangen omdat ik dacht dat ik er misschien achter zou kunnen komen wie mijn boot in brand heeft gestoken. En jullie zijn níet mijn vrienden.'
Daarop liep hij lomp en onhandig de deur uit terwijl de belletjes helder en kwaad klingelden.
Toen hij weg was keken we elkaar allemaal aan.
'Roodharige mannen,' zei Armande met pathos. 'Koppig als ezels.' Joséphine leek aangedaan.
'Wat een verschrikkelijke man,' zei ze ten slotte. 'Júllie hebben zijn boot toch niet in brand gestoken? Hoe durft hij zich zo op jullie af te reageren?'
Ik haalde mijn schouders op.
'Hij voelt zich hulpeloos en kwaad en hij weet niet wie hij de schuld moet geven,' zei ik vriendelijk. 'Het is een logische reactie. En hij denkt dat we hem hulp aanbieden omdat we medelijden met hem hebben.'
'Ik heb toch zo'n hekel aan scènes,' zei Joséphine en ik wist dat ze aan haar echtgenoot dacht. 'Ik ben blij dat hij weg is. Denk je dat hij nu uit Lansquenet weggaat?'
Ik schudde mijn hoofd.
'Ik denk het niet,' zei ik. 'Waar zou hij trouwens heen moeten?'

# 27

## Donderdag, 13 maart

Ik ben gisterenmiddag naar *Les Marauds* gegaan om met Roux te praten, maar met hetzelfde resultaat als vorige keer. Het verlaten huis is aan de binnenkant afgesloten met een hangslot en de luiken zijn gesloten. Ik zie voor me hoe hij daar in het donker in zijn hol zit als een waakzaam dier. Ik riep zijn naam en ik wist dat hij me gehoord had, maar hij gaf geen antwoord. Ik overwoog nog een boodschap voor hem op de deur achter te laten, maar besloot het toch maar niet te doen. Als hij wil komen, moet dat op zijn eigen voorwaarden gebeuren. Anouk was met me meegegaan; ze had een papieren boot bij zich die ik voor haar uit de omslag van een tijdschrift had gemaakt. Terwijl ik voor Roux' deur stond ging ze naar de oever om hem te water te laten. Met behulp van een lange, soepele tak zorgde ze ervoor dat hij niet te ver afdreef. Toen Roux niet te voorschijn kwam, keerde ik naar *La Praline* terug, waar Joséphine al begonnen was met de voorraad couverture voor deze week, en liet ik Anouk alleen achter.

'Pas op de krokodillen,' waarschuwde ik haar op ernstige toon.

Vanonder haar gele baret keek Anouk me grijnzend aan. Met haar speelgoedtrompetje in de ene hand en de stok in de andere maakte ze een luid, vlak alarmsignaal, waarbij ze met toenemende opwinding van de ene voet op de andere voet sprong.

'Krokodillen! Een krokodillenaanval!' kraaide ze. 'Beman de kanonnen!'

'Rustig,' maande ik haar. 'Val er niet in.'

Anouk wierp me een uitbundige kushand toe en ging verder spelen. Toen ik boven aankwam, keerde ik me om: ze was de krokodillen met plaggen aan het bekogelen en ik kon het ijle geschetter van de trompet – *ta-ta-da!* – afgewisseld met geluidseffecten – *proesj! proem!* – van de voortwoedende veldslag nog horen.

Vreemd dat die overweldigende golf van tederheid me nog steeds verrast. Als ik hard genoeg mijn ogen dichtknijp tegen de lage zonnestralen kan ik de krokodillen, die lange bruine vormen in het water met hun klappende kaken, en de vuurflits uit het kanon bijna zien. Terwijl ze tussen de huizen door beweegt, waarbij het rood en geel van haar jas en baret plotseling opvlammen tussen de schaduwen, kan ik bijna de half-zichtbare ménagerie die haar omringt, waarnemen. Terwijl ik toekijk keert ze zich om en wuift naar me, schreeuwend: 'Ik hou van jou!'. Daarna gaat ze weer op in haar spel.

We gingen 's middags dicht en Joséphine en ik werkten hard om voldoende bonbons en truffels voor de rest van de week te maken. Ik ben al aan de paaschocola begonnen en Joséphine is al heel handig in het decoreren van de diervormen en het inpakken ervan in dozen met veelkleurig lint eromheen. De kelder is een ideale opslagruimte: koel, maar niet zo koel dat de chocola een wit waas krijgt zoals in de koeling nogal gauw gebeurt, en donker en droog, zodat we onze totale bijzondere voorraad, verpakt in dozen, hier kwijt kunnen en dan nog ruimte over hebben voor onze huishoudvoorraad. De vloer is gemaakt van oude plavuizen die bruin glanzen als eikenhout en koel en glad aanvoelen. Boven ons hoofd hangt alleen een peertje. De deur van de kelder is van kaal grenenhout met een gat onderin voor een reeds lang verdwenen kat. Zelfs Anouk houdt van de kelder, die naar steen en oude wijn ruikt, en ze heeft met kleurkrijt figuren op de tegels en de witte muren getekend: dieren en kastelen en vogels en sterren. In de winkel bleven Armande en Luc een poosje praten en daarna vertrokken ze gezamenlijk. Ze ontmoeten elkaar nu vaker, maar niet altijd in *La Praline*; Luc zegt dat hij vorige week tweemaal bij haar thuis is geweest en telkens een uur in de tuin heeft gewerkt.

'Er moet w-wat aan de bloembedden ged-daan worden, nu het huis af is,' zei hij ernstig. 'Ze kan niet meer zo goed spitten als vroeger, maar ze zegt dat ze dit j-jaar bloemen wil in plaats van alleen maar onkruid.'

Gisteren heeft hij een bak planten bij Narcisse meegenomen en die in de pasomgespitte grond onderaan Armandes muur geplant.

'Ik had l-lavendel en pioenrozen en primula's,' legde hij uit. 'Ze houdt het meest van kleurige, geurende bloemen. Ze ziet niet zo goed, dus heb ik ook zonnebloemen en stokrozen genomen en planten die ze goed kan zien.' Hij glimlachte verlegen. 'Ik hoop dat ze met haar verjaardag al g-goed zijn aangeslagen,' legde hij uit.
   Ik vroeg hem wanneer Armande jarig was.
   'Dertig maart,' vertelde hij. 'Dan wordt ze eenentachtig. Ik heb al een cadeautje b-bedacht.'
   'O ja?'
   Hij knikte.
   'Ik koop denk ik een z-zijden onderjurk voor haar.' Hij klonk een beetje verdedigend. 'Ze houdt van ondergoed.'
   Een glimlach onderdrukkend zei ik tegen hem dat me dat een heel goed idee leek.
   'Dan moet ik naar Agen,' zei hij ernstig. 'En dan moet ik hem voor mijn m-moeder verstoppen, want anders krijgt ze een stuip.' Plotseling grijnsde hij. 'Misschien kunnen we een feestje voor haar organiseren. Om te vieren dat ze aan een n-nieuw tiental is begonnen.'
   'We kunnen haar vragen wat ze ervan vindt,' stelde ik voor.

Om vier uur kwam Anouk moe en opgewekt en met modder tot aan haar oksels thuis en Joséphine zette citroenthee terwijl ik het bad vol liet lopen. Ik trok haar vuile kleren uit en liet haar in het warme, naar honing geurende water glijden; daarna aten we met zijn drieën *pains au chocolat* en *brioches* met frambozenjam en volle, zoete abrikozen uit Narcisses kwekerij. Joséphine was in gedachten verzonken en keerde haar abrikoos zachtjes om en om in haar hand.
   'Ik moet steeds maar aan die man denken,' zei ze ten slotte. 'Je weet wel, die vanmorgen hier was.'
   'Roux.'
   Ze knikte.
   'Zijn boot vatte vlam...' zei ze aarzelend. 'Denk je dat dat een ongeluk was?'
   'Hij denkt van niet. Hij zei dat hij een benzinelucht rook.'
   'Wat zou hij denk je doen als hij erachterkwam' – het kostte haar zichtbaar moeite – 'wie het gedaan heeft?'
   Ik haalde mijn schouders op.

'Ik heb geen idee. Waarom? Heb je een idee wie het was?'
Snel: 'Nee, maar als iemand het wist... en het niet vertelde....'
Ongelukkig hield ze op. 'Zou hij dan... wat zou hij dan...'
Ik keek haar aan. Ze wilde me niet aankijken en rolde de abrikoos afwezig heen en weer over haar handpalm. Ik ving een plotselinge glimp van haar gedachten op.
'Je weet wie het gedaan heeft, hè?'
'Nee.'
'Luister Joséphine, als je iets weet...'
'Ik weet niets.' Haar stem was toonloos. 'Ik wou dat ik iets wist.'
'Het geeft niet. Niemand geeft jou de schuld.' Ik maakte mijn stem vriendelijk, overredend.
'Ik weet niets!' herhaalde ze met schelle stem. 'Echt niet. Trouwens, hij gaat toch weg, dat heeft hij zelf gezegd, hij komt niet hier vandaan en hij had hier hoe dan ook nooit moeten komen en...' Ze kapte de woorden met een hoorbare klik van haar tanden af.
'Ik heb hem vanmiddag gezien,' zei Anouk door een mondvol *brioche* heen. 'Ik heb zijn huis gezien.'
Enigszins verwonderd keerde ik me naar haar toe.
'Heeft hij met je gepraat?'
Ze knikte heftig.
'Tuurlijk. Hij zei dat hij de volgende keer een boot voor me zou maken, een echte van hout die niet zinkt. As de rotsakken die natuurlijk niet ook in de fik steken.' Ze doet zijn accent goed na. In haar mond grauwt en gromt de geest van zijn woorden.
Ik wendde me af om een glimlach te verbergen.
'Zijn huis is *cool,*' ging Anouk verder. 'Er is een vuur midden op het kleed. Hij zei dat ik mocht komen wanneer ik maar wou.' Ze sloeg schuldbewust haar hand voor haar mond. 'Hij zei alleen dat ik het niet tegen jou mocht zeggen.' Ze zuchtte theatraal. 'En nou heb ik het toch gezegd, hè *maman?*'
Lachend omhelsde ik haar.
'Inderdaad.'
Ik zag de ongerustheid op Joséphines gezicht.
'Ik denk dat je dat huis beter niet kunt binnengaan,' zei ze angstig. 'Je kent die man niet goed, Anouk. Hij kan wel gewelddadig zijn.'

'Volgens mij is er niets aan de hand,' knipoogde ik naar Anouk.
'Zolang ze het maar wél aan mij vertelt.'
Anouk knipoogde terug.

★ ★ ★

Vandaag was er een begrafenis – een van de bejaarden uit *Les Mimosas* verderop langs de rivier – en er was, uit angst of respect, niet veel aanloop bij mij in de winkel. De overledene was een vrouw van vierennegentig, zegt Clothilde van de bloemist, een bloedverwante van Narcisses overleden vrouw. Ik zag Narcisse, die als enige concessie voor de gelegenheid een zwarte das bij zijn oude tweedjasje droeg, en Reynaud, die streng in het zwart-wit in de deuropening stond met zijn zilveren kruis in de ene hand en de andere welwillend uitgestrekt om de rouwenden te verwelkomen. Het waren er weinig. Misschien een tiental oude vrouwen, van wie ik er geen herkende. Eén vrouw zat in een rolstoel die werd voortgeduwd door een blonde verpleegster; sommigen waren rond en vogelachtig, zoals Armande, anderen hadden de bijna doorschijnende magerheid van de hoogbejaarde, en allemaal waren ze in het zwart gekleed – zwarte kousen, mutsen en sjaals. Sommigen hadden handschoenen aan, anderen hielden hun bleke, verstrengelde handen als de maagden van Grünewald tegen hun platte boezem gedrukt. Ik zag voornamelijk hun hoofden toen ze zich als een hecht, zacht kakelend groepje naar de kerk begaven; te midden van de gebogen hoofden werd soms even een grauw gezicht naar me toe gekeerd, wierp een paar heldere, donkere ogen vanuit de veiligheid van de enclave een achterdochtige blik op mij, terwijl de verpleegster, competent en resoluut opgewekt, van achteren duwde. Ze leken geen verdriet te voelen. De vrouw in de rolstoel hield een zwart missaaltje in haar hand en zong met een hoge piepstem terwijl ze de kerk binnengingen. De overigen waren voor het merendeel stil en knikten tegen Reynaud toen ze de donkere kerk in gingen; sommigen overhandigden hem een briefje met zwarte rand dat hij tijdens de mis moest voorlezen. De enige lijkwagen die het dorp rijk is, arriveerde laat. Daarin stond de met zwart gedrapeerde kist waarop een eenzaam boeketje lag. Er luidde mat een enkele klok. Terwijl ik in de lege winkel stond, hoorde ik het orgel een paar lusteloze, vluchtige noten spe-

len, als kiezelsteentjes die in een put vallen.
 Joséphine, die in de keuken een baksel chocolade-roomschuim uit de oven had gehaald, kwam huiverend de winkel in.
 'Afschuwelijk,' zei ze.
 Ik moet weer denken aan het stadscrematorium, de slechte orgelmuziek – Bachs *Toccata* – de goedkope, glanzende kist, de geur van boenwas en bloemen. De dominee sprak moeders naam verkeerd uit: *Jean Roacher*. In tien minuten was het allemaal voorbij.
 – *De dood moet een feest zijn*, had ze tegen mij gezegd. *Als een verjaardag. Wanneer mijn tijd komt wil ik omhoog schieten als een raket en in een wolk van sterren neerkomen en iedereen 'Aaah!' horen roepen.*
 Ik verstrooide haar as in de haven op de avond van de vierde juli. Er was vuurwerk en suikerspin en er werden vuurwerkbommen afgestoken op de pier en er hing een scherpe geur van cordiet in de lucht en het rook naar hotdogs en gebakken uien en van het water kwam een vage stank van afval. Het was precies het Amerika waarvan ze ooit gedroomd had, één groot amusementspark, met helle neonlichten, muziekklanken, mensenmenigten die zongen en drongen, alle gladde en sentimentele wansmaak waarvan ze hield. Ik wachtte tot het vrolijkste gedeelte was aangebroken, toen de lucht één trillende uitbarsting van licht en kleur was, en strooide de as toen voorzichtig in de schroefstroming, zodat hij blauw-wit-rood naar beneden viel. Ik had iets willen zeggen, maar alles leek al gezegd.
 'Afschuwelijk,' herhaalde Joséphine. 'Ik heb een hekel aan begrafenissen. Ik ga er nooit heen.'
 Ik zei niets, maar keek naar het stille plein en luisterde naar het orgel. Gelukkig was het niet de *Toccata*. De assistenten van de begrafenisondernemer droegen de kist de kerk in. Hij zag er heel licht uit en ze stapten energiek en niet erg eerbiedig over de keitjes.
 'Ik wou dat we niet zo dicht bij de kerk zaten,' zei Joséphine rusteloos. 'Ik kan niet denken wanneer er hiernaast een begrafenis is.'
 'In China dragen de mensen witte kleding bij een begrafenis,' zei ik tegen haar. 'Ze delen cadeautjes uit in een vrolijke rode verpakking, om geluk af te smeken. Ze steken knalvuurwerk aan. Ze praten en lachen en dansen en roepen. En op het laatst springt iedereen één voor één over de sintels van de brandstapel om de opstijgende rook te zegenen.'

Ze keek me nieuwsgierig aan.
'Heb je daar ook gewoond?'
Ik schudde mijn hoofd.
'Nee. Maar we kenden heel veel Chinese mensen in New York. Voor hen was de dood een gelegenheid om het leven van de overledene feestelijk te herdenken.'
Joséphine keek bedenkelijk.
'Ik begrijp niet hoe je de dood kunt vieren,' zei ze ten slotte.
'Dat doe je ook niet,' zei ik tegen haar. 'Je geeft een feest ter ere van het leven. Het hele leven. Inclusief het eind.'
Ik pakte de pot chocola van de warmhoudplaat en schonk twee glazen in. Na een poos ging ik de keuken in om twee *méringues* te halen die nog warm en stroperig waren in het omhulsel van chocola en serveerde ze met dikke slagroom en fijngehakte hazelnoten.
'Het lijkt nu niet juist om dit te doen,' zei Joséphine, maar ik merkte dat ze ze toch opat.

★ ★ ★

Het was bijna twaalf uur toen de rouwenden vertrokken, verblind door en knipperend tegen het heldere zonlicht. De chocola en de *méringues* waren op, het duister was weer even op een afstand gehouden. Ik zag Reynaud weer bij de deur en daarna vertrokken de oude dames in hun minibus – op de zijkant stond in felgele letters Les Mimosas – en was het plein weer gewoon. Nadat hij van iedereen afscheid had genomen, kwam Narcisse hevig zwetend onder zijn strakke boord binnen. Toen ik hem condoleerde, haalde hij zijn schouders op.
'Ik heb haar nooit echt gekend,' zei hij onverschillig. 'Een oudtante van mijn vrouw. Ging twintig jaar geleden *Le Mortoir* in. Ze wist niet meer wat ze deed.'
*Le Mortoir*. Ik zag Joséphine een grimas maken toen ze de naam hoorde. Ondanks alle mimosa-achtige zoetelijkheid is dat wat het in feite is. Een plek waar je sterft. Narcisse houdt zich slechts aan de conventies. De vrouw was allang dood.
Ik schonk chocola in, sterk en bitterzoet.
'Wil je een stuk taart?' bood ik aan.

Hij weifelde even.

'Doe maar niet, want ik ben nog in de rouw,' verklaarde hij duister.

'Wat voor is het?'

'Bavaroistaart, met caramelglazuur.'

'Nou, een klein stukje dan.'

Joséphine keek door het raam naar het lege plein.

'Die man hangt weer rond,' merkte ze op. 'Die uit *Les Marauds*. Hij gaat de kerk in.'

Ik keek door de deur naar buiten. Roux stond net in de zij-ingang van de kerk. Hij zag er gejaagd uit en ging nu eens op de ene, dan weer op de andere voet staan. Hij hield zijn armen stevig om zich heengeslagen alsof hij het koud had.

Er was iets mis. Ik voelde een plotselinge, paniekerige zekerheid. Er was iets helemaal mis. Terwijl ik keek, keerde Roux zich abrupt naar *La Praline* om. Hij stopte even, wreef met zijn hand door zijn haar, keek om zich heen en rende toen bijna naar binnen en bleef met gebogen hoofd, een en al schuldgevoel en ellende, staan.

'Armande,' zei hij. 'Ik denk dat ik haar vermoord heb.'

Even staarden we hem aan. Hij maakte een hulpeloos gebaartje met zijn handen, alsof hij negatieve gedachten wilde weren.

'Ik wilde de priester gaan halen. Ze heeft geen telefoon en ik dacht dat hij misschien...' Hij zweeg. Door de ellende was zijn accent nog zwaarder, zodat zijn woorden vreemd en onbegrijpelijk klonken, een taal vol vreemde keelklanken en lange, lage uithalen die op Arabisch of Spaans of *verlan* leken, of een geheimzinnige mengeling van de drie.

'Ik zag dat ze... ze zei dat ik naar de koelkast moest gaan... dat er medicijn stond...' Steeds geagiteerder wordend zweeg hij weer. 'Ik heb haar niet aangeraakt. Ik heb haar met geen vinger aangeraakt. Ik zou haar niet eens...' Hij spuugde de woorden er met grote moeite uit, als gebroken tanden. 'Ze zullen zeggen dat ik haar aangevallen heb. Dat ik op haar geld uit was. Dat is niet waar. Ik heb haar wat cognac gegeven en toen...'

Hij zweeg. Ik zag dat het hem de grootste moeite kostte zijn zelfbeheersing te bewaren.

'Rustig maar,' zei ik kalm. 'Je kunt het onderweg verder vertellen. Joséphine kan in de winkel blijven. Narcisse kan bij de bloemenwinkel de dokter bellen.'

Koppig: 'Ik ga niet terug. Ik heb gedaan wat ik kon. Ik wil niet...'
Ik greep hem bij zijn arm en trok hem achter me aan.
'We hebben geen tijd voor dit soort dingen. Ik heb je nodig.'
'Ze zullen zeggen dat het mijn schuld was. De politie...'
'Armande heeft je nodig! Kom op!'
Terwijl we naar *Les Marauds* liepen, hoorde ik de rest van het verhaal in stukken en brokken. Roux, die zich voor zijn uitbarsting in *La Praline* van de vorige dag had geschaamd en had gezien dat de deur bij Armande openstond, besloot bij haar langs te gaan en trof haar half bewusteloos in haar schommelstoel aan. Het lukte hem haar zo ver bij te brengen dat ze wat zei. *Medicijnen... koelkast...* Bovenop de koelkast stond een fles cognac. Hij schonk een glas in en werkte wat drank bij haar naar binnen.
'Ze-ze zakte gewoon in elkaar. Ik kon haar niet meer bij bewustzijn brengen.' De ellende droop van hem af. 'Toen herinnerde ik me weer dat ze suikerpatiënt was. Toen ik haar wilde helpen, heb ik haar waarschijnlijk gedood.'
'Je hebt haar niet gedood.' Ik was buiten adem van het hollen en had steken in mijn linkerzij. 'Het komt wel goed. Je hebt op tijd hulp gehaald.'
'Maar als ze doodgaat, wat dan? Wie zal mij dan geloven?' Zijn stem klonk hard.
'Spaar je de moeite. De dokter komt zo.'

Armandes deur staat nog open; een kat ligt om de deurpost gerold. Verder beweegt er niets in huis. Uit een stuk losgeraakte dakgoot spuit regenwater van het dak. Ik zie de ogen van Roux er met een snelle, professioneel taxerende blik heengaan: *dat moet ik nog even vastzetten.* Hij staat stil bij de deur alsof hij binnengevraagd wil worden.
Armande ligt op het haardkleedje, haar gezicht heeft een grauwe, paddestoelachtige kleur, haar lippen zijn blauw. Hij heeft haar in ieder geval in de juiste positie gelegd: één arm onder het hoofd, de nek iets achterover om de luchtwegen vrij te maken. Ze beweegt niet, maar een trilling van verschaalde lucht tussen haar lippen vertelt me dat ze nog ademt. Haar borduurwerk ligt naast haar, een kop gemorste koffie vormt een kommavormige vlek op het kleedje. De scène is vreemd vlak, als een plaatje uit een stomme film. Haar huid voelt koud en vis-

achtig aan, haar donkere irissen zijn duidelijk zichtbaar onder de oogleden die zo dun zijn als nat crêpepapier. Haar zwarte rok is opgeschoven tot boven haar knieën, zodat er een stukje vuurrode stof vrijkomt. Ik voel plotseling een opwelling van verdriet om die door artritis geplaagde oude knieën in de zwarte kousen en de vrolijke zijden onderrok onder de saaie huisjurk.
'En?' Door de ongerustheid gaat Roux snauwen.
'Ze haalt het wel.'
Zijn ogen zijn donker van ongeloof en achterdocht.
'Ze moet insuline in de koelkast hebben,' zeg ik tegen hem. 'Dat zal ze bedoeld hebben. Haal het vlug.'
Ze bewaart het bij de eieren. Een plastic doos met zes ampullen insuline erin en een paar wegwerpnaalden. Daarnaast een doos truffels van La Céleste Praline. Verder is er nauwelijks iets te eten in huis – een geopend blikje sardines, een stuk papier met een restje *rillettes*, een paar tomaten. Ik injecteer in de kromming van haar elleboog. Het is een techniek die ik goed ken. Tijdens de laatste stadia van de ziekte waartegen mijn moeder zoveel alternatieve therapieën probeerde – acupunctuur, homeopathie, creatieve visualisatie – vielen we ten slotte terug op de goeie ouwe morfine. Als we het niet op recept konden krijgen, kochten we het op de zwarte markt, en hoewel mijn moeder een hekel aan medicijnen had, was ze blij als ze het kreeg – haar lichaam gloeide en de hoge flats van New York voor onze ogen waren als een luchtspiegeling. Armande weegt bijna niets in mijn armen, haar hoofd zit losjes op de nek. Een spoortje rouge op een van haar wangen geeft haar een wanhopig, clownachtig aanzien. Ik leg haar koude, stijve handen tussen de mijne en maak de gewrichten van de vingers los.
'Armande, wakker worden, Armande.'
Roux staat toe te kijken, onzeker, zijn uitdrukking een mengeling van verwarring en hoop. Haar vingers voelen aan als een sleutelbos.
'Armande!' Ik maak mijn stem scherp, gebiedend. 'Je mag niet slapen. Je moet wakker worden.'
Daar gebeurt het. Een heel kleine trilling, als een blad dat tegen een ander blad tikt.
'Vianne.'
Even later lag Roux op zijn knieën naast ons. Hij zag er asgrauw uit, maar zijn ogen stonden heel helder.

'O, zeg dat nog eens, koppig oud mens dat je bent!' Zijn opluchting was zo intens dat het pijn deed. 'Ik weet dat je er bent, Armande, ik weet dat je me kunt horen!' Hij keek me gretig, bijna lachend aan. 'Ze heeft toch gesproken hè? Dat heb ik me niet verbeeld?'
Ik schudde mijn hoofd.
'Ze is sterk,' zei ik. 'En je hebt haar bijtijds gevonden, voordat ze in coma raakte. De injectie moet even inwerken. Blijf tegen haar praten.'
'Goed.' Hij begon te praten, een beetje wild, ademloos, haar gezicht afspeurend naar tekenen van bewustzijn. Ik bleef haar handen wrijven en voelde de warmte geleidelijk terugkeren.
'Je houdt niemand voor de gek, Armande, ouwe heks. Je bent zo sterk als een paard. Je zou eeuwig kunnen leven. Trouwens, ik heb net je dak gemaakt. Je dacht toch niet dat ik al dat werk had gedaan alleen maar om alles door je dochter te laten erven? Ik weet dat je luistert, Armande. Ik weet dat je me kunt horen. Waar wacht je nog op? Wil je dat ik me verontschuldig? Goed: ik bied mijn excuses aan. ' Hij schreeuwde nu bijna, zijn gezicht was gemarmerd van de tranen. 'Hoor je dat? Ik heb mijn excuses aangeboden. Ik ben een ondankbare hond en het spijt me. Word nu maar wakker en...'
'...*schreeuw niet zo*...'
Hij bleef midden in de zin steken. Armande grinnikte zachtjes. Haar lippen bewogen zonder geluid te maken. Haar ogen waren helder en alert. Roux legde zijn handen om haar gezicht.
'H-heb ik je bang gemaakt?' Haar stem was flinterdun.
'Nee.'
'*Welles*.' Met enige voldoening en schalksheid.
Roux veegde zijn tranen met de rug van zijn hand weg.
'Je bent me nog geld schuldig voor het werk dat ik gedaan heb,' zei hij met onvaste stem. 'Ik was alleen maar bang dat je niet meer aan betalen zou toekomen.'
Armande grinnikte weer. Ze kwam een beetje op krachten en samen hesen we haar in een stoel. Ze was nog steeds erg bleek, haar gezicht was ingedeukt als een rotte appel, maar haar ogen stonden helder en bij de tijd. Roux keerde zich naar me toe, zijn gezichtsuitdrukking was voor het eerst sinds de brand onverhuld. Onze handen raakten elkaar aan. Even ving ik een glimp op van zijn gezicht in het maanlicht, de ronding van een naakte schouder op het gras, een vage, ethe-

rische geur van seringen... Ik voelde mijn ogen groot worden van woordenloze verbazing. Roux moet ook iets gevoeld hebben, want hij deed bedremmeld een stap achteruit. Achter ons hoorde ik Armande zacht grinniken.

'Ik heb Narcisse gevraagd of hij de dokter wilde bellen,' zei ik tegen haar. 'Hij komt zo.'

Armande keek me aan.

'Ik wil die doodskop niet in mijn huis,' zei ze. 'Je kunt hem meteen weer terugsturen. Ik laat me niet door hem vertellen wat ik moet doen.'

'Maar je bent ziek,' bracht ik ertegen in. 'Als Roux niet langs was gekomen was je misschien doodgegaan.'

Ze keek me spottend aan.

'Vianne,' zei ze geduldig. 'Dat doen oude mensen. Die gaan dood. Dat hoort bij het leven. Het gebeurt de hele tijd.'

'Ja, maar...'

'En ik ga niet naar *Le Mortoir*,' vervolgde ze. 'Dat kun je hun namens mij zeggen. Ze kunnen me niet dwingen. Ik woon al zestig jaar in dit huis en wanneer ik doodga, doe ik dat hier.'

'Niemand zal je dwingen waar dan ook heen te gaan,' zei Roux scherp. 'Je bent niet zorgvuldig met je medicijn omgesprongen, dat is alles. Dat zal je niet weer gebeuren.'

Armande glimlachte.

'Zo eenvoudig is het niet,' zei ze.

Koppig: 'Waarom niet?'

Ze haalde haar schouders op.

'Guillaume weet het,' zei ze tegen hem. 'Ik heb veel met hem gepraat. Hij begrijpt het wel.' Ze klonk nu bijna normaal, hoewel ze nog zwak was. 'Ik wíl die medicijn niet iedere dag nemen,' zei ze kalm. 'Ik wil geen eindeloze diëten opvolgen. Ik wil niet verzorgd worden door vriendelijke verpleegsters die tegen me praten alsof ik op de kleuterschool zit. In vredesnaam, ik ben tachtig, en als ik op die leeftijd niet zou weten wat goed voor me is...'

Ze hield abrupt op.

'Wie is daar?'

Er mankeert niets aan haar oren. Ik heb het ook gehoord, het zwakke geluid van een auto die op het ongelijke pad buiten tot stilstand komt. De dokter.

'Als dat die schijnheilige kwakzalver is, kun je hem vertellen dat hij zijn tijd verknoeit,' snauwde Armande. 'Zeg maar dat het goed met me gaat. Zeg maar dat hij iemand anders moet onderzoeken. Ik hoef hem niet.'
Ik keek even naar buiten.
'Hij heeft geloof ik half Lansquenet meegenomen,' merkte ik rustig op. De auto, een blauwe Citroën, zat vol mensen. Behalve de dokter, een bleke man met een gitzwart pak, zag ik Caroline Clairmont, haar vriendin Joline en Reynaud samen op de achterbank gepropt zitten. Voorin zat Georges Clairmont, schaapachtig en slecht op zijn gemak stil protest uit te stralen. Ik hoorde het autoportier slaan en de kievietachtige, schrille stem van Caroline boven het plotselinge rumoer uitkomen: 'Heb ik het niet tegen haar gezegd, Georges? Niemand kan me ervan beschuldigen dat ik als dochter mijn plicht verzuim, ik heb alles voor die vrouw overgehad, en moet je nu zien...'
Een snel geknars van voetstappen op de stenen, dan de stemmen die ineens kakofonisch schetteren wanneer de ongewenste bezoekers de voordeur openen.
'*Maman? Maman?* Hou vol, lieverd, ik ben het! Ik kom eraan! Hierheen, meneer Cussonnet, hier is de... O ja, u weet de weg hè. O, hoe vaak heb ik haar niet gezegd... Ik wíst gewoon dat er zoiets zou gebeuren...'
Georges, zwak protesterend: 'Zouden we ons er wel mee moeten bemoeien, Caro? Kunnen we de dokter niet beter zijn gang laten gaan?'
Joline met haar koele, laatdunkende toon: 'Je vraagt je wel af wat híj in haar huis deed...'
Reynaud, nauwelijks hoorbaar: '...had naar mij moeten komen...'
Ik voelde Roux verstijven voordat ze de kamer inkwamen; hij keek snel om zich heen of er een manier was om weg te komen. Maar het was al te laat. Eerst Caroline en Joline met hun onberispelijke *chignon*, twinset en Hermès-sjaal, meteen daarachter Clairmont – donker pak met das, ongewoon voor een dag in de houtopslagplaats, of heeft hij zich van haar voor deze gelegenheid moeten omkleden? –, dan de dokter en de priester. Allemaal blijven ze als in een scène uit een melodrama stokstijf in de deuropening staan, met gezichten die geschokt, uitdrukkingloos, schuldbewust, gegriefd, woedend zijn. Roux staart

even hard terug met zijn brutale blik, zijn ene hand in het verband en vochtig haar in zijn ogen; ik sta bij de deur met modderspatten op mijn oranje rok doordat ik naar Les Marauds ben gerend en Armande is bleek maar beheerst en schommelt vrolijk in haar oude stoel; haar zwarte ogen staan boosaardig en één vinger is heksachtig gekromd...

'Ah, daar zijn de gieren.' Ze klonk beminnelijk, gevaarlijk. 'Jullie hebben er niet lang over gedaan hè?' Een scherpe blik naar Reynaud, die achteraan staat. 'Je dacht zeker dat je eindelijk je kans kreeg,' zei ze bijtend. 'Je dacht mij even gauw te kunnen zegenen terwijl ik niet *compos mentis* was, hè?' Ze lachte vulgair. 'Jammer, Francis. Ik ben nog niet aan het laatste sacrament toe.'

Reynaud keek zuur.

'Het lijkt erop,' zei hij. Een snelle blik in mijn richting. 'U had er geluk aan dat *mademoiselle* Rocher zo góéd kan omgaan met naalden.' Er lag een bedekte snier in die woorden.

Caroline verstrakte, haar gezicht was een glimlachend masker van teleurstelling.

'*Maman, chérie*, nu zie je wat er gebeurt wanneer we je alleen laten wonen. Iedereen de stuipen op het lijf jagen.'

Armande keek verveeld.

'Al die tijd, al die onrust...' Lariflète sprong op haar schoot terwijl Caro praatte en de oude vrouw aaide de kat afwezig. 'Nu begrijp je waarom we tegen je zeggen...'

'Dat ik maar beter naar *Le Mortoir* kan gaan?' maakte Armande de zin mat af. 'Mijn God, Caro, je geeft het ook niet op, hè? Je bent ook net je vader. Stom, maar halsstarrig. Het was een van zijn charmantste eigenschappen.'

Carol zag er prikkelbaar uit.

'Het heet niet *Le Mortoir*, maar *Les Mimosas*, en als je eens de moeite nam om er rond te kijken...'

'Eten door een slangetje, iemand die je naar het toilet brengt voor het geval je omvalt...'

'Doe niet zo absurd.'

Armande lachte.

'Meisjelief, op mijn leeftijd kan ik doen wat ik wil. Ik kan absurd doen als ik daar zin in heb. Ik ben zo oud dat ik alles ongestraft kan doen.'

'Je gedraagt je als een kind,' Caro's stem klonk pruilerig. '*Les Mimosas* is een heel goed, heel exclusief tehuis, je zou er kunnen praten met mensen van je eigen leeftijd, aan uitstapjes meedoen, alles voor je laten organiseren...'
'Het klinkt geweldig.' Armande schommelde lui door. Caro wendde zich tot de dokter, die verlegen naast haar had gestaan. Een slanke, nerveuze man, die het allemaal opgelaten aan had gezien, als een verlegen man op een orgie.
'Simon, zeg jij het eens tegen haar!'
'Tja, ik weet niet of het wel mijn taak is om...'
'Simon is het met me eens,' onderbrak Caro hem hardnekkig. 'In jouw conditie en op jouw leeftijd kún je hier gewoon niet alleen blijven wonen. Er kan wel van alles...'
'Ja, madame Voizin.' Jolines stem klonk warm en redelijk. 'Misschien moet u toch eens nadenken over wat Caro... u wilt natuurlijk niet uw onafhankelijkheid kwijt, maar om uw eigen béstwil...'
Armandes ogen zijn snel en helder en scherp. Ze keek Joline even zwijgend aan. Joline gooide het hoofd in de nek, maar wendde toen blozend haar blik af.
'Ik wil dat jullie weggaan,' zei Armande zachtjes. 'Allemaal.'
'Maar *maman*...'
'Allemaal,' herhaalde Armande toonloos. 'Ik geef die kwakzalver hier twee minuten onder vier ogen – het lijkt erop dat ik u aan uw eed van Hippocrates moet herinneren, monsieur Cussonnet – en wanneer ik daarmee klaar ben, verwacht ik dat het hele stelletje haviken verdwenen is.' Ze probeerde op te staan en duwde zichzelf met moeite overeind. Ik pakte haar arm om haar te ondersteunen en ze schonk me een ironische, ondeugende glimlach.
'Bedankt, Vianne,' zei ze vriendelijk. 'En jij ook.' Dit tegen Roux, die nog steeds aan het andere eind van de kamer stond en een kleurloze en onverschillige indruk maakte. 'Ik wil met je praten nadat ik een onderhoud met de dokter heb gehad. Niet weggaan.'
'Met mij?' Roux voelde zich niet op zijn gemak. Caro gaf hem een blik vol onverholen minachting.
'Ik denk dat op een moment als dit, *maman*, je familie...'
'Als ik jullie nodig heb, weet ik waar ik moet zijn,' zei Armande bits. 'Ik wil nu even het een en ander regelen.'

Caro keek naar Roux.

'O?' De lettergreep was zijdezacht van antipathie. 'Regelen?' Ze nam hem van onder tot boven op en ik zag hem licht terugdeinzen. Het was dezelfde reflex als ik voorheen bij Joséphine had waargenomen: een verstrakken, een licht optrekken van de schouders, een diep wegstoppen van de handen in de zakken alsof je daardoor een kleiner doelwit wordt. Voor zo'n indringende blik kan niets verborgen blijven. Even ziet hij zichzelf zoals zij hem ziet: vuil, ongemanierd. Pervers voldoet hij aan het beeld dat ze van hem heeft en zegt snauwend: 'Wie denk je verdomme dat je voor je hebt?'

Ze kijkt hem verschrikt aan en loopt wat achteruit. Armande grijnst.

'Ik spreek je nog wel,' zegt ze tegen mij. 'En bedankt.'

Caro liep zichtbaar teleurgesteld achter me aan. Ze zweefde tussen nieuwsgierigheid en weerzin om met me te praten en gedroeg zich beslist en neerbuigend. Ik gaf haar de feiten zonder verdere uitleg. Reynaud luisterde, zo onaangedaan als een van zijn standbeelden. Georges probeerde diplomatiek te zijn en lachte schaapachtig en uitte gemeenplaatsen.

Niemand bood aan me naar huis te brengen.

# 28

## Zaterdag, 15 maart

Ik ging vanmorgen weer naar Armande Voizin om met haar te praten. Wederom wilde ze me niet spreken. Haar roodharige waakhond deed de deur open en gromde tegen me in zijn ruwe *patois*; hij zette zijn schouders tegen de deurpost om te verhinderen dat ik naar binnen ging. Armande maakt het prima, meldt hij. Van een beetje rust zal ze helemaal opknappen. Haar kleinzoon is bij haar en haar vrienden bezoeken haar iedere dag. Dit alles wordt gezegd met een sarcasme dat me op mijn tong doet bijten. Ze mag niet gestoord worden. Het steekt me, *père*, dat ik bij deze man moet pleiten, maar ik ken mijn plicht. In wat voor laag gezelschap ze ook terecht is gekomen, welke honende opmerkingen ze me ook naar het hoofd slingert, mijn plicht blijft duidelijk. Ik moet troost bieden, ook als die geweigerd wordt, en raad geven. Maar het is onmogelijk met deze man over de ziel te spreken – zijn blik is zo wezenloos en onverschillig als die van een dier. Ik probeer uit te leggen dat Armande oud is. Oud en koppig. Dat er voor ons beiden nog maar weinig tijd is. Ziet hij dat niet? Staat hij toe dat ze zichzelf de dood injaagt met haar verwaarlozing en arrogantie?

Hij haalt zijn schouders op.

'Ze maakt het best,' zegt hij tegen me, zijn gezicht minzaam van afkeer. 'Niemand verwaarloost haar. Het gaat nu goed.'

'Dat is niet waar.' Mijn stem is opzettelijk scherp. 'Ze speelt Russische roulette met haar medicatie. Ze weigert naar de dokter te luisteren. In 's hemelsnaam, ze eet chocola! Hebt u er wel eens aan gedacht wat dat voor haar in haar toestand kan betekenen? Waarom...'

Zijn gezicht sluit zich af, wordt vijandig en afstandelijk.

Toonloos: 'Ze wil u niet zien.'
'Kan het u niet schelen? Kan het u niet schelen dat ze zichzelf doodt met haar gulzigheid?'
Hij haalt de schouders op. Achter de dunne laag onverschilligheid voel ik zijn woede. Het is onmogelijk om een beroep te doen op zijn betere ik: hij houdt gewoon de wacht, zoals hem is opgedragen. Muscat zegt dat Armande hem geld aangeboden heeft. Misschien heeft hij er belang bij dat ze sterft. Ik ken haar perversheid. Haar familie onterven omwille van deze vreemdeling zou dat deel van haar aanspreken.

'Ik wacht wel,' zei ik tegen hem. 'De hele dag als het moet.'
Ik wachtte twee uur buiten in de tuin. Toen begon het te regenen. Ik had geen paraplu en mijn soutane was zwaar van het vocht. Ik werd duizelig en gevoelloos. Na een poos ging er een raam open en ik ving de gekmakende geur van koffie en warm brood op uit de keuken. Ik zag de waakhond naar me kijken met die blik van norse minachting en ik wist dat hij als ik bewusteloos op de grond zou vallen, nog geen poot zou uitsteken. Ik voelde zijn ogen in mijn rug prikken toen ik langzaam omhoog liep naar de kerk. Van over het water meende ik de klank van gelach te horen.

Ook bij Joséphine Muscat heb ik geen succes gehad. Hoewel ze weigert naar de kerk te gaan, heb ik een paar maal met haar gesproken, maar zonder resultaat. Er zit nu een diepe kern van een koppig metaal in haar, iets uitdagends, hoewel ze tijdens ons gesprek respectvol en vriendelijk blijft. Ze waagt zich nooit ver van *La Céleste Praline* en ik zag haar vandaag voor de winkel. Ze veegde de stoep voor de deur; om haar haar zat een gele sjaal. Toen ik op haar af liep, hoorde ik dat ze in zichzelf zong.

'Goedemorgen, madame Muscat.' Ik groette haar beleefd. Ik weet dat ze alleen maar met zachtmoedigheid en redelijkheid teruggewonnen kan worden. Berouw komt eventueel later nog wel, wanneer ons werk gedaan is.

Ze glimlachte zuinig. Ze ziet er nu zelfverzekerder uit: rug recht, hoofd hoog, allemaal manieren die ze van Vianne Rocher heeft overgenomen.

'Ik ben nu Joséphine Bonnet, *père*.'
'Volgens de wet niet, *madame*.'

'*Poef*, de wet.' Ze haalde haar schouders op.

'Gods wet,' zei ik nadrukkelijk, haar verwijtend aankijkend. 'Ik heb voor je gebeden, *ma fille*. Ik heb gebeden voor je verlossing.'

Daarop lachte ze niet onvriendelijk.

'Dan zijn uw gebeden verhoord, *père*. Ik ben nog nooit zo gelukkig geweest.' Ze lijkt ondoordringbaar. Nog geen week heeft ze blootgestaan aan de invloed van die vrouw en nu al kan ik de stem van die ander door de hare heen horen. Hun gelach is onverdraaglijk. Hun spot, net als die van Armande, is een prikkel die me sprakeloos en woedend maakt. Het heeft al iets in me losgemaakt, *père*, iets zwaks waarvoor ik meende immuun te zijn. Wanneer ik over het plein naar de chocolaterie kijk, naar de vrolijke etalage en de bakken vol roze en rode en oranje geraniums aan de balkonnetjes en aan weerszijden van de deur, voel ik heel verraderlijk de twijfel mijn geest binnensluipen en watertand ik bij de herinnering aan de geuren die er hangen – van room en marshmallows en gebrande suiker en een bedwelmende mengeling van cognac en versgemalen cacaobonen. Het is de geur van het haar van een vrouw, daar waar de nek overgaat in dat lieflijke kuiltje bij de schedel, de geur van rijpe abrikozen in de zon, van warme *brioches* en kaneelbroodjes, van citroenthee en lelietjes-van-dalen. Het is als wierook die zich op de wind verspreidt en zich zachtjes als een banier van revolutie ontrolt, dit spoor van de duivel – niet zwavelachtig zoals ons als kinderen is geleerd, maar als een vederlicht, uiterst suggestief *parfum*, een mengeling van duizend specerijen die het hoofd licht maken en de geest doen zweven. Soms sta ik onwillekeurig voor de kerk met mijn hoofd omhoog in de wind te proberen een spoor van al die geuren op te vangen. Mijn dromen worden erdoor overspoeld; dan word ik zwetend en uitgehongerd wakker. In mijn dromen stop ik me vol met chocola, wentel ik me door de chocola, die niet bros is maar zacht als vlees, als duizend monden op mijn lichaam, die me verslinden met haast onmerkbare, kleine hapjes. De dood vinden door de tedere gulzigheid van die monden lijkt het toppunt van alle verleidingen waaraan ik ooit heb blootgestaan en op die momenten kan ik Armande Voizin bijna begrijpen, die met iedere verrukte hap haar leven op het spel zet.

Ik zei bíjna.

Ik ken mijn plicht. Ik slaap nog maar weinig en heb mijn boetedoening uitgebreid tot deze zeldzame momenten van ongedisciplineerdheid. Mijn gewrichten doen zeer, maar ik verwelkom de verlokking. Lichamelijk plezier is de spleet waarin de duivel wortel schiet. Ik mijd zoete geuren. Ik eet één enkele maaltijd per dag en dan nog slechts een heel eenvoudige en zo smakeloos mogelijke. Wanneer ik geen plichten voor de parochie hoef te vervullen, werk ik op het kerkhof; ik spit de bloembedden om en wied rond de graven. Er is al twee jaar niets aan gedaan en er bekruipt me een gevoel van onrust wanneer ik zie hoe wild die voorheen zo ordelijke tuin nu is. Lavendel, marjolein, guldenroede en paarse salie zijn in uitbundige overvloed tussen het gras en de blauwe distels opgeschoten. Zoveel geuren vind ik storend. Ik zou ordelijke rijen struiken en bloemen willen, misschien met een buxushaag eromheen. Deze overdaad lijkt op de een of andere manier verkeerd, oneerbiedig, een wilde doorbraak van leven, waarbij de ene plant de andere verstikt in een poging te overheersen. Ons is de heerschappij over deze zaken gegeven, zegt de bijbel. Maar toch voel ik geen overwicht. Wat ik voel is een soort hulpeloosheid, want terwijl ik spit en snoei en snijd, sluiten de groene rijen zich achter mijn rug weer en steken ze lange, groene, spottende tongen naar me uit vanwege mijn pogingen. Narcisse ziet het allemaal met geamuseerde minachting aan.

'U kunt beter wat aanplanten, *père*,' zegt hij. 'De ruimten opvullen met iets degelijks. Anders krijgt het onkruid meteen weer een nieuwe kans.'

Hij heeft natuurlijk gelijk. Ik heb bij zijn kwekerij honderd planten besteld, gemakkelijke planten die ik in rijen zal neerzetten. Ik houd van de witte begonia's en de kleine irissen en de lichtgele dahlia's en de witte lelies, die niet geuren maar van die keurige bladerkransen hebben. Mooi, maar niet opdringerig, belooft Narcisse. Natuur die zich aan de mens onderwerpt.

Vianne Rocher komt naar mijn werk kijken. Ik sla geen acht op haar. Ze draagt een turkooizen pullover en een spijkerbroek en paarse suède laarsjes. Haar haar is een piratenvlag in de wind.

'U heeft een prachtige tuin,' merkt ze op. Ze gaat met een hand over een stuk begroeiing; ze sluit haar hand en brengt die naar haar gezicht om de geuren te ruiken.

'Wat een kruiden,' zegt ze. 'Citroenmelisse en geurige munt en schijfkamille...'

'Ik ken de namen niet.' Mijn stem is abrupt. 'Ik ben geen tuinier. Trouwens, het is maar onkruid.'

'Ik houd van onkruid.'

Dat had ik kunnen weten. Ik voelde mijn hart opzwellen van woede – of kwam het door de geur? Ik stond tot mijn heupen in het wuivende gras en voelde mijn onderste wervels kraken onder de plotselinge druk.

'Vertelt u mij eens, *mademoiselle*...'

Ze keek me welwillend, glimlachend aan.

'Vertelt u me eens wat u denkt te bereiken door mijn parochianen te stimuleren hun leven overhoop te halen, hun zekerheden op te geven...'

Ze keek me niet-begrijpend aan.

'Overhoop halen?' Ze keek onzeker naar de stapel onkruid op het pad naast me.

'Ik heb het over Joséphine Muscat,' beet ik haar toe.

'O.' Ze rukte aan een lavendelstengel. 'Ze was ongelukkig.' Ze leek te denken dat dat alles verklaarde.

'En nu ze haar huwelijksgelofte heeft verbroken, alles wat ze had heeft achtergelaten en haar oude leven heeft opgegeven, denkt u dat ze gelukkiger zal worden?'

'Ja, natuurlijk.'

'Een schone gedachte,' snierde ik. 'Voor wie niet in zonde gelooft.' Ze lachte.

'Maar dat doe ik ook niet,' zei ze. 'Daar geloof ik helemaal niet in.'

'Dan heb ik met uw arme kind te doen,' zei ik bits. 'Grootgebracht zonder God en zonder moraal.'

Ze keek me met toegeknepen, niet-lachende ogen aan.

'Anouk weet wat goed en kwaad is,' zei ze, en ik wist dat ik haar eindelijk had bereikt. Een-nul voor mij. 'En wat God betreft...' Ze stopte. 'Ik denk dat die witte boord u niet als enige toegang tot het goddelijke geeft,' vervolgde ze vriendelijker. 'Ik denk dat er op de een of andere manier ruimte voor ons alletwee moet zijn, denkt u ook niet?'

Ik verwaardigde me niet hierop te antwoorden. Ik doorzie haar voorgewende tolerantie.

'Als u echt goed wilt doen,' zei ik waardig tegen haar, 'haalt u madame Muscat ertoe over haar overhaaste beslissing te heroverwegen. En

zorgt u ervoor dat Armande Voizin tot bezinning komt.'
'Bezinning?' Ze deed alsof ze van niets wist, maar ze wist wat ik bedoelde.
Ik herhaalde in grote lijnen wat ik de waakhond had verteld. Armande was oud, zei ik tegen haar. Eigenzinnig en koppig. Maar haar generatie is slecht toegerust voor het begrijpen van medische zaken. Het belang van een dieet en medicatie – het koppige weigeren te luisteren naar de feiten...
'Maar Armande is heel gelukkig waar ze nu is.' Haar stem klinkt bijna redelijk. 'Ze wil haar huis niet uit; ze wil niet naar een verpleegtehuis. Ze wil sterven waar ze nu is.'
'Daar heeft ze het recht niet toe!' Ik hoorde mijn stem als een zweepslag over het plein knetteren. 'Die beslissing is niet aan haar. Ze zou lang kunnen leven, misschien nog wel tien jaar...'
'Dat kan nu ook.' Haar toon was verwijtend. 'Ze is nog mobiel, helder van geest, onafhankelijk...'
'Onafhánkelijk?' Ik kon mijn minachting nauwelijks verbergen. 'Als ze over een halfjaar stekeblind is? Wat doet ze dan? Een blindengeleidekat nemen?'
Voor het eerst leek ze in de war.
'Ik begrijp het niet,' zei ze ten slotte. 'Aan Armandes ogen mankeert toch niets? Ze draagt niet eens een bril!'
Ik keek haar scherp aan. Ze wist het niet.
'U hebt zeker niet met de dokter gesproken?'
'Waarom zou ik? Armande...'
Ik onderbrak haar.
'Armande heeft een probleem,' zei ik tegen haar. 'Een probleem dat ze categorisch ontkent. Nu ziet u hoe ver haar koppigheid gaat. Ze weigert toe te geven, aan zichzelf, maar ook aan haar familie...'
'Vertel me erover, alstublieft.' Haar ogen waren zo hard als agaat.
Ik vertelde het haar.

# 29

## *Zondag, 16 maart*

Eerst deed Armande alsof ze niet wist waar ik het over had. Toen vroeg ze uit de hoogte 'wie er gekletst had', waarbij ze me tegelijkertijd liet weten dat ik een bemoeial was en dat ik geen idee had waar ik over sprak.

'Armande,' zei ik toen ze even pauzeerde om adem te halen, 'praat met me. Vertel me wat dat inhoudt, "diabetische retinopathie".'

Ze haalde haar schouders op.

'Ik zal het maar doen, want die rotdokter vertelt het toch aan het hele dorp.' Ze klonk kregelig. 'Hij behandelt me alsof ik niet meer in staat ben mijn eigen beslissingen te nemen.' Ze keek me streng aan. 'En jij bent geen haar beter, dame. Je bemoedert me, je betuttelt me – ik ben geen kind, Vianne.'

'Dat weet ik.'

'Nou dan.' Ze reikte naar de theekop bij haar elleboog. Ik zag hoe zorgvuldig ze hem tussen haar vingers klemde en uitzocht waar hij stond voordat ze hem oppakte. Niet zij is blind geweest, maar ík. De wandelstok met rode strik, de weifelende gebaren, het onafgemaakte borduurwerkje, de ogen die schuilgaan onder vele hoeden...

'Het lijkt erop dat je niets voor me kunt doen,' vervolgde Armande nu iets vriendelijker. 'Voorzover ik begrepen heb is het ongeneeslijk, dus is het alleen mijn zaak.' Ze nam een slok van de thee en trok een vies gezicht.

'Kamille,' zei ze zonder enig enthousiasme. 'Voert gifstoffen af, zeggen ze. Smaakt naar kattenpis.' Met hetzelfde zorgvuldige gebaar zette ze de kop weer neer.

'Ik mis lezen,' zei ze. 'Het wordt te moeilijk om de letters te onderscheiden, maar Luc leest me wel eens voor. Weet je nog dat ik hem die eerste woensdag uit Rimbaud liet voorlezen?'
Ik knikte.
'Je doet net of dat jaren geleden was,' zei ik.
'Dat was het ook.' Haar stem was licht, bijna uitdrukkingsloos. 'Ik heb nu wat ik dacht nooit te zullen krijgen, Vianne. Mijn kleinzoon komt iedere dag bij me. We praten als volwassenen. Het is een goeie jongen, zo vriendelijk dat hij wel een beetje met me te doen heeft...'
'Hij houdt van je, Armande,' onderbrak ik haar, 'dat doen we allemaal.'
Ze gniffelde.
'Misschien niet allemaal,' zei ze. 'Maar dat doet er niet toe. Ik heb alles wat ik ooit gewild heb hier en nu. Mijn huis, mijn vrienden, Luc...' Ze keek me koppig aan. 'Ik laat me dat niet afpakken,' verklaarde ze opstandig.
'Ik begrijp het niet. Niemand kan je dwingen...'
'Ik heb het niet over mensen,' viel ze me scherp in de rede. 'Cussonnet kan praten wat hij wil over retina-implantaten en scans en laserbehandelingen en wat ook maar' – haar minachting voor dit soort zaken was duidelijk – 'maar dat verandert niets aan de naakte feiten. Het is een feit dat ik blind word en dat daar niet veel aan te doen is.' Ze sloeg haar armen over elkaar om haar woorden kracht bij te zetten.
'Ik had eerder naar hem toe moeten gaan,' zei ze zonder bitterheid. 'Nu kan het niet meer teruggedraaid worden en verergert het alleen nog maar. Een halfjaar slechtziendheid, meer is er niet van te maken, en daarna *Le Mortoir*, of ik dat nu leuk vind of niet, tot mijn laatste snik.' Ze zweeg even. 'Ik zou nog tien jaar kunnen leven,' zei ze peinzend, net als Reynaud tegen mij had gezegd.
Ik deed mijn mond open om haar tegen te spreken, om haar te zeggen dat het misschien niet zo'n vaart zou lopen, maar sloot hem weer.
'Kijk me niet zo aan, meisje,' Armande gaf me een plagerige por. 'Na een banket van vijf gangen wil je toch koffie en likeur? Zou jij ineens beslissen dat je het wilde afronden met een kom pap? Alleen maar om nog een gang te hebben?'
'Armande...'
'Laat me even uitspreken.' Haar ogen schitterden. 'Wat ik zeg is,

Vianne, dat een mens moet weten wanneer het welletjes geweest is. Je moet weten wanneer je je bord moet wegduwen en om die likeur moet vragen. Ik word over twee weken eenentachtig...'
'Dat is nog niet zo oud.' Het kwam er ongewild klaaglijk uit. 'Ik kan niet geloven dat je het zomaar opgeeft!'
Ze keek me aan.
'En toch was jij degene, meen ik, die tegen Guillaume zei dat hij Charly wat waardigheid moest gunnen.'
'Maar jij bent geen hond!' weerlegde ik boos.
'Nee,' antwoordde Armande zachtjes, 'en ik kan kiezen.'

Een bittere stad, New York, met zijn opzichtige geheimen – koud in de winter en verzengend heet in de zomer. Na drie maanden wordt zelfs het lawaai vertrouwd, onopvallend. De klanken van de auto's-stemmen-taxi's versmelten tot één wand van geluid die als een regengordijn over de stad ligt. Ze komt uit de delicatessenzaak met onze lunch in een bruine zak in haar armen geklemd en steekt over; ik kom haar tegemoet en vang haar blik op vanaf de andere kant van de drukke straat. Een reclamebord achter haar prijst Marlboro-sigaretten aan – een man tegen een achtergrond van rode bergen. Ik zie hem aankomen. Ik doe mijn mond open om te schreeuwen, om haar te waarschuwen... Ik verstijf. Een kort moment, meer is het niet, één enkele seconde. Was het angst waardoor mijn tong tegen mijn gehemelte plakte? Was het gewoon de langzame reactie van het lichaam bij dreigend gevaar, waarbij de gedachte de hersenen een eeuwigheid eerder bereikt dan de trage reactie van het vlees plaatsvindt? Of was het hoop, het soort hoop dat ontstaat wanneer alle dromen zijn weggevallen en alleen nog de lange, langzame pijn van de schijnvertoning overblijft?
– *Natuurlijk,* maman, *natuurlijk halen we Florida. Natuurlijk.*
Haar gezicht is een strakke glimlach, haar ogen schitteren te fel, zo fel als het vuurwerk op Independence Day.
– *Wat zou ik moeten, wat zou ik moeten zonder jou?*
– *Het komt goed,* maman. *We halen het. Ik beloof het je. Vertrouw maar op mij.*
De Zwarte Man staat ernaast met een flauwe glimlach op zijn gezicht en in die ene, eindeloos lange seconde weet ik dat er dingen zijn die veel erger zijn dan sterven, veel erger. Dan wordt de verlam-

ming opgeheven en uit ik een schreeuw, maar de waarschuwingskreet komt te laat. Ze draait haar gezicht vaag naar me toe en er vormt zich een glimlach op haar bleke lippen – *Hoezo? Wat is er aan de hand, liefje?* – en de kreet die haar naam had moeten zijn gaat verloren in het gepiep van de remmen...

'*Florida!*' Het klinkt als een vrouwennaam, hij schalt over straat, er rent een jonge vrouw met verwrongen gezicht tussen het verkeer door; ze laat onder het rennen haar boodschappen vallen – een armvol bloemen, een pak melk. Het klinkt als een naam, alsof de oudere vrouw die op straat sterft in feite *Florida* heet, en ze is al overleden voordat ik bij haar ben, rustig en zonder dramatiek, zodat ik me bijna schaam dat ik zoveel drukte maak, en een grote vrouw met een roze trainingspak aan slaat haar vlezige armen om me heen, maar ik voel voornamelijk opluchting, als bij een steenpuist die is opengesneden, en ik huil van opluchting, een bittere, brandende opluchting omdat ik het eindelijk gehad heb. En omdat ik er vrijwel ongeschonden doorheen gekomen ben.

'Je moet niet huilen,' zei Armande zachtjes. 'Was jij niet degene die altijd zei dat geluk het enige is dat telt?'

Ik was verbaasd dat mijn gezicht nat was.

'Trouwens, ik heb je hulp nodig.' Pragmatisch als altijd reikte ze me een zakdoek uit haar zak aan. Hij rook naar lavendel. 'Ik geef een feestje op mijn verjaardag,' verklaarde ze. 'Dat is Lucs idee. Kosten geen bezwaar. Ik wil dat jij voor het eten zorgt.'

'Wat?' Ik was verward door die overstap van de dood naar feesten en weer terug.

'Mijn laatste gang,' legde Armande uit. 'Ik zal tot dan braaf mijn medicijn nemen. Ik zal zelfs die smerige thee drinken. Ik wil mijn eenentachtigste verjaardag beleven, Vianne, met al mijn vrienden om me heen. God weet nodig ik zelfs die idiote dochter van me uit. We zullen jouw chocoladefeest er op gepaste wijze in verwerken. En dan...' Een snel onverschillig schouderophalen. 'Niet iedereen heeft zoveel geluk,' merkte ze op. 'Dat je de kans krijgt alles te plannen, alles op orde te brengen. En nog iets' – ze keek me zo intens als een laserstraal aan – 'je hebt het er met niemand over. Met nie-mand. Ik wil niet dat iemand zich ermee bemoeit. Het is mijn keuze, Vianne. Mijn feestje. Ik wil niet dat iemand huilt of zich aanstelt op mijn feestje. Begrepen?'

Ik knikte.
'Beloofd?' Het was alsof ze het tegen een opstandig kind had.
'Ik beloof het je.'
'Dat is dan geregeld.'
Haar gezicht kreeg de tevreden uitdrukking die het altijd krijgt wanneer het over lekker eten gaat. Ze wreef zich in haar handen.
'En nu het menu.'

# 30

## Dinsdag, 18 maart

Terwijl we samen aan het werk waren, merkte Joséphine op dat ik zo stil was. We hebben al honderd paasdozen gemaakt sinds we zijn begonnen; ze staan netjes opgestapeld in de kelder, met strikken eromheen, maar ik ben van plan er tienmaal zoveel te maken. Als ik die allemaal verkoop, maken we flink winst, misschien genoeg om ons hier voorgoed te vestigen. Zo niet – ik denk niet aan die mogelijkheid, hoewel de windwijzer daar hoog in de lucht krakend om me lacht. Roux is al aan Anouks kamer op zolder begonnen. Het chocoladefeest is een risico, maar ons leven is altijd bepaald geweest door zulke dingen. En we hebben alles gedaan om van het feest een succes te maken. Tot in Agen en de naburige steden zijn er affiches verspreid. De plaatselijke radio zal er in de paasweek iedere dag melding van maken. Er komt muziek – een paar van Narcisses oude vrienden hebben een band geformeerd – en er zijn bloemen en spelletjes. Ik heb met een paar handelaren van de donderdagmarkt gesproken en er zullen stalletjes op het plein komen die snuisterijen en souvenirs verkopen. Een eierzoektocht voor de kinderen onder aanvoering van Anouk en haar vriendjes en een *cornet-surprise* voor ieder kind. En in La Céleste Praline staat een reusachtig chocoladebeeld van Eostre met een korenschoof in de ene hand en een mand eieren in de andere die onder de feestvierenden zal worden verdeeld. We hebben nog geen twee weken meer. We maken de kwetsbare likeurbonbons, de trosjes rozenblaadjes, de in goudpapier verpakte munten, de viooltjesrozenblaadjes, de kersenbonbons en de amandelrolletjes in hoeveelheden van vijftig stuks, die we op ingevette bakblikken leggen om af te koelen. Holle eieren en dierfiguren worden zorgvuldig opengespleten en ermee gevuld. Nesten van gesponnen caramel met harde suikereieren erin, waarop triomfantelijk een welgedane chocoladekip prijkt.

Kleurige konijnen die beladen zijn met vergulde amandelen staan in rijen klaar om verpakt en in dozen gedaan te worden. Marsepeinen figuurtjes staan in slagorde op de planken. Het huis is vervuld van de geuren van vanille-essence en cognac en caramelappels en bittere chocola.

En nu is er ook nog Armandes feest om voor te bereiden. Het feest begint op zaterdag om negen uur, de avond vóór het festival en ze viert haar verjaardag om middernacht. Ik heb een lijst van de dingen die ze in Agen wil bestellen: *foie gras*, champagne, truffels en verse *chanterelles* uit Bordeaux en *plateaux de fruits de mer* bij de traiteur in Agen. Ik neem zelf gebak en chocola mee.

'Het klinkt leuk,' roept Joséphine vrolijk vanuit de keuken, wanneer ik haar over het feest vertel. Ik moet mezelf herinneren aan de belofte die ik Armande gedaan heb.

'Jij bent ook uitgenodigd,' zeg ik tegen haar. 'Dat heeft ze gezegd.'

Joséphine bloost van plezier bij de gedachte.

'Dat is aardig,' zegt ze. 'Iedereen is toch zo aardig.'

Het is opvallend hoe weinig bitterheid ze voelt, denk ik, altijd bereid in iedereen iets vriendelijks te ontdekken. Zelfs Paul-Marie heeft dat optimisme in haar niet vernietigd. Zijn gedrag, zo zegt ze, is deels haar eigen schuld. Hij is in wezen zwak, ze had veel eerder tegen hem in moeten gaan. Caro Clairmont en haar clubje vriendinnen doet ze glimlachend af met de wijze opmerking dat ze niet beter weten.

Wat een simpele ziel. Ze is nu sereen, heeft vrede met de wereld. Ik merk dat dat bij mij ironisch genoeg steeds minder wordt. En toch benijd ik haar. Er is zo weinig voor nodig geweest om haar in deze toestand te brengen. Een beetje warmte, wat geleende kleren en de veiligheid van een logeerkamer... Als een bloem trekt ze naar het licht, zonder het proces dat haar daartoe aanzet aan een nader onderzoek te onderwerpen. Ik wou dat ik dat ook kon.

Mijn gedachten gaan weer terug naar het gesprek dat ik zondag met Reynaud had. Wat hem beweegt is voor mij nog steeds een groot mysterie, hoewel ik achter zijn koele façade een intense kracht voel. Het heeft iets wanhopigs zoals hij daar op zijn kerkhof woest aan het spitten en schoffelen is. Soms trekt hij tegelijk met het onkruid grote kluiten heesters en bloemen uit de grond; het zweet loopt langs zijn rug naar beneden en laat een donkere driehoek in zijn soutane achter. Hij geniet niet van het werk. Ik zie zijn gezicht terwijl hij bezig is – zijn gelaatstrekken vertrekken pijnlijk van de inspanning. Hij lijkt de grond waarin hij spit en de planten die hem deze strijd bezorgen, te haten. Hij ziet eruit als een vrek die gedwongen wordt bankbiljetten in een fornuis te scheppen – honger, afkeer en onwillige fascinatie. En toch geeft hij niet op. Wanneer ik hem gadesla, voel ik een bekende angst, maar ik weet niet precies waarvoor. Het is net een machine, deze man, mijn vijand. Wanneer ik naar hem kijk, voel ik me wonderlijk naakt onder zijn blik. Het vergt al mijn moed om in die ogen te kijken, te glimlachen, nonchalant te doen. Vanbinnen zit iets wat schreeuwt en als een bezetene vecht om te kunnen ontsnappen. Het is niet alleen het chocoladefestijn dat hem zo woedend maakt. Ik weet dit zo zeker alsof ik het zelf uit zijn naargeestige gedachten had opgepikt. Het is mijn bestaan. Voor hem ben ik een levende schande. Hij slaat me nu heimelijk vanuit zijn half-affe tuin gade; zijn ogen gaan schuins naar mijn raam en dan weer met een steelse voldoening naar zijn werk. We hebben sinds zondag niet meer met elkaar gesproken en hij denkt dat hij een punt tegen me gescoord heeft. Armande is niet meer in *La Praline* geweest en ik zie aan zijn ogen dat hij 'denkt dat hij daar de oorzaak van is. Laat hem dat maar denken als hem dat gelukkig maakt.

Anouk zegt dat hij gisteren bij haar op school was. Hij heeft het over de betekenis van Pasen gehad – onschuldige praat, hoewel me op de een of andere manier de kou om het hart slaat wanneer ik aan mijn dochter in zijn handen denk. Hij heeft een verhaal voorgelezen en beloofd nog eens terug te komen. Ik vroeg Anouk of hij met haar had gesproken.

'Ja hoor,' zei ze argeloos. 'Hij is aardig. Hij zei dat ik naar zijn kerk mocht komen kijken als ik dat wou. Naar Sint Franciscus en de dieren kijken.'

'En, wil je dat?'

Anouk haalde haar schouders op.

'Misschien,' zei ze.

Ik houd mezelf voor – midden in de nacht, wanneer alles mogelijk lijkt en mijn zenuwen rauw zijn en kraken als de ongeoliede scharnieren van de windwijzer – dat mijn angst nergens op gebaseerd is. Wat

zou hij ons aan kunnen doen? Hoe zou hij ons kunnen raken, gesteld dat dat zijn bedoeling is? Hij weet niets. Hij kan niets over ons weten. Hij heeft geen macht.
 – Dat heeft hij natuurlijk wel, zegt mijn moeders stem in mijn binnenste. *Hij is de Zwarte Man.* Anouk woelt rusteloos in haar slaap. Gevoelig als ze is voor mijn stemmingen, weet ze wanneer ik wakker ben en worstelt ze om zelf wakker te worden uit een moeras van dromen. Ik adem diep totdat ze weer onder zeil is.
 De Zwarte Man is een verzinsel, zeg ik ferm tegen mezelf. Een belichaming van angsten onder een carnavalshoofd. Een verhaal voor donkere nachten. Schaduwen in een onbekende kamer.
 In plaats van een antwoord zie ik weer dat plaatje, zo helder als een dia: Reynaud staat naast het bed van een oude man te wachten; zijn lippen bewegen alsof hij bidt, achter zijn rug is een vuur, als zonlicht dat door gebrandschilderde ramen valt. Het is geen geruststellend beeld. De houding van de priester heeft iets van een roofdier, er is een gelijkenis tussen de twee rood aangelopen gezichten; van de gloed van de vlammen tussen hen in gaat een duistere dreiging uit. Ik probeer toe te passen wat ik op het gebied van psychologie geleerd heb. Het is een beeld van de Zwarte Man als de dood, een archetype dat mijn angst voor het onbekende weerspiegelt. Het is geen overtuigende gedachte. Dat deel van mij dat nog mijn moeder toebehoort, is welsprekender.
 – *Je bent mijn dochter, Vianne,* zegt ze onverbiddelijk. *Je weet wat dat betekent.*
 Het betekent dat je verdertrekt wanneer de wind verandert, dat je de toekomst in de kaarten ziet, dat ons leven altijd een zoektocht zal blijven...
 'Ik ben niets bijzonders.' Ik ben me er nauwelijks van bewust dat ik hardop gesproken heb.
 '*Maman?*' Anouks stem is zwaar van de slaap.
 'Sst,' zeg ik. 'Het is nog geen ochtend. Slaap maar door.'
 'Wil je een liedje voor me zingen, *maman?*' mompelt ze en steekt in het donker haar hand naar me uit. 'Zing nog eens dat liedje over de wind.'
 Dus zing ik. Terwijl ik zing hoor ik op de achtergrond de kleine geluidjes van de windwijzer:

*V'là l'bon vent, v'là l'joli vent*
*V'là l'bon vent, ma mie m'appelle*
*V'là l'bon vent, v'là l'joli vent*
*V'là l'bon vent, ma mie m'attend.*

Na een poosje hoor ik Anouks ademhaling weer rustig worden en weet ik dat ze slaapt. Haar hand, zacht van de slaap, ligt nog in de mijne. Wanneer Roux klaar is met het werk aan het huis, heeft ze weer een eigen kamer en zullen we allebei gemakkelijker slapen. Deze nacht doet te veel denken aan de hotelkamers waarin mijn moeder en ik samen overnacht hebben, badend in het vocht van onze eigen ademhaling, de ramen beslagen van de condens en buiten de onophoudelijke herrie van het verkeer.

– *V'là l'bon vent, v'là l'joli vent...*

Deze keer zal het anders gaan, neem ik me in stilte voor. Deze keer blijven we. Wát er ook gebeurt.

# 31

## Woensdag, 19 maart

Er lijkt de laatste tijd minder activiteit te zijn in de winkel. Armande Voizin komt er niet meer, hoewel ik haar sinds haar herstel een paar maal gezien heb; ze loopt met vastberaden tred en slechts met weinig hulp van een stok. Guillaume Duplessis is vaak bij haar en Luc Clairmont gaat iedere dag naar *Les Marauds*. Toen ze vernam dat haar zoon Armande al een tijdje stiekem ontmoette, meesmuilde Caroline Clairmont teleurgesteld.

'Ik kan tegenwoordig niets met hem aanvangen, *père*,' klaagde ze. 'Het ene moment is het zo'n lieve, gehoorzame jongen en het andere...' Ze hief met een theatraal gebaar haar gemanicuurde handen naar haar boezem.

'Ik heb alleen – heel vriendelijk – tegen hem gezegd dat hij me misschien had moeten vertellen dat hij zijn grootmoeder bezocht...' Ze zuchtte. 'Alsof hij dacht dat ik er bezwaar tegen zou hebben, de domme jongen. Natuurlijk niet, zei ik tegen hem. Het is geweldig dat je het zo goed met haar kunt vinden – per slot van rekening zul je ooit alles van haar erven. En daar begint hij me plotseling te schreeuwen, dat het geld hem niks kan schelen, dat hij niets had gezegd omdat hij wist dat ik alles zou bederven, dat ik een bemoeiziek bijbelgroupie ben – dat zijn háár woorden, *père*, ik wil er wat om verwedden dat...' Ze streek met de rug van haar hand over haar ogen, ervoor zorgdragend dat haar onberispelijke make-up niet uit zou lopen.

'Wat heb ik misdaan, *père*?' vroeg ze smekend. 'Ik heb alles voor die jongen overgehad, hem alles gegeven. En dan keert hij zich zó tegen me, werpt hij me al die dingen voor de voeten, alleen maar door dat méns...' Door haar tranen heen klonk haar stem hard. 'Het steekt meer dan slangengif,' jammerde ze, haar boezem vastklemmend. 'U kunt u niet voorstellen hoe dat voor een moeder is, *père.*'

'O, u bent niet de enige die door madame Rochers goedbedoelde bemoeizucht getroffen is,' zei ik tegen haar. 'Kijk maar om u heen naar alle veranderingen die ze in een paar weken al teweeg heeft gebracht.'

Caroline snufte.

'Goedbedoeld! U bent te aardig, *père*,' zei ze smalend. 'Ze is kwaadaardig, dat is ze. Ze heeft bijna mijn moeder vermoord, mijn zoon tegen me opgezet...' Ik knikte bemoedigend.

'Om het maar niet te hebben over wat ze met het huwelijk van Muscat heeft gedaan,' vervolgde Caroline. 'Het verbaast me dat u zoveel geduld hebt getoond, *père*. Echt waar.' Haar ogen schitterden van de haat. 'Het verbaast me dat u uw invloed nog niet heeft aangewend, *père*,' zei ze.

Ik haalde mijn schouders op.

'Ach, ik ben maar een dorpspastoor,' zei ik bescheiden. 'Ik heb als zodanig niet veel invloed. Ik kan wel mijn afkeuring uitspreken, maar...'

'U kunt heel wat meer doen dan uw afkeuring uitspreken,' snauwde Caroline gespannen. 'We hadden meteen naar u moeten luisteren, *père*. We hadden haar hier nooit moeten tolereren.'

Ik haalde mijn schouders op.

'Achteraf kan iedereen dat zeggen,' bracht ik onder haar aandacht.

'Zelfs u bent klant bij haar geweest, als ik me niet vergis.'

Ze bloosde.

'We zouden u nu kunnen helpen,' zei ze. 'Paul Muscat, Georges, de Arnaulds, de Drous, de Prudhommes... We zouden onze krachten kunnen bundelen. Informatie kunnen verspreiden. We zouden nog steeds het tij voor haar kunnen keren.'

Ik wendde scepsis voor.

'Waarom zouden we dat doen? Die vrouw heeft de wet niet overtreden. Ze zouden het kwaadwillige roddel noemen en dat zou uw reputatie geen goed doen.'

Caroline glimlachte berekenend.

'We zouden dat festival van haar kunnen laten mislukken, dat is een ding dat zeker is,' zei ze.

Ik keek haar onderzoekend aan.

'O?'

'Ja, natuurlijk.' De intensiteit van haar emoties maakt haar lelijk. 'Georges ontmoet heel wat mensen. Hij is een welgesteld man. Muscat heeft ook invloed. Hij ontmoet ook mensen. Hij kan mensen overtuigen. De dorpsraad...'

Dat is zo. Ik herinner me nog zijn vader, die zomer van de rivierzigeuners.

'Als ze bij dat festival verlies lijdt – en ik heb gehoord dat ze al heel wat geld in de voorbereidingen heeft gestoken – kan er misschien druk op haar worden uitgeoefend...'

'Dat is goed mogelijk,' antwoordde ik mild. 'Natuurlijk mag men niet denken dat ik erbij betrokken ben. Het zou de indruk van – gebrek aan naastenliefde kunnen wekken.'

Ik kon uit haar gezichtsuitdrukking afleiden dat ze me uitstekend begreep.

'Dat spreekt vanzelf, *mon père*.' Haar stem klinkt gretig en wraakzuchtig. Even voel ik een grote minachting voor haar, zoals ze daar staat te hijgen en te flemen als een loopse teef, maar met dit soort verachtelijke werktuigen, *père*, moeten wij vaak ons werk doen.

Als er iemand is die dat weet, bent u het wel, *père*.

# 32

## Vrijdag, 21 maart

De zolder is bijna klaar. Het pleisterwerk is hier en daar nog nat, maar het nieuwe raam, rond en in koper gevat als een patrijspoort van een schip, is af. Morgen legt Roux de vloerdelen en wanneer die geschuurd en gelakt zijn, zullen we Anouks bed in haar nieuwe kamer zetten. Er is geen deur. De enige ingang vormt een luik, waaronder een ladder met een twaalftal treden staat. Anouk is al erg opgewonden. Het merendeel van de tijd kijkt ze met haar hoofd door het luik toe en geeft ze precieze aanwijzingen voor wat er gedaan moet worden. De rest van de tijd brengt ze door bij mij in de keuken, waar ze de voorbereidingen voor Pasen gadeslaat. Jeannot is vaak bij haar. Ze zitten samen bij de keukendeur door elkaar heen te praten. Ik moet hen omkopen om weg te gaan. Roux lijkt sinds Armandes ziekte weer zichzelf en legt fluitend de laatste hand aan Anouks muren. Hij heeft uitstekend werk verricht, hoewel hij het verlies van zijn gereedschap betreurt. Het gereedschap dat hij gebruikt – gehuurd bij Clairmont – is minder goed, zegt hij. Zodra dat kan, koopt hij er gereedschap bij.

'Er is een bedrijf in Agen dat oude woonboten verkoopt,' vertelde hij me vandaag bij de chocola met roomsoes. 'Ik zou een oud karkas kunnen kopen en dat in de winter op kunnen knappen. Ik zou er iets leuks en comfortabels van kunnen maken.'

'Hoeveel geld zou je nodig hebben?'

Hij haalde zijn schouders op.

'Ik denk om te beginnen vijfduizend frank, misschien vierduizend. Dat hangt ervan af.'

'Armande wil het je wel lenen.'

'Nee.' Op dit punt is hij onvermurwbaar. 'Ze heeft al genoeg gedaan.' Hij ging met zijn wijsvinger langs de rand van zijn kop. 'Trouwens, Narcisse heeft me een baan aangeboden. In de kwekerij, daarna helpen met de *vendanges* in de druiventijd, dan heb je nog de aardappels, bonen, komkommers, aubergines... Genoeg werk om me tot november bezig te houden.'

'Dat is mooi.' Een plotselinge golf van warmte vanwege zijn enthousiasme en de terugkeer van zijn goede humeur. Hij ziet er ook beter uit, meer ontspannen en zonder die vreselijke blik van vijandigheid en achterdocht in zijn ogen die zijn gezicht zo ontoegankelijk maakte als een spookhuis. Hij heeft de laatste nachten bij Armande geslapen, op haar verzoek.

'Voor het geval ik weer neigingen krijg,' zegt ze ernstig, met een blik van verstandhouding naar mij achter zijn rug. Of het misleiding is of ernst, ik ben blij dat hij daar aanwezig is.

Voor Caro Clairmont ligt dat anders: ze kwam woensdagochtend met Joline Drou in *La Praline*, klaarblijkelijk om het over Anouk te hebben. Roux zat aan de toonbank *mocha* te drinken. Joséphine, die nog steeds bang lijkt voor Roux, was in de keuken chocola aan het inpakken. Anouk was nog aan het ontbijten; voor haar op de toonbank haar gele kom met *chocola au lait* en een halfopgegeten croissant. De twee vrouwen schonken Anouk een suikerzoete glimlach en bekeken Roux met behoedzame minachting. Roux staarde hen brutaal aan.

'Ik hoop dat ik niet ongelegen kom?' Joline heeft een gladde, geoefende stem, een en al bezorgdheid en sympathie. Daaronder schuilt echter niets dan onverschilligheid.

'Helemaal niet. We waren juist aan het ontbijten. Kan ik jullie iets te drinken aanbieden?'

'Nee, nee. Ik ontbijt nooit.'

Een bedeesde glimlach naar Anouk, die dit, omdat ze met haar hoofd in haar ontbijtkom zat, niet opmerkte.

'Ik vraag me af of ik even met u zou kunnen praten,' zei Joline liefjes. 'Onder vier ogen.'

'Tja, dat zou wel kunnen,' zei ik tegen haar. 'Maar ik weet zeker dat dat niet hoeft. Kunt u niet hier zeggen wat u te zeggen hebt? Ik weet zeker dat Roux dat niet erg vindt.'

Roux grijnsde en Joline keek zuur.

'Tja, het is een beetje delicaat,' zei ze.
'Weet u dan wel zeker dat ik de juiste persoon ben om mee te praten? Curé Reynaud is dan misschien een veel geschiktere...'
'Nee, ik wil absoluut met u praten,' perste Joline tussen haar opeengeklemde lippen door.
'O.' Beleefd: 'Waarover?'
'Het gaat over uw dochter.' Ze schonk me een koele glimlach. 'Zoals u weet, heb ik de leiding over haar klas op school.'
'Dat weet ik.' Ik schonk voor Roux nog een *mocha* in. 'Wat is er? Is ze achter? Heeft ze problemen?'
Ik weet heel goed dat Anouk geen problemen heeft. Ze verslindt al boeken sinds ze viereneenhalf is. Ze spreekt bijna even goed Engels als Frans, een overblijfsel uit onze tijd in New York.
'Nee, nee,' verzekert Joline me. 'Ze is een pientere meid.' Een snelle blik in Anouks richting, maar mijn dochter lijkt helemaal op te gaan in het opeten van haar croissant. Stiekem, omdat ze denkt dat ik niet kijk, neemt ze een chocolademuis van een plank en duwt die in de croissant om hem op een *pain au chocolat* te laten lijken.
'Haar gedrag dan?' vraag ik overdreven bezorgd. 'Stoort ze? Is ze ongehoorzaam? Onbeleefd?'
'Nee, nee. Zeker niet. Dat is het niet.'
'Wat is het dan?'
Caro kijkt me azijnzuur aan.
'Curé Reynaud heeft de school van de week een aantal malen bezocht,' vertelt ze me. 'Om het met de kinderen over Pasen en de betekenis van het kerkfeest en zo te hebben.'
Ik knikte bemoedigend. Joline keek me weer meewarig aan.
'Tja, Anouk is' – een bedeesde blik in Anouks richting – 'nou niet bepaald lástig, maar ze stelt hem wel heel vreemde vragen.' Haar glimlach wordt zo smal dat hij nog net tussen de twee afkeurende boogjes van haar wenkbrauwen in past.
'Héél vreemde vragen,' herhaalde ze.
'Ach,' zei ik luchtig. 'Ze is altijd al nieuwsgierig geweest. Ik weet zeker dat u een onderzoekende geest in uw leerlingen weet te waarderen. En trouwens,' voegde ik er plagerig aan toe, 'ik kan me niet voorstellen dat er een onderwerp bestaat waar monsieur Reynaud niet in thuis is.'

Joline protesteerde geaffecteerd.

'Het brengt de andere kinderen van slag, *madame*,' zei ze stroef.

'O?'

'Het schijnt dat Anouk hun verteld heeft dat Pasen niet echt een christelijk feest is en dat de opstanding van Onze Heer' – ze zweeg opgelaten – 'dat dat alleen maar teruggrijpt op een korengod of zo. Een vruchtbaarheidsgod uit heidense tijden.' Ze lachte geforceerd, maar haar stem klonk kil.

'Ja.' Ik raakte even Anouks krullen aan. 'Ze heeft al heel wat gelezen, hè Nanou?'

'Ik vroeg alleen maar iets over Eostre,' zei Anouk dapper. 'Curé Reynaud zegt dat niemand dat meer viert en toen heb ik hem verteld dat wij dat wel doen.'

Ik verborg mijn glimlach achter mijn hand.

'Ik denk dat hij dat niet begrijpt, schat,' zei ik tegen haar. 'Misschien moet je hem niet zoveel vragen stellen, als dat hem van streek maakt.'

'Het maakt de kínderen van streek,' zei Joline.

'Nietwaar,' bracht Anouk ertegenin. 'Jeannot zegt dat we een vreugdevuur moeten maken wanneer hij komt en rode en witte kaarsen moeten branden en zo. Jeannot zegt...'

Caroline onderbrak haar.

'Jeannot schijnt heel wat gezegd te hebben,' merkte ze op.

'Hij zal op zijn moeder lijken,' zei ik.

Joline keek beledigd.

'U schijnt dit niet erg serieus op te vatten,' zei ze met een enigszins verslappende glimlach.

Ik haalde mijn schouders op.

'Ik zie geen probleem,' zei ik vriendelijk. 'Mijn dochter doet mee aan het klassegesprek. Dat is toch wat u zegt?'

'Sommige onderwerpen horen niet openlijk besproken te worden,' snauwde Caro en even zag ik door die neutrale liefheid haar moeder heen schemeren, gebiedend en bazig. Dat beetje meer pit maakte haar in mijn ogen sympathieker. 'Sommige dingen moeten gewoon aangenomen worden en als het kind een juiste morele ondergrond zou hebben...' Verward slikte ze de rest in.

'Het is natuurlijk niet mijn taak u te vertellen hoe u uw kind moet opvoeden,' eindigde ze toonloos.

'Mooi,' zei ik glimlachend, 'ik zou het vervelend vinden als we het daarover oneens waren.'
Beide vrouwen keken me met dezelfde verblufte uitdrukking van afkeer aan.
'Weten jullie zeker dat jullie niets willen drinken?'
Caro's blik gleed verlangend over de uitgestalde waar – de bonbons, de truffels, de *amandines* en de noga, de soezen, de florentines, de kersenbonbons en de gesuikerde amandelen.
'Het verbaast me dat de tanden van het kind niet verrot zijn,' zei ze strak.
Anouk grijnsde, waardoor de tanden in kwestie vrijkwamen. Hun witheid leek Caro's ongenoegen te vergroten.
'We verknoeien onze tijd hier,' merkte Caro koeltjes tegen Joline op.
Ik zei niets en Roux gniffelde. In de keuken hoorde ik Joséphines radiootje. Even was er alleen maar het blikken geluid van het speakertje tegen de tegels te horen.
'Kom op,' zei Caro tegen haar vriendin. Joline leek onzeker, aarzelend.
'Ik zei:"Kom op!"' Geërgerd liep ze de winkel uit met Joline in haar kielzog. 'Ik weet heus wel wat voor spelletje u speelt,' spuugde ze me in plaats van een groet toe. Toen waren ze verdwenen; hun hoge hakken tikten op de stenen toen ze het plein overstaken naar de kerk.

★ ★ ★

De volgende dag vonden we het eerste pamflet. Iemand had het verfrommeld en op straat gegooid. Joséphine raapte het op toen ze de stoep aan het vegen was en nam het mee de winkel in. Eén getypte bladzijde, gekopieerd op roze papier en daarna in tweeën gevouwen. Het was niet ondertekend, maar de stijl deed vermoeden wie de auteur was.
De titel luidde: PASEN EN DE TERUGKEER NAAR HET GELOOF.
Ik nam de inhoud vluchtig door. Veel ervan was voorspelbaar. Blijdschap en zelfreiniging, zonde en de vreugden van absolutie en gebed. Halverwege de pagina stond echter een tussenkop die vetter gedrukt was dan de rest en mijn aandacht trok.

AANHANGERS VAN DE REVIVALBEWEGING TASTEN DE GEEST VAN PASEN AAN.
*Er zal altijd een kleine minderheid zijn die probeert onze Heilige tradities aan te wenden voor persoonlijk gewin. De wenskaartindustrie, de supermarktketens, maar wat nog meer sinister is: ook mensen die beweren oude tradities te doen herleven. Ze betrekken onze kinderen bij heidense praktijken onder het mom van amusement. Te veel mensen zien dit als onschuldig, en bezien het met tolerantie. Waarom zou onze gemeenschap anders hebben toegestaan dat er uitgerekend op paaszondag vóór onze kerk een zogenaamd chocoladefestival plaatsvindt? Dit drijft de spot met alles wat Pasen inhoud geeft. We dringen er bij u op aan dat u dit zogenaamde festival en al dergelijke evenementen boycot omwille van de onschuld van uw kinderen.*
De KERK en niet CHOCOLA is de WARE BOODSCHAP van PASEN!!

'De kerk, niet chocola,' lachte ik. 'Dat is eigenlijk een heel goeie kreet. Vind je ook niet?'
Joséphine keek angstig.
'Ik begrijp jou niet,' zei ze. 'Je lijkt je helemaal geen zorgen te maken.'
'Waarom zou ik me zorgen maken?' zei ik onverschillig. 'Het is maar een pamflet. En ik weet bijna zeker wie het geproduceerd heeft.'
Ze knikte.
'Caro.' Haar toon was nadrukkelijk. 'Caro en Joline. Het is precies hun stijl. Al dat geklets over de onschuld van hun kinderen.' Ze snoof minachtend. 'Maar de mensen luisteren wel naar hen, Vianne. Het zou de mensen er wel eens van kunnen weerhouden hier te komen. Joline is onze onderwijzeres. En Caro is lid van de dorpsraad.'
'O?' Ik wist niet eens dat er zoiets bestond. Zelfingenomen fanatici met een voorliefde voor roddel. 'En wat kunnen die uitrichten? Iedereen arresteren?'
Joséphine schudde haar hoofd.
'Paul zit ook in die raad,' zei ze zacht.
'Ja, en?'
'Nou, je weet waartoe hij in staat is,' zei Joséphine wanhopig. Ik merkte dat ze als ze gespannen was weer in haar oude gewoonten verviel en haar duimen tegen haar borstbeen duwde als een vrouw die

iemand van de verstikkingsdood wilde redden. 'Hij is gek, dat weet je. Hij is gewoon...'
Uit ellende hield ze weer op, haar handen waren tot vuisten gebald. Weer had ik de indruk dat ze me iets wilde vertellen, dat ze iets wist.
'Ik ben niet bang voor Paul,' zei ik zachtjes tegen haar. 'Maar ik ben ook nooit met hem getrouwd geweest. Jij zult hem beter kennen dan ik.'
Joséphine knikte.
'Dat doe ik zeker,' zei ze. 'Ik ken hem, Vianne. En als Paul iets wil, als hij kwaad in de zin heeft...' Weer die gebalde vuisten. 'Dan voert hij dat meestal ook uit,' zei ze. 'Ook als hij dat heimelijk moet doen.'
'Zoals met de bootbewoners?' vroeg ik.
Ze keek me even onderzoekend aan.
'Nee, natuurlijk niet.' Haar antwoord was te snel om overtuigend te zijn. 'Waarom zou hij dat gedaan hebben?'
'Omdat hij nu eenmaal is wie hij is,' zei ik langzaam. 'En omdat hij er niet van houdt voor gek gezet te worden.'
Ze keek me zwijgend aan, haar ogen donker van angstige verwachting.
'Je kunt het niet bewijzen,' zei Joséphine. 'Ik heb je niets verteld.'
'Dat hoefde ook niet. Ben je daarom bang voor Roux? Om wat Paul gedaan heeft?'
Ze stak haar kin koppig naar voren.
'Ik bén niet bang voor hem.'
'Maar je wilt niet met hem praten. Je wilt niet eens met hem in hetzelfde vertrek zijn. Je kunt hem niet recht in de ogen kijken.'
Joséphine legde haar armen over elkaar met de blik van een vrouw die niets meer te zeggen heeft.
'Joséphine?' Ik keerde haar gezicht naar het mijne, dwong haar mij aan te kijken.
'Joséphine?'
'Oké.' Haar stem klonk stroef en nors. 'Ik wist het, nou goed? Ik wist wat Paul van plan was. Ik zei tegen hem dat ik het zou vertellen als hij iets probeerde uit te halen, dat ik hen zou waarschuwen. Toen sloeg hij me.' Ze keek me venijnig aan, om haar mond lag een smartelijke trek van onvergoten tranen. 'Ik ben dus een lafaard,' zei ze met een luide, vormloze stem. 'Nu weet je wat ik ben, ik ben niet dapper zoals jij, ik

ben een leugenaar en een lafaard en ik heb hem laten begaan, er had wel iemand bij om kunnen komen, Roux had wel dood kunnen zijn of Zézette of haar baby en dan zou het allemaal míjn schuld zijn geweest!' Ze haalde diep en raspend adem.
'Zeg het niet tegen hem,' zei ze.'Dat zou ik niet kunnen verdragen.'
'Ik zal het niet tegen Roux vertellen,' zei ik zachtjes. 'Dat ga jíj doen.'
Ze schudde heftig met haar hoofd.
'Nee, nee. Dat kan ik niet.'
'Wees maar niet bang, Joséphine,' zei ik sussend.'Het was niet jouw schuld. En er is toch niemand omgekomen?'
Koppig:'Nee, ik kan het niet.'
'Roux is anders dan Paul,' zei ik. 'Hij lijkt meer op jou dan je zou denken.'
'Ik zou niet weten wat ik zou moeten zeggen,' zei ze handenwringend.'Ik wou dat hij gewoon maar wegging,' zei ze fel.'Ik wou dat hij zijn geld aanpakte en ergens anders heenging.'
'Nee, dat is niet waar,' zei ik tegen haar. 'Trouwens, dat zal hij niet doen.' Ik vertelde haar wat hij tegen mij had gezegd over zijn baantje bij Narcisse en over de boot in Agen.'Hij heeft er minstens recht op te weten wie de schuldige is,' hield ik aan.'Zo zal hij begrijpen dat alleen Muscat iets te verwijten valt en dat geen ander hem hier haat. Je moet dat begrijpen, Joséphine. Je weet hoe het is om je te voelen zoals hij zich voelt.'
Joséphine zuchtte.
'Vandaag niet,' zei ze. 'Ik zal het hem wel vertellen, maar dan een andere keer, goed?'
'Een andere keer is het net zo moeilijk,' waarschuwde ik haar. 'Wil je dat ik met je meega?'
Ze staarde me aan.
'Hij is aan een pauze toe,' legde ik uit. 'Je zou hem een kop chocola kunnen brengen.'
Stilte. Haar gezicht was uitdrukkingsloos en bleek. Haar behendige handen trilden aan haar zijde. Ik nam een *rocher noir* van een stapel en liet die voor ze iets kon uitbrengen, in haar mond glijden.
'Om je moed te geven,' verklaarde ik en keerde me om om de chocola in een grote kop te schenken. 'Toe maar, kauwen.' Ik hoorde haar

half lachend een geluidje voortbrengen. Ik overhandigde haar de kop.
'Klaar?'
'Ik geloof het wel.' Haar stem klonk gesmoord door de chocola. 'Ik zal het proberen.'

Ik liet hen alleen. Ik las opnieuw het pamflet dat Joséphine op straat had gevonden. *De kerk en niet chocola.* Het is eigenlijk heel grappig. De Zwarte Man krijgt eindelijk gevoel voor humor. Het was buiten warm ondanks de wind. *Les Marauds* glinsterde in het zonlicht. Ik liep langzaam naar de Tannes toe, genietend van de warmte van de zon op mijn rug. De lente is zonder noemenswaardige inleiding aangebroken, alsof je om een rots heen loopt en in een dal belandt, en de tuinen en borders staan plotseling vol met narcissen, irissen en tulpen. Zelfs de verlaten huizen van *Les Marauds* hebben wat kleur gekregen, maar hier zijn de geordende tuinen veranderd in een weelderige excentriciteit: een bloeiende vlier die op een balkon boven het water groeit, een dak dat bedekt is met paardenbloemen, en viooltjes die te voorschijn komen uit een afbrokkelende voorgevel. Planten die ooit gekweekt waren, zijn verwilderd: kleine, hoge geraniums die zich boven de bloemschermen van de dollekervel uit werken, papavers die zich spontaan hebben uitgezaaid en overal staan en van hun oorspronkelijke rood verbasterd zijn tot oranje en zachtlila. Een paar dagen zon is genoeg om hen ertoe over te halen te ontwaken; na de regen strekken ze zich en steken ze hun kopjes naar het licht. Als je een handvol van dit zogenaamde onkruid uittrekt, zie je salie en irissen, anjelieren en lavendel onder de zuring en het kruiskruid. Ik zwierf lang genoeg langs de rivier om Joséphine en Roux hun geschil te laten bijleggen en ging toen rustig op huis aan via de achterstraten – de *Ruelle des Frères de la Révolution* door en de *Avenue des Poètes* met zijn benauwende, donkere, bijna raamloze muren, die alleen onderbroken worden door de waslijnen die nonchalant van het ene balkon naar het andere gespannen zijn, of door een enkele plantenbak waaruit de groene slingers van een klimplant hangen.

Ik trof hen samen in de winkel aan, een halflege pot chocola op de toonbank tussen hen in. Joséphine had een beetje rode ogen maar zag er opgelucht, bijna blij uit. Roux lachte om een opmerking van haar, een vreemde, nieuwe klank, buitenissig omdat je hem zo zelden hoort.

Even voelde ik iets wat op jaloezie leek en ik dacht: ze horen bij elkaar.

Ik sprak er later met Roux over, toen ze even weg was om boodschappen te doen. Hij doet zijn best om niet te veel te zeggen wanneer hij over haar praat, maar er is steeds een vrolijke blik in zijn ogen, alsof er een glimlach door wil breken. Het schijnt dat hij Muscat al verdacht.

'Het is maar goed dat ze bij die klootzak is weggegaan,' zegt hij met oppervlakkig venijn. 'Wat die deed...' Even lijkt hij verlegen met de situatie. Hij keert zich om, zet zomaar een kop op de toonbank en zet hem weer terug. 'Zo'n man verdient geen vrouw,' mompelt hij. 'Hij weet niet hoeveel geluk hij heeft.'

'Wat ga je doen?' vraag ik hem.

Hij haalt zijn schouders op.

'Er valt niets te doen,' zegt hij prozaïsch. 'Hij zal het ontkennen. De politie is niet geïnteresseerd. Trouwens, die zou ik er liever niet bijhalen.'

Meer vertelt hij niet. Ik neem aan dat er zaken in zijn verleden zijn die het daglicht niet goed kunnen verdragen.

Sindsdien hebben Joséphine en hij meermalen met elkaar gepraat. Zij brengt hem chocola en biscuits wanneer hij even pauzeert en ik hoor hen vaak lachen. Ze is haar bange, afwezige blik kwijt. Ik merk dat ze zich met meer zorg is gaan kleden. Vanmorgen kondigde ze zelfs aan dat ze terug wilde gaan naar het café om wat spullen op te halen.

'Ik ga met je mee,' opperde ik.

Joséphine schudde haar hoofd.

'Ik red het alleen wel.' Ze keek blij, bijna triomfantelijk dat ze dat besluit had genomen. 'Trouwens, Roux zegt dat als ik de confrontatie met Paul uit de weg ga...' Een beetje bedremmeld hield ze op. 'Ik dacht gewoon: ik ga. Dat is alles,' zei ze. Haar gezicht was rood geworden, koppig. 'Ik heb boeken, kleren... Ik wil ze ophalen voordat Paul besluit ze weg te gooien.'

Ik knikte.

'Wanneer wilde je gaan?'

Zonder aarzeling: 'Zondag. Dan gaat hij naar de kerk. Met een beetje mazzel kan ik weer weg zijn voordat hij terugkomt. Ik heb niet veel tijd nodig.'

Ik keek haar aan.
'Weet je zeker dat je geen gezelschap wilt?'
Ze schudde haar hoofd.
'Het lijkt me niet juist.'
Haar vastberaden gezicht ontlokte me een glimlach, maar toch wist ik wat ze bedoelde. Het was zijn territorium – hún territorium – dat de onuitwisbare sporen droeg van hun leven samen. Ik had er niets te zoeken.
'Ik red me wel.' Ze glimlachte. 'Ik weet hoe ik hem moet aanpakken, Vianne. Ik heb me voorheen ook gered.'
'Ik hoop dat het zover niet komt.'
'Dat komt het ook niet.' Absurd genoeg pakte ze mijn hand, alsof ze me wilde geruststellen. 'Ik beloof je dat het zover niet komt.'

# 33

*Palmzondag*
*Zondag, 23 maart*

Het klokgelui weerkaatst tegen de witte muren van de huizen en de winkels. Zelfs de keien weerklinken van het geluid. Ik kan het doffe gezoem door de zolen van mijn schoenen heen voelen. Narcisse heeft voor de *rameaux* gezorgd, de palmkruisen die ik aan het eind van de mis uitdeel en die de rest van de paasweek in de revers worden gedragen of op de schoorsteen of naast het bed staan. Ik zal u er ook een brengen, *père*, evenals een kaars om naast uw bed te branden; ik zie niet in waarom u dat ontzegd zou moeten worden. De verzorgsters kijken naar me met nauwverholen spot. Alleen angst en respect voor mijn kledij verhinderen dat ze hardop lachen. Hun blozende verpleeghuiszustergezichten gloeien van het heimelijke lachen. Op de gang hoor ik hun meisjesachtige stemmen rijzen en dalen terwijl ze praten, maar wat ze zeggen gaat verloren door de afstand en de ziekenhuisachtige akoestiek.
 – *Hij denkt dat hij hem kan horen – o ja – denkt dat hij wakker zal worden – nee, echt? – nee! – praat met hem, schat – heb hem wel eens horen – bidden* – dan schoolmeisjesachtig gelach – *hihihihi!* – als kralen die op de grond kletteren.
 Natuurlijk durven ze niet te lachen waar ik bij ben. Met hun schone witte uniformen, hun onder de gesteven kapjes strak naar achteren getrokken haar en hun neergeslagen ogen lijken het wel nonnen. Kloosterkinderen die eerbiedig de bekende formules mompelen – *oui, mon père, non, mon père* – maar vanbinnen heimelijk pret hebben. Mijn parochianen worden ook wel door deze geest geplaagd – een brutale blik tijdens de preek, ongepaste haast waarmee men na afloop naar de

chocolaterie snelt – maar vandaag verloopt alles ordelijk. Ze groeten me eerbiedig, bijna vervuld van angst. Narcisse verontschuldigt zich voor het feit dat de *rameaux* geen echte palmtakken zijn, maar cedertakken die zo gedraaid en gevlochten zijn dat ze op het meer traditionele blad lijken.

'Het is geen inheemse boom, *père*,' legt hij uit met zijn brommerige stem. 'Hij doet het hier niet goed. De vorst tast hem te veel aan.'

Ik klop hem vaderlijk op zijn schouder.

'Maak je niet druk, *mon fils*.' Hun terugkeer naar de stal heeft mijn stemming zo mild gemaakt, dat ik vriendelijk en toegeeflijk word. 'Maak je niet druk.'

Caroline Clairmont neemt mijn hand tussen haar gehandschoende handen.

'Een prachtige mis.' Haar stem klinkt warm. 'Werkelijk een prachtige mis.' Georges zegt het haar na. Luc staat bij haar schouder en ziet er bokkig uit. Achter hem staan de Drous met hun zoon, die een schaapachtige indruk maakt met zijn matrozenkraag. Ik kan Muscat niet onder het vertrekkende kerkvolk ontdekken, maar ik neem aan dat hij er ook is.

Caroline Clairmont glimlacht schalks naar me.

'Het is ons geloof ik gelukt,' zegt ze voldaan. 'We hebben een petitie met ruim honderd handtekeningen...'

'Het chocoladefestival.' Misnoegd onderbreek ik haar met zachte stem. Dit is een te openbare gelegenheid om het te bespreken. Ze pakt de hint niet op.

'Jazeker!' Haar stem is hoog en opgewonden. 'We hebben tweehonderd blaadjes verspreid. We hebben al bij de halve bevolking van Lansquenet handtekeningen opgehaald. We zijn bij ieder huis...' – ze pauzeert even en corrigeert zichzelf nauwgezet – 'nou ja, bij bijna ieder huis geweest.' Ze lacht zelfgenoegzaam. 'Met een paar voor de hand liggende uitzonderingen.'

'Juist, ja.' Ik zorg ervoor dat mijn stem ijskoud klinkt. 'Misschien kunnen we hier op een ander moment nog eens op terugkomen.'

Ik zie dat ze de terechtwijzing begrijpt. Ze wordt rood.

'Ja, natuurlijk, *père*.'

Ze heeft natuurlijk gelijk. Er is een meetbaar effect geweest. De chocolaterie is de laatste paar dagen bijna verlaten. De afkeuring van de dorpsraad is in zo'n besloten gemeenschap per slot van rekening niet niks, net als de stilzwijgende afkeuring door de kerk. Onder die afkeurende blik inkopen doen, capriolen uithalen of je volstoppen vergt meer moed, meer opstandigheid dan dat mens Rocher hun toedenkt. Hoe lang woont ze hier nu ook helemaal? Het afgedwaalde lam keert terug naar de kudde, *père*. Instinctief. Ze is voor hen een korte omweg, meer niet. Maar uiteindelijk hervatten ze altijd weer hun oude gewoonten. Ik maak mezelf niet wijs dat ze dat doen uit een groot gevoel van berouw of spiritualiteit – schapen zijn geen grote denkers – maar hun instincten, die hen in de wieg zijn meegegeven, zijn gezond. Hun voeten brengen hen naar huis, ook al heeft hun geest gedwaald. Ik voel vandaag een plotselinge opwelling van liefde voor hen, voor mijn kudde, mijn parochianen. Ik wil hun hand in de mijne voelen, hun warme, domme vlees aanraken, in hun ontzag en hun vertrouwen zwelgen.

Is dit waar ik om gebeden heb, *père*? Is dit de les die ik moest leren? Ik kijk of ik in de menigte Muscat zie. Hij komt 's zondags altijd naar de kerk, en vandaag, deze speciale zondag, kan hij niet overgeslagen hebben... En toch zie ik hem terwijl de kerk leegloopt, nog steeds niet. Ik kan me niet herinneren dat hij ter communie is geweest. Hij zal toch niet weggegaan zijn zonder een paar woorden met me te wisselen? Misschien wacht hij nog in de kerk, houd ik mezelf voor. Hij heeft veel moeite met die toestand met zijn vrouw. Misschien heeft hij nog wat steun nodig.

De stapel palmtakken naast me slinkt. Ik doop iedere tak in wijwater, spreek er zacht de zegen over uit en raak de mensen even aan. Luc Clairmont onttrekt zich met een boos gemompel aan mijn aanraking. Zijn moeder doet licht bestraffend en zendt me over de gebogen hoofden heen een flauwe glimlach. Nog geen teken van Muscat. Ik controleer de kerk: op een paar oude mensen na die nog bij het altaar geknield liggen, is hij leeg. Sint Franciscus staat bij de deur, wonderlijk vrolijk voor een heilige, omringd door duiven van gips, zijn stralende gezicht meer gelijkend op dat van een gek of een dronkaard dan op dat van een heilige. Ik voel een lichte ergernis jegens degene die hem zo dicht bij de ingang geplaatst heeft. Degene wiens naam ik draag, zo voel ik het, zou meer gewicht, meer waardigheid moeten hebben. In plaats daarvan lijkt deze onbehouwen, grijnzende dwaas me te bespotten – zijn ene hand is uitgestrekt in een vaag zegenend gebaar, met zijn andere houdt hij de gipsen vogel tegen zijn ronde buik gedrukt, alsof hij van duivenpastei droomt. Ik probeer me te herinneren of de heilige daar ook stond toen we uit Lansquenet weggingen, *père*. Weet u dat nog, of is het daarna verplaatst, misschien door afgunstige mensen die mij willen bespotten? Sint Hieronymus, die het gebouw zijn naam gegeven heeft, staat op een minder prominente plaats: in zijn donkere nis met de donker geworden olieverfschildering op de achtergrond is hij schimmig, nauwelijks zichtbaar; het oude marmer waaruit hij gehouwen is, is nicotine-achtig geel door de walm van duizenden kaarsen. Sint Franciscus blijft daarentegen paddestoelachtig wit, ondanks het vocht in het pleisterwerk dat vrolijk afbrokkelt zonder enig besef van de afkeuring van zijn collega. Ik neem me voor hem naar een geschiktere plek te laten verplaatsen zodra dat mogelijk is.

Muscat is niet in de kerk. Ik loop nog eens om de kerk heen, half-en-half verwachtend dat hij daar op me wacht, maar er is geen spoor van hem. Misschien is hij ziek, bedenk ik me. Alleen een ernstige ziekte zou zo'n ijverige kerkganger ervan weerhouden op palmzondag de mis bij te wonen. Ik hang mijn miskleding in de sacristie en verruil mijn schone toog voor mijn dagelijkse soutane. De miskelk en de pateen doe ik achter slot en grendel. In uw dagen, *père*, zou er geen reden geweest zijn om dat te doen, maar in deze onzekere tijden kun je niemand meer vertrouwen. Zwervers en zigeuners – om nog maar te zwijgen over bepaalde dorpelingen – zouden het vooruitzicht van baar geld wel eens ernstiger kunnen opvatten dan dat van eeuwige verdoemenis.

Ik ga met snelle pas op weg naar *Les Marauds*. Muscat is sinds vorige week niet erg spraakzaam en ik heb hem alleen in het voorbijgaan gezien. Hij ziet er echter pafferig en ziek uit, in elkaar gedoken als een norse, berouwvolle zondaar, zijn ogen gaan half schuil achter de dikke plooien van zijn oogleden. Er komen nog maar weinig mensen in het café, misschien uit angst voor Muscats verwilderde uiterlijk en opvliegende humeur. Ik ben er vrijdag zelf geweest; de bar was bijna verlaten. De vloer was sinds Joséphines vertrek niet meer geveegd. Sigarettenpeuken en snoeppapiertjes onder mijn voeten, overal lege glazen. Onder de glazen toog stonden verloren een paar sandwiches en een roodachtig iets met omgekrulde randen dat op een stuk pizza leek. Daarnaast lag een stapel van Carolines pamfletten, op hun plaats gehouden door een vies bierglas. Onder de zware geur van Gauloises was een vage stank van braaksel en schimmel waar te nemen.

Muscat was dronken.

'Ha, bent u het.' Zijn toon was gemelijk, nog net niet oorlogszuchtig. 'U komt me zeker vertellen dat ik haar de andere wang moet toekeren?' Hij nam een lange haal van de sigaret die nattig tussen zijn tanden hing. 'U zou blij moeten zijn. Ik ben al dagen niet in de buurt van dat wijf geweest.'

Ik schudde mijn hoofd.

'Je moet niet verbitterd zijn,' zei ik tegen hem.

'Ik mag in mijn eigen bar zijn wat ik wil,' zei Muscat op zijn agressieve dronkemansmanier. 'Het is toch zeker mijn bar, *père*? Die gaat u haar toch niet óók op een gouden schaaltje aanbieden?'

Ik zei tegen hem dat ik begreep wat hij doormaakte. Hij nam nog een trek van zijn sigaret en lachte hoestend een verschaalde bierlucht in mijn gezicht.

'Dat is een goeie, *père*.' Zijn adem was vies en warm, als die van een dier. 'Dat is een hele goeie. Túúrlijk begrijpt u het. Túúrlijk. De kerk heeft uw ballen gelijk met uw geloften of hoe dat ook heten mag, weggehaald. Logisch dat u niet wilt dat ik de mijne hou.'

'Je bent dronken, Muscat,' snauwde ik.

'Goed gezien, *père*,' gromde hij. 'U merkt ook alles hè?' Hij maakte een weids gebaar met de hand waarin hij de sigaret hield. 'Ze hoeft alleen maar te zien hoe het er hier uitziet,' zei hij grof. 'Wat zal ze dan blij zijn. Dan weet ze dat ze me geruïneerd heeft...' Hij was nu bijna in tranen, zijn ogen vulden zich met het gemakkelijke zelfmedelijden van de dronkaard. 'Dan weet ze dat ze ons huwelijk te grabbel heeft gegooid, zodat iedereen om ons kan lachen...' Hij maakte een vies geluid, half een snik, half een boer. 'Dan weet ze dat ze dat klerehart van me gebroken heeft!'

Hij veegde zijn neus af met de rug van zijn hand.

'Denk maar niet dat ik niet weet wat er daar allemaal gebeurt,' zei hij, zachter nu. 'Dat mokkel met haar lesbische vriendinnen. Ik weet wat ze doen.' Zijn stem werd weer luider en ik keek opgelaten om me heen. De drie of vier resterende klanten zaten hem nieuwsgierig aan te gapen. Ik gaf een waarschuwende kneep in zijn arm.

'Laat de hoop niet varen, Muscat,' drong ik aan, vechtend tegen mijn walging vanwege zijn nabijheid. 'Zo win je haar niet terug. Bedenk dat menig getrouwd stel wel eens een moment van twijfel heeft, maar...'

Hij proestte.

'Twijfel, ja ja. Dus dát is het!' Hij proestte het weer uit. 'Zal ik u eens wat vertellen, *père*? Als u me vijf minuten met dat wijf alleen laat, zal ik dat probleem voorgoed voor haar oplossen. Ik zal haar zeker terugwinnen, rekent u daar maar op.'

Hij klonk gemeen en stompzinnig, zijn woorden vormden zich moeizaam rond zijn haaiengrijns. Ik pakte hem bij de schouders en articuleerde duidelijk in de hoop dat mijn bedoeling in ieder geval gedeeltelijk over zou komen.

'Dat zul je niet,' zei ik hem recht in zijn gezicht, de starende drinkers aan de bar negerend. 'Je zult je fatsoenlijk gedragen, Muscat, je zult de juiste procedure volgen als je iets wilt ondernemen en je zult uit de buurt van hen beiden blijven! Begrepen?'

Mijn handen hielden zijn schouders stevig vast. Muscat protesteerde jammerend en vuile taal uitslaand.

'Ik waarschuw je, Muscat,' zei ik tegen hem. 'Ik heb heel wat van je gepikt, maar dit soort tirannieke gedrag accepteer ik niet. Begrijp je dat?'

Hij mompelde iets – ik wist niet of het een verontschuldiging of een dreigement was. Ik dacht dat het zoiets was als 'Het spijt me', maar nu ik eraan terugdenk, kan het net zogoed 'Daar krijg je spijt van' geweest zijn. Zijn ogen schitterden dreigend achter het gebroken glas van zijn halfvergoten dronkemanstranen.

Spijt. Maar wie zou spijt moeten krijgen? En waarvan?

Terwijl ik me naar *Les Marauds* onder aan de heuvel spoedde, vroeg ik me weer af of ik de tekenen verkeerd had gelezen. Zou hij in staat zijn zichzelf iets aan te doen? Zou ik, omdat ik zo graag verdere onrust wilde voorkomen, de clou over het hoofd hebben gezien, namelijk dat de man de wanhoop nabij was? Toen ik bij het *Café de la République* kwam, was het gesloten, maar er stond een kleine kring omstanders op de stoep kennelijk naar een van de ramen op de eerste verdieping te kijken. Ik herkende Caro Clairmont en Joline Drou. Duplessis was er ook, een kleine, waardige gestalte met zijn vilten hoed en zijn hond die om zijn voeten dartelde. Boven het geluid van stemmen uit meende ik een hogere, schrillere klank te horen die met wisselende cadans steeg en daalde, af en toe overgaand in woorden, zinnen, een schreeuw...

'*Père*.' Caro klonk buiten adem, haar gezicht was rood aangelopen. Haar gezicht leek op dat van de grootogige en eeuwig naar adem snakkende schoonheden uit bepaalde dure tijdschriften en de gedachte deed me blozen.

'Wat is er aan de hand?' Ik klonk vastberaden. 'Muscat?'

'Het gaat om Joséphine,' zei Caro opgewonden. 'Hij heeft haar daarboven een kamer in gedreven, en nu schreeuwt ze.'

Terwijl ze sprak kwam er weer een golf van lawaai – geschreeuw en gescheld en het geluid van vliegende projectielen – uit het raam en daalde er een regen van kapotte dingen op de keien neer. Een gil van een vrouw, zo hoog dat de glazen ervan sprongen – niet, zo meende ik, van doodsangst, maar gewoon van wilde razernij – werd vrijwel direct gevolgd door een nieuwe explosie van huishoudelijk geschut. Boeken, kleren, platen, snuisterijen – de wereldse artillerie van een echtelijke twist.

Ik riep naar boven.

'Muscat, kun je me horen? Muscat!'

Een lege kanariekooi vloog door de lucht.

'Muscat!'

Geen antwoord uit het huis. Het geluid dat de twee tegenstanders maken heeft niets menselijks, en even krijg ik een ongemakkelijk gevoel, alsof de wereld weer wat schaduwrijker is geworden, alsof de baan duisternis die ons van het licht scheidt, weer wat breder is geworden. Wat zou ik te zien krijgen als ik de deur open?

Eén afschuwelijk moment komt de herinnering aan vroeger boven en ben ik weer dertien. Ik doe de deur van dat oude bijgebouw van de kerk open dat sommige mensen nog steeds de kanselarij noemen, en kom vanuit het troebele halflicht van de kerk in een nog diepere duisternis; mijn voeten gaan bijna geluidloos over het gladde parket, in mijn oren is een vreemd gebonk en gekreun van een onzichtbaar monster. Ik doe met bonzend hart, gebalde vuisten en wijdopen ogen de deur open... en zie op de vloer voor me het bleke, gebogen beest, de proporties zijn vaag bekend, maar vreemd verdubbeld, de twee naar me opgeheven gezichten bevriezen van woede, afgrijzen en ontzetting.

'*Maman! Père!*'

Belachelijk, weet ik. Er kan geen verband zijn. En toch, wanneer ik naar Caro Clairmonts vochtige en koortsachtige gezicht kijk, vraag ik me af of zij het misschien ook voelt, dat erotische gevoel van opwinding in je buik wanneer er sprake is van geweld, dat moment van macht wanneer de lucifer wordt afgestreken, de klap valt, de benzine in brand vliegt...

Het was niet alleen uw verraad, *père*, waardoor mijn bloed in mijn aderen stolde en de huid bij mijn slapen zo strak als trommelvellen werd. Ik kende de zonde – de zonden van het vlees – alleen als een soort afstotende abstractie, zoals vleselijke gemeenschap met dieren. Dat er ook plezier aan te pas kon komen, kon ik nauwelijks bevatten. En toch waren u en mijn moeder zo heet en rood, zo mechanisch bezig, jullie bewogen tegen elkaar aan als geoliede zuigers, niet helemaal naakt, maar juist nog wellustiger door die spaarzame kleding – blouse, verkreukelde rok, opgetrokken soutane, boven harige witte billen... Nee het was niet het vlees dat me zo deed walgen, want ik bekeek het schouwspel met afstandelijke, afkerige desinteresse. Het was dat ik slechts twee weken tevoren voor u, *père*, mijn ziel in de waagschaal had gesteld – de fles olie glibberig tegen mijn handpalm, de opwinding van gerechtvaardigde macht, de zucht van verrukking wanneer de fles door de lucht suist en in brand vliegt. Hij spat uiteen op het dek van de schamele woonboot in een heldere golf van hongerig likkende vlammen, *flik-flik-flik* doen ze tegen het droge zeildoek, *kriss* zeggen ze wanneer ze bij het gebarsten droge hout komen, met wellustige uitbundigheid doen ze zich tegoed... Men vermoedde dat er brandstichting in het spel was, *père*, maar nooit zou men Reynauds brave, rustige jongen verdenken, niet Francis, die in het kerkkoor zong en zo bleek en braaf de preek uitzat. Niet die bleke, jonge Francis, die nog nooit zelfs maar een raam gebroken had. Muscat, ja, de oude Muscat en die wilde zoon van hem zouden het gedaan kunnen hebben. Een poos deed men koel tegen hen, werd er onvriendelijk gespeculeerd. Ditmaal waren ze te ver gegaan. Maar ze ontkenden het hardnekkig, en er was ten slotte geen enkel bewijs. Er waren geen slachtoffers in onze gemeenschap. Niemand legde het verband tussen de brand en de tegenspoed bij de Reynauds, de scheiding van de ouders, het vertrek van de jongen naar een elitaire school in het Noorden... Ik deed het voor u, *père*, uit liefde voor u. De brandende boot op de droge vlakte verlicht de bruine nacht, de mensen rennen naar buiten, schreeuwen, krabbelen over de keiharde aarden oever van de kurkdroge Tannes. Sommigen proberen wanhopig de paar resterende emmers modder uit de rivierbedding te scheppen en die over de brandende boot te gooien. Ik wacht in de struiken, mijn mond is droog, mijn buik is vervuld van een hete vreugde.

Ik had niet kunnen weten dat er mensen in de boot sliepen, houd ik mezelf voor. Zo in hun dronken duisternis gehuld dat zelfs het vuur hen niet wakker maakte. Ik droomde later van hen, samen verkoold, versmolten als volmaakte geliefden... Maandenlang werd ik schreeuwend wakker, zag ik die armen verlangend naar me uitgestrekt, hoorde ik hun stemmen – een adem van as – met bloedeloze lippen mijn naam vormen.

Maar u schold mij die zonde kwijt, *père*. Het waren slechts een dronkaard en zijn sloerie, zei u. Waardeloos wrakhout op een vuile rivier. Twintig onzevaders en evenveel weesgegroetjes moest ik voor hun leven betalen. Dieven die onze kerk hadden ontheiligd, onze priester hadden beledigd, verdienden niets beters. Ik was een jonge jongen met een veelbelovende toekomst, met liefdevolle ouders die het veel verdriet zou doen, die vreselijk ongelukkig zouden zijn als ze het wisten... Trouwens, zo zei u overredend, het hád een ongeluk kunnen zijn. Je wist het maar nooit, zei u. God had het misschien wel zo bedoeld.

Ik geloofde het. Of ik deed alsof ik het geloofde. En ik ben u nog steeds dankbaar.

Mijn arm wordt aangeraakt. Ik schrik op. Doordat ik in de afgrond van mijn herinneringen heb gekeken, ben ik even mijn besef van tijd kwijt. Armande Voizin staat achter me; haar slimme, zwarte ogen kijken me strak aan. Duplessis staat naast haar.

'Ga je nog iets doen, Francis, of laat je die beer van een Muscat haar vermoorden?'

Haar stem klinkt kordaat en koud. Een hand omklemt de stok, de andere maakt een heksachtig gebaar naar de gesloten deur.

'Het is niet...' Mijn stem klinkt hoog en kinderlijk, heel anders dan mijn eigen stem. 'Het is niet mijn zaak om tussenb...'

'Onzin!' Ze tikt met haar stok op mijn knokkels. 'Ik ga hier een eind aan maken, Francis. Ga je met me mee, of blijf je daar de hele dag staan kijken?'

Ze wacht het antwoord niet af, maar duwt tegen de deur van het café.

'Hij zit op slot,' verweer ik me zwakjes.

Ze haalt haar schouders op. Eén tik met het handvat van haar stok en een van de ruiten van de deur vliegt aan scherven.

'De sleutel zit in het slot,' zegt ze scherp. 'Doe jij eens een greep, Guillaume.' Terwijl de sleutel omdraait zwaait de deur open. Ik ga achter haar aan de trap op. Het geluid van gegil en brekend glas wordt luider, versterkt als het wordt door de holle ruimte van het trappenhuis. Muscat staat bij de deur van de kamer op de bovenverdieping, zijn dikke lichaam blokkeert gedeeltelijk de overloop. De kamer is gebarricadeerd; er is een kleine opening te zien tussen de deur en de deurpost, waardoorheen een smalle streep licht op de trap valt. Terwijl ik daar sta, zie ik hoe Muscat zich tegen de geblokkeerde deur aanwerpt; er is een bonzend geluid alsof er iets omvalt en grommend van voldoening stort hij zich de kamer in.

Een vrouw schreeuwt.

Ze bevindt zich bij de achterste muur van de kamer. Er is meubilair – een kaptafel, een garderobekast, stoelen – tegen de deur aan geschoven, maar Muscat heeft zich daar eindelijk doorheen weten te werken. Ze heeft het bed niet kunnen verzetten, het is een zwaar gietijzeren ding, maar ze houdt de matras boven haar ineengedoken lichaam. Naast haar ligt een kleine stapel projectielen. Ze heeft het de hele mis weten uit te houden, constateer ik met enige verbazing. Ik kan de sporen van haar vlucht zien: gebroken glas op de trap, sporen van het openwrikken van de gesloten slaapkamerdeur, de salontafel die hij als stormram heeft gebruikt. Ook op zijn gezicht zie ik, wanneer hij zich naar me toe keert, sporen van haar wanhopige nagels, een halvemaantje van bloed op zijn slaap, een gezwollen neus, een scheur in zijn overhemd. Er zit bloed op de trap, een druppel, een slipspoor, een spoor van druppels. Bebloede handafdrukken op de deur.

'Muscat!'
Mijn stem is hoog en beverig.
'Muscat!'
Hij kijkt me wezenloos aan. Zijn ogen zijn speldenprikken in een klomp deeg.

Armande staat naast me, haar stok als een zwaard naar voren gestoken. Ze ziet er uit als 's werelds oudste ijzervreter. Ze roept naar Joséphine.

'Is alles in orde, liefje?'
'Haal hem hier wég! Zeg dat hij wég moet gaan!'

Muscat laat me zijn bebloede handen zien. Hij lijkt razend maar tegelijkertijd verward, uitgeput, als een klein kind dat terecht is gekomen in een gevecht tussen veel oudere jongens.

'Ziet u nu wat ik bedoel, *père*?' jankt hij. 'Wat heb ik u gezegd? Ziet u nu wat ik bedóél?'

Armande wringt zich langs me heen.

'Je kunt niet winnen, Muscat.' Ze klinkt jonger en sterker dan ik en ik moet mezelf eraan herinneren dat ze oud en ziek is. 'Je kunt de klok niet terugdraaien. Trek je terug en laat haar gaan.'

Muscat spuugt naar haar en kijkt stomverbaasd wanneer Armande met cobra-achtige snelheid en precisie terugspuugt. Hij veegt snoeverig zijn gezicht schoon.

Guillaume gaat met een absurd beschermend gebaar voor haar staan. Zijn hond keft schel, maar ze stapt lachend langs hem heen.

'Je kunt mij niet intimideren, Paul-Marie Muscat,' bijt Armande hem toe. 'Ik weet nog dat je maar een snotneus was die zich in *Les Marauds* verstopte om aan die dronken vader van je te ontkomen. Je bent niet zo veel veranderd – je bent hooguit groter en lelijker geworden. En nu weg jij!'

Verdwaasd gaat hij achteruit. Even lijkt hij bij mij te willen gaan pleiten.

'*Père*, zegt u het nou eens tegen haar.' Zijn ogen zien eruit alsof hij er zout in heeft gesmeerd. 'U weet toch wat ik bedoel?'

Ik doe alsof ik het niet hoor. Er is niets tussen deze man en mij. Geen punt van overeenkomst. Ik kan hem ruiken, de zurige, ongewassen lucht van zijn vieze hemd, de verschaalde bieradem. Hij grijpt mijn arm. Ik walg van de stinkende nabijheid van de man.

'U begrijpt het, *père*,' herhaalt hij wanhopig. 'Ik heb u toch ook geholpen, toen met de zigeuners. Weet u dat niet meer? Ik heb u toen geholpen.'
Ze mag dan halfblind zijn, maar ze ziet alles, verdomme. *Alles*. Ik zie haar blik naar mijn gezicht gaan.
'Zoo...' Haar vulgaire lach klinkt op. 'Vier handen op één buik, hè, *cu*ré?'
'Ik weet niet waar je het over hebt, man.' Ik maak mijn stem ferm. 'Je bent zo dronken als een zwijn.'
'Maar *père*...' Hij zoekt naar woorden, zijn gezicht is verwrongen, paars. '*Père*, u zei zelf...'
Onbewogen: 'Ik zei niets.'
Hij doet zijn mond weer open als een arme vis die in de zomer op de moddervlakte langs de Tannes strandt.
'Niets!'
Armande voert Joséphine weg; ze slaat een oude arm om haar schouders. De vrouw kijkt me aan met een vreemde, vrolijke blik die me bijna beangstigt. Er zit vuil op haar gezicht en haar handen zijn bebloed, maar op dat moment is ze mooi, verwarrend mooi. Ze kijkt me aan alsof ze even dwars door me heen kan zien. Ik probeer op haar over te brengen dat ze me niets moet verwijten. Dat ik niet ben zoals hij, dat ik niet een man ben, maar een priester, een ander soort... maar de gedachte is absurd, bijna ketters.
Dan voert Armande haar weg en ben ik alleen met Muscat. Zijn tranen bevlekken mijn nek, zijn warme armen zijn om me heen geslagen. Even ben ik de kluts kwijt, zak ik samen met hem weg in de brij van mijn herinneringen. Dan probeer ik me los te rukken, eerst zachtjes, maar ten slotte met steeds meer geweld; ik duw tegen zijn slappe buik met mijn handpalmen, vuisten en ellebogen... En de hele tijd schreeuwt boven zijn smekende stem een stem uit die niet de mijne is – een hoge, verbitterde stem: 'Ga weg, rotzak, je hebt alles verpest, je hebt...'
'*Père*...'
'Alles verpest, álles... ga wég!' Grommend van de inspanning en me eindelijk ontworstelend aan zijn smorende, warme greep, trek ik me met een plotselinge, wanhopige vreugde los – eindelijk vrij! – en ren ik de trap af, waarbij ik een enkel verzwik op het losliggende kleed en

zijn tranen en zijn stomme gejammer me achtervolgen als een ongewenst kind...

Later was er tijd om met Caro en Georges te praten. Ik wil niet met Muscat spreken. Trouwens, er gaat een gerucht dat hij al vertrokken is, dat hij zijn oude auto heeft volgepakt en is weggereden. Het café is gesloten, alleen de gebroken ruit getuigt van wat er vanmorgen gebeurd is. Ik ben er heengegaan toen het avond werd en heb er lang voor het raam gestaan. De lucht boven *Les Marauds* was koel en sepiagroen met aan de horizon een enkele, melkachtige streep. De rivier was donker en stil.

Ik vertelde Caro dat de kerk haar campagne tegen het chocoladefeest niet zou steunen. Dat ík hem niet zou steunen. Dat begreep ze toch wel? De dorpsraad kan niet geloofwaardig zijn na alles wat hij gedaan heeft. Het was ditmaal te openlijk, te bruut. Ze hadden zijn gezicht moeten zien zoals ik het gezien heb, rood van de haat en de waanzin. Weten dat een man zijn vrouw slaat – dat heimelijk weten – is één ding, maar het in al zijn lelijkheid zien, nee... Dat overleeft hij nooit. Caro vertelt de anderen al dat zij hem heeft doorzien, dat zij het altijd geweten heeft. Ze neemt er, net als ik, zo goed en zo kwaad als het gaat afstand van – *Wat is het toch een arme, misleide vrouw.* We zijn er te nauw bij betrokken geweest, zeg ik haar. We hebben hem gebruikt wanneer ons dat goed uitkwam. We mogen daar nu niet meer op betrapt worden. Om onszelf te beschermen moeten we ons terugtrekken. Ik vertel haar niets over die andere kwestie, die van de bootbewoners, maar ook die speelt mee. Armande heeft zo haar vermoedens. Uit boosaardigheid zou ze kunnen praten. En die ándere zaak, al zo lang vergeten, maar nog steeds levend in haar oude hoofd... Nee, ik ben hulpeloos. Erger nog: ik moet zelfs de indruk wekken dat ik het festival gedoog. Anders gaan ze roddelen, en God weet waar dat toe kan leiden. Ik moet morgen tolerantie prediken, het tij dat ik op gang heb gebracht, keren en hen op andere gedachten brengen. De pamfletten die nog over zijn, zal ik verbranden. De affiches die van Lansquenet tot Montauban verspreid zouden worden, moeten ook vernietigd worden. Het gaat me aan het hart, *père*, maar ik heb geen keus. Het schandaal zou voor mij het einde betekenen.

Dit is de paasweek. Nog één week voor haar festival begint. Ze heeft gewonnen, *père*. Ze heeft gewonnen. Alleen een wonder kan ons nu nog redden.

# 34

## Woensdag, 26 maart

Nog steeds geen spoor van Muscat. Joséphine is bijna de hele maandag in *La Praline* gebleven, maar besloot gisterenochtend terug te gaan naar het café. Roux is ditmaal met haar meegegaan, maar het enige wat ze aantroffen was de rotzooi. De geruchten schijnen waar te zijn. Muscat is vertrokken. Roux, die Anouks nieuwe slaapkamer op zolder af heeft, is al aan het café begonnen. Nieuwe sloten op de deur, het oude linoleum en de smerige gordijnen voor de ramen weghalen. Hij denkt dat de bar met een beetje moeite – een nieuwe laag witsel op de ruwe muren, een lik verf op het gehavende oude meubilair, heel veel zeepsop – weer een vrolijk en uitnodigend aanzien kan krijgen. Hij heeft aangeboden het werk gratis te doen, maar daar wil Joséphine niets van weten. Muscat heeft hun gezamenlijke rekening natuurlijk geplunderd, maar ze heeft een beetje geld van zichzelf en ze weet zeker dat het nieuwe café een succes zal zijn. Het verbleekte bord waarop al vijfendertig jaar *Café de la République* staat is eindelijk weggehaald. Daarvoor in de plaats is een vrolijke rood-witte luifel gekomen – precies zo een als de mijne – en een handgeschilderd bord uit Clairmonts bedrijf waarop *Café des Marauds* staat. Narcisse heeft in de gietijzeren plantenbakken voor het raam geraniums geplant die langs de muur afhangen; de vuurrode knoppen gaan in de plotselinge warmte open. Armande kijkt goedkeurend vanuit haar tuin aan de voet van de heuvel toe.

'Het is een beste meid,' zegt ze tegen me op haar bruuske manier. 'Ze redt het wel nu ze die gek waarmee ze getrouwd was, kwijt is.'

Roux woont tijdelijk in een van de reservekamers van het café en

Luc is Armande ingetrokken, tot grote ergernis van zijn moeder.
'Het is geen geschikte omgeving voor je,' snauwt ze schril. Ik sta op het plein wanneer ze uit de kerk komen, hij in zijn zondagse pak, zij in een van haar ontelbare pastelcombinaties, een zijden sjaal om haar haar geknoopt.
Zijn antwoord is beleefd, maar onwrikbaar.
'Alleen maar tot het f-feest,' zegt hij. 'Er is niemand om op haar te p-passen. Ze k-kan wel weer een n-nieuwe aanval krijgen.'
'Inderdaad,' zei Caro instemmend. 'Dat vertel ik haar nu al jaren. Iemand móét haar tot rede brengen. *Les Mimosas* is een heel prettig tehuis, zeer exclusief, en ik snap niet waarom ze iedereen vertelt dat we haar willen opbergen. Als ze nu eens...'
Hij onderbreekt haar op zijn vriendelijke, onverzettelijke manier.
'Ik heb het al b-beloofd, *maman*; Ik k-kan niet meer terugkrabbelen.'
'Kletskoek!' Haar toon is beslist. 'Ik zal je zeggen wat ze doet. Ze probeert een wig tussen ons te drijven. Ik verbied het je ten zeerste om deze week bij haar te blijven. En wat dat belachelijke feestje betreft...'
'Ik denk dat u het me n-niet zou m-moeten verbieden, *maman*.'
'Zo, en waarom niet? Je bent verdorie mijn zóón, je kunt niet zomaar doodleuk beweren dat je liever die gekke oude vrouw gehoorzaamt dan mij!' Haar ogen vullen zich met boze tranen. Haar stem beeft.
'Maak je nou niet zo druk, *maman*.' Onaangedaan door haar vertoon slaat hij zijn arm om haar heen. 'Het is maar voor kort. Alleen maar tot aan het feest. Ik b-beloof het je.'
'Maar ik wil niet dat je naar haar feest gaat. Ik wil helemaal niet dat je in haar huis blijft.'
Hij schudt zijn hoofd.
'Ik heb het beloofd en ik wil wél naar het feest. Jij bent ook uitgenodigd hoor. Ze zou heel blij zijn als je k-kwam.'
'Ik wíl er niet heen!' Haar stem is mokkend en pruilerig, als die van een vermoeid kind. Hij haalt zijn schouders op.
'Nou, dan ga je niet. Maar dan m-moet je ook niet verwachten dat ze zich aan jóúw wensen stoort.'
Ze kijkt hem aan.
'Wat bedoel je?'

'Nou, ik zou met haar k-kunnen praten. Haar k-kunnen overreden.' Hij kent zijn moeder, die slimme jongen. Begrijpt haar beter dan zij weet. 'Ik zou haar k-kunnen overhalen,' zegt hij. 'Maar als je niet wilt dat ik het p-probeer...'
Ze schudt haar hoofd.
Klagend: 'Dát heb ik niet gezegd.' Plotseling slaat ze haar armen om hem heen. 'Wat ben je toch een intelligente jongen,' zegt ze. Ze heeft haar zelfbeheersing hervonden. 'Dat zou je inderdaad kunnen, hè?' Ze geeft hem een klinkende zoen op zijn wang, wat hij geduldig ondergaat. 'Je bent een lieve, intelligente jongen,' herhaalt ze nog eens liefkozend, en samen lopen ze gearmd weg. De jongen steekt al boven zijn moeder uit en kijkt naar haar met de oplettende blik van een tolerante ouder met een wispelturig kind.
Hij weet zijn weetje wel.

Nu Joséphine het druk heeft met haar eigen zaken, heb ik weinig hulp bij de voorbereidingen voor Pasen; gelukkig is het meeste werk gedaan. Ik hoef nog maar een paar dozijn dozen te maken.

Ik onttrek het etalageraam aan het zicht terwijl ik aan de etalage voor zondag werk en de voorkant van de winkel ziet er bijna net zo uit als toen we hier kwamen, met zilverpapier voor het glas. Anouk heeft het versierd met zelfgeknipte eieren en dieren van gekleurd papier en er hangt een groot affiche in het midden waarop staat:

GRAND FESTIVAL DU CHOCOLAT
Zondag, *Place St-Jérôme*

Nu de schoolvakantie begonnen is, gonst het plein van de kinderen die hun neus tegen de ruit drukken in de hoop een glimp van de voorbereidingen op te vangen.

Ik heb al meer dan achtduizend frank aan bestellingen binnengekregen – sommige helemaal uit Montauban en zelfs uit Agen – en ze stromen nog steeds binnen, zodat de winkel zelden leeg is. Caro's pamfletcampagne lijkt tot stilstand te zijn gekomen. Guillaume zegt dat Reynaud zijn parochianen verzekerd heeft dat het chocoladefestijn zijn volledige steun heeft, ondanks de geruchten die door kwaadwillende roddelaars worden verspreid. Toch zie ik hem soms door zijn kleine raam naar me kijken met een hongerige en haatdragende blik.

Ik probeer er bij Armande achter te komen wat hij van zins is. Zij weet veel meer dan ze vertelt, maar ze schudt alleen haar hoofd. 'Dat is allemaal al zo lang geleden,' zegt ze met opzettelijke vaagheid. 'Mijn geheugen is niet meer wat het was.' Ze wil liever ieder detail weten van het menu dat ik voor haar feestje bedacht heb en ze geniet al bij voorbaat. Ze loopt over van de suggesties: *brandade truffée, vol-aux-vents aux trois champignons*, bereid met wijn en room, gegarneerd met wilde *chanterelles*, geroosterde *langoustines* met een rucolasalade, vijf verschillende soorten chocoladetaart, alle vijf haar lievelingsgebak, zelfgemaakt chocolade-ijs... Haar ogen schitteren van genot en ondeugendheid.

'Ik heb als kind nooit feestjes gehad,' legt ze uit. 'Geen een. Ik ben eens naar een dansavond geweest, in Montauban, met een jongen van de kust. *Olala!*' Ze maakt een expressief, wellustig gebaar. 'Zo donker als stroop was hij, en ook zo zoet. We hebben champagne gedronken en aardbeiensorbet gegeten en we hebben gedanst...' Ze zuchtte. 'Je had me toen eens moeten zien, Vianne. Dat zou je nu niet kunnen geloven. Hij zei dat ik eruitzag als Greta Garbo, de vleier, en we deden allebei alsof hij het meende.' Ze grinnikte zachtjes. 'Hij was natuurlijk geen serieus type,' zei ze filosofisch. 'Dat zijn ze nooit.'

Ik lig nu bijna iedere nacht wakker, de suikerbonen dansen voor mijn ogen. Anouk slaapt in haar nieuwe zolderkamertje en ik droom met open ogen, dommel weg, waak dromend en zak weer weg totdat het voor mijn ogen schittert van de slapeloosheid en de kamer op en neer deint als een schip op zee. Nog één dag, houd ik mezelf voor, nog één dag.

Gisterenavond ben ik opgestaan en heb ik mijn kaarten uit de doos gehaald waarin ik ze had willen laten blijven. Ze voelden koel aan, koel en zo glad als ivoor. De kleuren waaierden over mijn handen – blauwpaars-groen-zwart – en de vertrouwde plaatjes gleden mijn gezichtsveld in en uit als tussen zwarte glazen platen geperste bloemen. De Toren – de dood. De Minnaars – de dood. De Zes van Zwaarden – de dood. De Kluizenaar – de dood. Ik houd mezelf voor dat het niets betekent. Moeder geloofde erin, maar wat heeft ze daaraan gehad? Vluchten, vluchten. De windwijzer op de kerk is nu stil, griezelig kalm. De wind is weggevallen. De windstilte verontrust me meer dan het piepen van het oude ijzer. De lucht is warm en zoet van de nieuwe geuren van de naderende zomer. De zomer komt in Lansquenet snel, meteen na de maartse winden, en hij ruikt naar het circus – naar zaagsel en beslag en pasgehakt jong hout en mest. In mijn binnenste fluistert mijn moeder: *tijd voor verandering.* In Armandes huis brandt nog licht: ik kan van hieruit helemaal het kleine gelige vierkant van het raam zien, dat een ruitjespatroon van licht op de Tannes maakt. Ik vraag me af wat ze aan het doen is. Ze heeft sinds die ene keer niet meer rechtstreeks met me over haar plan gepraat. In plaats daarvan heeft ze het steeds maar over recepten, over de beste manier om een luchtige cake te maken, over de verhouding suiker-drank om lekkere kersen op brandewijn te maken. Ik heb haar ziekte in mijn medische encyclopedie opgezocht. Het jargon is ook weer een soort escape, duister en hypothetisch, als de plaatjes op de kaarten. Onvoorstelbaar dat deze woorden op levend vlees kunnen slaan. Haar gezichtsvermogen gaat achteruit, eilanden van duisternis trekken voor haar ogen langs, zodat de dingen die ze ziet bont, gevlekt en ten slotte vrijwel onzichtbaar zijn. Daarna komt het duister.

Ik begrijp haar situatie. Waarom zou ze vechten om een toestand te handhaven die uiteindelijk tot dit onvermijdelijke feit moet leiden? De gedachte aan verspilling – mijn moeders gedachte, voortgekomen uit jaren van sparen en onzekerheid – is hier zeker niet van toepassing, houd ik mezelf voor. Beter een extravagant gebaar, een smulpartij, vrolijk licht en daarna plotselinge duisternis. En toch is er iets in mij wat jammert dat het niet eerlijk is. Als een kind hoop ik misschien nog steeds op een wonder. Weer zo'n gedachte van mijn moeder. Armande weet wel beter.

In de laatste weken – de morfine was bezig het over te nemen en haar ogen stonden voortdurend glazig – verloor ze soms urenlang de greep op de werkelijkheid en zweefde ze tussen haar fantasieën als een vlinder tussen de bloemen. Sommige waren prettig, dromen over zweven, over lichten, over uittredingen waarbij ze overleden filmsterren en wezens uit hogere sferen ontmoette. Sommige waren doortrokken van zwarte achtervolgingswaanzin. In deze dromen was de Zwarte Man nooit ver, hij postte op straathoeken, zat voor het raam van een eetbar of achter de toonbank van een fourniturenwinkel. Soms was hij een taxichauffeur met een lijkwagenachtige taxi, zoals je die in Londen ziet, met een honkbalpet over zijn ogen getrokken. Het woord DODGERS stond op zijn pet, zei ze, en dat kwam doordat hij haar opwachtte, ons opwachtte, alle mensen opwachtte die hem in het verleden hadden willen ontlopen, maar dat duurde niet eeuwig, zei ze, haar hoofd wijs schuddend, niet eeuwig. Tijdens een van deze sombere buien haalde ze een gele plastic map te voorschijn, die ze me liet zien. Hij zat vol krantenknipsels, merendeels van eind jaren zestig en begin jaren zeventig. De meeste waren in het Frans, maar sommige waren in het Italiaans, het Duits en het Grieks. Allemaal gingen ze over de ontvoering en verdwijning van kinderen en over aanvallen op kinderen.

'Het gaat zo gemakkelijk,' zei ze tegen me, haar ogen groot en vaag. 'Al die ruimte. Je bent een kind zó kwijt. Je bent een kind als jij zó kwijt.' Ze gaf me een waterige knipoog. Ik gaf haar hand een geruststellend klopje.

'Rustig maar, *maman*,' zei ik. 'Je hebt altijd goed op me gelet. Je hebt goed opgepast. Ik ben nooit kwijtgeraakt.'

Ze knipoogde nog eens.

'O, kwijt ben je wel geweest,' zei ze grijnzend. 'Nou en of je kwijt was.' Daarna staarde ze een tijd glimlachend en grimassen trekkend voor zich uit, haar hand lag als een stel dorre takjes in de mijne. 'Kwij-ij-ijt,' herhaalde ze verloren, en begon te huilen. Ik troostte haar zo goed ik kon en stopte de knipsels terug in de map. Terwijl ik dat deed zag ik dat een aantal over hetzelfde geval gingen, de verdwijning in Parijs van een anderhalf jaar oud meisje dat Sylviane Caillou heette. Haar moeder had haar vastgebonden in het autozitje achtergelaten terwijl ze even bij de drogist was, en toen ze terugkwam was de baby weg. Ook waren de luiertas en de speelgoedjes van het kind verdwenen – een rode pluche olifant en een bruine teddybeer.

Mijn moeder zag me naar het artikel kijken en lachte weer.

'Ik denk dat jij toen twee was,' zei ze met een slinkse stem. 'Of bijna twee. En zij was veel blonder dan jij. Dat had jou nooit kunnen overkomen. Trouwens, ik was een betere moeder dan zij.'

'Natuurlijk had mij dat nooit kunnen overkomen,' zei ik. 'Jij was een goede moeder, een fantastische moeder. Maak je maar niet bezorgd. Je zou niets gedaan hebben om me in gevaar te brengen.'

Moeder wiegde alleen maar glimlachend heen en weer.

'Zorgeloos,' zong ze. 'Gewoon zorgeloos. Ze had geen recht op zo'n schattig klein meisje, vind je ook niet?'

Ik schudde mijn hoofd, plotseling koud vanbinnen.

Kinderlijk: 'Ik was niet slecht, hè, Vianne?'

Ik huiverde. De bladzijden voelden kwetsbaar tussen mijn vingers, als vleugels van een vlinder.

'Nee,' verzekerde ik haar. 'Je was niet slecht.'

'Ik heb toch goed op je gepast hè? Ik heb je nooit in de steek gelaten. Zelfs niet toen die priester zei... nou ja, toen hij zei wat hij zei. Nooit.'

'Nee, *maman*, dat heb je nooit gedaan.'

De kou was nu verlammend, maakte me het denken moeilijk. Het enige waaraan ik kon denken was de naam, die zo op de mijne leek, de datums... En herinnerde ik me die beer niet en die olifant waarvan het pluche was afgesleten tot op het rode zeildoek, die onvermoeibaar werden meegesleept van Parijs naar Rome, van Rome naar Wenen...?

Natuurlijk zou het een van haar waanideeën geweest kunnen zijn. Er waren er meer, zoals de slang onder het beddengoed en de vrouw in de spiegel. Het zou komedie kunnen zijn geweest. Daar zat mijn moeders leven vol mee. En trouwens, wat deed het er toe, na al die tijd?

Toch kan ik vannacht de gedachte niet uit mijn hoofd zetten. Ik voel me licht, zo gewichtloos als een pluisje van de wolfsmelk. Ik kan zó door de wind weggeblazen worden.

# 35

*Goede Vrijdag*
*Vrijdag, 28 maart*

Ik zou bij mijn kudde moeten zijn, *père*. Ik weet het. In de kerk hangt een dikke wolk wierook, hij is gehuld in de begrafeniskleuren paars en zwart, nergens is een spoortje zilver, een takje bloemen te bekennen. Ik zou eigenlijk daar moeten zijn. Vandaag is het mijn grootste dag, *père*. De plechtigheid, de vroomheid, het orgel dat als een enorme onderwaterklok galmt – de klokken zelf zwijgen, natuurlijk, ten teken van rouw voor de gekruisigde Christus. Ik draag zwart en paars, mijn stem houdt de middelste toon van het orgel aan wanneer ik de woorden zing. Ze kijken naar me met grote, donkere ogen. Zelfs de afvalligen zijn er vandaag, in het zwart gekleed, met vet in het haar. Hun behoeften, hun verwachtingen vullen de leegte in me. Even voel ik echt liefde, liefde voor hun zonden, hun uiteindelijke verlossing, hun kleine zorgen, hun onbeduidendheid. Ik weet dat u het begrijpt, want u bent ook hun vader geweest. In feite bent u evenzeer voor hen gestorven als Onze Heer. Om hen te beschermen tegen uw zonden en hun eigen zonden. Ze zijn er nooit achter gekomen, hè, *père*? In ieder geval niet door mij. Maar toen ik terugkeerde moet de schok te groot zijn geweest. U trok zich terug, *père*. Daalde af in uzelf, hoewel ik weet dat u me kunt horen, weet dat u beter ziet dan ooit tevoren. En ik weet dat u op een dag bij ons terug zult komen. Op de dag dat ik het waardig ben. Ik heb gevast en gebeden, *père*. Ik heb mezelf vernederd. En toch voel ik me onwaardig. Er is nog steeds één ding dat ik niet gedaan heb.

Na de mis kwam er een kind – Mathilde Arnauld – naar me toe. Ze legde haar hand in de mijne en fluisterde glimlachend: 'Brengen ze ook chocola voor u mee, *monsieur le curé*?'

'Brengt wie chocola voor me mee?' vroeg ik verbaasd.

Ongeduldig: 'De klókken, natuurlijk!' Ze lachte. 'De vliegende klokken!'

'O, de klokken. Ja, ja.'

Ik was uit het veld geslagen en even wist ik niet wat ik moest zeggen. Ze trok hardnekkig aan mijn soutane.

'U weet wel. De klokken die naar Rome vliegen om de paus te bezoeken en met chocola terugkomen...'

Het is een obsessie geworden. Een pakkend refrein, een gefluisterd, geschreeuwd antwoord op iedere gedachte. Ik kon niet verhinderen dat mijn stem van woede uitschoot, zodat haar gretige gezichtje van schrik en angst ineenkromp.

Ik bulderde: 'Kan niemand hier nog aan iets anders denken dan aan chocola?' En het kind rende huilend over het plein. De kleine winkel met het ingepakte raam grijnsde triomfantelijk naar me toen ik haar, te laat, nog riep.

Vanavond wordt de hostie ceremonieel ten grave gedragen, de heropvoering van de laatste ogenblikken van Onze Heer door de kinderen van de parochie, het aansteken van de kaarsen wanneer het donker wordt. Dit is meestal een van de meest intense momenten van het jaar voor mij, een moment waarop ze mij toebehoren, mijn kinderen, in het zwart gehuld en ernstig. Maar zullen ze dit jaar denken aan het lijden van Christus, aan de plechtigheid van de eucharistie, of zullen ze vol verwachting watertanden? Haar verhalen – vliegende klokken en feestvieren – zijn zo indringend, zo verleidelijk. Ik probeer in de preek onze eigen verleidingen te verweven, maar de duistere glorie van de kerk kan het niet opnemen tegen haar vliegende-tapijtverhalen.

Ik ben vanmiddag bij Armande Voizin langsgegaan. Ze is jarig en het hele huis was in rep en roer. Ik wist natuurlijk wel dat er een feestje was, maar dit had ik niet verwacht. Caro heeft het er wel een keer met me over gehad – ze wil er niet graag heen, maar ze hoopt van de gelegenheid gebruik te kunnen maken om met haar moeder voorgoed in het reine te komen, maar ik vermoed dat zelfs zij niet had verwacht dat het zo grootschalig zou zijn. Vianne Rocher stond in de keuken en had al bijna de hele dag staan koken. Joséphine Muscat had de keuken van het café als aanvullend kookgedeelte aangeboden, want Armandes huis is te klein voor zulke overdadige voorbereidingen en toen ik arriveerde, kwam er een hele horde helpers met schalen, pannen en terrines uit het café Armandes huis binnen. Er kwam een volle, wijnachtige geur uit het openstaande raam, die me spontaan deed watertanden. Narcisse was in de tuin aan het werk, Armande was nergens te bekennen.

Ontregeld door deze uitbundige vertoning wendde ik me af. Echt iets voor haar om voor deze viering Goede Vrijdag uit te kiezen. De overdaad – bloemen, eten, kratten met ijsgekoelde champagne die worden bezorgd – is bijna godslasterlijk, een schreeuw van spot naar de geofferde zoon Gods. Ik moet het er morgen met haar over hebben. Ik wilde net weggaan toen ik Guillaume Duplessis in de gaten kreeg. Hij stond naast de muur een van Armandes katten te strelen. Hij lichtte beleefd zijn hoed op.

'Zeker aan het helpen?' informeerde ik.

Guillaume knikte.

'Ik had gezegd dat ik wel een handje wilde helpen,' gaf hij toe. 'Er is voor vanavond nog veel te doen.'

'Het verbaast me dat u hier iets mee te maken wilt hebben,' zei ik scherp tegen hem. 'Uitgerekend vandaag! Echt, ik vind dat madame Voizin het deze keer te bont maakt. De kosten, nog afgezien van het gebrek aan respect voor de kerk...'

Guillaume haalde zijn schouders op.

'Ze heeft recht op haar feestje,' zei hij mild.

'Ze zal zich waarschijnlijk veeleer de dood injagen door te veel te eten,' snauwde ik bits.

'Ik denk dat ze oud genoeg is om te doen wat ze wil,' zei Guillaume.

Ik bekeek hem met een afkeurende blik. Hij is veranderd sinds hij zich met dat mens Rocher is gaan inlaten. De uitdrukking van treurige nederigheid is van zijn gezicht verdwenen en er is iets eigenzinnigs, bijna uitdagends voor in de plaats gekomen.

'Ik houd niet van de manier waarop Armandes familieleden haar willen voorschrijven hoe ze moet leven,' vervolgde hij koppig. Ik haalde mijn schouders op.

'Het verbaast me dat juist u hierin haar kant kiest,' zei ik tegen hem.

'Het leven zit vol verrassingen,' zei Guillaume.

Ik wou dat dat zo was.

# 36

*Goede Vrijdag*
*Vrijdag, 28 maart*

Er kwam algauw een moment waarop ik begon te vergeten waar het feestje om ging en er plezier in begon te krijgen. Terwijl Anouk in *Les Marauds* speelde, orkestreerde ik de voorbereidingen voor het grootste en overdadigste maal dat ik ooit bereid had en ging ik helemaal op in de smakelijke details. Ik had drie keukens: mijn eigen grote ovens in *La Praline*, waar ik de taarten bakte, het *Café des Marauds* verderop voor de schaal- en schelpdieren en Armandes keukentje voor de soep, de groenten en de sauzen en de garnering. Joséphine bood aan Armande het extra bestek en de extra borden te lenen die ze nodig had, maar Armande schudde glimlachend haar hoofd.

'Daar is allemaal al voor gezorgd,' antwoordde ze. En dat was ook zo: donderdagmorgen vroeg kwam er een bestelwagen met de naam van een grote firma in Limoges erop, die twee dozen glas- en zilverwerk afleverde en een met mooi porselein, allemaal in houtwol verpakt. De bezorger glimlachte toen Armande tekende voor de ontvangst.

'Gaat een van uw kleindochters trouwen?' vroeg hij opgewekt.

Armande grinnikte vrolijk.

'Zoiets,' antwoordde ze. 'Zoiets.'

Ze was de hele vrijdag in een stralend humeur en hield zogenaamd een oogje in het zeil, maar liep eigenlijk het merendeel van de tijd in de weg. Als een ondeugend kind stak ze haar vingers in alle sauzen, gluurde ze onder deksels van schalen en hete pannen, totdat ik Guillaume ten einde raad smeekte haar een paar uur mee te nemen naar de kapper in Agen, al was het maar om haar even uit de buurt te hebben. Toen ze terugkwam was ze een ander mens: haar haar was mooi kortgeknipt en ging schuil onder een gewaagde nieuwe hoed en ze droeg nieuwe handschoenen en nieuwe schoenen. Schoenen, handschoenen en hoed hadden allemaal dezelfde tint kersenrood, Armandes lievelingskleur.

'Ik werk van onder naar boven,' legde ze tevreden uit terwijl ze zich in haar schommelstoel installeerde om alles gade te slaan. 'Tegen het eind van de week heb ik misschien genoeg moed om een hele rode jurk te kopen. Zie je me er al mee de kerk in lopen? Olala!'

'Neem wat rust,' zei ik streng tegen haar. 'Je moet vanavond nog feestvieren. Ik wil niet dat je tijdens het dessert in slaap valt.'

'Dat gebeurt heus niet,' zei ze, maar ging toch akkoord met een uurtje dutten in de namiddagzon, terwijl ik de tafel dekte en de anderen naar huis gingen om te rusten en zich om te kleden. De eettafel is groot, absurd groot voor Armandes kleine kamertje en met een beetje passen en meten kunnen we er allemaal aan zitten. Het zware, donker eiken meubelstuk moest met vier man naar buiten gedragen worden, waar het werd neergezet in het door Narcisse net gemaakte prieel, onder een baldakijn van gebladerte en bloemen. Het tafelkleed is van damast, met een fijne kanten rand en ruikt naar de lavendel waartussen ze het na haar huwelijk bewaard heeft — een nog nooit gebruikt geschenk van haar eigen grootmoeder. De borden uit Limoges zijn wit met een kleine gele bloemenrand; de glazen, drie verschillende soorten, zijn van kristal — nestjes van zonlicht werpen regenboogvlekken over het witte kleed. Een tafelstuk van lentebloemen van Narcisse, servetten netjes opgevouwen naast ieder bord. Op ieder servet staat een kaartje met de naam van de gast: *Armande Voizin, Vianne Rocher, Anouk Rocher, Caroline Clairmont, Georges Clairmont, Luc Clairmont, Guillaume Duplessis, Joséphine Bonnet, Julien Narcisse, Michel Roux, Blanche Dumand en Cerisette Plançon.*

Even kon ik de laatste twee namen niet thuisbrengen, maar toen herinnerde ik me Blanche en Zézette, die nog steeds verderop in de rivier lagen te wachten. Het drong tot me door dat ik tot nu toe Roux' naam niet geweten had, dat ik had aangenomen dat het een bijnaam was, vanwege zijn rode haar.

De gasten begonnen om acht uur binnen te druppelen. Ik verliet de keuken om zeven uur om me snel even te douchen en te verkleden en toen ik terugkwam, was de boot al bij het huis aangemeerd en kwamen de bootbewoners binnen. Blanche met rode dirndl en kanten schort, Zézette in een oude zwarte avondjurk; haar armen waren met henna beschilderd en in haar wenkbrauw zat een robijn. Roux droeg een schone spijkerbroek en een wit T-shirt en allemaal hadden ze een cadeautje bij zich dat verpakt was in een restje cadeaupapier of behang of in een stuk stof. Daarna kwam Narcisse in zijn zondagse pak, vervolgens Guillaume met een gele bloem in zijn knoopsgat. Daarachter de Clairmonts, energiek opgewekt; Caro bekeek de rivierbewoners met een waakzaam oog, maar was niettemin bereid het naar haar zin te hebben als een dergelijk offer gevraagd werd... Onder het genot van een aperitief met gezouten pijnboompitten en kleine zoute koekjes keken we toe terwijl Armande haar cadeautjes opende: van Anouk een plaatje van een kat in een rode enveloppe, van Blanche een pot honing, van Zézette zakjes lavendel geborduurd met de letter B – 'Ik had geen tijd om er een met jouw initiaal te maken,' legde ze onbekommerd uit, 'maar ik beloof je dat je er volgend jaar een krijgt' – van Roux een handgesneden eikenblad, zo fijn als een echt blad, met een trosje eikels aan de steel, van Narcisse een grote mand met fruit en bloemen. Van de Clairmonts meer weelderige cadeaus: van Caro een sjaal – niet van Hermès, zag ik, maar wel van zijde – een zilveren bloemenvaas, van Luc iets glanzends en roods in een verpakking van krinkelpapier, dat hij uit alle macht voor zijn moeder probeert te verbergen onder een stapel weggegooid verpakkingspapier... Armande ginnegapt en vormt achter haar hand met haar mond de woorden Olala! Joséphine komt, verontschuldigend glimlachend, met een klein gouden medaillon. 'Het is niet nieuw,' zegt ze.

Armande hangt het om haar nek, omhelst Joséphine ruw en schenkt roekeloos Saint-Raphaël in. Vanuit de keuken hoor ik de conversatie. Het bereiden van zoveel eten is een hachelijke onderneming en ik moet er bijna al mijn aandacht aan geven, maar ik kan het wel een beetje volgen. Caro gedraagt zich elegant en doet niet afwerend; Joséphine is stil; Roux en Narcisse hebben een gezamenlijke interesse gevonden: exotische vruchtenbomen. Zézette zingt met haar hoge stem een deel van een volksliedje, haar baby ligt losjes in de kromming van haar arm. Ik merk dat zelfs het kind met henna bestreken is, zodat het er met zijn gevlekte goudkleurige huid en grijsgroene ogen uitziet als een volle, kleine *gris nantais*-meloen.

Ze gaan aan tafel. Armande, uitgelaten, neemt het grootste deel van het gesprek voor haar rekening. Ik hoor Lucs lage, aangename stem; hij praat over een boek dat hij gelezen heeft. Caro's stem wordt een beetje scherp – ik vermoed dat Armande nog een glas Saint-Raphaël voor zichzelf heeft ingeschonken.

'*Maman*, je weet dat je niet moet...' hoor ik haar zeggen, maar Armande lacht alleen maar.

'Het is míjn feestje,' verklaart ze vrolijk. 'Ik wil niet dat er iemand ongelukkig is op mijn feest. Ikzelf incluis.'

Voorlopig laat men het onderwerp rusten. Ik hoor Zézette met Georges flirten. Roux en Narcisse hebben het over pruimen.

'*Belle du Languedoc*,' verklaart de laatste ernstig. 'Dat vind ik de beste. Zoet en klein, met kleuren als de vleugel van een vlinder...' Maar Roux houdt voet bij stuk. '*Mirabelle*,' zegt hij beslist. 'De enige gele pruim die de moeite van het kweken waard is. *Mirabelle*.'

Ik richt mijn aandacht weer op het fornuis en een tijdlang hoor ik niets meer.

Het is een vaardigheid die ik mezelf heb aangeleerd en die uit geobsedeerdheid is voortgekomen. Niemand heeft me leren koken. Mijn moeder brouwde toverspreuken en minnedranken, ik sublimeerde het geheel tot een zoetere alchemie. We hebben nooit veel op elkaar geleken, zij en ik. Zij droomde van zweven, van astrale ontmoetingen en geheime essences; ik bestudeerde recepten en menu's die ik pikte bij restaurants waar we ons nooit konden veroorloven te eten. Ze dreef goedmoedig de spot met mijn vleselijke interesses.

'Het is maar goed dat we geen geld hebben,' zei ze soms. 'Anders zou je dichtgroeien.' Arme moeder. Toen de kanker het beste deel van haar had weggevreten, was ze nog steeds ijdel genoeg om zich te verheugen over het gewichtsverlies. En terwijl ze de kaarten legde en in zichzelf mompelde, bladerde ik door mijn verzameling kookkaarten, de namen prevelend van gerechten die ik nog nooit geproefd had, alsof ik mantra's, geheime formules van eeuwig leven, opzei. *Boeuf en daube, champignons farcis à la grècque, escalopes à la reine, crème caramel, Schokoladentorte, tiramisu*. In de geheime keuken van mijn verbeelding bereidde ik al die gerechten, probeerde ik ze uit en proefde ik ze. Overal waar we kwamen voegde ik nieuwe recepten toe aan mijn verzameling, plakte ik ze als de foto's van oude vrienden in mijn plakboek. Ze gaven mijn omzwervingen gewicht; de glanzende knipsels glommen me vanaf de groezelige bladzijden tegemoet als wegwijzers langs ons kronkelige pad.

Ik haal ze nu als lang verloren vrienden weer te voorschijn. *Soupe de tomates à la gasconne*, geserveerd met verse basilicum en een *tartelette méridionale*, gemaakt van flinterdun *pâté brisée*, doortrokken van de smaak van olijfolie en ansjovis en de geurige plaatselijke tomaten, gegarneerd met olijven en langzaam geroosterd om een concentratie van geur en smaak te krijgen die bijna onmogelijk lijkt. Ik schenk de Chablis van 1985 in hoge glazen. Anouk drinkt met een houding van overdreven verfijning limonade uit het hare. Narcisse is geïnteresseerd in de samenstelling van de *tartelettes* en zet de deugden van de wanstaltige *Roussette*-tomaat af tegen de smakeloze uniformiteit van de Europese *Moneyspinner*. Ik merk dat Caro met een afkeurende blik naar Armande kijkt. Ik eet weinig. Omdat ik het grootste deel van de dag in de kookgeuren heb gestaan, voel ik me vanavond licht in het hoofd, gespannen en ongewoon gevoelig, zodat ik wanneer Joséphines hand onder het eten langs mijn been strijkt, schrik en bijna een gil slaak. De Chablis is koel en droog en ik drink er meer van dan goed voor me is. De kleuren worden helderder, de geluiden krijgen een kristalachtige helderheid. Ik hoor Armande mijn kookkunst prijzen. Ik breng een kruidensalade binnen om het gehemelte te reinigen, daarna *foie gras* op warme toast. Guillaume heeft zijn hond meegebracht en voert hem stiekem lekkere hapjes onder het kraakheldere tafelkleed. Van de politieke situatie, de Baskische afscheidingsbeweging en de damesmode stappen we over op de beste manier om rucola te kweken en de superioriteit van wilde ten opzichte van gekweekte bieslook. De Chablis vloeit rijkelijk. Daarna komen de *vol-aux-vents*, zo licht als een pufje zomerlucht, daarna een vliersorbet, gevolgd door een *plateau de fruits de mer* met gegrilde langoustines, grijze garnalen, gamba's, oesters, *berniques*, kleine krabben en de grotere *tourteaux* die even gemakkelijk de vingers van een mens kunnen afknippen als ik takjes rozemarijn afknip, alikruiken, *palourdes*, en daarbovenop een reusachtige zwarte kreeft, koninklijk rustend op een bed van zeewier. De gigantische schaal sprankelt van de kleuren: rood en roze en zeegroen en parelwit en paars, een zeemeerminnenbuit van heerlijkheden waar een nostalgische zoute zeegeur omheen hangt, als van een dag aan het strand uit de kindertijd. We delen krakers voor de krabscharen uit, kleine vorkjes voor de schelpdieren, schaaltjes met citroenschijfjes en mayonaise. Onmogelijk om bij zo'n schotel afzijdig te blijven – dit vraagt om aandacht, informaliteit. De glazen en het tafelzilver glinsteren bij het licht van de lantaarns die aan het hekwerk boven ons hoofd hangen. De avond geurt naar bloemen en de rivier. Armandes vingers zijn zo vlug en lenig als die van een kantkloster; het bord met lege schelpen voor haar vult zich bijna moeiteloos. Ik haal nog meer Chablis, de ogen gaan schitteren, de gezichten worden rozig door de inspanning van het leegpeuteren van de schalen en schelpen. Dit is eten waar je iets voor moet doen, voedsel dat tijd vergt. Joséphine begint een beetje te ontspannen, zelfs met Caro te praten, die worstelt met de schaar van een krab. Caro's hand schiet uit, een straal zout water van de krab treft haar in het oog. Joséphine lacht. Even later begint Caro ook. Ook ik kom los. De wijn is licht van kleur en bedrieglijk, de zachte smaak verheelt de bedwelmende werking. Caro is al een beetje dronken, haar gezicht is rood, haar haar raakt hier en daar los. Georges knijpt onder het tafelkleed in mijn been en knipoogt wellustig. Blanche praat over reizen; we zijn allebei in Nice, Wenen, Turijn geweest. Zézettes baby begint te huilen; ze doopt een vinger in Chablis en laat hem er op zuigen. Armande praat met Luc over het werk van Musset; hij stottert minder naarmate hij meer drinkt. Eindelijk haal ik het onttakelde *plateau* weg, dat nu teruggebracht is tot parelmoerachtige resten op een dozijn borden. Schalen met citroenwater en muntsalade voor de vingers en het gehemelte. Ik haal de glazen weg en vervang ze door de *coupes à champagne*. Caro kijkt weer verontrust. Terwijl ik weer de keuken in ga, hoor ik haar op zachte, dringende toon met Armande praten.

'*Maman*, je weet wat de dokter...'

Armande legt haar sussend het zwijgen op.

'Later zullen we het er wel over hebben. Vanavond wil ik feestvieren.'

Ze begroet de champagne met een uiting van voldoening.

Het dessert bestaat uit chocoladefondue. Maak hem op een heldere dag – bewolking neemt de glans van de gesmolten chocola weg – van extra bittere chocola (70%), boter en een beetje amandelolie; voeg daar op het laatste moment dikke room aan toe en verwarm het voorzichtig op een rechaud. Prik stukken cake of fruit op een vorkje of een pen en doop die in het chocolademengsel. Ik heb vanavond al hun favorieten, hoewel alleen de *gâteau de savoie* bedoeld is om mee te dopen. Caro beweert dat ze niets meer kan eten, maar neemt twee plakken gestreepte *roulade bicolore*. Armande proeft overal van; ze heeft rode konen en dijt met de minuut meer uit. Joséphine legt aan Blanche uit waarom ze haar man heeft verlaten. Georges glimlacht geil naar me vanachter zijn met chocolade besmeurde vingers. Luc plaagt Anouk die halfslapend in haar stoel zit. Zézette begint heel ongekunsteld haar baby de borst te geven. Caro lijkt iets te willen gaan zeggen, maar haalt dan haar schouders op en zegt niets. Ik maak nog een fles champagne open.

'Weet u zeker dat het gaat?' zegt Luc rustig tegen Armande. 'U voelt zich niet ziek of zo? En u heeft uw medicijn ingenomen?'

Armande lacht.

'Je maakt je veel te druk voor een jongen van jouw leeftijd,' zegt ze tegen hem. 'Je zou je moeten uitleven en je moeder op stang moeten jagen, in plaats van je oma de les te lezen.' Ze is nog steeds goedgehumeurd, maar ziet er nu een beetje vermoeid uit. We zitten al bijna vier uur aan tafel. Het is tien minuten voor twaalf.

'Dat weet ik,' zegt hij glimlachend. 'Maar ik hoef die erfenis nog l-lang niet.' Ze geeft hem een klopje op zijn hand en schenkt nog een glas voor hem in. Haar hand is niet zo vast meer en er valt een beetje wijn op het tafelkleed.

'Geeft niks,' zegt ze zonnig. 'Er is nog genoeg over.'

We ronden de maaltijd af met mijn eigen chocoladeijs, truffels en koffie in kleine kopjes met als afzakkertje *calvados*, gedronken uit de warme kop als een explosie van bloemen. Anouk vraagt om haar *canard*, een suikerklontje, bevochtigd met een paar druppels likeur, en wil er daarna nog een voor Pantoufle. De koppen worden leeggedronken, de borden weggeruimd. Ik kijk naar Armande, die nog steeds praat en lacht, maar minder geanimeerd dan daarvoor. Haar ogen zijn halfgesloten, onder tafel houdt ze Lucs hand vast.

'Hoe laat is het?' vraagt ze een poos later.

'Bijna één uur,' zegt Guillaume.

Ze zucht.

'Tijd voor mij om naar bed te gaan,' kondigt ze aan. 'Ik ben niet zo jong meer.' Ze vist een armvol cadeautjes onder haar stoel vandaan en stommelt overeind. Ik zie dat Guillaume haar nauwlettend in de gaten houdt. Hij weet het. Ze schenkt hem een wonderlijk lieve glimlach. 'Denk niet dat ik een speech ga afsteken,' zegt ze met grappige bruuskheid. 'Ik kan niet tegen speeches. Ik wil alleen maar jullie bedanken, jullie allemaal, en zeggen hoe heerlijk ik het gevonden heb. Ik kan me niet heugen dat ik het ooit zo naar mijn zin heb gehad. Ik denk dat dat komt doordat ik het ook nog nooit zo leuk gehad heb. De mensen denken altijd dat de pret ophoudt wanneer je oud wordt. Nou, dat is niet zo.' Gejuich van Roux, Georges en Zézette. Armande knikt wijs. 'Roep me morgen maar niet al te vroeg,' adviseert ze met een lichte grimas. 'Ik geloof dat ik sinds mijn twintigste niet meer zoveel heb gedronken en ik heb mijn slaap hard nodig.' Ze kijkt snel even naar mij, bijna waarschuwend. 'Heb mijn slaap hard nodig,' herhaalt ze vaag en begint van tafel weg te lopen.

Caro stond op om haar te ondersteunen, maar ze wuifde haar met een beslist gebaar weg.

'Maak je niet druk, meisje,' zei ze. 'Je maakt je altijd veel te druk.' Ze keek me vrolijk aan. 'Vianne kan me helpen,' verklaarde ze. 'De rest kan tot morgen wachten.'

Ik bracht haar naar haar kamer terwijl de gasten geleidelijk lachend en pratend vertrokken. Caro hield zich aan de arm van Georges vast; Luc ondersteunde haar aan de andere kant. Haar haar was nu helemaal losgeraakt, waardoor haar gezicht er jong en zachter uitzag. Toen ik de deur van Armandes kamer opendeed, hoorde ik haar zeggen: '...me zo goed als beloofd dat ze naar *Les Mimosas* gaat... een hele geruststelling...'

Armande hoorde het ook en grinnikte slaperig.

'Het zal ook wel niet zo gemakkelijk zijn met zo'n onverbeterlijke moeder,' zei ze. 'Stop me in bed, Vianne, voor ik omval.' Ik hielp haar met uitkleden. Er lag een linnen nachtjapon klaar naast het kussen. Ik vouwde haar kleren op terwijl ze hem over haar hoofd trok.

'Cadeautjes,' zei Armande. 'Leg daar maar neer, dan kan ik ze zien.' Een vaag gebaar in de richting van de ladenkast. 'Hè, lekker.'

Ik voerde haar instructies een beetje verdwaasd uit. Misschien had ik ook meer gedronken dan ik van plan was geweest, want ik voelde me heel kalm. Ik wist door het aantal insuline-ampullen in de koelkast dat ze al een paar dagen geleden was opgehouden met insuline nemen. Ik wilde haar vragen of ze het zeker wist, of ze echt wist wat ze deed, maar ik deed het niet. In plaats daarvan drapeerde ik Lucs cadeautje – een zijden onderjurk van een overdadig, brutaal, onmiskenbaar rood – over de rug van de stoel, zodat ze hem kon zien. Ze grinnikte weer en strekte haar hand uit om aan de stof te voelen.

'Ga nu maar, Vianne.' Haar stem klonk vriendelijk maar beslist. 'Het was heerlijk.' Ik aarzelde. Even ving ik een glimp van ons beiden op in de spiegel van de kaptafel. Met haar pasgeknipte haar zag ze er uit als de oude man uit mijn visioen, maar haar handen waren een vuurrode vlek en ze glimlachte. Ze had haar ogen gesloten.

'Laat het licht aan, Vianne.' Het was een laatste opdracht. 'Welterusten.' Ik kuste haar zachtjes op haar wang. Ze rook naar lavendel en chocola. Ik ging naar de keuken om de rest van de afwas te doen.

Roux was achtergebleven om me te helpen. De andere gasten waren vertrokken. Anouk lag te slapen op de sofa met een duim stevig in haar mond. We wasten zwijgend af en ik zette de nieuwe borden en glazen in Armandes kasten. Een- of tweemaal probeerde Roux een gesprek te beginnen, maar ik kon niet met hem praten; alleen het zachte getik van het porselein en het glas verbrak de stilte.

'Is alles in orde?' vroeg hij ten slotte. Zijn hand lag licht op mijn schouder. Zijn haar had de kleur van goudsbloemen. Ik zei het eerste dat bij me opkwam.

'Ik dacht aan mijn moeder.' Vreemd genoeg was dat waar. 'Ze zou hiervan genoten hebben. Ze hield van – vuurwerk.'

Hij keek me aan. Zijn wonderlijke ogen, met die verten erin, leken bij het gelige keukenlicht bijna paars. Ik had hem graag willen vertellen wat ik over Armande wist.

'Ik wist niet dat je Michel heette,' zei ik ten slotte.

Hij haalde zijn schouders op.

'Namen doen er niet toe.'

'Je praat nu bijna zonder accent,' realiseerde ik me verbaasd. 'Je had altijd zo'n sterk Marseillaans accent, maar nu...' Hij liet me zijn zeldzame, lieve glimlach zien.

'Accenten doen er ook niet toe.'

Zijn handen omsloten mijn gezicht. Zacht waren ze, voor een

arbeider, bleek en zacht als die van een vrouw. Ik vroeg me af of de dingen die hij me verteld had, wel waar waren, maar het leek er op dit moment niet toe te doen. Ik kuste hem. Hij rook naar verf en zeep en chocola. Ik proefde chocola in zijn mond en dacht aan Armande. Ik had altijd gedacht dat hij van Joséphine hield. Zelfs toen ik hem kuste wist ik dat, maar dit was de enige magie waarmee we ons tegen de nacht konden verzetten. De eenvoudigste magie, als het vuur dat bij Beltane van de heuvel naar het dorp wordt gebracht, dit jaar een beetje vroeg. Zijn handen zochten mijn borsten onder mijn trui.

'Buiten,' zei ik zachtjes tegen hem. 'In de tuin.'

Hij keek even naar Anouk, die nog steeds op de sofa lag te slapen, en knikte. Samen liepen we op onze tenen naar buiten, waar een paarse sterrenhemel was.

We lagen als kinderen op het gras. We beloofden elkaar niets, zeiden geen woorden van liefde, maar hij was wel teder, bijna passieloos en bewoog langzaam en lief tegen mijn lichaam, mijn huid likkend met vederlichte bewegingen van zijn tong. De lucht boven zijn hoofd was paarszwart, als zijn ogen, en ik zag de brede strook van de melkweg, als een weg om de wereld.

We bleven liggen tot ons zweet afkoelde; kleine insecten renden over ons lichaam, terwijl we hand in hand naar het ondraaglijk langzaam voortbewegende uitspansel keken.

Zachtjes hoorde ik Roux een liedje zingen:
*V'là l'bon vent, v'là l'joli vent,*
*V'là l'bon vent, ma mie m'appelle...*

De wind was nu in me en trok aan me met zijn meedogenloze gebod. In het oog van de storm was een kleine, stille ruimte, wonderlijk rustig, en een bijna vertrouwd gevoel van iets nieuws... Ook dit is een soort magie, een die mijn moeder nooit begrepen heeft, en toch ben ik zekerder van deze nieuwe, wonderbaarlijke, levende warmte in me dan van alles wat ik tot nu toe gedaan heb. Eindelijk begrijp ik waarom ik die avond de Minnaars trok. Deze wetenschap voor me houdend sloot ik mijn ogen en probeerde ik, net zoals ik deed in de maanden voordat Anouk werd geboren, van haar te dromen, van een kleine vreemdeling met frisrode wangen en felle zwarte ogen.

Ik moet even geslapen hebben. Toen ik wakker werd was Roux verdwenen en was de wind weer gedraaid.

# 37

*Paaszaterdag*
*Zaterdag, 29 maart*

Help me, *père*. Heb ik niet genoeg gebeden? Niet genoeg voor onze zonden geboet? Op mijn boetedoening is niets aan te merken. Mijn hoofd tolt door het gebrek aan voedsel en slaap. Dit is toch een tijd van verlossing, waarin alle zonden weggewassen worden? Het zilver staat weer op het altaar, *père*, de kaarsen branden verwachtingsvol. Bloemen sieren voor het eerst sinds het begin van de vastentijd de kapel. Zelfs de gekke Sint Franciscus is gekroond met lelies en hun geur is als rein vlees. We wachten al zo lang, *père*, u en ik. Al zes jaar sinds uw eerste beroerte. Maar toch wilde u niet met mij spreken, hoewel u wel met anderen sprak. Toen kwam vorig jaar de tweede beroerte. Ze zeggen tegen me dat u onbereikbaar bent, maar ik weet dat dat maar een voorwendsel is, een kwestie van wachten. Als ik het waardig ben, *père*, dan zult u wakker worden. Wat moet ik verder nog doen?

Ze hebben Armande Voizin vanmorgen gevonden. Ze lag stijf en glimlachend in haar bed, *père*. Weer iemand die aan onze greep ontsnapt is. Ik heb haar het heilig oliesel gegeven, hoewel ze me dat niet in dank zou hebben afgenomen als het haar ter ore was gekomen. Misschien ben ik de enige die uit dit soort dingen nog troost put.

Ze wílde die nacht doodgaan, *père*, had alles tot in de puntjes geregeld: eten, drank, gezelschap. Haar familie om haar heen, die om de tuin was geleid door haar belofte haar leven te zullen beteren. Die verdomde arrogantie van haar! Caro belooft dat ze voor twintig, dertig missen zal betalen. Bid voor haar. Bid voor ons. Ik merk dat ik nog steeds tril van woede. Ik kan er niet ingehouden op reageren. De begrafenis is dinsdag. Ik zie haar voor me, in vol ornaat in het ziekenhuismortuarium liggend, met die glimlach nog steeds op haar witte lippen, en die gedachte vervult me niet met medelijden of zelfs maar met voldoening, maar met een verschrikkelijke, machteloze woede.

Natuurlijk weten we wie hier achter zit. Dat mens Rocher. O, Caro heeft me daarover verteld. Zij is de invloed, *père*, de parasiet die onze tuin heeft aangetast. Ik had naar mijn intuïtie moeten luisteren. Haar moeten uitroeien zodra ik haar zag. Ze heeft me gedwarsboomd waar ze maar kon, me uitgelachen achter haar afgeschermde etalageruit, haar corrupte tentakels in alle richtingen uitgestoken. Ik ben een stommeling geweest, *père*. Armande Voizin heeft door mijn domheid het leven gelaten. Het kwaad is onder ons. Het kwaad heeft een innemende glimlach en draagt vrolijke kleuren. Toen ik jong was luisterde ik altijd met doodsangst naar het verhaal over het peperkoekhuisje, over de heks die kleine kinderen naar binnen lokte en ze opat. Ik kijk naar haar winkel, helemaal verpakt in glanzend papier, als een cadeautje dat uitgepakt moet worden, en ik vraag me af hoeveel mensen, hoeveel zielen ze al te ver mee de diepte in heeft gesleurd. Armande Voizin, Joséphine Muscat, Paul-Marie Muscat, Julien Narcisse, Luc Clairmont. Ziet u nu waarom ik uw hulp nodig heb? Ze moet verdreven worden. En ook dat wicht van d'r. Hoe maakt niet uit. Er is geen tijd meer voor beleefdheden, *père*. Mijn ziel is toch al niet smetteloos meer. Ik wou dat ik weer twaalf was. Ik probeer me te herinneren hoe wild ik als jongen van twaalf was, hoe inventief. De jongen die de fles gooide en de kwestie daarna voorgoed uit zijn hoofd zette. Maar die tijd is voorbij. Ik moet slim zijn. Ik mag mijn ambt niet in gevaar brengen. Maar toch, als ik faal...

Wat zou Muscat doen? O, hij is bruut, verachtelijk op zijn eigen manier. En toch onderkende hij het gevaar eerder dan ik. Wat zou hij doen? Ik moet Muscat als voorbeeld nemen, Muscat het varken, bruut, maar wel zo sluw als een varken...

Wat zou hij doen?

Morgen is het chocoladefeest. Daar hangt voor haar alles van af. Het is te laat om het tij van de openbare mening nog te keren. Mij mag geen blaam treffen. Achter dat stiekeme raam staat ik weet niet hoeveel chocola te wachten om verkocht te worden. Eieren, dieren, paasnesten met strikken erom, geschenkdozen, konijntjes met vrolijke cellofaanroesjes. Morgen zullen honderd kinderen wakker worden van het gelui van de paasklokken en hun eerste gedachte zal zijn: Chocola! Paaschocola! en niet: Hij is opgestaan!

Maar als er nu eens geen chocola wás?

De gedachte werkt verlammend. Even word ik overspoeld door een hete vreugde. Het sluwe varken in me grijnst en slaat zich op de borst. Ik zou bij haar in kunnen breken, zegt het. De achterdeur is oud en halfverrot. Ik zou hem kunnen openwrikken en met een knuppel in mijn hand de winkel kunnen binnensluipen. Chocola is kwetsbaar, beschadigt snel. Vijf minuten tussen die geschenkverpakkingen en het is gepiept. Ze slaapt op de bovenverdieping. Ze hoort het misschien niet. Trouwens, ik zou het snel doen. Ik zou ook een masker kunnen dragen en als ze het zag... Iedereen zou Muscat verdenken – een wraakoefening. De man is niet hier om het te ontkennen, en trouwens...

*Père*, bewoog u? Ik meende een trekking in uw hand te zien, de eerste twee vingers kromden zich als in een zegenend gebaar. Wéér die trekking, als een strijder die van oude veldslagen droomt. Een teken.

God zij geprezen. Een teken.

# 38

*Eerste paasdag*
*Zondag, 30 maart, 4 uur 's morgens*

Ik heb vannacht nauwelijks geslapen. Haar raam was tot twee uur verlicht maar zelfs daarna durfde ik me niet te bewegen voor het geval ze in het donker wakker lag. In de leunstoel heb ik een paar uur gedommeld; ik had de wekker gezet om me niet te verslapen. Ik had me niet druk hoeven maken. De weinige slaap die ik genoot was doorweven met speldenprikjes droom die zo vluchtig waren dat ik ze me nauwelijks kon herinneren, hoewel ik er wel telkens van wakker schrok. Ik geloof dat ik Armande – een jónge Armande, hoewel ik haar uiteraard nooit jong gekend heb – door de velden voorbij *Les Marauds* zag rennen met een rode jurk aan en met wapperend zwart haar. Of misschien was het Vianne en heb ik hen op de een of andere manier door elkaar gehaald. Ze lachte en hoewel ik zo hard rende als ik maar kon, kon ik haar niet inhalen. Toen droomde ik over de brand in *Les Marauds*, over de slet en haar man, over de kale, rode oevers van de Tannes en over u, *père*, en mijn moeder in de kanselarij... Al de bittere wijn van die zomer sijpelde mijn dromen binnen en ik wroette als een varken naar truffels en woelde steeds meer van die verrotte lekkernijen op en at en at...

Om vier uur kom ik uit mijn stoel. Ik heb met mijn kleren aan geslapen. Ik trek mijn soutane uit en doe mijn boord af. De kerk heeft met deze klus niets te maken. Ik zet koffie, heel sterke, maar zonder suiker, hoewel de tijd voor boetedoening strikt genomen voorbij is. Ik zeg 'strikt genomen'. In mijn hart weet ik dat het nog geen Pasen is. Hij is nog niet opgestaan. Als ik vandaag succes heb, zal Hij pas opstaan.

Ik merk dat ik beef. Ik eet droog brood om mezelf moed te geven.

De koffie is heet en bitter. Ik beloof mezelf een goed maal wanneer ik mijn taak volbracht heb: eieren, ham, suikerbroodjes van Arnauld. Ik watertand bij de gedachte. Ik zet de radio op een station dat klassieke muziek uitzendt. *Laat nu de schaapkens weiden.* Om mijn mond komt een harde, droge grijns van minachting. Dit is geen tijdstip voor pastoraal gedoe. Dit is het uur van het varken, van het sluwe varken. Weg met de muziek.

Het is vijf voor vijf. Wanneer ik naar buiten kijk, zie ik de eerste streep licht aan de horizon. Ik heb ruimschoots de tijd. De kapelaan komt hier om zes uur het paascarillon luiden; ik heb meer dan genoeg tijd voor mijn geheime missie. Ik zet de bivakmuts op die ik voor mijn doel heb klaargelegd; in de spiegel zie ik er anders uit, afschrikwekkend. Een saboteur. Dat ontlokt me weer een glimlach. Mijn mond onder het masker ziet er hard en cynisch uit. Ik hoop bijna dat ze me zal zien.

## 5.10 uur

De deur zit niet op slot. Ik kan het nauwelijks geloven. Het toont aan hoe zelfverzekerd ze is, hoe onbeschaamd ze gelooft dat niemand het tegen haar kan opnemen. Ik stop de dikke schroevendraaier waarmee ik de deur had willen forceren, weg en pak met beide handen het zware stuk hout op – een stuk van een deurpost, *père*, die in de oorlog gesneuveld is. De deur gaat open. Binnen heerst stilte. Het is hier veranderd sinds het een bakkerij was en het achtergedeelte van de winkel komt me hoe dan ook niet bekend voor. Op de betegelde wanden ligt slechts een zwakke weerschijn en ik ben blij dat ik een zaklantaarn heb meegenomen. Ik doe hem nu aan en even word ik bijna verblind door de witheid van de glanzende oppervlakken – de deksels, de aanrecht, de oude ovens – die in de smalle lichtbundel allemaal maanlichtachtig glanzen. Er is geen chocola te bekennen. Logisch. Dit is de plek waar alles bereid wordt. Ik weet niet waarom, maar ik ben verbaasd dat het er zo schoon is. Ik had gedacht dat ze een sloof was, die de pannen ongewassen en de borden opgestapeld in de gootsteen liet staan en lange, zwarte haren in het cakebeslag achterliet. Maar ze is uiterst netjes: op de planken staan rijen pannen gesorteerd naar grootte, koper bij koper en email bij email; porseleinen kommen staan gereed voor gebruik en kookgerei, zoals lepels en koekenpannen, hangt aan de witte muren. Op de gehavende oude tafel staan diverse aardewerken broodvormen. In het midden werpt een vaas met ruige gele narcissen een dot schaduw. Om de een of andere reden maken die bloemen me razend. Ze heeft geen recht op bloemen, nu Armande Voizin dood ligt. Het varken in mij gooit de bloemen grijzend om. Ik laat hem zijn gang gaan. Ik heb voor deze taak zijn woeste aard nodig.

## 5.20 uur

De chocola moet in de winkel zelf staan. Rustig loop ik de keuken door en open de dikke grenen deur die toegang geeft tot het voorste gedeelte van het gebouw. Links van me is een trap die naar het woongedeelte voert. Rechts van me bevinden zich de toonbank, de planken, de koopwaar, de dozen... Hoewel ik erop bedacht was, word ik toch overvallen door de geur van de chocola. De duisternis lijkt hem intenser te hebben gemaakt, zodat een kort moment de geur de duisternis ís en me omhult als een geurig bruin poeder dat iedere gedachte smoort. Het licht van mijn zaklantaarn valt op verzamelingen vrolijk gekleurde zaken – goud- en zilverpapier, linten, glinsterende vormen van cellofaan. Ik bevind me in een grot vol schatten. Een gevoel van opwinding trekt door me heen. Dat ik hier nu ben, in het huis van de heks, zonder dat ze me ziet, als een indringer... Heimelijk haar spullen aanraak terwijl ze slaapt... Ik voel een onbedwingbare neiging de etalage te bekijken, het papieren scherm weg te rukken en de eerste te zijn... Absurd, want ik ben juist van plan de hele boel te vernielen. Maar ik kan niet om die drang heen. Ik sluip er op mijn rubberzolen heen met het zware eind hout losjes in mijn hand. Ik heb zeeën van tijd. Tijd genoeg om aan mijn nieuwsgierigheid toe te geven, als ik dat wil. Trouwens, dit moment is te kostbaar om te verpesten. Ik wil ervan genieten.

## 5.30 uur

Heel voorzichtig haal ik de papierlaag weg die voor het raam zit. Met een zacht scheurend geluid laat hij los en ik leg hem terzijde, ondertussen goed luisterend of ik op de bovenverdieping iets of iemand hoor bewegen. Maar ik hoor niets. Ik laat mijn zaklantaarn over de etalage schijnen en even vergeet ik bijna waarom ik hier ben. Ik zie een verbazingwekkende rijkdom aan geglaceerde vruchten en marsepeinen bloemen en bergen chocola in alle vormen en kleuren. Konijnen, eenden, kippen, kuikens, lammetjes staren me met hun chocoladeogen vrolijk-ernstig aan, als de soldaten van terracotta uit het oude China. Daarboven troont een beeld van een vrouw met golvende haren, die in haar sierlijke bruine armen een schoof van chocoladekoren houdt. De details zijn prachtig weergegeven, het haar is in een donkerder tint chocola uitgevoerd, de ogen zijn er in wit op geverfd. De chocoladegeur is overweldigend; de rijke, volle geur laat een delicaat spoor van zoetheid in de keel achter. De vrouw met korenschoof heeft een lichte glimlach op het gelaat, alsof ze over mysteries nadenkt.

*Probeer me uit. Beproef me. Proef me.*

Het klinkt me luider dan ooit in de oren, hier in dit hol van de verleiding. Als ik mijn hand uitsteek, kan ik zó een van die verboden vruchten pakken, het geheime vruchtvlees smaken. De gedachte doorboort me op duizenden plaatsen.

*Probeer me uit. Beproef me. Proef me.*

Niemand zou er iets van merken.

*Probeer me uit. Beproef me. Proef* –

Ach, waarom niet?

## 5.40 uur

Ik zal het eerste dat ik tegenkom, nemen. Ik mag me er niet in verliezen. Eén enkel chocolaatje – niet zozeer diefstal, als wel *redding*; als enige van al zijn lotgenoten zal het de ravage overleven. Toch blijft mijn hand even als een zwevende libelle boven een verzameling lekkernijen hangen. Een plexiglas bak met deksel beschermt hen; de naam van iedere soort staat in een fijn, schuin handschrift op het deksel. De namen zijn betoverend: bittere sinaasappelkrakeling, abrikozenmarsepeinrol, *cerisette russe*, witte rumtruffel, *manon blanc*, venustepels. Ik bloos onder mijn muts. Hoe moet je om iets met zo'n naam vragen? En toch zien ze er in het licht van mijn lantaarn heerlijk uit: vol en wit, met bovenop een tipje donkere chocola. Ik pak er een uit de bak. Ik houd hem onder mijn neus. Hij ruikt naar room en vanille. Niemand hoeft het te weten. Ik besef dat ik geen chocola meer heb gegeten sinds ik een jongen was, ik herinner me niet eens hoe lang, en toen was het een goedkope kwaliteit *chocolat à croquer*, met maar twintig procent cacaobestanddelen – in de pure dertig procent – en een kleverige nasmaak van vet en suiker. Een- of tweemaal heb ik bij de supermarkt chocola van *Suchard* gekocht, maar die was vijf keer zo duur als de andere – een luxe die ik me zelden kon veroorloven. Dit is iets heel anders; de korte weerstand van het chocoladeomhulsel tegen de lippen, de zachte truffelvulling... er zitten verschillende smaaklagen in, als het bouquet van een goede wijn, een vleugje bitter, een volle mokkasmaak. De warmte brengt de smaak tot leven, de geur vult mijn neusgaten – een welhaast erotische ervaring die me doet kreunen.

## 5.45 uur

Ik proef daarna nog iets, mezelf wijsmakend dat het niet uitmaakt. Weer blijft mijn hand boven de namen zweven: *crème de cassis*, drienotenrotsjes. Ik kies een donker klompje uit een bak waarop 'Paasreis' staat. Geconfijte gember met een harde buitenkant van suiker, waar een mondvol likeur uit vrijkomt als een concentratie van specerijen, een vleug aroma waarin sandelhout en kaneel en limoen met cederhout en koekkruiden om de aandacht strijden. Ik neem er nog een, uit een bak waarop staat: *pêche au miel millefleurs*. Een stukje perzik dat in honing en brandewijn is gedoopt; op de chocoladebovenkant zit een gesuikerd perzikschijfje. Ik kijk op mijn horloge. Er is nog tijd.

Ik weet dat ik nu echt aan mijn gerechtvaardigde arbeid zou moeten beginnen. De uitstalling in de winkel, hoe omvangrijk ook, is niet toereikend om aan de honderden bestellingen die ze heeft ontvangen, te voldoen. Er moet nóg een plaats zijn waar ze haar geschenkdozen, haar voorraden, het leeuwendeel van haar handel bewaart. De dingen die hier staan zijn maar voor de sier. Ik grijp een *amandine* en prop hem in mijn mond om beter te kunnen denken. Daarna een stukje caramelfondant. Dan een *manon blanc*, die zacht en luchtig is van de verse room en amandelen. Er is zo weinig tijd en er zijn nog zoveel dingen die ik wil proeven... Ik zou mijn werk in vijf minuten, misschien minder, kunnen verrichten. Zolang ik maar weet waar ik moet kijken. Ik neem nog één chocolaatje, op mijn succes, voordat ik ga zoeken. Eéntje maar.

*5.55 uur*

Het is net een van mijn dromen. Ik wentel me door de chocola. Ik zie mezelf in een veld vol chocola, op een strand van chocola – ik zwem erin, ik wroet erin rond, ik bezat me eraan. Ik heb geen tijd om de etiketten te lezen; ik prop de chocola op goed geluk in mijn mond. Het varken verliest zijn sluwheid bij zoveel verrukkingen, wordt weer varken en hoewel er iets bovenin mijn hoofd zit te schreeuwen dat ik op moet houden, kan ik mezelf niet tegenhouden. Ik ben begonnen en ik kan niet meer ophouden. Dit heeft niets met honger te maken – ik prop ze naar binnen, mijn wangen staan bol, mijn handen zijn vol. Eén verschrikkelijk ogenblik denk ik dat Armande is teruggekomen om me te achtervolgen, me te vervloeken misschien met haar eigen kwaal, die van de dood door gulzigheid. Ik hoor mezelf geluiden maken terwijl ik eet, ik kreun, ik jammer van extase en wanhoop, alsof het varken in mij eindelijk een manier heeft gevonden om zich te uiten.

*6.00 uur*

*Hij is opgestaan!* Het gelui van de klokken verstoort mijn betovering. Ik zie mezelf ineens op de grond zitten met overal chocolaatjes om me heen, alsof ik me er inderdaad, zoals ik voor me zag, in rond heb gewenteld. De knuppel ligt vergeten naast me. Ik heb het knellende masker afgelegd. De etalage, bevrijd van zijn afscherming, is een gapend gat waarin de eerste bleke zonnestralen vallen.
  *Hij is opgestaan!* Dronken kom ik overeind. Over vijf minuten

komen de eerste gelovigen voor de mis. Ze zullen me al gemist hebben. Ik grijp mijn knuppel met vingers die glibberen van de gesmolten chocola. Plotseling weet ik waar ze haar voorraad bewaart. De oude kelder, koel en droog, waar ooit de zakken meel werden bewaard. Ik kan er komen. Ik weet dat ik dat kan.

*Hij is opgestaan!*

Ik draai me om met mijn knuppel in de hand. Ik heb nog maar heel weinig tijd...

Ze staat te wachten, me gadeslaand vanachter het kralengordijn. Ik kan met geen mogelijkheid zeggen hoe lang ze daar al staat te kijken. Een kleine glimlach speelt om haar lippen. Heel zachtjes neemt ze de knuppel uit mijn hand.

'Nee, *mon père*,' zegt ze met een lage, vriendelijke stem. 'Blijf nog wat langer.'

Zo trof ze me aan, *père*, zittend tussen de brokstukken van haar etalage, mijn gezicht besmeurd met chocola, mijn ogen hol. De mensen leken vanuit het niets op te duiken om haar te helpen. Duplessis met zijn hondenriem in de ene hand stond op wacht bij de deur. Het mens Rocher bij de achterdeur met mijn knuppel in haar arm geklemd. Arnauld, die vroeg op moet zijn om te bakken, kwam van de overkant en riep de nieuwsgierigen op om te komen kijken. De Clairmonts stonden als vissen op het droge te staren. Narcisse zwaaide met zijn vuist. En dan het gelach. God, dat gelach... En de hele tijd luidden de klokken *Hij is opgestaan* over het plein.

*Hij is opgestaan.*

# 37

*Tweede paasdag*
*Maandag, 31 maart*

Ik stuurde Reynaud weg toen de klokken ophielden met luiden. Hij heeft geen mis opgedragen. Hij is zonder een woord te zeggen *Les Marauds* in gerend. Weinig mensen misten hem. We begonnen vroeg met het festival, met warme chocola en cake voor *La Praline*, terwijl ik snel de rommel opruimde. Gelukkig viel het mee: een paar honderd chocolaatjes verspreid over de vloer, maar geen van de geschenkverpakkingen was beschadigd. Een paar wijzigingen in de etalage en hij was weer helemaal in orde.

Het feest voldeed helemaal aan de verwachtingen. Stalletjes met handgemaakte dingen, fanfares, Narcisses band – tot mijn verrassing speelt hij met zwierige virtuositeit saxofoon – jongleurs, vuurvreters. De rivierbewoners zijn terug – in ieder geval voor een dag – en ze verlevendigden met hun bonte kleuren het straatbeeld. Sommigen zetten zelf een kraampje op; ze brachten kralen in het haar aan, verkochten jam en honing, beschilderden met henna of voorspelden de toekomst. Roux verkocht poppen die hij uit stukken drijfhout had gesneden. Alleen de Clairmonts ontbraken, maar ik zag Armande steeds voor me, alsof ik me niet kon voorstellen dat ze op een gelegenheid als deze zou ontbreken. Een vrouw met een rode sjaal, de kromming van een gebogen rug met een grijze schortjurk, een strooien hoed, vrolijk versierd met kersen, die her en der boven de menigte uit te zien is. Ze leek overal te zijn. Vreemd genoeg voelde ik geen verdriet. Hooguit een steeds sterker wordende overtuiging dat ze ieder moment kon verschijnen en de deksels van dozen optillen om te kijken wat erin zat, gretig haar vingers aflikkend of uitgelaten genietend van het lawaai, het plezier en de vrolijkheid. Eventjes was ik er zeker van dat ik vlak naast me haar stem hoorde – *Olala!* – toen ik me vooroverboog om een zakje chocoladerozijnen te pakken, maar toen ik keek, was er alleen maar lege ruimte. Mijn moeder zou het begrepen hebben.

Ik bezorgde al mijn bestellingen en verkocht om kwart over vier de laatste geschenkdoos. De eierzoektocht werd gewonnen door Lucie Prudhomme, maar alle deelnemers kregen een *cornet-surprise* met chocola en een speelgoedtrompetje en een tamboerijn en serpentines. Een praalwagen met echte bloemen maakte reclame voor Narcisses kwekerij. Een aantal jongeren durfde zowaar onder het waakzaam oog van St. Jérôme te gaan dansen, en de zon scheen de hele dag.

En toch, nu ik met Anouk in ons stille huis zit met een sprookjesboek in mijn hand, voel ik me niet op mijn gemak. Ik houd mezelf voor dat het de anticlimax is die onvermijdelijk op een langverwachte gebeurtenis volgt. Vermoeidheid, wellicht ongerustheid, het feit dat Reynaud op het laatste ogenblik toch nog binnendrong, de warmte van de zon, de mensen... Ook verdriet om Armande, dat sterker wordt nu de vrolijke geluiden om me heen verstommen, een verdriet dat gekleurd is door zoveel verschillende dingen, zoals eenzaamheid, gemis, ongeloof en een soort kalm gevoel dat het zo klopt... Maar ik weet dat mijn onrust een andere oorzaak heeft. Guillaume kwam vanavond langs, lang nadat we alle sporen van het chocoladefestijn hadden uitgewist. Anouk was naar bed aan het gaan; haar ogen waren nog vol carnavallichtjes.

'Mag ik binnenkomen?' Zijn hond heeft geleerd op zijn commando te gaan zitten en wacht plechtig bij de deur. Hij heeft iets bij zich. Een brief. 'Armande zei dat ik die aan je moest geven. Wanneer alles voorbij was.'

Ik pak de brief aan.

'Dank je wel.'

'Ik blijf niet.' Hij kijkt me even aan en steekt dan zijn hand uit, een formeel, maar merkwaardig ontroerend gebaar. Zijn handdruk is krachtig en koel. Ik voel mijn ogen prikken; iets helders valt op zijn mouw – van hem of van mij, ik weet het niet.

'Welterusten, Vianne.'
'Welterusten, Guillaume.'
De enveloppe bevat één enkel vel papier.

*Lieve Vianne,*
*Bedankt voor alles. Ik begrijp hoe je je voelt. Praat met Guillaume als je dat wilt – hij begrijpt het beter dan wie ook. Het spijt me dat ik niet op je feest kon zijn, maar ik heb het al zo vaak voor me gezien dat het niet echt uitmaakt. Geef Anouk een kus van me en een andere is voor de volgende, ik denk dat je wel weet wat ik bedoel.*
*Ik ben nu moe en ik kan de verandering van wind al voelen. Ik denk dat een beetje slaap me goed zal doen. Misschien ontmoeten we elkaar weer.*

*Liefs, Armande Voizon*

Een kus voor Anouk – en de andere? Instinctief strek ik mijn handen uit naar het warme, stille plekje in mezelf, het geheime plekje dat zelfs voor mezelf nog niet helemaal een feit is.

Anouks hoofd rust zachtjes op mijn schouder. Ze is bijna in slaap en zingt zachtjes voor Pantoufle terwijl ik voorlees. Pantoufle heeft zich de afgelopen paar weken weinig laten zien; zijn plaats wordt ingenomen door speelkameraadjes die tastbaarder zijn. Het lijkt betekenisvol dat hij terugkeert nu er een andere wind waait. Er is iets in mij dat de onontkoombaarheid van de verandering voelt. Mijn zorgvuldig opgebouwde fantasie van bestendigheid is als de zandkastelen die we altijd op het strand bouwden in afwachting van de vloed. Maar ook zonder de zee worden ze ondermijnd door de zon en zijn ze tegen de ochtend bijna verdwenen. Toch voel ik me een beetje boos, een beetje gekwetst. Desalniettemin word ik aangetrokken door de geur van het carnaval, door de rusteloze wind, de warme wind – tja, waarvandaan? Het zuiden? Het oosten? Amerika? Engeland? Het is slechts een kwestie van tijd. Lansquenet, met al zijn associaties, lijkt op de een of andere manier al minder werkelijk, lijkt al tot het verleden te gaan behoren. Het mechaniek loopt af en zwijgt uiteindelijk. Misschien heb ik dat meteen al vermoed, dat Reynaud en ik met elkaar verbonden waren, dat de een het tegenwicht voor de ander was en dat ik zonder hem geen doel hier zou hebben. Wat het ook is, er is geen noodzaak meer om hier te blijven; ik voel dat er voldoening heerst, een lome tevredenheid waarin voor mij geen plaats meer is. In de huizen van Lansquenet beminnen de geliefden elkaar, spelen de kinderen, blaffen de honden, staat de televisie te loeien... Zonder ons. Guillaume aait zijn hond en kijkt naar *Casablanca*. Luc leest in zijn kamer hardop Rimbaud zonder ook maar één keer te stotteren. Roux en Josephine, alleen in hun pasgeverfde huis, ontdekken stukje bij beetje elkaars innerlijk. Radio Gascogne heeft vanavond een onderwerp aan het chocoladefestival gewijd. Er werd trots aangekondigd: *Het festival van Lansquenet-sous-Tannes, een alleraardigste plaatselijke traditie.* De toeristen zullen niet langer alleen maar door Lansquenet rijden om ergens anders heen te gaan. Ik heb het onzichtbare stadje op de kaart gezet.

De wind ruikt naar zee, naar ozon en bakgeuren, naar de kust bij Juan-les-Pins, naar pannenkoeken en kokosolie en houtskool en zweet. Zoveel plaatsen wachten op een andere wind. Zoveel mensen met noden en behoeften. Hoe lang deze keer? Een halfjaar? Een jaar? Anouk legt haar gezicht tegen mijn schouder en ik houd haar stevig vast, te stevig, want ze wordt halfwakker en mompelt iets beschuldigends. *La Céleste Praline* zal weer een bakkerij worden, of misschien een *confiserie-pâtisserie*, met *guimauves* aan het plafond als koorden pastelkleurige worstjes en dozen met *pain d'épices*, met op het deksel de tekst *Souvenir de Lansquenet-sous-Tannes*. In ieder geval hebben we geld, meer dan genoeg om elders opnieuw te beginnen. Misschien in Nice, of Cannes, Londen of Parijs. Anouk mompelt in haar slaap. Zij voelt het ook.

En toch zijn we vooruitgegaan. Geen anonieme hotelkamers meer, geen flikkerende neonverlichting, geen tocht van noord naar zuid op aanwijzing van één enkele kaart. We zijn eindelijk oog in oog komen te staan met de Zwarte Man, Anouk en ik, we hebben eindelijk gezien wie hij werkelijk is: een dwaas, een carnavalsmasker. We kunnen hier niet eeuwig blijven. Maar misschien heeft hij voor ons de weg bereid om elders te blijven. In een plaats aan zee misschien, of in een dorp aan een rivier, met maïsvelden en wijngaarden. Onze namen zullen veranderen. De naam van onze winkel ook. Die wordt misschien *La Truffe Enchantée*, of *Tentations Divines*, ter herinnering aan Reynaud.

Ik houd van Armandes brief in mijn hand. Weer vraag ik me af hoe ver ze nu eigenlijk vooruit kon zien. Nog een kind, een kind van een goede man, ook al zal hij het misschien nooit weten. Ik vraag me af of ze zijn haar zal hebben, zijn rookgrijze ogen. Ik weet al zeker dat het een meisje zal zijn. Ik weet zelfs haar naam al.

We kunnen weer andere dingen achterlaten. De Zwarte Man is weg. Mijn eigen stem klinkt me nu anders in de oren, steviger, sterker. Er ligt een klank in die ik, als ik goed luister, bijna kan herkennen. Iets uitdagens, misschien zelfs iets uitgelatens. Mijn angsten zijn verdwenen. Ik hoef niet meer bang te zijn voor mijn gezicht in de spiegel. Anouk glimlache in haar slaap. Ik zou hier kunnen blijven, *maman*. We hebben een huis, vrienden. De windwijzer aan de overkant draait en draait. Ik stel me voor hoe het is om hem elke week, elk jaar, ieder seizoen te horen. Ik stel me voor hoe het is om op een winterochtend uit mijn raam te kijken. De nieuwe stem in me lacht en de klank is bijna als een thuiskomst. Het nieuwe leven in me woelt zacht en lief. Anouk praat in haar slaap betekenisloze lettergrepen. Haar handjes klemmen zich aan mijn arm vast.

'*Maman?*' Haar stem klinkt gesmoord in mijn trui. '*Maman*, wil je een liedje voor me zingen?' Ze slaat haar ogen op. De aarde van grote hoogte waargenomen, hetzelfde blauwgroen.

'Goed.'

Ze sluit haar ogen weer en ik begin zachtjes te zingen:

*V'là l'bon vent, v'là l'joli vent,*

*V'là l'bon vent, ma mie m'appelle –*

Ik hoop dat het deze keer een slaapliedje zal blijven. Dat de wind het deze keer niet zal horen. Dat hij deze keer – deze éne keer – zonder ons zal vertrekken.